EDIÇÕES BESTBOLSO

Bridget Jones no limite da razão

Helen Fielding nasceu em Yorkshire, Inglaterra, em 1958. Formada em jornalismo, a autora trabalhava para a rede de televisão BBC quando publicou seu primeiro livro, *Causa nobre*, em 1994. Mas foi seu segundo livro que a transformou em uma das autoras inglesas mais populares da atualidade. Responsável por um dos maiores fenômenos literários da década de 1990 – *O diário de Bridget Jones* –, Helen Fielding deu origem a um novo gênero de literatura feminina apelidado pelos críticos britânicos de *chicklit*, romances bem-humorados para mulheres modernas. A protagonista do livro ganhou as telas de cinema em 2001, no filme homônimo estrelado por Renée Zellweger. Em 2004, a segunda parte da história, *Bridget Jones no limite da razão*, também chegou à telona.

Helen Fielding

BRIDGET JONES
NO LIMITE DA RAZÃO

Tradução de
ALDA PORTO

2ª edição

EDIÇÕES
BestBolso
RIO DE JANEIRO – 2014

CIP-BRASIL. CATALOGAÇÃO NA FONTE
SINDICATO NACIONAL DOS EDITORES DE LIVROS, RJ

Fielding, Helen, 1958-
F478b Bridget Jones no limite da razão / Helen Fielding; tradução de Alda Porto. – 2ª ed.
2ª ed. – Rio de Janeiro: BestBolso, 2014.

Tradução de: Bridget Jones: The Edge of Reason
ISBN 978-85-7799-237-9

1. Romance inglês. I. Porto, Alda. II. Título.

CDD: 823
11-1008 CDU: 821.111-3

Bridget Jones no limite da razão, de autoria de Helen Fielding.
Título número 235 das Edições BestBolso.
Segunda edição impressa em setembro de 2014.
Texto revisado conforme o Acordo Ortográfico da Língua Portuguesa.

Título original inglês:
BRIDGET JONES: THE EDGE OF REASON

www.edicoesbestbolso.com.br

Design de capa: Adaptação de Carolina Vaz sobre capa de Glenda Rubinstein publicada anteriormente pela Editora Record (Rio de Janeiro, 1999).

Impresso no Brasil

ISBN 978-85-7799-237-9

Para as outras Bridgets

Agradecimentos

Muito obrigada a Gillon Aitken, Sunetra Atkinson, Peter Bennet-Jones, Frankie Bridgewood, Richard Coles, Richard Curtis, Scarlett Curtis, Pam Dorman, Ursula Doyle, Breene Farrington, Nellie Fielding, à família Fielding, ao First Circle Films, a Andrew Forbes, Colin Firth, Paula Fletcher, Piers Fletcher, Henrietta Perkins, Tracey MacLeond, Sharon Maguire, Tina Jenkins, Sara Jones, Emma Parry, Harry Ritchie, Sarah Sands, Tom Shone, Peter Straus, Russ Warner e ao Working Title Films, pela inspiração, retorno e apoio.

E um agradecimento especial a Kevin Curran.

Pesquisa de Sara Jones.

1. Felizes para sempre

Segunda-feira, 27 de janeiro

58,5 quilos (faixa constante de gordura), 1 namorado (viva!), 3 trepadas (viva!). 2.100 calorias, sendo 600 consumidas pelo sexo, portanto, 1.500 calorias totais (exemplar).

7H15. Viva! Os anos de secura terminaram. Hoje faz um mês e cinco dias que tenho um relacionamento com um homem adulto, o que prova que não sou um pária do amor como temia. Sinto-me maravilhosa, um pouco como Jemima Goldsmith ou alguma radiante recém-casada inaugurando uma obra de caridade, enquanto todo mundo imagina que ela está na cama com Imram Khan. Aaai. Mark Darcy acabou de se mexer. Talvez se levante e converse comigo sobre minhas opiniões.

7H30. Mark Darcy ainda não acordou. Já sei, vou me levantar e fazer um café da manhã fantástico para ele, à base de frituras, com salsichas, ovos mexidos e cogumelos, ou talvez ovos beneditinos, ou florentinos.

7H31. Contanto que sejam mesmo ovos beneditinos ou florentinos.

7H32. Só que não tem cogumelos nem salsichas.

7H33. Nem ovos.

7H34. Nem – pensando bem – leite.

7H35. Ele ainda não acordou. Huumm. Mark é um amor.

Adoro ficar vendo ele dormir. Ombros largos muito sensuais e peito peludo. Não é nenhum daqueles objetos sexuais nem nada disso. Interessa-se pelo que a gente pensa. Huumm.

7H37. Ainda não acordou. Não posso fazer barulho, mas talvez consiga acordá-lo sutilmente com vibrações mentais.

7H40. Quem sabe pôr uma...

– AAAAAARGH!

7H50. Era Mark Darcy. De supetão sentou-se ereto na cama, berrando:

– Bridget, quer parar com isso! Que saco! Ficar me olhando assim quando estou dormindo. Vá arranjar alguma coisa pra fazer.

8H45. NO CAFÉ COINS, TOMANDO CAPPUCCINO, COMENDO CROISSANT DE CHOCOLATE E FUMANDO UM CIGARRO. Que alívio fumar ao ar livre e não ser bem-comportada. Na verdade, é muito complicado a gente ter homem em casa quando não se pode ficar livremente o tempo necessário no banheiro ou transformá-lo em sauna por saber que a outra pessoa está atrasada para o trabalho, desesperada para fazer xixi etc; também fiquei sem graça vendo Mark pegar e dobrar minha calcinha à noite, o que torna estranhamente constrangedor agora apenas largar todas as nossas roupas espalhadas pelo chão. E ele também vai aparecer hoje à noite, portanto preciso ir ao supermercado antes ou depois do trabalho. Bem, não é que eu *precise*, mas a terrível verdade é que quero ir, numa estranha progressão genética que eu não poderia admitir para Sharon.

8H50. Huuumm. Imagino que tipo de pai seria Mark Darcy. (Quer dizer, pai dos filhos dele. Não meu. Acho que isso seria de fato muito doentio, à maneira de Édipo.)

8H55. De qualquer modo, preciso não ficar obsessiva nem fantasiar.

9 HORAS. Será que Una e Geoffrey Alconbury deixariam a gente pôr um toldo no gramado deles para a recepção?

– Ai, meu Deus!

Era minha mãe, entrando no Café muito ousada e decidida numa saia pregueada da Country Casuals e um blazer verde-maçã com reluzentes botões dourados, como a aparição de um alienígena que esguicha gosma na Câmara dos Comuns, e sentando-se calmamente no banco em frente ao meu.

– Oi, querida – disse ela, com voz cantada. – Eu ia à lanchonete Debenhams, mas como sei que você sempre vem aqui tomar o café da manhã, pensei só em dar um pulinho para saber quando vai querer pintar os cabelos. Huumm, eu gostaria de uma xícara de café. Será que eles esquentam o leite?

– Mãe, eu já disse que não quero pintar os cabelos – resmunguei, ficando escarlate quando algumas pessoas nos olharam e uma garçonete emburrada chegou correndo como um raio diante de nós.

– Ah, não seja tão antediluviana, querida. Você precisa fazer uma declaração de princípios com seu próprio corpo e aparência! Não pode ficar em cima do muro a vida inteira com todas essas manchas e borrões. Oh, olá, meu bem.

Mamãe prosseguiu com sua voz lenta e gentil de "Vamos tentar ser as melhores amigas dos serviçais e nos tornar as pessoas mais especiais do café sem nenhuma razão compreensível".

– Bem. Deixe-me ver. Sabe? Acho que vou querer uma xícara de café. Tomei tantas de chá esta manhã em Grafton Underwood, com meu marido Colin, que enjoei até a morte de chá. Mas poderia fazer o favor de esquentar um pouco de leite? Não posso tomar café com leite frio. Me causa indigestão. E minha filha Bridget vai querer...

Grrr. Por que será que os pais fazem isso? Por quê? Será súplica da pessoa madura desesperada por atenção e importância, ou será porque os de nossa geração estão ocupados e desconfiados demais uns dos outros para serem francos e simpáticos? Lembro que, quando cheguei a Londres, sorria para todo mundo até um homem na escada rolante do metrô se masturbar nas costas do meu casacão.

– Expresso? Filtrado? Latte? Cappuccino: semidesnatado ou descafeinado? – perguntou com irritação a garçonete, arrastando todos os pratos para fora da mesa e lançando-me um olhar acusador, como se minha mãe fosse culpa minha.

– Cappuccino descafeinado, semidesnatado, e um latte – sussurrei, desculpando-me.

– Que moça trombuda, não sabe falar inglês? – disse mamãe, zangada, quando a garçonete se afastou.

Acompanhei seu olhar até as elegantes moças rastafáris no último grito da moda na mesa ao lado. Uma digitava em um laptop e usava mocassins Timberland, um colete, um gorro africano e um casaco felpudo, enquanto a outra, com saltos finos da Prada, meias esportivas, bermuda de surfe, um casacão de pele de lhama até o chão e um chapéu de lã dos pastores butaneses com orelheiras, berrava ao fone do celular preso a cabeça: "Quer dizer, ele disse que, se me pegasse fumando um baseado de novo, ia me tirar o apartamento. E eu estou mais para 'Foda-se, papai'", enquanto a filha de 6 anos pescava com um palito as batatas fritas num prato, o rostinho infeliz.

– Aquela moça está falando com ela mesma naquela linguagem? – perguntou mamãe. – É um mundo estranho esse em que você vive, não, querida? Não seria melhor se morasse perto de pessoas normais?

– Elas são pessoas normais – disse eu, furiosa, balançando a cabeça em direção à sua para ilustrar o que havia dito, quando infelizmente uma freira de hábito marrom passava empurrando dois bebês num carrinho.

– Sabe, por isso é que você vive toda enrolada.

– Eu não vivo toda enrolada.

– Sim, vive sim – disse ela. – Deixe para lá. Em todo caso, como vão as coisas com Mark?

– Deliciosas – disse eu, devaneando, o que a fez me lançar um olhar severo.

– Você não vai fazer aquilo com ele, vai? Ele não se casará com você, sabe disso.

Grrr. Grrrr. Assim que comecei a sair com o homem que ela tinha tentado me empurrar durante um ano e meio ("o filho de Malcolm e Elaine, divorciado, muito solitário e podre de rico"), me senti como se participasse de uma espécie de corrida de obstáculos do Exército, escalando paredes e redes para ganhar e dar-lhe de presente uma grande taça de prata com um salamaleque.

– Você sabe o que eles dizem depois – continuava ela. – Oh, aquela ali foi comida fácil. Quer dizer, quando Merle Robertshaw começou a sair com Percival, a mãe disse a ela: "Cuide para que ele guarde aquela coisa só para fazer xixi."

– Mãe – protestei. – Quer dizer, isso era um tanto ridículo, vindo logo de quem. Há menos de seis meses ela vinha saindo com um agente de turismo português que usava uma bolsa a tiracolo.

– Ah, já lhe contei? – ela interrompeu, mudando tranquilamente de assunto. – Una e eu vamos para o Quênia.

– O quê! – berrei.

– Vamos para o Quênia! Imagine, querida! Para a tenebrosíssima África.

Minha mente começou a girar e a girar em busca de explicações plausíveis, como uma centrífuga de frutas antes de parar: Teria mamãe virado missionária? Mamãe tinha alugado mais uma vez *Entre dois amores* para assistir? Mamãe de repente se lembrou de *A história de Elza* e decidiu criar leões?

– Sim, querida. Queremos fazer um safári e conhecer os homens da tribo *masai*, depois nos hospedar num hotel à beira-mar.

A centrífuga de frutas chacoalhou e parou numa série de imagens tristes de velhas alemãs fazendo sexo na praia com nativos. Lancei um olhar acusatório à mamãe.

– Não está pensando em aprontar de novo, não é? – perguntei. – Papai mal acabou de se recuperar de toda aquela confusão com Júlio.

– Francamente, querida! Não sei por que fizeram todo aquele estardalhaço! Júlio era apenas um bom amigo... um correspondente! Todos nós precisamos de amigos, querida. Quer dizer, mesmo no melhor dos casamentos uma só pessoa não basta: amigos de todas as idades, raças, credos e tribos. Temos de expandir nossa consciência em todas as...

– Quando vocês vão?

– Ah, não sei, querida. É só uma ideia. De qualquer modo, preciso ir embora correndo. Tchauzinho!

Merda. São nove e quinze. Vou chegar atrasada à reunião de pauta da manhã.

11 HORAS. REDAÇÃO DO SIT UP BRITAN. Por sorte, só cheguei dois minutos atrasada para a reunião de pauta, também dei um jeito de esconder o casaco, enrolando-o como uma bola, para proporcionar a agradável sensação de que já estava ali há horas e apenas tinha sido detida por assuntos burocráticos em outro lugar do prédio. Entrei com um ar de senhora de mim e atravessei a medonha redação entulhada com os restos denunciadores da TV dos tempos difíceis – aqui uma ovelha inflável com um buraco no traseiro, ali uma ampliação de Claudia Schiffer usando a cabeça de Madeleine Albright, mais adiante um grande cartaz de cartolina dizendo: LÉSBICAS! Fora! Fora! Fora! – rumo ao lugar onde Richard Finch, ostentando suíças e óculos escuros Jarvis Cocker, com o corpo volumoso espremido

de forma horrenda num terno de safári retrô da década de 1970, berrava para as vinte e poucas pessoas da equipe de pesquisa.

– Vamos, Bridget Calcinha Arriada Atrasada de Novo – gritou ele, vendo que eu me aproximava. – Não estou lhe pagando para enrolar, pago você para chegar na hora e apresentar ideias.

Francamente. A falta de respeito dia após dia vai muito além da capacidade de resistência humana.

– Certo, Bridget! – vociferou ele. – Estou pensando nas Novas Mulheres Trabalhistas. Estou pensando em imagem e papéis. Quero Bárbara Follett no estúdio. Chame-a para dar uma recauchutada em Margaret Beckett. Realces. Pontos altos. Um minivestido preto. Meias. Quero ver Margaret parecendo sexo sobre pernas.

Às vezes, parece não haver limites para o absurdo do que Richard Finch me pede que faça. Um dia, vou me ver convencendo Harriet Harman e Tessa Jowell a ficarem paradas diante de um supermercado, enquanto eu pergunto aos clientes se sabem dizer qual é uma e qual é a outra, ou tentando convencer um Mestre da Caça a ser caçado nu pelo campo por uma matilha de raposas ferozes. Preciso arranjar algum tipo de trabalho digno que valha mais a pena e que seja gratificante. Enfermeira, quem sabe?

11H03. À MESA DA REDAÇÃO. Certo, é melhor eu telefonar para a assessoria de imprensa do Partido Trabalhista. Huumm. Não paro de reviver as cenas da trepada. Espero que Mark Darcy não tenha se chateado de verdade hoje de manhã. Será que é cedo demais para eu ligar para ele no trabalho?

11H05. Isso mesmo. Segundo diz em *Como conseguir o amor que você deseja* – ou será que era *Conservando o amor que você encontra*? – a fusão homem-mulher é uma coisa delicada. É o homem quem deve tomar a iniciativa. Vou esperar ele me telefonar. Talvez seja melhor eu ler jornais para me enfronhar na essência da política do Novo Partido Trabalhista, para o caso de realmente conseguir Margaret Beckett no fim do... Aaargh!

11H15. Lá estava Richard Finch berrando outra vez. Me mandou cuidar da matéria da caça de raposa, em vez das Novas Trabalhistas, e tenho de fazer uma entrada ao vivo direto de Leicestershire. Não posso entrar em pânico. Sou uma mulher de fibra, segura, positiva, compreensiva. Minha identidade não vem de minhas realizações exteriores, mas do meu interior. Sou segura, positiva... Ai, meu Deus. Isso está me enchendo o saco. Não quero sair para um mundo de cruzamento de geladeira com piscina.

11H17. Na verdade, é muito bom ter uma entrevista para fazer. Responsabilidade das grandes – em termos relativos, claro, não é como ter de decidir se mando mísseis para o Iraque, ou prendo com pinça a válvula da artéria principal durante a cirurgia –, mas tenho a chance de atormentar diante da câmara um Assassino de Raposas crivando-o de perguntas, e realmente marcar um ponto a mais ou a menos como fez Jeremy Paxman com o embaixador iraniano – ou terá sido o iraquiano?

11H20. Talvez até me peçam que faça matéria de julgamento para o Newsnight.

11H21. Ou uma série de reportagens especiais curtas. Viva! Muito bem, melhor eu pegar os recortes... Ai. O telefone.

11H30. Eu ia ignorar, mas achei que talvez pudesse ser o entrevistado: o Honorável Sir Hugo Assassino de Raposa Boynton, com orientações sobre silos, chiqueiros etc, portanto atendi: era Magda.

– Bridget, oi! Só liguei para dizer... no penico! No penico! Corra para o penico!

Ouvi um barulho alto de descarga seguido pelo som de água correndo e uma gritaria semelhante à dos muçulmanos sendo massacrados pelos sérvios: "Mamãe vai dar uma surra! Ela vai dar uma surra!", como se num loop ao fundo.

– Magda! – berrei. – Volte!

– Desculpe, meu bem – disse ela, voltando por fim. – Só liguei para dizer... enfie o pintinho no penico! – Se deixar de fora, vai fazer no chão!

– Estou no meio do trabalho – disse eu, suplicando. – Tenho de me mandar para Leicestershire em dois minutos...

– Esplêndido, tudo bem, repita isso sem parar, você é muito sofisticada e importante, e eu estou presa aqui em casa com duas pessoas que ainda nem sabem falar. Em todo caso, só liguei para dizer que combinei com o empreiteiro para ir à sua casa amanhã e fazer suas prateleiras. Me desculpe pelo incômodo das minhas chatices domésticas. O nome dele é Gary Wilshaw. Tchau.

O telefone voltou a tocar antes que tivesse tempo de ligar de volta para Magda. Era Jude, soluçando, a voz chorosa.

– Está tudo bem, Jude, não fique assim – disse eu, enfiando o fone debaixo do queixo e tentando jogar os recortes de jornais em minha bolsa.

– É o Richard o Vil ele-ele-eee-ele-eee-ele.

Ai, meu Deus. Depois do Natal, Shaz e eu convencemos Jude de que se ela viesse com mais uma única conversa maluca sobre as areias movediças do Problema de Horror a Compromissos de Richard, teria de ser internada num hospital psiquiátrico: e aí os dois não iam ter mais condições de minirrompimentos, aconselhamento de relacionamento familiar, nem futuro juntos, pelo menos durante anos e anos, até ela voltar a ser liberada aos Cuidados da Comunidade.

Num magnífico ato de amor-próprio, ela o abandonou, cortou os cabelos e começou a aparecer em seu emprego estável no centro comercial e financeiro de Londres, usando jaquetas de couro e jeans da última moda. Todos os Hugos, Johnnys ou Jerrers de camisa listrada, que sempre a viam de saia e casaco clássicos, ficaram num estado de frenesi; e parece que ela passou a ter todas as noites um diferente ao telefone. Mas, de algum modo, toda a história ligada a Richard o Vil continua a entristecê-la.

– Eu estava simplesmente mexendo nas coisas que ele deixou, disposta a jogar tudo fora, quando encontrei um livro de autoajuda... um livro chamado... chamado...

– Está tudo bem. Está tudo bem. Pode me contar.

– Chamado *Como marcar encontros com moças jovens: um guia para homens de mais de 35 anos.*

Nossa mãe.

– Eu estou me sentindo simplesmente péssima, péssima... – dizia ela. – ...Não vou suportar mais a porra de namoros de novo... É um mar impenetrável... Vou ficar sozinha para sempre...

Buscando o equilíbrio entre a importância da amizade e a impossibilidade de chegar a Leicestershire num período negativo de tempo, eu dava apenas conselhos de primeiros socorros sobre como manter o equilíbrio: ele havia deixado o livro lá de propósito; não, você não vai ficar sozinha; não vai, não etc.

– Ah, obrigada, Bridget – disse Jude, passado algum tempo e parecendo um pouco mais calma. – Posso dar um pulo em sua casa esta noite?

– Hum, bem, Mark vai aparecer.

Fez-se um silêncio.

– Ótimo – disse ela friamente. – Ótimo. Não, agora você está mesmo feliz da vida.

Ai, meu Deus, me sinto culpada em relação à Jude e à Sharon agora que tenho namorado, quase como uma guerrilheira traidora desleal que troca de lado. Em vez de hoje à noite, combinei de me encontrar com Jude e Shaz amanhã à noite, para conversarmos mais uma vez sobre tudo isso.

Agora é melhor telefonar logo para Magda e não deixar que ela fique aborrecida, compreendendo que o meu emprego não é nada sofisticado.

– Obrigada, Bridget – disse Magda, depois de conversarmos um pouco. – É que ando me sentindo muito deprimida e solitária desde que nasceu o bebê. Jeremy vai trabalhar amanhã à noite de novo. Você não quer dar um pulo até aqui?

– Hum, bem, eu combinei de me encontrar com Jude e Shaz amanhã à noite no 192.

Houve uma pausa carregada.

– E imagino que eu seja uma Casada Convencida chata demais para ir junto?

– Não, não, venha. Venha com a gente, vai ser maravilhoso! – Eu supercompensei. Sabia que Jude ia ficar zangada, pois o foco da conversa ia desviar-se de Richard o Vil, mas decidi revolver isso mais tarde. Portanto, agora estou realmente atrasada e tenho de partir voando para Leicestershire sem nem ter lido os recortes de jornal sobre a caça à raposa. Talvez possa ler no carro quando parar nos sinais. Devo ligar rápido para Mark Darcy e dizer-lhe para onde estou indo?

Hum. Não. Péssima jogada. Mas e se eu chegar atrasada? É melhor telefonar.

11H35. Droga. A conversa foi assim.

Mark: Sim?

Eu: É a Bridget.

Mark: (pausa) Certo. Hum. Está tudo bem?

Eu: Está. Foi agradável ontem à noite, não foi? Quer dizer... você sabe, quando a gente...

Mark: Sei, sim. Primoroso. (Pausa). Na verdade, estou neste momento com o embaixador da Indonésia, o presidente da Anistia Internacional e o subsecretário de Estado da Indústria e do Comércio.

Eu: Oh. Me desculpe. É que estou indo para Leicestershire. Achei que devia dizer, para o caso de alguma coisa me acontecer.

Mark: Alguma coisa acontecer...? O quê?

Eu: Quer dizer, caso eu... me atrase. (Concluí, pouco convincente.)

Mark: Certo. Bem, por que não telefona com uma previsão de horário de chegada quando terminar?

Aaai, meu Deus. Acho que eu não devia ter feito isso. Está dito especificamente em *Ame seu homem separado sem perder a cabeça* que uma das coisas de que eles realmente não gostam é receber telefonemas sem um motivo verdadeiro quando estão ocupados.

19 HORAS. DE VOLTA AO APARTAMENTO. O resto do dia foi só pesadelo. Após desafiar o tráfego e o percurso bloqueado pela chuva, me vi numa Leicestershire banhada pelo aguaceiro, batendo na porta de uma grande casa quadrada cercada por uma infinidade de estábulos, faltando apenas meia hora para a transmissão. De repente, a porta se abriu e surgiu um homem alto, de calça de veludo cotelê e blusão largo com capuz, muito sexy.

– Hum – disse ele, olhando-me de cima a baixo. – Melhor entrar. Seus colegas estão lá nos fundos. Por onde você andava?

– Tive de passar adiante, na última hora, uma matéria política da alta cúpula – disse eu, exibida, me fazendo de importante, enquanto ele me conduzia até uma enorme cozinha cheia de cães e arreios.

De repente, virou-se para mim, lançou-me um olhar furioso e deu um soco na mesa.

– Supõe-se que este seja um país livre. Assim que começam a nos dizer que não podemos nem caçar num domingo, porra, onde é que vamos parar? Ora!

– Bem, pode-se dizer o mesmo sobre manter a escravidão, não? – resmunguei. – Ou cortar as orelhas dos gatos. Só que isso não me parece muito cavalheiresco, um bando de pessoas e cães correndo desembestados por pura diversão atrás de um animalzinho assustado.

– Já viu alguma vez, porra, o que uma raposa faz com uma galinha? – vociferou Sir Hugo, ficando com o rosto rubro. – Se não caçarmos, o campo vai ser invadido.

– Então atirem nelas – disse eu, fitando-o com um ar assassino. – Mas de modo humano. E cacem outra coisa qualquer aos domingos, como numa corrida de galgos. Amarrem um animalzinho fofo de pelúcia impregnado de cheiro de raposa num arame.

– Atirar? Você já tentou atirar numa porra de raposa? Esses seus animaizinhos assustados ficariam abandonados, feridos e agonizando por toda a porra da loja de pelúcia. Animalzinho fofo. Grrrrr!

De repente, pegou o telefone e discou.

– Finch... seu imbecil! – berrou. – Quem foi que você me mandou?... Uma maldita comunistazinha? Se pensa que vai sair com o Quorn no próximo domingo...

Nesse momento, o câmera espichou a cabeça pela porta e disse com raiva:

– Ah, você já chegou, é? – Depois conferiu as horas no relógio de pulso. – Não acha que devia ter nos avisado?

– Finch quer falar com você – disse Sir Hugo.

Vinte minutos depois, sob pena de ser demitida, lá estava eu montada num cavalo, preparando-me para entrar trotando no quadro e entrevistar o Honorável Picão, também a cavalo.

– Certo, Bridget, vamos abrir com você em quinze... vai, vai, vai – gritou Richard Finch, de Londres, no meu ponto de ouvido, ao que finquei os joelhos no cavalo, como me haviam instruído. Lamentavelmente, o cavalo não partiu.

– Vai, vai, vai, vai! – berrava Richard. – Achei que você tinha dito que sabia cavalgar, porra.

– Eu disse que tinha um dom natural – sibilei, enterrando, frenética, os joelhos no cavalo.

– Anda, Leicester, feche em Sir Hugo, até que a babaca da Bridget se ajeite, cinco, quatro, três, dois... vai.

Nisso, o Ilustre Cara-roxa lançou-se aos berros numa propaganda da caça, enquanto eu ferrava freneticamente os saltos dos sapatos no cavalo, até o animal se pôr a empinar como um neurótico em marcha à ré, e depois entrar em meio galope, de lado e de costas, no quadro, eu me agarrando ao seu pescoço.

– Ai, caralho, encerra, encerra! – berrava Richard.

– Bem, é só para o que temos tempo. E agora voltamos aos nossos estúdios! – Fiquei encantada quando o cavalo girou mais uma vez e partiu de marcha à ré para cima do câmera.

Depois que a equipe técnica foi embora, todos com sorrisinhos dissimulados, entrei mortificada na casa para pegar minhas coisas e quase colidi com o Honorável Gigante Esmurrador.

– A-há! – ladrou ele. – Achei que aquele garanhão ia lhe ensinar como se age. Quer um bloody?

– O quê?

– Um bloody mary?

Controlando minha urgência instintiva de engolir de um só trago a vodca, empertiguei-me ao máximo da minha altura.

– Está dizendo que sabotou minha reportagem de propósito?

– Quem sabe? – ele me lançou um sorriso afetado.

– Isso é absolutamente desonroso – disse eu. – E indigno de um membro da aristocracia.

– A-há! Brio. Gosto disso numa mulher – disse ele, com a voz cavernosa, jogando-se para cima de mim.

– Fora! – disse eu, esquivando-me. E falei sério mesmo. Afinal, que é que ele pensava? Sou uma profissional, não estou ali para que tome liberdades comigo. Em qualquer sentido. Mas, na verdade, isso serve para provar o quanto os homens gostam quando acham que a gente não está atrás deles. Preciso me lembrar disso para ocasiões mais úteis.

Agora acabei de entrar em casa, depois de me arrastar pelo mercado e subir cambaleando a escada com oito sacolas de plástico. Estou cansada pra burro. Droga. Por que sou sempre eu que vou ao mercado? É como ser ao mesmo tempo profissional e esposa. É como viver no século XVII... Oba. A luz da secretária eletrônica está piscando.

– Bridget – Richard Finch. – Quero você no meu escritório amanhã, às nove horas. Antes da reunião. Nove horas da manhã, não da noite. Manhã. Luz do dia. Falando sério, não sei como deixar isso mais claro. Simplesmente não deixe de ir, porra, sem falta.

Parecia pau da vida mesmo. Tomara que eu não esteja prestes a descobrir a impossibilidade de ter um apartamento simpático, um emprego agradável e um namorado legal. De qualquer modo, vou dar a Richard Finch uma lição de integridade jornalística. Isso. É melhor começar a deixar tudo pronto. Estou tão cansada.

20H30. Consegui recuperar minha energia tomando vinho branco Chardonnay, joguei todo o lixo fora, acendi a lareira e as velas, tomei banho, lavei os cabelos, me maquiei e pus um jeans preto mt. sexy e um bustiê de tiras da largura de espaguete. Não exatamente confortável, na verdade o gancho da calça e as tiras de espaguete ficam muito apertados, mas me deixam bonita, o que é importante. Pois, como disse Jerry Hall, a mulher tem de ser cozinheira na cozinha e puta na sala de visitas. Ou em outro aposento qualquer, tanto faz.

20H35. Viva! A noite de sexo com uma massa deliciosa vai ser adorável e aconchegante – leve mas nutritiva –, e ao calor da lareira. Sou um maravilhoso híbrido de namorada e profissional.

20H40. Mas cadê ele, droga?

20H45. Maldito Mark Darcy, estou ficando mesmo... A campainha. Viva!

Ele estava deslumbrante naquele terno de trabalho, os primeiros botões da camisa desabotoados. Assim que entrou, largou a maleta, abraçou-me e girou-me numa dança meio sensual.

– É tão bom ver você – murmurou no meu ouvido. – Gostei muito da sua reportagem, que amazona fantástica.

– Não... – disse eu, me desvencilhando. – Foi abominável.

– Foi brilhante – disse ele. – Durante séculos as pessoas têm andado a cavalo para a frente, e aí, com uma reportagem definitiva, uma mulher muda a cara – ou o traseiro – da arte da equitação britânica. Uma inovação pioneira, um triunfo. – Mark sentou-se no sofá, parecendo cansado. – Estou um caco, malditos indonésios. A ideia deles sobre direitos humanos é dizer a uma pessoa pela frente que está presa, ao mesmo tempo que lhe arrancam a cabeça a tiros pelas costas.

Servi um copo de Chardonnay e levei-o para ele como uma anfitriã no estilo James Bond, dizendo, com um sorriso reconfortante:

– O jantar já vai sair.

– Oh, meu Deus – disse ele, parecendo apavorado, como se talvez tivesse uma milícia do Extremo Oriente escondida no micro-ondas. – Você cozinhou?

– Sim – disse eu, indignada. Ora, era de imaginar que ficasse satisfeito! E também nada disse da minha roupa de puta.

– Vem cá – disse ele, batendo de leve no sofá. – Só estou provocando você. Eu sempre quis sair com Martha Stewart.

Que gostoso ser abraçada com carinho, mas só que: eu já tinha posto a massa para cozinhar havia uns seis minutos, e logo ia virar papa.

– Deixe só eu terminar de fazer a massa – disse eu, soltando-me do seu abraço. Nesse momento, o telefone tocou e eu fiz um movimento súbito para atendê-lo, por puro hábito, achando que pudesse ser ele.

– Oi. É Sharon. Como vão as coisas com Mark?

– Ele está aqui – sussurrei, mantendo os dentes e a boca fechados na mesma posição para Mark não fazer leitura labial.

– Como?

– Eee-le 'stá aqui – sibilei por entre os dentes cerrados.

– Está tudo bem – disse Mark, balançando a cabeça para me tranquilizar. – Eu sei que estou aqui. Acho que não é o tipo da coisa que devíamos manter em segredo um do outro.

– Tudo bem. Escute isso – disse Shaz, animada. – Não estamos dizendo que todos os homens sacaneiam a gente. Mas todos os homens pensam nisso. Eles têm esses desejos instintivos de comer o tempo todo. Nós mulheres tentamos conter nossos ímpetos sexuais...

– Para falar a verdade, Shaz, eu só estou cozinhando massa.

– Aaaah, "só cozinhando massa", estamos, é? Espero que você não se torne uma Convencida Saindo Com Alguém. Escute só isso, que com certeza vai querer pôr na cabeça.

– Aguenta aí – disse eu, lançando um olhar nervoso a Mark. Tirei a massa do fogo e voltei para o telefone.

Tudo bem – disse Shaz, agitada. – Às vezes os instintos prevalecem sobre os pensamentos mais elevados. Um homem encara, se aproxima, ou vai para a cama com uma mulher de seios pequenos se estiver envolvido com uma mulher de seios grandes. Talvez você não ache que a variedade é o tempero da vida, mas, acredite em nós, seu namorado acha.

Mark começara a tamborilar os dedos no braço do sofá.

– Shaz...

– Espere.... espere. É o tal livro chamado *O que os homens querem*. Isso... – "Se você tem uma bela irmã ou amiga, pode ter certeza de que seu namorado está IMAGINANDO COMO É FAZER SEXO COM ELA."

Houve uma longa pausa. Mark Darcy já tinha começado a fazer mímica de cortar a garganta e movimentos de ânsia de vômito.

– Quer dizer, não é revoltante? Eles não são simplesmente uns...?

– Shaz, posso te ligar depois?

Quando menos espero, Shaz começa a me acusar de ser obcecada por homens, quando devia ser feminista. Mas então, eu perguntei: se ela estava tão pouco interessada neles, por que estava lendo um livro chamado *O que os homens querem*? Quando aquilo tudo começou a transformar-se numa hedionda discussão antifeminista sobre homens, percebi como a situação era ridícula e disse a Shaz que a gente ia se encontrar e conversar no dia seguinte.

– Então! – disse eu, efusiva, sentando-me ao lado de Mark no sofá. Lamentavelmente, tive de me levantar mais uma vez, pois me sentara em um pote vazio de iogurte.

– Siiim? – disse ele, esfregando com a mão o iogurte embaixo da minha bunda. – Com certeza não pode ter tanto iogurte assim, nem há necessidade de uma esfregação tão intensa, mas está muito gostoso. Huuum.

– Vamos jantar? – perguntei, tentando não desviar a mente da tarefa à minha espera.

Mal acabara de pôr a massa numa travessa e despejar o molho, quando o telefone tocou de novo. Decidi não atendê-lo mais até terminarmos de jantar, mas a secretária eletrônica entrou e logo veio a voz chorosa de Jude:

– Bridget, você está aí? Atenda, atenda. Anda, Bridget, por favooor.

Peguei o telefone, enquanto Mark dava um tapa violento na própria testa. O problema era que Jude e Shaz haviam sido muito boas amigas durante anos, antes de eu conhecer Mark, portanto era óbvio que não seria correto deixar de atender o telefonema delas agora.

– Oi, Jude.

Ela tinha chegado da ginástica, onde acabara de ler um artigo chamado "Solteiras com mais de 30 são 'reprises'".

– O cara dizia que aquelas moças que não saíam com ele quando tinham 20 e poucos anos agora aceitavam os convites, só que ele não as desejava mais – disse ela, pesarosa. – Segundo ele, todas viviam obcecadas por estabelecer-se num relacionamento estável, com bebês, e a regra dele agora era "Ninguém com mais de 25 anos".

– Ah, francamente! – Ri, alegre, tentando combater um ataque de insegurança no meu estômago. – Isso não passa de uma completa provocação. Ninguém acha que você é uma reprise. Lembre-se de todos aqueles banqueiros e empresários que têm ligado para você. E quanto a Stacey e Johnny?

– Hum – disse Jude, embora a voz passasse a ficar mais animada. – Saí com Johnny e os amigos dele do Credit Suisse ontem à noite. Alguém contou uma historinha sobre um cara que bebeu demais num restaurante indiano e desmaiou em cima de um prato, e Johnny é tão literal que continuou: "Nossa mãe! Que coisa mais terrível. Conheço um sujeito que certa vez comeu um monte de comida indiana e acabou com uma úlcera no estômago."

Ela ria. Era visível que a crise tinha passado. A gente percebe que não há nada de muito sério com Jude, ela simplesmente fica meio paranoica às vezes. Conversei mais um pouco e, assim que sua confiança pareceu reinstalar-se com firmeza, fui juntar-me a Mark à mesa, só para descobrir que a massa não estava como eu planejara: nadava em água esbranquiçada.

– Eu gosto – disse Mark, solidário –, gosto de espaguete, gosto de leite. Huumm.

– Não acha melhor a gente telefonar e pedir uma pizza? – perguntei, sentindo-me um fracasso e uma reprise.

Pedimos pizzas e comemos diante da lareira. Mark me falou dos indonésios. Ouvi com atenção, dei-lhe minhas opiniões e conselhos, que ele achou interessantes e muito "originais", eu lhe falei do horripilante encontro, na certa para me demitir, com Richard Finch na manhã seguinte. Ele me deu um ótimo conselho, dizendo para eu explicar antes o que eu queria do encontro e oferecer a Richard várias outras sugestões de medidas a tomar em vez de me demitir. Quando eu lhe explicava que aquilo era meio como a mentalidade de vencer-vencer, defendida em *Os sete hábitos das pessoas altamente eficazes*, tocou mais uma vez o telefone.

– Deixe, não atenda – disse Mark.

– Bridget. Jude. Atenda. Acho que fiz a coisa errada. Acabei de telefonar para Stacey, e ele não me telefonou de volta.

Atendi.

– Bem, vai ver que ele não está.

– Ela não está em juízo perfeito, como você – disse Mark.

– Psiu – sibilei, enquanto Jude fazia um resumo detalhado.

– Escute, tenho certeza de que ele vai telefonar amanhã. Mas se não telefonar, recue para um dos Estágios do Namoro de *Homens são de Marte, mulheres são de Vênus*. Ele está se afastando como o elástico marciano, e você tem de deixá-lo sentir sua atração e soltar-se de volta.

Quando desliguei, Mark estava assistindo a um jogo de futebol.

– Elásticos e vencer-vencer marcianos – disse ele, lançando-me um sorrisinho falso. – Isso aqui está parecendo comando de guerra na terra da linguagem incompreensível.

– Você não conversa com seus amigos sobre assuntos emocionais?

– Nããão – disse ele, apertando o controle remoto e mudando de uma partida de futebol para outra.

Arregalei os olhos para ele, fascinada.

– Você quer trepar com a Shazzer?

– Como?

– Você quer trepar com a Shazzer e a Jude?

– Adoraria! Você quer dizer individualmente? Ou com as duas ao mesmo tempo?

Tentando ignorar seu tom superficial, insisti.

– Quando você conheceu a Shazzer depois do Natal, quis dormir com ela?

– Bem. Só que, entenda, eu estava dormindo com você.

– Mas isso algum dia já passou pela sua cabeça?

– Bem, claro que passou pela minha cabeça.

– O quê? – explodi.

– Ela é uma garota muito atraente. Sem dúvida, não seria estranho que não tivesse pensado? – Ele sorriu, malicioso.

– E Jude? – perguntei, indignada. – Já passou pela sua cabeça dormir com Jude?

– Bem, de vez em quando, fugazmente, acho que sim. É simplesmente parte da natureza humana, não é?

– Natureza humana? Nunca me imaginei dormindo com Giles ou Nigel, do seu escritório.

– É – murmurou ele. – Tenho certeza de que ninguém mais também se imaginou. Trágico. A não ser, talvez, a Jane da sala de remessas.

Assim que acabamos de tirar os pratos e começamos a nos beijar e acariciar no tapete, o telefone tocou mais uma vez.

– Não atenda – disse Mark. – Por favor, pelo amor de Deus e todos os seus querubins, serafins, santos, arcanjos, recepcionistas e jardineiros de nuvens, não atenda.

A secretária já engatara. Mark bateu a cabeça no chão quando a voz de um homem saiu estrondosa.

– Ah, oi. Aqui é Giles Benwick, amigo de Mark. Ele por acaso não está aí, está? É que... – De repente, a voz mudou. – É que minha mulher acabou de me dizer que quer a separação e...

– Bom Deus – disse Mark e pegou o telefone. Uma expressão de puro pânico varreu-lhe o rosto. – Giles. Meu Deus. Fique calmo... hum... hum... Giles, acho melhor passá-lo para Bridget.

Hum. Eu não conhecia bem Giles, mas acho que meus conselhos foram muito bons. Consegui acalmá-lo e indiquei-lhe dois livros úteis. Transei depois maravilhosamente com Mark e me sentia mt. segura e reconfortada, deitada em seu peito, o que fazia todas as teorias inquietantes parecerem irrelevantes.

– Eu sou uma reprise? – perguntei, sonolenta, quando ele se curvou para apagar a vela.

– Retardada? Não, querida – disse ele, dando tapinhas tranquilizadores na minha bunda. – Talvez, um pouco esquisita, mas retardada, não.

2. Água-viva à vista

Terça-feira, 28 de janeiro

58 quilos, 0 cigarro fumado na frente de Mark mt. b., 7 cigarros fumados em segredo, 47 cigarros não fumados* mt. b.

8 HORAS. NO MEU APARTAMENTO. Mark foi até a casa dele trocar de roupa antes de ir para o trabalho, portanto posso fumar um pouquinho, desenvolver meu crescimento interior e a mentalidade vencer-vencer, e me preparar para o encontro da demissão. Assim, o que estou me esforçando por fazer é criar uma sensação de calma e equilíbrio e... Droga! A campainha.

8H30. Era o empreiteiro de Magda, Gary. Merda, merda, merda fedida. Esqueci que ele ia aparecer.

– Ah! Formidável! Alô! Podia voltar daqui a dez minutos? É que estou no meio de uma coisa.

Tremi, em seguida me curvei, encolhendo-me dentro da camisola. No meio do que eu podia estar? Sexo? Um suflê? Fazendo um vaso num torno de cerâmica, que não podia largar de jeito nenhum, para não secar de forma estranha?

Mesmo assim, ainda estava com os cabelos molhados quando a campainha voltou a tocar. Senti uma onda de culpa tipo classe média ao ver o sorrisinho de gozação para a decadência daqueles que se refestelam ociosos na cama, quando um mun-

*Quase fumados, mas lembrei que tinha parado e, por isso, não fumei especificamente esses 47. Portanto, o número não é como de cigarros não fumados em todo o mundo (escrever o número de algarismos garrafais seria ridículo).

do inteiramente diferente, da verdadeira gente trabalhadora, já está de pé há tanto tempo que já é quase hora do almoço.

– Aceita um pouco de chá ou café? – perguntei, amavelmente.

– Valeu. Uma xícara de chá. Quatro torrões de açúcar, mas não mexa.

Olhei-o fixo, perguntando-me se era brincadeira ou algo como fumar cigarros sem tragar.

– Certo – disse eu –, certo – e comecei a fazer o chá, enquanto Gary se sentava à mesa da cozinha e acendia um cigarro. Contudo, coisa mais lamentável, quando comecei a servir-lhe o chá, me dei conta de que não tinha leite nem açúcar.

Ele lançou-me um olhar incrédulo, inspecionando a série de garrafas de vinho vazias.

– Não tem leite, nem açúcar?

– O leite, hum, simplesmente acabou e, na verdade, não conheço ninguém que tome chá com açúcar... embora, claro, seja ótimo tomar... hum... chá com açúcar – deixei morrer o assunto. – Vou dar um pulinho até a loja.

Quando voltei, achei que de algum modo ele poderia ter tirado as ferramentas da van, mas o cara continuava ali sentado, e se pôs a contar a história comprida e complicada sobre a pesca de carpa num reservatório perto de Hendon. Parecia um almoço de negócios, em que todo mundo bate papo, evitando tocar no assunto trabalho por tanto tempo que começa a ficar constrangedor demais a gente destruir a fantasia de que se está numa ocasião de prazer social, e nunca se chega ao que realmente interessa.

Eu acabei desconversando da historinha totalmente incompreensível do peixe com:

– Muito bem! Posso lhe mostrar o que quero fazer? – e no mesmo instante percebi que cometera uma gafe grosseira, insinuando que não estava interessada em Gary como pessoa, mas apenas como um trabalhador, e por isso tentei retomar a historinha do peixe para compensar minha gafe.

9H15. NO TRABALHO. Entrei correndo em ação, histérica por estar cinco minutos atrasada, e não encontrei o maldito Richard Finch em lugar algum. Embora, na verdade, seja bom ter tempo para planejar melhor minha defesa. O estranho é que o escritório está completamente vazio! Portanto, é claro que na maioria dos dias, quando entro em pânico por estar sempre atrasada, achando que todos os demais já se puseram a ler os jornais, eles também chegaram atrasados, embora não tanto quanto eu.

Certo, vou escrever os pontos-chave para a reunião. Ter tudo claro e pronto na mente, como disse Mark.

"Richard, comprometer minha integridade jornalística por..."

"Richard, como você sabe, levo minha profissão de jornalista de TV muito a sério..."

"Por que simplesmente você não vai se foder, seu babaca gordo..."

Não, não, nada disso. Como disse Mark, pense no que você quer e no que ele quer, e também pense em vencer-vencer, como ensina *Os sete hábitos das pessoas altamente eficazes*. Aaargh!

11H15. Era Richard Finch, espremido num amarrotado terno Galliano framboesa com forro azul-claro, entrando a galope de marcha à ré no escritório, como se montasse a cavalo.

– Bridget! Muito bem. Você é uma bosta, mas se livrou da fria. Eles lá em cima adoraram. Adoraram. Adoraram. Temos uma proposta. Estou pensando em coelhinha, estou pensando em gladiadores, estou pensando em membro do parlamento. Estou pensando em Chris Serle encontra-se com Jerry Springer que encontra-se com Anneka Rice que encontra-se com Zoe Ball que encontra-se com Mike Smith, do Late Breakfast Show.

– O quê? – disse eu, indignada.

Acabei sabendo que eles tinham bolado algum esquema humilhante em que toda semana eu tinha de experimentar uma profissão diferente e depois cagar tudo vestida a caráter. É evidente que lhe respondi que eu era uma jornalista profissional e não ia nem levar em consideração a ideia de me prostituir daquela maneira, e a consequência foi que ele ficou emburrado e disse que ia pensar em qual era meu valor para o programa, se é que eu tinha algum.

20 HORAS. Tive um dia totalmente idiota no trabalho. Richard Finch tentava me obrigar a aparecer no programa usando um short minúsculo ao lado de uma ampliação da Fergie em roupa de ginástica. Eu tentava ser muito vencer-vencer em relação à coisa toda, dizendo que me sentia lisonjeada, mas achava que era melhor eles fazerem aquilo com uma modelo de verdade, quando o deus sexual Matt, da arte gráfica, entrou com a ampliação e disse:

– Quer que a gente ponha um círculo animado em volta da celulite?

– É uma boa, isso se puder fazer o mesmo com a Fergie – disse Richard Finch.

Foi o que bastou. Simplesmente encheu minhas medidas. Eu disse a Richard que não estava nos termos do meu contrato ser humilhada na telinha, e que não ia fazer aquilo de jeito nenhum.

Cheguei em casa tarde, exausta, e encontrei o empreiteiro Gary ainda lá, e o apartamento todo bagunçado, com torradas queimadas debaixo da grelha, louça para lavar e exemplares do *Angler's Mail* e do *Coarse Fisherman* por toda parte.

– Que tal? – perguntou Gary, fazendo um sinal orgulhoso com a cabeça para seu artefato.

– Ficaram esplêndidas! Ficaram esplêndidas! – exclamei, efusiva, sentindo a boca cerrar-se numa forma esquisita. – Só uma coisinha. Acha que pode fazer com que os suportes fiquem alinhados uns com os outros?

Na verdade, as prateleiras haviam sido postas de uma maneira louca e assimétrica, com suportes aqui, ali e em toda parte.

– Hum, bem, você sabe, o problema é com a sua fiação elétrica, porque se eu furar a parede aqui, vai provocar um curto-circuito em todos os segmentos – começou Gary, quando o telefone tocou.

– Alô?

– Oi, já é aquele encontro com o comando de guerra? – era Mark no celular.

– A única coisa que posso fazer é retirá-las e pôr rebites debaixo das cantoneiras – falou Gary, numa linguagem incompreensível.

– Está com alguém aí? – crepitou a voz de Mark, acima do tráfego.

– Não, é só o... – ia dizer empreiteiro, mas não quis insultar Gary, e portanto mudei para – Gary... um amigo de Magda.

– O que ele está fazendo aí?

– Claro que você vai precisar de outro conjunto de porcas e parafusos – continuou Gary.

– Escute, estou no carro. Quer sair para jantar com Giles à noite?

– Eu te disse que vou me encontrar com as garotas.

– Ai, meu Deus. Acho que vou ser desmembrado, dissecado e analisado da cabeça aos pés.

– Não, você não...

– Espere um minuto. Vou entrar no túnel. – Estalo, estalo, estalo. – Encontrei sua amiga Rebecca outro dia. Me pareceu muito simpática.

– Eu não sabia que você conhecia a Rebecca – disse eu, respirando muito rápido.

Rebecca não é exatamente uma amiga, mas sempre aparecia no 192 e se juntava a mim, à Jude e à Shaz. O problema dela é que é como uma água-viva gelatinosa e causa queimadura quando menos se espera. A gente tem uma conversa com ela que parece inteiramente simpática e amistosa e, de repente, sente uma ferroada e não sabe de onde veio. Por exemplo, quando se está conversando sobre jeans, ela diz: "Bem, se você tem culotes cheios de celulite, é melhor usar uma marca realmente bem modelada como Dolce & Gabbana." Só que ela tem coxas que parecem as de um filhote de girafa – e depois se põe a falar de um modo meio sub-reptício de tecido de algodão, como se nada tivesse acontecido.

– Bridget, ainda está aí?

– Onde... onde você se encontrou com a Rebecca? – perguntei, com a voz estridente, embargada.

– Ela estava no coquetel de Barky Thompson ontem à noite e se apresentou a mim.

– Ontem à noite?

– É, dei uma passada lá porque sabia que você ia chegar tarde.

– Sobre o que vocês conversaram? – perguntei, consciente de que Gary sorria meio amarelo para mim, com um cigarro pendendo da boca.

– Ah, você sabe, ela perguntou sobre meu trabalho e falou coisas simpáticas de você – disse Mark, despreocupado.

– O que ela disse? – sibilei.

– Disse que você era descolada... – A ligação interrompeu-se por um momento.

Descolada? Descolada na linguagem de Rebecca equivale a dizer: "Bridget transa adoidado com todo mundo e consome drogas."

– Acho que talvez eu possa pôr um RSJ e suspendê-las – começou mais uma vez Gary, como se não houvesse a conversa ao telefone.

– Bem, é melhor eu liberar você, não?... Já que tem alguém aí – disse Mark. – Divirta-se. Devo ligar mais tarde?

– Sim, sim, falo com você depois.

– De quem mais ele está dando em cima? – disse Gary, num raro momento de lucidez extremamente inoportuno.

Lancei-lhe um olhar feroz.

– E as prateleiras...?

– Bem, se quer todas alinhadas, vou ter de mudar os fios elétricos, e isso quer dizer quebrar o reboco, a não ser que faça um remendo grosseiro com um pedaço de MDF. Quer dizer, se tivesse me dito que queria as prateleiras simétricas antes, eu teria sabido, não é? Mas acho que posso dar um jeito agora mesmo. – Olhou a cozinha em volta. – Tem alguma comida em casa?

– Estão ótimas assim, absolutamente lindas desse jeito – apressei-me a dizer.

– Se preparar uma macarronada, eu...

Paguei a Gary 120 libras em dinheiro vivo pelas insanas prateleiras só para pô-lo porta afora. Ai, meu Deus, estou tão arrasada. Merda, merda, o telefone de novo.

21H05. Era papai... estranho, pois em geral ele deixa a comunicação telefônica para a mamãe.

– Só liguei para saber como você está. – Tinha uma voz muito esquisita.

– Estou ótima – disse, preocupada. – E você?

– Muito bem, muito bem. Muito ocupado no jardim, você sabe, muito ocupado, apesar de não haver muito que fazer lá fora no inverno, claro... E aí, como andam as coisas?

– Tudo ótimo, papai. E com você, está tudo bem?

– Ah, sim, sim, tudo excelente. Hum, e o trabalho? Como vai o trabalho?

– O trabalho está ótimo. Bem, quer dizer, desastroso, claro. Mas está tudo bem com você?

– Comigo? Ah, sim, ótimo. Claro que as anêmonas vão brotar, desabrochar, cair, brotar de novo por toda parte, muito em breve. E está tudo bem com você, não?

– Sim, excelente. Como andam as coisas com você?

Após vários minutos dessas impenetráveis voltas coloquiais, abri uma brecha.

– E a mamãe, como vai?

– Hum. Bem, ela, ela... hum...

Fez-se uma longa, dolorosa, pausa.

– Ela vai para o Quênia. Com Una.

O pior de tudo era que a história com Júlio, o agente de turismo português, tinha começado na última vez em que ela saíra de férias com Una.

– Você vai também?

– Não, não – vociferou ele. – Não estou nem um pouco a fim de ficar sentado contraindo câncer de pele em algum espaço apertado pavoroso, bebericando piña colada e vendo dançarinos tribais de peito nu prostituindo-se com velhas lascivas no bufê do café da manhã.

– Ela o convidou?

– Bem, para falar a verdade, não. Sua mãe ia discutir e dizer que é uma pessoa independente, que nosso dinheiro é dinheiro dela, e que tem o direito de explorar livremente o mundo e a própria personalidade com o que lhe der na cabeça.

– Bem, suponho que, desde que ela fique só nesses dois campos – disse eu. – Ela o ama, papai. Você viu isso – quase disse "da última vez" e mudei para – no Natal. Ela só precisa de um pouco de emoção.

– Eu sei, mas, Bridget, só que tem mais uma coisa. Uma coisa terrível. Pode esperar um instante?

Dei uma olhada ao relógio. Já devia estar no 192 e ainda não dera um jeito de avisar a Jude e Shaz que Magda ia se encontrar com a gente. Quer dizer, é delicado na maioria das vezes tentar juntar amigas de lados opostos do divisor casamento, mas Magda tinha acabado de ter um bebê. E eu temia que isso não fosse bom para a disposição mental de Jude.

– Desculpe, fui só fechar a porta. – Papai tinha voltado. – De qualquer modo – continuou num tom conspirador –, ouvi sem querer sua mãe falando hoje mais cedo ao telefone. Acho que era com o hotel no Quênia. E ela disse, ela disse...

– Está tudo bem, está tudo bem. O que ela disse?

– Ela disse: "Não, solteiro e com mais de 1,50 metro. Estamos indo aí nos divertir."

Deus misericordioso.

– Quer dizer – pobre papai, quase soluçava. – Acha mesmo que devo ficar aqui parado e deixar a minha mulher contratar um gigolô?

Por um momento, fiquei sem saber o que dizer. Aconselhar o próprio pai sobre o hábito suspeito de contratar gigolôs da própria mãe é um tema que eu jamais vi nos meus livros de autoajuda.

Acabei optando por tentar ajudar meu pai a reforçar sua autoestima, sugerindo-lhe ao mesmo tempo um período de distanciamento tranquilo, antes de discutir o assunto com a mamãe de manhã, conselho, aliás, percebi, que eu mesmo era totalmente incapaz de seguir.

Àquela altura, me achava bem atrasada. Expliquei ao papai que Jude estava meio em crise.

– Se manda, se manda! Quando você tiver algum tempo livre. Não se preocupe – disse ele, animado demais. – Melhor eu ir cuidar do jardim enquanto a chuva não chega. – A voz parecia estranha e rouca.

– Pai – disse eu –, são nove horas. E estamos em pleno inverno.

– Ah, é – disse ele. – Muito bem. Então é melhor eu tomar um uísque.

Espero que ele fique bem.

Quarta-feira, 29 de janeiro

59,4 quilos (Argh! Mas talvez seja devido ao monte de vinho que emborquei), 1 cigarro mt. b., 1 emprego, 1 apartamento, 1 namorado (continuamos numa boa).

5 HORAS. Eu nunca mais, nunca mais, vou beber de novo enquanto viver.

5H15. A noite não para de retornar a mim, me incomodando com bolos de azia no estômago.

Após a corrida ofegante sob a chuva, cheguei ao 192 e constatei que Magda ainda não tinha chegado, graças a Deus, e encontrei Jude já naquele estado, que a mergulhava num Efeito Bola de Neve, extraindo imensos fracassos de pequenos incidentes, daqueles contra os quais nos advertem em *Não faça tempestade em copo d'água.*

– Eu jamais vou ter filhos – dizia, monótona, fitando o nada diante de si. – Sou uma reprise. Aquele cara disse que as mulheres de mais de 30 não passam de ovários palpitantes ambulantes.

– Pelo amor de Deus! – bufou Shaz, pegando o Chardonnay. Esse cara não passa de um escrevinhador, reciclando a propaganda para esculhambar as mulheres da Inglaterra da Idade Média e mantê-las oprimidas como escravas. Tomara que ele tenha calvície precoce.

– Mas que possibilidades tenho eu de conhecer alguém novo, agora, ter tempo de estabelecer uma relação e convencê-lo a querer ter filhos? Porque eles nunca querem, antes de tê-los.

Tomara que Jude não comece a falar de relógio biológico em público. É natural que a gente sinta essa preocupação em segredo e tente fingir que uma situação totalmente indigna não está acontecendo. Mas trazer isso à baila no 192 só me deixa em pânico, além de parecer um clichê ambulante.

Felizmente, Shazzer explodiu com sua linguagem bombástica.

– Muitas mulheres estão desperdiçando a juventude tendo filhos aos 20, 30 e início dos 40 anos, quando deviam se concentrar na carreira – ladrou. – Vejam aquela mulher no Brasil que teve um filho aos 60.

– Viva! – disse eu. – Ninguém nunca quer ter filhos, mas é o tipo de coisa que a gente sempre acaba tendo vontade de fazer duas ou três vezes por ano!

– Bela possibilidade – disse Jude, sombria. – Magda disse que, mesmo depois que se casou com Jeremy, sempre que falava de filhos ele ficava todo esquisito, e dizia que ela estava ficando séria demais.

– O quê? Mesmo depois de casados? – perguntou Shaz.

– É – disse Jude, pegando a bolsa e levantando-se para ir ao banheiro, num acesso de raiva.

– Tenho uma ótima ideia para o aniversário de Jude – disse Shaz. – Por que não mandamos congelar um dos óvulos dela?

– Psiu. – Dei um risinho nervoso. – Não seria meio difícil fazer isso como uma surpresa?

Nesse momento Magda entrou, o que foi uma completa infelicidade, pois (a) eu ainda não tinha avisado as meninas e (b) levei um puta de um choque, pois só tinha visto Magda uma vez desde o nascimento de seu terceiro filho, e sua barriga ainda não havia diminuído. Usava uma camisa dourada e uma fita de veludo nos cabelos, em gritante contraste com os esportivos trajes urbanos das demais.

Eu mal tinha acabado de servir um copo de Chardonnay a Magda quando Jude reapareceu, desviou os olhos da barriga de Magda para mim e lançou-me um olhar obsceno.

– Oi, Magda – disse Jude, carrancuda. – Para quando é?

– Ela já nasceu há um mês e meio – disse Magda, o queixo tremendo.

Eu sabia que não ia dar certo juntar diferentes espécies de amigas, sabia que seria um erro.

– Por quê? Estou tão gorda assim? – sussurrou-me Magda, como se Jude e Shaz fossem o inimigo.

– Não, você está ótima – disse eu. – Luminosa.

– Estou mesmo? – perguntou Magda, animando-se. – É que leva algum tempo para... Vocês sabem... desinchar. Também, sabem, eu tive mastite...

Jude e Shaz retraíram-se. Por que as garotas Casadas Convencidas fazem isso, por quê? Lançam-se descuidadas em historinhas de cortes, pontos, perda de sangue, salamandras aquáticas e Deus sabe mais o quê, como se batessem um papo leve e agradável.

– Em todo caso – continuava Magda, sorvendo o Chardonnay e sorrindo radiante e feliz para as amigas, como alguém recém-saído da prisão – Woney disse para pôr duas folhas de repolho em cada seio, que após umas cinco horas sugam a infecção. Claro que é um pouco complicado, com o suor, o leite e o vazamento. Além disso, Jeremy fica meio irritado comigo por ir para a cama com toda aquela sangueira na Dita Cuja e com o sutiã cheio de folhas úmidas, mas eu me sinto muito melhor! Já usei quase um repolho inteiro!

Fez-se uma pausa desconcertante. Olhei preocupada ao redor da mesa, mas Jude parecia ter se animado de repente, esticando para baixo o corpete tosquiado Donna Karan, que revelou um vislumbre de umbigo com um piercing e um ventre liso e trabalhado à perfeição, enquanto Shazzie ajustava o sutiã.

– Mas chega de falar de mim. Como vão as coisas com vocês? – perguntou Magda, como se andasse lendo um daqueles livros anunciados nos jornais com o desenho de um homem estranho na faixa dos 50 na capa e um título tipo *Não sabe bater um bom papo*? – E o Mark?

– Ele é um amor – disse eu, satisfeita. – Faz-me sentir tão... – Jude e Shazzer entreolhavam-se. Percebi que talvez eu parecesse meio convencida demais. – O único problema é que... – fiz uma ressalva.

– O quê? – perguntou Jude, curvando-se para a frente.

– Na certa, não deve ser nada. Mas ele me ligou esta noite e disse que se encontrou com a Rebecca.

– O QUÊÊÊÊ? – explodiu Shazzer. – Como ousa aquele puto? Onde?

– Numa festa ontem à noite.

– O que ele estava fazendo numa festa ontem à ncite? – gritou Jude. – Com Rebecca e sem você?

Viva! De repente estávamos como nos velhos tempos. Dissequei com toda meticulosidade o tom geral do telefonema, meus sentimentos em relação ao encontro e sua possível importância, o fato de Mark ter ido para o meu apartamento direto da festa, embora só tenha falado do coquetel e de Rebecca 24 horas depois.

– Isso é *falaçãozite* – explicava Jude.

– O que é isso?

– Doença da falação, você sabe, quando o nome de alguém é falado o tempo todo, e em momentos em que não é estritamente relevante: "Rebecca disse isso", ou "Rebecca comprou um carro igual àquele".

Magda ficou calada. Eu sabia exatamente por quê. No ano anterior, ela vivia dizendo que achava que Jeremy estava aprontando alguma. Depois acabou descobrindo que ele andava tendo um caso com uma moça no centro financeiro de Londres. Eu passei-lhe um cigarro Silk Cut.

– Sei exatamente o que isso quer dizer – disse ela, lendo meu pensamento e me agradecendo com um meneio de cabeça. – Em todo caso, por que sempre acaba indo para o seu apartamento? Achei que tivesse um casarão esplêndido em Holland Park.

– Bem, ele tem, mas parece preferir...

– Hum – Jude disse. – Você já leu *Além da codependência com um homem que tem horror a se comprometer*?

– Não.

– Vamos até o meu apartamento depois daqui. Vou lhe mostrar.

Magda ergueu os olhos para Jude, como o Leitão esperando ser incluído num programa com o Puff e o Tigrão.

– Ele na certa só está tentando se livrar das compras e da faxina – disse ela, com impaciência. – Jamais conheci um homem que não quisesse no mais íntimo de si ser paparicado como o pai era pela mãe, por mais que finjam ser evoluídos.

– É isso mesmo – ladrou Shazzer, ao que Magda sorriu radiante, com orgulho.

Infelizmente, tudo voltou a girar mais uma vez em torno do fato de que o americano de Jude não tinha retornado o seu telefonema, o que levou Magda a desfazer todo seu bom trabalho.

– Francamente, Jude! – disse Magda. – Não entendo como você pode resolver o problema do colapso do rublo de modo a ser aplaudida por todo o pregão da Bolsa e depois ficar nesse estado só por causa de um homem idiota.

– Bem, o problema, Mag, é que – expliquei, tentando conciliar as opiniões – é muito mais fácil lidar com o rublo do que com um homem. Regras claras e precisas governam o comportamento da moeda.

– Acho que você deveria deixar isso pra lá uns dois ou três dias – disse Shaz, pensativa. – Tente não ficar obcecada e, quando ele ligar, finja simplesmente que não está nem aí, além de muito ocupada, e que não tem tempo para conversar.

– Espere aí – intrometeu-se Magda. – Se você quer falar com ele, qual o sentido de esperar três dias e depois dizer que não tem tempo para conversar? Por que você não telefona para ele?

Jude e Shazzer olharam-na boquiabertas, incrédulas com a sugestão insana da Casada Convencida. Todo mundo sabe que Angélica Houston nunca, jamais na vida, ligou para Jack Nicholson, e que os homens não suportam não ser o caçador.

Todo o cenário foi ficando de mal a pior, Magda dizendo com o olhar incisivo que quando Jude encontrasse o homem certo seria "tão fácil quanto as folhas caindo de uma árvore". Às dez e meia, Magda levantou-se de um salto e disse:

– Bom, é melhor eu ir embora! Jeremy vai chegar às onze horas!

– Por que você tinha de chamar a Magda? – perguntou Jude, assim que ela saiu do alcance da voz.

– Ela estava solitária – disse eu, pouco convincente.

– Éé, certo. Porque ela tinha de passar duas horas sozinha sem Jeremy – disse Shazzer.

– Ela não pode ter as duas coisas ao mesmo tempo. Não pode fazer parte de uma Família de Casada Convencida e se queixar de não pertencer a uma Família de Solteira Urbana – disse Jude.

– Francamente, se essa garota fosse jogada no pega-pra-capar do mundo do namoro moderno, seria comida viva – resmungou Shaz.

– ALERTA, ALERTA, REBECCA, ALERTA – tocou a sirene nuclear Jude.

Acompanhamos seu olhar pela janela e vimos um jipe Mitsubishi estacionando, com Rebecca com uma mão no volante e a outra segurando o celular junto ao ouvido.

Ela deslizou as longas pernas para fora, revirando os olhos para alguém que tinha o descaramento de passar quando ela falava ao telefone, atravessou a rua sem prestar a mínima atenção nos carros, que tiveram de parar com os freios cantando, fez uma pequena pirueta como se dissesse: "Fodam-se todos vocês, este espaço é meu", e então esbarrou em uma mendiga com um carrinho de supermercado e ignorou-a completamente.

Irrompeu no bar, afastando do rosto, como um açoite, os longos cabelos, que logo o cobriram como uma cortina giratória e luminosa.

– Está bem, tenho de voar. Te amo! Tchauzinho! – dizia ao celular. – Oi, oi – beijou-nos todas, sentando-se e pedindo com um gesto um copo ao garçom. – Como vai, Bridget? E como andam as coisas com Mark? Você deve estar muito contente por ter finalmente arranjado um namorado.

"Finalmente". Grrr. Primeira queimadura da água-viva da noite.

– E aí, está se sentindo nas nuvens? – perguntou Rebecca, com voz cantarolada. – Ele a leva para o jantar do Clube Jurídico às sextas-feiras?

Mark nada dissera sobre jantar algum do Clube Jurídico.

– Ah, me desculpe, será que meti o nariz onde não devo? – perguntou Rebecca. – Tenho certeza de que foi apenas por esquecimento. Ou talvez ele ache que não é justo com você. Mas eu acho que você aguenta. O pessoal na certa vai achar que você é mesmo um amor de pessoa.

Como disse Shazzer depois, mais que uma água-viva, aquela mulher era uma caravela. Os pescadores cercavam-na com seus barcos, tentando arrastá-la de volta à praia.

Rebecca saiu de repente, para ir ao encontro de um e de outro, e nós três acabamos voltando trôpegas para o apartamento de Jude.

– "O Homem Que Tem Horror a Compromisso não a quer em espaço que é de domínio dele" – Jude leu alto, enquanto Shaz mexia no controle do vídeo de *Orgulho e preconceito*, tentando encontrar o trecho em que Colin Firth mergulha no lago.

– "Ele gosta de ir para a sua torre, como um cavaleiro andante sem responsabilidade. E depois voltar para o seu castelo. Pode receber e dar os telefonemas a seu bel-prazer, sem que você saiba. Pode conservar seu espaço, e a si mesmo, só para ele."

– É isso mesmo – resmungou Shaz. – Bem, venham logo, ele vai mergulhar.

Caímos as três em silêncio nesse momento, vendo Colin Firth emergir do lago encharcado, pingando, na camisa branca transparente. Hum. Huumm.

– Em todo caso – disse eu, na defensiva – Mark não é um Homem Que Tem Horror a Compromisso... ele já foi casado.

– Bem, então talvez isso queira dizer que você é Apenas a Garota do Momento – soluçou Jude.

– Safado! – praguejou Shazzer. – Safados nojentos. Uau, olhem só isso.

Acabei chegando cambaleante em casa, lancei-me cheia de expectativa em direção à secretária eletrônica e parei, desolada. Nenhuma luz vermelha. Mark Darcy não tinha telefonado. Ai, meu Deus, já são seis horas da manhã e ainda preciso dormir um pouco.

8H30. Por que ele não me ligou? Por quê? Droga. Sou uma mulher de fibra, segura, receptiva, que corresponde. Meu equilíbrio interior depende de mim e não de... Espere aí. Talvez o telefone esteja quebrado.

8H32. O ruído de discar parece normal, mas vou telefonar do celular para conferir. Se não funcionar, quer dizer que está tudo ótimo.

8H35. Droga. O telefone está funcionando. Mas ele me disse com certeza que ia me telefonar ontem à noite... Que bom, o telefone!

– Ah, alô, meu bem. Não acordei você, acordei?

Era meu pai. No mesmo instante me senti culpada por ser uma filha horrível, egoísta, mais interessada num relacionamento de um mês que na ameaça ao casamento dos pais, de três décadas de duração, por gigolôs quenianos com mais de 1,50 metro.

– O que houve?

– Está tudo bem. – Papai riu. – Eu falei do telefonema com ela e... opa!... lá vem ela.

– Francamente, querida! – disse mamãe, pegando o telefone. – Não sei de onde seu pai tirou essas ideias ridículas. Estávamos falando das camas de solteiro!

Ri comigo mesma. É óbvio que papai e eu temos mentes iguais a esgotos.

– De qualquer modo – prosseguiu ela –, já está tudo bem adiantado. Partimos no dia 8 de fevereiro! Quênia! Imagine! O único negro a virar carvão é...

– Mãe! – explodi.

– O que foi, querida!

– Não diga “negro a virar carvão”. Isso é racismo.

– Não vamos pôr ninguém na fogueira, sua bobinha! Papai e eu temos aquecimento central.

– O simples fato de continuarem a permitir a persistência de expressões como essa no vocabulário envenena as atitudes e...

– Nossa! Às vezes, você toma mesmo a floresta pelas árvores... Ah, já lhe contei? Julie Enderbury engravidou de novo.

– Escute, eu preciso mesmo ir, eu...

O que acontece com as mães e o telefone para que, tão logo a gente diz que precisa ir, elas se lembrem de repente de 19 coisas totalmente irrelevantes que têm de nos contar naquele minuto?

– Engravidou. É o terceiro – disse ela, acusadora. – Ah, e a outra coisa é que Una e eu decidimos esquiar na internet.

– Acho que a expressão é "surfar", mas eu tenho mesmo de...

– Esquiar, surfar, deslizar de trenó, não importa, querida! Merle e Percival já estão nela. Você sabe: ele era o chefe da unidade de queimaduras da Enfermaria de Northampton. De qualquer modo, a outra coisa é: você e Mark vão aparecer aqui em casa na Páscoa?

– Mamãe, eu tenho de ir agora, estou atrasada para o trabalho! – disse eu.

Por fim, após mais uns dez minutos de irrelevâncias, consegui me livrar dela e tornei a afundar agradecida no travesseiro. Contudo, o fato de minha mãe estar on-line, e eu não, faz com que me sinta meio deficiente. Aliás, eu estava na rede, mas uma empresa chamada GBH me enviou 677 e-mails de propaganda por engano e até hoje não conseguiu explicar qual foi o problema.

Quinta-feira, 30 de janeiro

59,4 quilos (emergência: as calcinhas de renda passaram a deixar marcas em mim), 17 peças de lingerie provocantes, lindas e sensuais experimentadas, 1 calcinha/cinta/espartilho gigantesca, horrorosa de dar medo, estilo fraldão e anexos comprados, 1 namorado (mas dependendo inteiramente de eu esconder-lhe a apavorante calcinha/cinta/espartilho e anexos).

9 HORAS. CAFÉ COINS. TOMANDO CAFÉ. Viva! A vida é bela, tudo é belo. Ele acabou de telefonar. Pelo jeito, me ligou ontem à noite, mas não deixou recado porque ia voltar a telefonar depois, mas aí adormeceu. Estou meio desconfiada, mas ele me convidou para ir amanhã ao tal lugar jurídico. Também Giles, do escritório dele, disse que eu tinha sido superlegal com ele ao telefone.

9H05. Mas esse jantar da lei me deixa meio apavorada. É black-tie. Perguntei a Mark o que se esperava de mim e ele disse:

– Oh, nada. Não se preocupe com isso. Vamos simplesmente nos sentar a uma mesa e jantar com umas pessoas do trabalho. São só amigos. Vão adorar você.

9H11. "Vão adorar você". Já dá para a gente ver, é uma admissão tácita de que estou sob julgamento. Portanto, é muito importante causar boa impressão.

9H15. Certo, vou pensar nisso de forma positiva. Vou ficar maravilhosa: elegante, cheia de vida, magnificamente vestida. Ai, mas não tenho um vestido longo. Talvez Jude ou Magda me emprestem um.

Certo:

Contagem Regressiva para o jantar jurídico

1º dia (hoje)

Ingestão de comida planejada:

Café da manhã: vitamina de fruta, contendo laranja, banana, pera, melão ou outra fruta da estação. (Observação: 1 cappuccino e um croissant de chocolate já consumidos

antes do café da manhã.)
Lanche: fruta, mas não muito perto do almoço, pois leva uma hora para liberar as enzimas.
Almoço: salada com proteína.
Lanche: aipo ou brócolis. Vou à ginástica depois do trabalho.
Lanche depois da ginástica: aipo.
Jantar: peito grelhado e legumes cozidos no vapor.

18 HORAS. SAINDO DO ESCRITÓRIO. Vou comprar no início da noite roupas de baixo especiais para resolver problemas de silhueta a curto prazo. Magda vai me emprestar joias e um vestido longo azul-escuro muito elegante que, segundo ela, precisa de uma "ajudinha", e pelo que consta todas as estrelas de cinema etc. usam adesivos de sustentação nas estreias. Significa que a ida à ginástica dançou, mas as roupas de baixo modeladoras são muito mais eficazes do que a visita à ginástica.

Também decidi contra visitas esporádicas à ginástica em favor de todo um novo treinamento, a começar com um programa de condicionamento físico a partir de amanhã. É óbvio que não posso esperar que o corpo se transforme a tempo do jantar. É exatamente esse o motivo da compra das roupas de baixo, mas pelo menos vou me sentir revigorada. Ah, o telefone.

18H15. Era Shazzer. Contei-lhe sobre o programa da festa jurídica (incluindo a infeliz *débâcle* da pizza para o almoço), mas quando lhe falei da avaliação do condicionamento físico, ela pareceu cuspir no telefone.

– Não faça isso – advertiu num sussurro sepulcral.

Acontece que Shaz tinha se submetido a um condicionamento semelhante, com uma mulher enorme, estilo gladiador, de cabelos ruivos e rutilantes, chamada "Carborundum", que a colocou diante de um espelho no meio da sala de ginástica e berrou:

– A gordura da sua bunda caiu, fazendo a das coxas escorrer para os lados em forma de alforjes, como os que se colocam nas garupas dos burros.

Odeio a ideia da mulher estilo gladiadora. Sempre desconfiei que esse tipo de programa de exercícios um dia fugirá ao controle, as malhadoras se transformarão em canibais, e os produtores lançarão os cristãos à Carborundum e às da sua espécie. Shaz disse que eu decididamente devo cancelar, mas o que quero saber é: se, como sugere Carborundum, a gordura é capaz de agir dessa maneira escorrendo e mudando de estilo, então é claro que deve ser possível moldar e espremer a gordura existente em formas mais bonitas – ou mesmo em diferentes formas, conforme a exigência da ocasião. Não posso deixar de imaginar se, tendo liberdade para dispor de nossa própria gordura, segundo a opção de cada um, eu iria continuar querendo reduzir a quantidade? Acho que teria seios grandes, quadris largos e cintura fina. Mas haveria gordura suficiente para distribuir desse jeito? E onde eu poria o excesso? Ficaria mal ter orelhas ou pés gordos, se o resto do corpo fosse perfeito?

– Lábios cheios seria muito bom – disse Shazzer – mas não... – baixando a voz num sussurro de repugnância – os da vulva.

Eca. Às vezes Shaz é totalmente nojenta. Certo, preciso ir. Vou me encontrar com Magda às seis e meia na Marks & Sparks.

21 HORAS. DE VOLTA AO APARTAMENTO. A experiência de compras talvez seja mais bem descrita como educacional. Magda insistia em me mostrar meias-calças, anquinhas e espartilhos horrorosamente imensos.

– Veja só. Bridget: a Nova Arte da Modelação! Pense na década de 1970, pense nas juras de amor, pense nos espartilhos – dizia, acenando uma espécie de roupa de Ciclista Assassino em Série de Lycra preta torneada, com bermudas, corpete de barbatana e um sutiã com reforço.

– Eu não vou usar isso – sibilei pelo canto da boca. – Ponha de volta no lugar!

– Por que não?

– E se alguém, você sabe, me apalpar?

– Francamente, Bridget. Roupa de baixo existe para cumprir uma função. Se você estiver com um vestidinho liso ou uma calça de trabalho, digamos, é porque quer criar uma linha discreta. Ninguém vai boliná-la no trabalho, vai?

– Bem, às vezes, até que sim – respondi, na defensiva, pensando no que acontecia no elevador quando eu saía com Daniel Cleaver (se é que se pode descrever assim aquele pesadelo de fobia a compromisso).

– O que acha destas? – perguntei, esperançosa, pegando um magnífico conjunto feito do mesmo material das meias pretas transparentes, só com o sutiã e a calcinha tendo formas torneadas.

– Não! Não! Totalmente anos 1980. Você precisa é disto – disse ela, erguendo uma coisa que parecia com um dos recheios de mamãe embutidos nos calçolões.

– Mas se alguém passar a mão em cima da blusa?

– Bridget, não dá para acreditar em você – disse ela, em voz alta. – Será que se levanta todas as manhãs com a ideia de que alguém vai passar a mão na sua blusa ao longo do dia? Não tem controle algum sobre seu destino sexual?

– Na verdade, tenho sim – disse eu, desafiadora, avançando para a cabine com um punhado de meias-calças, cintas e corpetes resistentes. Acabei tentando me espremer num envoltório preto com textura de borracha que só chegava abaixo dos seios e continuava desenrolando-se nas duas pontas como uma camisa-de-vênus desgovernada. – E se Mark me vir com isso ou apalpá-lo?

– Vocês não vão ficar se agarrando num clube. Você vai a um jantar formal, em que ele vai querer causar boa impressão aos colegas. Ficará concentrado nisso... e não tentando bolinar você.

Sei não. Acho que Mark na verdade nunca se concentra em causar impressão em alguém, pois é muito seguro de si. Mas

Magda tem razão quanto à roupa de baixo. A gente precisa evoluir com os tempos, não ficar entrincheirada em conceitos bitolados sobre lingerie feminina.

Bom, preciso chegar cedo em casa esta noite. Marquei a ginástica para as oito horas da manhã. Para falar a verdade, acho mesmo que toda a minha personalidade está sofrendo uma mudança sísmica.

Sexta-feira, 31 de janeiro: Dia D

58,9 quilos, 6 (2)* unidades alcoólicas, 12 (0) cigarros, 4.284 (1.500) calorias, 14 mentiras contadas durante o exame físico da academia.

9H30. É típico da nova cultura de academias de ginástica duvidosas permitir que os professores de ginástica ajam como médicos sem nenhum tipo de juramento hipocrático.

– Quantas unidades alcoólicas você toma por semana? – perguntou o "Rebelde", o assessor flagelador/espancador de condicionamento físico com pinta de Brad Pitt, quando me sentei tentando espremer a barriga e o peito dentro do sutiã e da calcinha.

– De 14 a 21 – menti com descaramento, ao que ele teve a audácia de hesitar.

– E fuma?

– Parei – ronronei.

Nesse momento, o Rebelde lançou um olhar contundente dentro da minha bolsa, onde, tudo bem, havia um maço de Silk Cut Ultra, mas e daí?

– Quando parou? – perguntou ele; bem discreto, digitando seu texto no computador, que iria sem a menor dúvida

* Os números entre parênteses indicam as informações dadas durante o exame físico da academia.

direto para o Escritório Central do Partido Conservador, fazendo com que eu fosse mandada para um campo de concentração na próxima vez que recebesse uma multa por estacionamento proibido.

– Hoje – disse eu, com firmeza.

Terminei ficando de pé, o Rebelde medindo minha gordura corporal com beliscões.

– Estou deixando essas marcas para ver o que estou medindo – disse ele, como um mandachuva, pondo círculos e cruzes por todo o meu corpo com um pincel hidrográfico. – Saem com facilidade se esfregá-las com um pouco de aguardente.

Em seguida tive de entrar na ginástica e fazer exercícios com todo tipo de inexplicáveis contatos de primeiro grau oculares e táteis com o Rebelde – em pé frente a frente, as mãos nos ombros um do outro, ele fazendo agachamentos, batendo a bunda com vigor no colchão, e eu fazendo tentativas desajeitadas para curvar ligeiramente os joelhos. Ao fim de tudo, me senti como se tivesse tido uma longa e íntima sessão sexual com o Rebelde, e como se já estivéssemos quase saindo juntos. Depois tomei uma chuveirada e me vesti, e aí fiquei insegura sobre o que fazer – parecia que eu pelo menos devia entrar mais uma vez e perguntar a que horas o Rebelde estaria em casa para jantar. Mas, claro, eu tinha um jantar com Mark Darcy.

Muito entusiasmada com a ideia do jantar. Andei experimentando a roupa e realmente ficou excelente, linhas suaves e macias, tudo graças ao horrendo equipamento por baixo, cuja existência, aliás, ele não pode descobrir. E não há nenhum motivo pelo qual eu não seja uma acompanhante excelente. Sou uma mulher do mundo, com uma carreira promissora etc.

MEIA-NOITE. Quando cheguei afinal à sede da associação, Mark andava de um lado para o outro, por trás da fachada de black-tie e sobretudo longo. Uau. Adoro quando estou saindo com alguém e de repente ele parece um estranho extremamente atraente, e a única coisa que quero é correr para casa e transar com ele ensandecida como se acabasse de conhecê-lo. (Não que seja isso o que em geral faço com pessoas que acabei de conhecer.) Quando ele me viu, pareceu realmente chocado, riu, depois recompôs as feições e acenou com o braço em direção às portas, à maneira polida da escola pública.

– Me desculpe, estou atrasada – disse eu, sem fôlego.

– Não está, não – disse ele. – Eu menti sobre o horário de início. – Lançou-me mais uma vez um olhar estranho.

– O que foi? – perguntei.

– Nada, nada – disse ele supercalmo e satisfeito, como se eu fosse uma lunática parada num carro com um machado numa das mãos e a cabeça de sua mulher na outra. Conduziu-me através da porta, que um funcionário uniformizado mantinha aberta para nós.

No interior havia um saguão de entrada revestido de madeira com muita gente velha de black-tie murmurando em volta. Vi uma mulher vestindo algo que parecia um corpete coberto de lantejoulas me olhando de um jeito bastante estranho. Mark acenou para ela muito efusivo e sussurrou no meu ouvido.

– Por que não entra de fininho no banheiro e dá uma olhada em seu rosto?

Disparei como uma flecha para o banheiro. Na escuridão do táxi, eu passara, em vez de ruge, sombra de olho cinza-escuro Mac nas faces: o tipo de coisa que pode acontecer a qualquer uma, é óbvio, pois os estojos são idênticos. Quando saí do toalete, com a cara bem esfregada, parei atônita. Mark conversava com Rebecca.

Ela usava um macacão de cetim cor de café, costas de fora, de um número que se colava em cada osso sem carne, e visivelmente sem corpete. Senti-me como meu pai quando concorreu com um bolo na festa da Grafton Underwood, e ao voltar para saber do julgamento, encontrou um bilhete dizendo: "Não está à altura do Padrão da Competição."

– Quer dizer, foi simplesmente muito engraçado – Rebecca dizia, e ria às gargalhadas para o afetuoso semblante de Mark.

– Oh! Bridget – exclamou, quando me juntei a eles. – Como vai, querida? – Beijou-me, e não pude deixar de afastar meu rosto. – Nervosa?

– Nervosa? – disse Mark. – Por que estaria nervosa? É a personificação do equilíbrio interior, não é, Bridget?

Por apenas uma fração de segundo, vi o ar de irritação passar pelo rosto de Rebecca, antes de ela mais uma vez recompô-lo e dizer:

– Aaaah, mas não é um amor ouvir isso? Estou tão feliz por você! – Depois afastou-se com um olhar de falsa timidez lançado a Mark.

– Ela parece muito simpática – disse Mark. – Sempre agradável e inteligente.

Sempre??? Pensava comigo. Sempre? Eu achava que ele só havia se encontrado com ela duas vezes. Ele deslizou a mão, aproximando-a perigosamente do meu espartilho, e por isso afastei-me sobressaltada. Dois esnobes pretensiosos vieram ao nosso encontro e puseram-se a parabenizar Mark por algo que tinha feito com um mexicano. Ele conversou amavelmente uns dois minutos, depois, com muita habilidade, nos desvencilhou e conduziu-me para a sala de jantar.

Era muito glamourosa: toda revestida de madeira escura, mesas redondas, iluminação a velas e cristais tremeluzindo. O problema era eu ter de afastar-me às pressas de Mark todas as vezes que ele punha a mão em minha cintura.

Nossa mesa já estava cheia de vários advogados de 30 e poucos anos, confiantes, berrando às gargalhadas e tentando superar um ao outro, com aqueles gracejos que são obviamente pontinhas de imensos icebergs de conhecimento jurídico:

– Como é que a gente sabe se é viciado na internet?

– Quando percebe que não sabe o gênero dos seus três melhores amigos! Rá-rá-rá! Quá-quá-quá! Rá-rá-rá-rá!

– Quando não consegue mais escrever pontos finais sem acrescentar com.br. RÁ-RÁ-RÁÁÁÁÁH!

– Quando faz todas as suas tarefas profissionais em Protocolo TFP, ICP/IP etc. Quá-quá-quá. Rá-rá-ráh. Ru-ru-ruh!

Quando as pessoas começaram a servir-se, uma mulher chamada Louise Barton-Foster (advogada cheia de personalidade e daquelas mulheres que a gente pode imaginar nos obrigando a comer até fígado) pôs-se a pontificar sobre o que pareceriam três meses com baboseiras totais.

– Mas em certo sentido – dizia ela, fitando ferozmente o cardápio – pode-se afirmar que todo o Proto Emeuro ER é uma corrida de ratos...

Estava ótimo ficar ali sentada bebendo até... Mark de repente dizer:

– Acho que você está absolutamente certa, Louise. Para eu votar mais uma vez nos tóris, quero saber se minhas opiniões estão sendo (a) pesquisadas e (b) representadas.

Olhei para ele horrorizada. Senti-me igual ao meu amigo Simon. Certa vez, ele brincava com algumas crianças numa festa, quando o avô delas apareceu, e era Robert Maxwell, o magnata da mídia – e de repente Simon olhou para os pequenos e viu que eram todos mini-Robert Maxwells, com sobrancelhas de escaravelho e queixos imensos.

Percebo que, quando a gente começa um relacionamento com uma pessoa nova, vão aparecer diferenças que precisam ser adaptadas e ajustadas como cantos ásperos, mas jamais, nem em um milhão de anos, desconfiei que talvez estivesse dormindo com um homem que votava nos conservadores tóris. De repente senti que não conhecia mesmo Mark Darcy. E, pelo que eu sabia, ele bem poderia, em todas aquelas semanas que vínhamos saindo, ter andado colecionando em segredo animais de cerâmica em miniatura com bonés das últimas páginas dos suplementos dominicais, ou esgueirando-se furtivamente para partidas de rúgbi numa carruagem e exibindo a bunda para motoristas pela janela de trás.

A conversa ia ficando cada vez mais convencida e arrogante, e mais e mais exibicionista.

– Bem, como é que você sabe que é de 4,5 a 7? – ladrava Louise com um homem que parecia o príncipe Andrew de camisa listrada.

– Ora, na verdade eu estudei economia em Cambridge.

– Quem foi seu professor? – retrucou, ríspida, outra moça, como se isso fosse ganhar a discussão.

– Está tudo bem com você? – sussurrou Mark pelo canto da boca.

– Sim – resmunguei, cabisbaixa.

– Você está... tremendo. Por favor. O que houve?

Acabei tendo de lhe dizer.

– Então eu voto nos tóris, que há de errado nisso? – perguntou, fitando-me incrédulo.

– Psiiiiu – sussurrei, olhando nervosa as pessoas da mesa.

– Qual o problema?

– É só que... – comecei, desejando que Shazzer estivesse ali. – Quer dizer, se eu voltasse nos tóris, me sentiria uma proscrita social. Seria como chegar ao Café Rouge a cavalo com uma matilha de *beagles* a reboque, ou frequentar jantares festivos em mesas deslumbrantes com pratos laterais e taças de lavanda.

– Meio parecido com este, quer dizer? – Ele riu.

– Bem, é – resmunguei.

– E você, vota em quem, então?

– Nos trabalhistas, claro – sibilei. – Todo mundo vota nos trabalhistas.

– Bem, acho que ficou patentemente provado não ser esse o caso, até hoje. Por quê? É uma questão de interesse?

– Como?

– Por que você vota no Partido Trabalhista?

– Bem – fiz uma pausa, pensativa –, porque votar nos trabalhistas significa ser da esquerda.

– Ah. – Ele pareceu de certo modo achar o que eu disse bastante divertido. Todos ouviam agora.

– E socialista – acrescentei.

– Socialista. Entendo. Socialista querendo dizer...?

– Os trabalhadores se unindo.

– Blair não vai sustentar os poderes dos sindicatos, vai? – perguntou ele. – Veja o que ele anda dizendo sobre a Quarta Cláusula.

– Bem, os tóris são lixo.

– Lixo? – disse ele. – A economia está em melhor forma agora do que jamais esteve em sete anos.

– Não está, não – disse eu, enfática. – De qualquer modo, eles na certa só a aqueceram porque vem uma eleição por aí.

– Aqueceram? – perguntou ele. – Aqueceram a economia?

– Como a posição de Blair na Europa se compara à de Major? – juntou-se Louise ao interrogatório.

– É, boa. E por que ele não igualou a promessa tóri de aumentar os gastos com saúde ano após ano em termos reais? – pergunta o príncipe Andrew.

Francamente. Lá começavam todos mais uma vez a se exibir uns para os outros. Acabei não aguentando mais.

– A questão é que se supõe que a gente vote pelo princípio, não por detalhes minúsculos sobre esse ou aquele percentual. E é muito óbvio que os trabalhistas defendem o princípio da partilha, da generosidade, os gays, as mães solteiras e Nelson Mandela, ao contrário desses caras autoritários que se envolvem com todo mundo da esquerda, da direita e do centro treme-treme, vão para o Ritz em Paris e depois denunciam todos os presentes no programa *Today*.

Fez-se um silêncio cavernoso em volta da mesa.

– Bem, acho que você resumiu tudo em poucas palavras – disse Mark, rindo e acariciando meu joelho. – Contra isso não podemos argumentar.

Todos olhavam para nós. Mas em vez de alguém ficar puto da vida – como teria acontecido no mundo normal –, fingiram que nada tinha ocorrido e retornaram ao tilintar de cubos de gelo e à gritaria, ignorando-me totalmente.

Eu não tinha como avaliar se o incidente tinha sido péssimo ou ótimo. Era como estar em uma tribo de Papua Nova Guiné, pisar no cachorro do chefe e não saber se o murmúrio da conversa queria dizer que aquilo não tinha a menor importância ou se todos discutiam como fazer uma fritada da minha cabeça.

Alguém deu uma pancada seca na mesa, cobrando os discursos, que foram muito, muito, intensamente, chatos. Davam vontade de cortar o pulso. Assim que terminaram, Mark sussurrou:

– Vamos embora?

Fizemos nossas despedidas e atravessamos a sala.

– Hum... Bridget – disse ele. – Não quero preocupá-la, mas tem uma coisa com uma aparência um pouquinho estranha em volta da sua cintura.

Disparei a mão para conferir. O pavoroso espartilho de algum modo se soltara nas duas pontas, transformando-se num rolo inchado em volta da minha cintura, como um gigantesco pneu sobressalente.

– O que é isso? – perguntou Mark, acenando e sorrindo para as pessoas, enquanto contornávamos as mesas.

– Nada – resmunguei.

Logo que saímos da sala, fui para o banheiro. Foi uma dificuldade louca tirar o vestido, prender todos os apetrechos daquele monstruoso equipamento e ter mais uma vez de vesti-lo. Quisera eu realmente estar em casa de pantalonas e suéter.

Quando reapareci no saguão, quase dei meia-volta para o banheiro. Mark conversava com Rebecca. Mais uma vez. Ela sussurrou-lhe algo no ouvido e em seguida explodiu numa horrenda gargalhada estridente na cara dele.

Aproximei-me dos dois e fiquei ali parada, sem graça.

– Aí está ela! – disse Mark. – Tudo resolvido?

– Bridget! – exclamou Rebecca, fingindo-se muito satisfeita por me ver. – Acabo de saber que você impressionou todo mundo com suas opiniões políticas!

Eu gostaria de encontrar algo mt. engraçado para dizer, mas em vez disso fiquei ali imóvel, cabisbaixa, os olhos sob as pesadas pálpebras fixos no chão.

– De fato, ela foi genial – disse ele. – Fez todos nós parecermos uns babacas pretensiosos. Bem, precisamos ir, prazer em vê-la mais uma vez.

Rebecca nos beijou muito esfuziante, numa nuvem de Envy de Gucci, e voltou rebolando para a sala de jantar de um jeito que ficou realmente óbvio que esperava que Mark estivesse vendo.

Não consegui pensar em nada para dizer a caminho do carro. Ele e Rebecca com certeza deviam estar rindo de mim e depois ele tentara disfarçar. Ai, se eu pudesse ligar para Jude e Shaz e pedir um conselho.

Mark agira como se nada houvesse acontecido. Assim que arrancamos, ele começou a tentar passar a mão na minha coxa. Por que quanto menos a gente mostra que não quer sexo com os homens, mais eles parecem estar a fim?

– Não prefere manter as mãos no volante? – disse eu, tentando desesperadamente encolher-me para trás, para afastar a borda da coisa redonda emborrachada dos dedos dele.

– Não. Quero violar você – e arremeteu para cima de um poste.

Consegui permanecer intacta, fingindo obsessão por segurança no trânsito.

– Ah. Rebecca perguntou se não queremos aparecer qualquer dia para jantar na casa dela?

Eu não acreditava no que ouvia. Conheço Rebecca há quatro anos e ela jamais, sequer uma vez, me convidou para jantar na casa dela.

– Ela estava bonita, não achou? Que roupa bonita aquela.

Era *falaçãozite*. Era *falaçãozite* e diante dos meus próprios ouvidos.

Chegamos a Notting Hill. No sinal, sem nem me perguntar, ele simplesmente dobrou e tomou a direção da minha casa, desviando-se da dele. Continuava mantendo seu castelo intacto. Na certa estava cheio de recados de Rebecca. Eu era Apenas a Garota do Momento.

– Para onde estamos indo? – explodi.

– Para o seu apartamento. Por quê? – disse ele, voltando-se assustado.

– Exatamente. Por quê? – disse eu, furiosa. – Estamos saindo há um mês e seis dias. E nunca ficamos na sua casa. Nem uma só vez! Por quê?

Mark caiu em silêncio total. Ligou a seta, virou à esquerda, voltando para a avenida Holland Park, sem dar uma palavra.

– O que houve? – acabei perguntando.

Ele continuou com os olhos fixos em frente e ligou a seta.

– Não gosto de gritaria.

Quando chegamos à sua casa, foi horrível. Subimos a escada juntos em silêncio. Ele abriu a porta, pegou a correspondência e acendeu as luzes da cozinha.

A cozinha era da altura de um ônibus de dois andares, e daquelas completamente revestidas de aço inoxidável inteiriço, com tudo embutido, em que não se sabe dizer onde fica a geladeira. Era desprovida de utensílios e todas aquelas quinquilharias e possuía três encaixes de luz fria no meio do piso.

Ele caminhou pesado até o outro lado da cozinha, os passos ecoando como numa excursão escolar em uma caverna subterrânea, fitou preocupado as portas inteiriças de aço inoxidável e disse:

– Gostaria de uma taça de vinho?

– Sim, por favor, obrigada – disse eu, polidamente.

Viam-se alguns bancos altos, de design moderno num balcão de aço inoxidável inteiriço. Subi desajeitada num deles, sentindo-me como Des O'Connor preparando-se para fazer um dueto com Anita Harris.

– Muito bem – disse Mark.

Abriu uma das portas inteiriças de aço inoxidável, notei que tinha uma lata de lixo dentro, depois tornou a fechá-la, abriu outra porta e baixou os olhos surpresos para uma máquina de lavar. Olhei para o chão, com vontade de rir.

– Vinho tinto ou branco? – perguntou ele, bruscamente.

– Branco, por favor. – De repente, me senti muito cansada, os sapatos machucando, minhas abomináveis roupas de baixo me espetando. Só queria ir para casa.

– Ah. – Ele localizou a geladeira.

Olhei em volta e vi a secretária eletrônica num dos balcões. Senti um aperto no estômago. A luz vermelha piscava. Ergui os olhos e encontrei Mark bem diante de mim com uma garrafa de vinho metálica bem envelhecida estilo Conran. Ele também parecia muito infeliz.

– Escute, Bridget, eu...

Desci do banco para abraçá-lo, mas aí ele logo pôs as mãos na minha cintura. Eu recuei. Tinha de me livrar daquela maldita coisa.

– Vou dar um pulo lá em cima só por um minuto – disse eu.

– Por quê?

– Ao banheiro – disse eu, ensandecida. Saí da cozinha cambaleando ao tirar os sapatos, que a essa altura me matavam de dor, e subi a escada. Entrei no primeiro quarto que encontrei, que parecia o de vestir de Mark, um espaço cheio de ternos, camisas e fileiras de sapatos. Tirei o vestido e, com imenso alívio, comecei a descolar a abominável indumentária de baixo, achando que só com o vestido longo talvez pudéssemos ficar à vontade, aconchegados, e acertar os ponteiros, mas de repente Mark apareceu na porta. Fiquei imóvel, em total exposição naquele estrupício de cinta/espartilho/sutiã, e aí comecei a arrancá-lo, frenética, sob o olhar de estupefação dele.

– Espere, espere – pediu Mark, quando me estiquei para pegar o vestido longo, olhando intensamente para a minha barriga. – Andou fazendo o jogo da velha no corpo?

Tentei explicar a Mark sobre o Rebelde, e que eu não tinha conseguido comprar aguardente numa noite de sexta-feira, mas ele só pareceu muito cansado e confuso.

– Me desculpe, não faço a mínima ideia do que você está falando – disse. – Preciso dormir um pouco. Vamos simplesmente para a cama, vamos?

Abriu outra porta e acendeu a luz. Dei uma olhada e em seguida um berro medonho. Ali, na imensa cama branca, havia um esguio rapaz oriental, nu em pelo, sorrindo de uma forma estranha e segurando duas bolas de madeira presas a uma corda e a um filhote de coelho.

3. Droga!

Sábado, 1º de fevereiro

58,9 quilos, 6 unidades alcoólicas (mas misturadas com tomate, mt. nutritivas), 400 cigarros (inteiramente compreensível), 0 coelho, veado, faisão ou outra vida selvagem encontrada na cama (maciça, ontem), 0 namorado, 1 namorado de ex-namorado, 0 namorado normal potencial no mundo.

00H15. Por que essas coisas não param de acontecer comigo? Por quê? POR QUÊ? A única vez que alguém parece ser uma pessoa sensível, aprovado pela mãe, solteiro e não um louco, alcoólatra ou retardado, acaba se revelando um pervertido e animalesco gay. Não admira que ele não quisesse que eu fosse à sua casa. Não era porque tinha fobia a compromisso ou tesão por Rebecca, nem por eu ser Apenas a Garota do Momento. Mas porque mantinha garotos orientais na cama, junto com a vida selvagem.

Foi um choque medonho. Medonho. Fiquei de olhos esbugalhados presos no garoto oriental por uns dois segundos, e depois voei de volta para o quarto de vestir, enfiei a jato o vestido, desci correndo a escada, ouvindo lá atrás a maior gritaria no quarto de dormir, como soldados americanos sendo massacrados por vietcongues. Precipitei-me para a rua e pus-me a fazer sinais frenéticos para os táxis como uma garota de programa fugindo de um cliente que quer fazer cocô em sua cabeça.

Talvez seja verdade o que dizem as Casadas Convencidas: os únicos solteiros que sobram o são porque têm imensos defeitos. Tudo isso não passa de babaquice, babaquice, babaquice... Não quero dizer que ser gay seja um defeito, mas decididamente é quando você é a namorada de um que finge não ser. Vou ficar sozinha no Dia dos Namorados pelo quarto ano consecutivo, e passar o próximo Natal numa cama de solteiro na casa dos meus pais. Mais uma vez. Ai. Droga. Drogaaaa!

Gostaria muito de ligar para Tom para conversar. É típico dele isso de ir para São Francisco logo quando preciso de conselho sobre o mundo gay, típico. Vive me pedindo conselhos horas a fio sobre suas crises com outros homossexuais, e aí, quando eu preciso de um conselho sobre uma crise minha com um homossexual, o que ele faz? Vai para a MALDITA SÃO FRANCISCO.

Calma, calma. Percebo que é errado culpar Tom por todo o incidente, sobretudo porque o incidente nada tem a ver com ele, e que não se deve remediar um problema culpando os outros. Sou uma mulher de fibra, segura, receptiva, compreensiva, totalmente completa dentro de mim... Argh! Telefone.

– Bridget. É o Mark. Eu lamento tanto. Eu lamento tanto. Foi uma coisa terrível mesmo o que aconteceu.

Parecia muito acabrunhado.

– Bridget?

– O que é? – respondi, tentando fazer parar o tremor nas mãos para poder acender um Silk Cut.

– Sei como você deve ter se sentido. Fiquei tão chocado quanto você. Nunca o vi antes na vida.

– Ora, então quem era ele? – explodi.

– Acabei descobrindo que é o filho da minha governanta. E eu nem sabia que ela tinha um filho. Parece que é esquizofrênico.

Sons de gritaria no fundo.

– Já vou, já vou. Oh, meu Deus. Escute, preciso ir resolver isso. Parece que ele está tentando estrangular a mãe. Posso lhe telefonar mais tarde? – Mais gritaria ao fundo. – Calma aí, eu só... Bridget, ligo para você de manhã.

Estou muito confusa. Gostaria de ligar para Jude ou Shaz e perguntar se a desculpa de Mark é válida, mas já passa da meia-noite. Talvez seja melhor eu tentar dormir.

9 HORAS. Aargh! Aargh! O telefone. Viva! Não! Droga! Acabei de lembrar o que aconteceu.

9H30. Não era Mark, mas minha mãe.

– Sabe, querida, estou absolutamente chocada.

– Mãe – interrompi-a, incisiva. – Posso lhe telefonar do celular?

Tudo voltava em ondas ao meu pensamento. Eu tinha de fazê-la sair do telefone fixo para o caso de Mark ligar.

– Ah. Papai quer dar uma palavrinha com você, mas.... De todo jeito, ele está aqui.

Esperei, desviando o olhar, frenética, do celular para o relógio.

– Alô, meu bem – disse papai, com um jeito meio estranho. – Ela não vai mais para o Quênia.

– Maravilha! Bom trabalho – disse eu, feliz por pelo menos um de nós não estar em crise. – O que você fez?

– Nada. O passaporte dela expirou.

– Ah-ah! Brilhante. Não diga a ela que se pode tirar um novo.

– Ela sabe, ela sabe – disse ele. – Só que quando se tira um novo, você precisa ter uma foto nova. Portanto não é por nenhum respeito a mim, é apenas uma questão de flertar com as autoridades alfandegárias.

Mamãe arrancou-lhe o telefone da mão.

– Isso é totalmente ridículo, querida. Tirei uma foto e pareço tão velha quanto as montanhas. Em todo caso, como está o Mark?

– Está muito bem – disse eu, com a voz rouca, estrangulada, por pouco evitando acrescentar: ele gosta de dormir com jovens orientais e brincar com coelhos, não é engraçado?

– Ótimo! Papai e eu achamos que talvez você e Mark quisessem aparecer para o almoço amanhã. Ainda não estivemos com os dois juntos. Pensei em enfiar uma lasanha no forno com um pouco de feijão.

– Posso ligar para você depois? Estou atrasada para a ioga! – eu disse, inspirada.

Consegui me livrar dela após uma desconversa curta de 15 minutos, em que ficou claro que todo o poder do Departamento de Passaporte Britânico não ia ser páreo para mamãe e sua foto antiga, e saí tateando à procura de outro Silk Cut, desolada e confusa. Governanta? Quer dizer, sei que ele tem uma governanta, mas... E também toda aquela situação com Rebecca. E vota no Partido Tóri. Acho que vou comer um pouco de queijo. Argh! O telefone.

Era Shazzer.

– Ai, Shaz – disse eu, infeliz, e comecei a despejar a história.

– Não me conte mais nada – disse ela, antes mesmo que eu chegasse ao garoto oriental. – Pare. Vou dizer isso só uma vez, e quero que me escute.

– O quê? – perguntei, pensando se existia no mundo uma pessoa incapaz de dizer qualquer palavra uma única vez, tirando minha mãe, era Sharon.

– Cai fora.

– Mas...

– Cai fora. Você recebeu o sinal de alerta, ele vota nos tóris. Agora caia fora antes que se envolva demais.

– Mas espere, isso não é...

– Oh, pelo amor de Deus – gritou ela. – Ele faz tudo o que quer, não é? Vai para sua casa e recebe tudo de bandeja. Você aparece vestida podre de chique para os horríveis amigos tóris dele e o que ele faz? Flerta com Rebecca. Trata você com ares de superioridade. E vota nos tóris. Tudo isso é simplesmente manipulador, paternalista...

Dei uma olhada no relógio, nervosa.

– Hum, Shaz, posso ligar para você do celular?

– Como! Para o caso de Mark Darcy telefonar? Não, senhora – vociferou ela.

Nesse momento o celular começou a tocar.

– Shaz, tenho de desligar. Ligo para você depois.

Atendi ansiosa.

Era Jude.

– Estou me sentindo tão mal, uma ressaca horrível. Acho que vou vomitar.

Lançou-se numa história fantástica e longa sobre a festa no Bar Met, mas tive de interrompê-la quando senti que a questão do jovem oriental era mais urgente. Achei realmente que eu tinha razão quanto a isso. Não estava sendo egoísta.

– Ai, meu Deus, Bridget – disse Jude, quando terminei. – Coitadinha. Acho que você agiu... bem. Falando sério. Realmente saiu por cima.

Senti um imenso orgulho, seguido de perplexidade.

– O que foi que eu fiz? – perguntei, olhando a sala em volta e alternando entre sorrisos de autossatisfação e piscadas confusas.

– Você fez exatamente o que diz em *Mulheres que amam demais*. Não fez nada. Só desligou. Não podemos resolver os problemas deles por eles. Simplesmente nos desligamos.

– Certo, certo – disse eu, balançando a cabeça, séria.

– Não desejamos mal a eles. Não desejamos bem a eles. Não telefonamos para eles. Não os vemos. Simplesmente nos desligamos. Filho de governanta uma ova. Se ele tem governanta, por que sempre fica no seu apartamento, fazendo você cuidar da roupa e da faxina?

– Mas e se era mesmo o filho da governanta?

– Faça-me o favor, Bridget! – disse Jude, inflexível. – Isso é o que se chama estado de negação.

11H15. Combinei de me encontrar com Jude e Shazzer no 192 para almoçar. Certo. Não vou entrar em estado de negação.

11H16. Sim. Desliguei-me completamente. Entenderam?

11H18. Não consigo acreditar que ele ainda não, porra, porra, porra, tenha ligado. Odeio o comportamento passivo-agressivo do telefone no mundo do namoro moderno, usar a não comunicação como meio de comunicação. É terrível, terrível: um simples telefonema significa a diferença entre amor, amizade, felicidade, eu ser jogada fora e mergulhada mais uma vez na guerra de trincheira dos namoros, exatamente a mesma, mas me sentindo ainda mais fodida que da última vez.

MEIO-DIA. Não acredito. Na verdade o telefone se pôs a tocar quando eu olhava para ele, como se o tivesse feito tocar por vibração mental, e desta vez era Mark.

– Como você está? – perguntou ele, meio estranho.

– Muito bem – tentei parecer desligada.

– Pego você aí e saímos para almoçar e conversar?

– Ah, vou almoçar com as meninas – disse eu, muito desligada mesmo, na verdade.

– Oh, Deus.

– O quê?

– Bridget. Faz alguma ideia da noite que eu passei? Com o tal garoto tentando estrangular a mãe na cozinha, a polícia e a ambulância chegando, injeções de tranquilizantes, idas ao hospital, filipinos histéricos por toda a casa. Quer dizer, sinto realmente muito, muito, muitíssimo por você ter passado por tudo isso, mas eu também passei e duvido muito que tenha sido culpa minha.

– Por que não telefonou antes?

– Porque todas as vezes que eu tinha um segundo para ligar, ou o telefone ou o celular estavam ocupados, você estava ocupada, porra!

Huumm. Meu desligamento não foi particularmente bom. Ele passou mesmo por um mau pedaço. Combinei de encontrá-lo para jantar e ele disse que ia dormir à tarde. Sozinho, espero, profunda e sinceramente.

Domingo, 2 de fevereiro

58 quilos (excelente: estou virando um Garoto Esguio Oriental), 3 cigarros (mt. b.), 2.100 calorias (mt. modesto), 1 namorado de novo (viva!), 37 livros de autoajuda lidos em voz alta de maneira incrédula e desdenhosa, pelo recém-reempossado namorado, 0 namorado normal potencial no mundo (estou simplesmente sensível atualmente).

22 HORAS. NO MEU APARTAMENTO. Mais uma vez está tudo bem. O jantar no início foi meio embaraçoso, mas melhorou quando decidi que acreditava na história dele, sobretudo quando ele disse que eu devia ir até a sua casa hoje e conhecer a governanta.

Mas depois, enquanto comíamos nossas mousses de chocolate, ele disse:

– Bridget? Ontem à noite, mesmo antes disso acontecer, eu comecei a achar que as coisas não iam muito bem.

Senti um tinido gelado de pavor no estômago. O que era de fato irônico, considerando-se que eu também estava pensando que as coisas não iam muito bem. Claro, é legal você achar que as coisas não vão muito bem num relacionamento, mas se a outra pessoa começa a achar, é como se mais alguém criticasse a mãe da gente. Também faz a gente pensar que está prestes a levar um fora, o que, além da dor, perda e profundo sofrimento etc., é muito humilhante.

– Bridget? Isso é algum estado hipnótico?

– Não. Por que você acha que as coisas não vão muito bem?

– Bem, todas as vezes que tentei tocá-la, você se encolhia toda, como se eu fosse um velho devasso.

Tive uma imensa sensação de alívio. Expliquei-lhe a abominável indumentária íntima, e foi aí que ele começou a rir mesmo. Pediu um vinho para acompanhar a sobremesa, nós dois ficamos meio de pilequinho e terminamos voltando para o meu apartamento e dando uma trepada fantástica.

Deitados hoje de manhã, lendo os jornais, comecei a me perguntar se devia trazer o assunto Rebecca à tona e o motivo de ele ficar sempre na minha casa. Mas Jude dissera que eu não devia, pois o ciúme é um traço muito pouco atraente para o sexo oposto.

– Bridget – disse Mark –, parece que você entrou em transe. Eu lhe perguntava qual o sentido do novo sistema de prateleiras. Você está meditando? Ou o sistema de prateleiras é algum modo de budismo?

– É por causa da fiação elétrica – disse eu, vagamente.

– O que significam todos esses livros? – perguntou ele, levantando-se e olhando-os. – *Como marcar encontros com moças jovens: um guia para homem de mais de 35?*, *Buda namorava?*, *Partindo para cima?*

– São meus livros de autoajuda! – respondi, protegendo-me.

– *O que querem os homens?*, *Além da codependência com um homem que não quer compromisso?*, *Como amar seu homem separado sem perder a cabeça?* Sabe que está formando o maior conjunto de conhecimento teórico sobre o comportamento do sexo oposto conhecido no universo? Estou começando a me sentir uma cobaia!

– Ah...

Ele abriu um largo sorriso para mim.

– É para serem lidos aos pares? *Feliz por ser solteira* com *Encontre seu companheiro perfeito em trinta dias?* *Budismo simplificado* com *Partindo para cima?*

– Não! – respondi indignada. – É para ler individualmente.

– Por que você compra esses troços?

– Bem, na verdade eu tenho uma teoria a respeito disso – comecei, entusiasmada (porque na verdade tenho mesmo uma teoria a respeito disso). – Se você encarar as outras religiões do mundo como...

– Outras religiões do mundo? Outras em relação ao quê?

Grrr. Às vezes eu gostaria que Mark não fosse um cara com tanta formação universitária jurídica, porra.

– Em relação aos livros de autoajuda.

– É, eu imaginei que talvez você fosse dizer isso, Bridget, mas os livros de autoajuda não são uma religião.

– Mas são, sim! São uma nova forma de religião. É quase como se os seres humanos fossem correntes de água, e portanto, quando um obstáculo se interpõe em seu caminho, eles borbulham e incham e encontram outro caminho.

– Borbulham e incham, Bridget?

– O que quero dizer é que a religião organizada entra em colapso, e as pessoas passam a tentar encontrar outro conjunto de regras. E, na verdade, como eu dizia, se você olhar os livros de autoajuda, eles têm muitas ideias em comum com outras religiões.

– Quais...? – perguntou ele, girando a mão num círculo instigador.

– Bem, o budismo e...

– Não. Quais ideias?

– Bem – comecei, entrando em ligeiro pânico, pois infelizmente a teoria ainda não está bem desenvolvida –, pensamento positivo. Está dito em *Inteligência emocional* que o otimismo, a ideia de que tudo dará certo, é o mais importante. Também, claro, há a crença em si mesmo, como em *Confiança emocional*. E se você olha o cristianismo...

– Siiim...?

– Bem, aquele trechinho que eles leem nos casamentos é o mesmo: "Permanecem essas três coisas: fé, esperança e amor." Depois tem viver o momento... isto está em *O caminho menos percorrido*, e também no budismo.

Mark me olhava como se eu fosse uma louca varrida.

– ...E o perdão: diz em *Você pode curar sua vida* que guardar ressentimento faz mal, e que a gente precisa perdoar as pessoas.

– E isso tem a ver com quais ideias? Não as muçulmanas, eu espero. Acho que não se encontra muito perdão numa fé que corta as mãos das pessoas por roubarem simples pãezinhos.

Mark balançava a cabeça, os olhos fixos em mim. Não parecia mesmo ter entendido a teoria. Talvez porque a alma espiritual dele não fosse muito desenvolvida, o que poderia na verdade acabar sendo outro problema em nosso relacionamento.

– Perdoai nossas violações de propriedades alheias, assim como nós perdoamos vossas violações de propriedades alheias!! – disse eu, indignada. Nesse momento, o telefone tocou.

– Só pode ser o comando de guerra aos namoros – disse Mark. – Ou o arcebispo da Cantuária!

Era minha mãe.

– Ainda está aí? Achei que você e Mark vinham almoçar.

– Mas mãe... – Eu tinha certeza de que não disse a ela que íamos almoçar, tinha certeza. Mark revirava os olhos e ligava a televisão no futebol.

– Francamente, Bridget. Fiz três bolos de merengue com creme... embora seja muito fácil fazer três bolos de merengue, e tirei uma lasanha e...

Ouvi papai dizendo ao fundo "Deixe ela em paz, Pam", e ela resmungando zangada sobre os perigos de congelar alimentos já descongelados, quando ele veio ao telefone.

– Não se preocupe, meu bem. Tenho certeza de que você não disse a ela que vinha. Sua mãe simplesmente encasquetou com isso. Vou tentar acalmar as coisas por aqui. Em todo caso, a má notícia é que ela vai para o Quênia.

Mamãe pegou o telefone.

– Foi tudo resolvido com o passaporte. Mandamos fazer uma foto linda naquela loja de casamento em Kettering, você sabe, onde Ursula Collingwood encomendou as fotos da Karen.

– Feita com aerógrafo?

– Não! – disse ela, muito indignada. – Talvez tenham feito algum ajuste no computador, mas nada tinha a ver com aero... De qualquer modo, Una e eu iremos sábado que vem. África! Imagine!

– E o papai?

– Francamente, Bridget! A vida é para se viver! Se o seu pai quer viver entre o golfe e as plantas do jardim ornamental, isso é com ele!

Acabei conseguindo desligar, encorajada por Mark Darcy, parado à minha frente com um jornal enrolado numa das mãos e batendo no relógio de pulso com a outra. Fomos até a casa dele e agora eu definitivamente acredito nele, porque a governanta estava limpando a cozinha, com 15 membros da família que pareciam todos venerar Mark como um deus. Depois passamos a noite lá e foi uma explosão no quarto. Viva! Acho que está tudo bem de novo. Sim. Sem sombra de dúvida, está tudo bem. Eu amo Mark Darcy. Às vezes ele é meio assustador, mas no fundo é muito bom e amoroso. O que é ótimo. Eu acho.

Especialmente quando faltam apenas 12 dias para o Dia dos Namorados.

Segunda-feira, 3 de fevereiro

57,8 quilos (mt. b.), 3 unidades alcoólicas, 12 cigarros, faltam 11 dias para o Dia dos Namorados, 162 minutos (péssimo) passados obcecada com o erro feminista de obsessão com o Dia dos Namorados.

8H30. Espero que papai fique bem. Se mamãe viaja no sábado, isso significa que vai deixá-lo sozinho no Dia dos Namorados, o que não é lá muito agradável. Talvez eu mande um cartão a ele, como se fosse de uma admiradora secreta.

O que será que Mark vai fazer? Claro que vai mandar um cartão, no mínimo.

Quer dizer, sem a menor dúvida, vai.

E talvez a gente saia para jantar, ou outro programa gostoso. Huumm. Mt. agradável ter um namorado no Dia dos Namorados, para variar. Ai, o telefone.

8H45. Era Mark. Ele vai amanhã para Nova York passar duas semanas. Na verdade, parecia meio hostil, e disse que estava ocupado demais para a gente se encontrar à noite porque precisava arrumar as malas, juntar todos os documentos e tudo mais.

Consegui ser agradável em relação à notícia e apenas disse:

– Oh, isso é muito bom – esperando pôr o fone no gancho para gritar. – Aaaaaargh!

Seja como for. Isso é só imaturidade. O que importa é o relacionamento, não as cínicas estratégias comerciais.

Terça-feira, 4 de fevereiro

8 HORAS. No café, tomando cappuccino e comendo croissant de chocolate.

Pronto, estão vendo? Livrei-me do atoleiro do pensamento negativo, e talvez seja muito bom o distanciamento de Mark. Vou dar-lhe a oportunidade de distanciar-se, como um elástico marciano, segundo o que está dito em *Homens são de Marte, mulheres são de Vênus*, e eu sentirei realmente a atração dele. Também vou me dar a oportunidade de focar em mim mesma e pôr minha vida em dia.

Plano para quando Mark estiver fora

1. Ir à ginástica todos os dias.
2. Passar muitas noites adoráveis com Jude e Shazzer;
3. Fazer uma boa organização no apartamento;
4. Passar algum tempo com papai enquanto mamãe estiver fora;
5. Realmente dar duro no emprego para melhorar de posição.

Ah. Também perder meio quilo, é óbvio.

Meio-dia. Escritório. Manhã tranquila. Minha ordem do dia era uma matéria sobre carros verdes.

– É verde ambiental, Bridget – disse Richard Finch –, não carros pintados de verde.

Logo ficou claro que a matéria do carro verde jamais emplacaria, o que me deixou livre para fantasiar a respeito de Mark Darcy, desenhar papéis de carta para mim, com novos cabeçalhos, usando diferentes fontes e molduras, e bolar novas ideias de pauta que realmente me levem à vanguarda da... Aaargh!

12h15. Era Richard Finch, aos gritos:

– Bridget, isso não é uma merda de assistência comunitária. É uma reunião de pauta de produção de televisão. Se você vai ficar de olho grudado no que se passa lá fora diante da janela, tente pelo menos fazer isso sem ficar enfiando e puxando essa caneta da boca. Então, dá para você fazer isso?

– Sim – disse eu, emburrada, pondo a caneta na mesa.

– Não, não falo em você tirar a caneta da boca, mas em encontrar um eleitor de classe média inglês com mais de 50 anos, com casa própria, que seja a favor.

– Sim, não tem problema – respirei, despreocupada, pensando em perguntar depois a Patchouli a favor do quê.

– A favor do quê? – perguntou Richard Finch.

Dei-lhe um sorriso bastante enigmático.

– Acho que talvez você perceba que respondeu à própria pergunta aí – disse. – Homem ou mulher?

– Os dois – disse Richard, sadicamente –, um de cada.

– Heterossexual ou gay? – torpedeei de volta.

– Eu disse classe média inglesa – ladrou ele, desdenhoso. – Agora vá para a porra do telefone e tente se lembrar de pôr uma saia mais comprida, você está desviando a atenção da minha equipe.

Francamente, como se eles notassem, porra, todos tão obcecados com as próprias carreiras, e a saia também não é tão curta assim, apenas subiu quando me sentei.

Patchouli diz que é a favor da moeda europeia ou única. O que ela acha que significa a mesma coisa. Ah, porra, ah, porra. Ah, o telefone. Deve ser da assessoria de imprensa do Tesouro Paralelo.

12H25. – Ah, oi querida. – Grrrr. Era minha mãe. – Escute, você tem uma televisão portátil?

– Mãe, já pedi que não telefonasse para meu o trabalho, a não ser em caso de emergência – sibilei.

– Ah, eu sei, mas, entenda, o problema é que vamos viajar no sábado e as lojas continuam cheias.

De repente, tive uma ideia. Levei algum tempo para terminar de explicar o que eu queria.

– Francamente, Bridget – disse ela, depois que acabei de explicar. – Não queremos que caminhões venham da Alemanha e levem embora todos os nossos pertences na calada da noite.

– Mas, mãe, como você mesma diz, a vida é para ser vivida! A gente precisa experimentar tudo.

Silêncio.

– Isso vai ajudar a unidade monetária do povo africano. – Não sei bem se era realmente verdade, mas não importa.

– Bem, até pode ser, mas não tenho tempo para entrevistas. Estou tentando fazer as malas.

– Escute – sibilei –, quer a televisão ou não?

12H40. Oba! Consegui arranjar não um, mas três eleitores da classe média inglesa. Una se ofereceu para vir até a minha casa com mamãe a fim de revistar todo o meu guarda-roupa e passar na Dickens e Jones, e Geoffrey está doido para aparecer na televisão. Sou uma pesquisadora de primeiríssima.

– Estamos muito ocupados? – Era Richard Finch, me olhando todo suado e pavoneado do pós-almoço. – Estamos preparando a versão Jones do plano realmente eficaz da moeda única?

– Bem, não exatamente – murmurei, com um frio sorriso autodepreciativo. – Mas já arranjei seus eleitores da classe média inglesa que são a favor. Três deles, para falar a verdade – acrescentei, com um ar de desinteresse, enquanto reexaminava minhas "anotações".

– Ah, ninguém lhe avisou? – perguntou ele, com um sorrisinho diabólico. – Cancelamos essa. Agora vamos cobrir pânicos causados por suspeita de bomba. Pode me arranjar dois trabalhadores tóris da classe média inglesa que diariamente vão e voltam do trabalho e entendem a argumentação do IRA?

20 HORAS. Droga. Passei três horas na estação ferroviária Victoria tentando manipular as opiniões dos viajantes a favor do IRA, a tal ponto que eles começaram a temer cadeia imediata e transferência para a Prisão de Maze. Voltei à redação, preocupada com o que mamãe e Una iam encontrar em meu guarda-roupa, ri na cara de Richard Finch, com perguntas tipo:

– Você realmente achava que eu não ia encontrar ninguém, não era? Babaca!

Preciso, tenho de encontrar outro emprego. Oba, que bom! O telefone.

Era Tom. Viva! Ele voltou!

– Bridget! Você emagreceu tanto!

– É mesmo? – disse eu, maravilhada, antes de lembrar que a observação era feita por linha telefônica.

Tom entregou-se em seguida a uma extensa e entusiástica descrição de sua viagem a São Francisco.

– O garoto da alfândega foi divino. Perguntou: "Alguma coisa a declarar?" Eu respondi: "Só este revoltante bronzeado!" De qualquer modo, ele me deu o número do seu telefone e acabamos trepando numa sauna!

Senti um conhecido lampejo de inveja da facilidade do sexo gay, em que as pessoas parecem transar imediatamente umas com as outras apenas porque as duas estão a fim, e ninguém se preocupa com os três encontros antes da primeira trepada, nem com quantos dias um novo relacionamento fica em suspenso para avaliar as emoções e só então prosseguir.

Após 45 minutos descrevendo as peripécias ultrajantes, ele continuou:

– De qualquer modo, você sabe como detesto falar de mim. Como você está? E Mark, o cara com aquela bundinha firme?

Eu lhe disse que Mark estava em Nova York, mas decidi deixar o garoto do coelho para depois, por medo de superexcitá-lo. Preferi falar de assuntos do trabalho.

– Preciso arranjar outro emprego, Tom, este está realmente acabando com meu senso de dignidade pessoal e minha autoestima. Preciso de um emprego que me permita usar de modo sério meu talento e capacidade.

– Huumm. Entendo o que quer dizer. Já pensou em entrar no jogo?

– Rá-rá. Muito engraçado.

– Por que não faz um pouco de jornalismo independente? Umas entrevistas nas horas vagas?

Era uma ideia danada de brilhante. Tom disse que ia falar com seu amigo Adam, do jornal *Independent*, sobre a possibilidade de me encomendar uma entrevista, uma resenha, ou qualquer tarefa do gênero.

Vou virar uma jornalista de linha de frente e aos poucos conseguir cada vez mais trabalho e dinheiro extra, para então largar o emprego e simplesmente me sentar no sofá com o laptop nos joelhos. Viva!

Quarta-feira, 5 de fevereiro

Acabei de ligar para o papai para saber como ele está e perguntei se gostaria de fazer algo agradável no Dia dos Namorados.

– Oh, você é um amor, meu bem. Mas sua mãe disse que preciso expandir minha consciência.

– E aí?

– Vou para Scarborough jogar golfe com Geoffrey.

Que bom. Fico feliz por ele estar se sentindo bem.

Quinta-Feira, 13 de fevereiro

58,5 quilos, 4 unidades alcoólicas, 19 cigarros, 0 ida à ginástica, 0 menção ao Dia dos Namorados pelo namorado, 0 objetivo do Dia dos Namorados se o namorado nem sequer o menciona.

Mt. animada. Amanhã é o Dia dos Namorados e Mark ainda nem sequer o mencionou. De qualquer modo, não entendo por que ele tem de ficar em Nova York o fim de semana todo. Com toda certeza os escritórios de advocacia estão fechados.

Metas alcançadas na ausência de Mark:

Idas à ginástica: 0
Noites passadas com Jude e Shazzer: 6 (e mais uma amanhã, pelo jeito)
Minutos passados com papai: 0. Minutos conversando com papai sobre os seus sentimentos: 0. Minutos conversando com papai sobre golfe, com Geoffrey berrando ao fundo: 287.
Matérias jornalísticas escritas: 0
Quilos perdidos: 0
Quilos ganhos: 2

Apesar disso, mandei um presente de Dia dos Namorados para Mark. Uma caixa de chocolate em forma de coração.

Enviei-o ao hotel antes de ele chegar, com os dizeres: "Só abrir no dia 14 de fevereiro." Acho que ele vai saber que vem de mim.

Sexta-feira, 14 de fevereiro

58,9 quilos, 0 idas à ginástica, 0 cartão de namorado, 0 flor, 0 bugiganga, 0 presente do Dia dos Namorados, 0 diferença entre o Dia dos Namorados e outro dia qualquer, objetivo de viver: incerteza, ligeira possibilidade de reação excessiva ao desastre do Dia dos Namorados.

8 HORAS. Estou mesmo muito acima de dar importância a coisas como o Dia dos Namorados. Não é tão importante assim no esquema geral da vida.

8H20. Só vou lá embaixo ver se o correio chegou.

8H22. O correio não chegou.

8H27. O correio ainda não chegou.

8H30. O correio chegou! Viva!

8H35. Era extrato bancário. Nada de Mark, nada, nada, nada, nada. Nada.

8H40. Não dá para acreditar que vou passar mais uma vez o Dia dos Namorados sozinha. Pior foi dois anos atrás, quando fui com Jude e Shaz para Gâmbia e tive de viajar um dia antes por causa do horário dos voos. Quando desci para jantar só havia corações apaixonados. Cada mesa tinha um casal de mãos dadas, e tive de me sentar ali sozinha, lendo *Aprendendo a amar a si mesma*.

Estou me sentindo mt. triste. Simplesmente ele não liga para isso. Talvez queira dizer que sou Apenas a Garota do Momento, porque, como diz em *Homens são de Marte, mulheres são de Vênus*, acho que, se um homem está seriamente interessado na gente, sempre nos compra presentes como lingerie e joias, e não livros ou aspiradores de pó. Na certa é a maneira de ele comunicar que está tudo acabado e vai me dizer quando chegar.

8H43. Talvez Jude e Shaz tivessem razão e eu simplesmente não devesse mais ter saído com ele quando surgiram os primeiros sinais. Vejam Daniel no ano passado: se na primeira vez que ele me deixou plantada e me deu um bolo, com uma desculpa esfarrapada, eu tivesse caído fora e me distanciado, em vez de entrar no estado de negação, jamais terminaria encontrando uma mulher nua numa espreguiçadeira na cobertura dele. Na verdade, pensando bem, Daniel é anagrama de *denial*!*

Já virou um padrão. Vivo encontrando pessoas nuas nos apartamentos dos meus namorados. Estou repetindo padrões.

8H45. Ah, meu Deus. Estou devendo 200 libras no cheque especial. Como? Como? Como?

8H50. Estão vendo? Coisas boas podem vir de qualquer lugar. Achei no extrato bancário um cheque esquisito, de 149 libras, que não reconheci. Estou convencida de que passei esse cheque para o tintureiro no valor de 14,90 libras, ou algo assim.

9 HORAS. Telefonei para o banco, para saber em nome de quem eu tinha feito o cheque, e era um tal de "Monsieur S. F. S.". Os tintureiros são fraudulentos. Vou ligar para Jude, Shazzer, Rebecca, Tom e Simon, avisando-os para não irem mais à Duraclean.

**Denial*, em inglês, significa negação. (*N. do E.*)

9H30. Ah-ah! Acabei de ir à Duraclean, verificar o tal de "Monsieur S. F. S.", com o pretexto de levar uma camisolinha de seda preta para lavar. Não pude deixar de constatar que o pessoal da tinturaria parecia mais indiano que francês. Talvez indo-francês, pensei.

– Poderia me dizer seu nome, por favor? – perguntei ao homem quando entreguei a camisola.

– Salwani – disse ele, sorrindo com uma simpatia muito suspeita.

S. Ah-ah!

– E o seu nome? – perguntou.

– Bridget.

– Bridget. Escreva seu endereço aqui, por favor, Bridget.

Percebi que aquilo era muito suspeito. Decidi pôr o endereço de Mark Darcy, pois ele tinha empregados e alarmes contra ladrões.

– Conhece um Monsieur S. F. S.? – perguntei, ao que o homem se tornou quase brincalhão.

– Não, mas acho que conheço você de algum lugar – disse ele.

– Não pense que não sei o que está acontecendo – disse eu, saindo em seguida da loja. Entendam. Estou assumindo o controle da situação.

22 HORAS. Não dá para acreditar no que aconteceu. Às onze e meia, um garoto entra na redação com um enorme buquê de rosas vermelhas e as traz para a minha mesa. Para mim! Era preciso ver as caras de Patchouli e do Horrível Harold. Até Richard Finch caiu num silêncio estupefato conseguindo dizer apenas um patético:

– Mandamos para nós mesmos, não foi?

Abri o cartão e vejam o que estava escrito:

Feliz Dia dos Namorados para a luz da minha tristonha vida antiga. Esteja amanhã em Heathrow, Terminal 1, às 8h30, para pegar sua passagem no guichê da British Airways (ref: P23/R55) para um minidescanso de magia e surpresa. A volta é na segunda-feira pela manhã a tempo do trabalho. Vou esperá-la na outra saída.
(Tente arranjar emprestado um conjunto para esqui e um par de sapatos resistentes.)

Não dá para acreditar. Simplesmente não acredito. Mark vai me levar para um esqui pelo Dia dos Namorados. É um milagre. Viva! Vai ser muito romântico deslizarmos de mãos dadas encosta abaixo, numa cidadezinha de cartão de Natal, entre luzes tremeluzentes etc., como o Rei e a Rainha da Neve.

Sinto-me péssima por entrar na obsessão do atoleiro do pensamento negativo, mas isso pode acontecer a qualquer um. Sem a menor dúvida.

Acabei de ligar para Jude, ela me emprestou um traje completo de esqui: tudo preto tipo Michelle Pfeiffer como a Mulher Gato ou algo do gênero. O único problema insignificante é que só esquiei uma vez, quando ainda estava na escola, e fiz uma entorse no tornozelo no primeiro dia. Não importa. Com certeza vou tirar de letra.

Sábado, 15 de fevereiro

76,2 quilos (sinto-me como uma bola gigantesca, inchada, cheia de fondue, cachorros-quentes, chocolate quente etc.), 5 grappas, 32 cigarros, 6 chocolates quentes, 8.257 calorias, 8 experiências quase mortais em saltos de 1 metro.

13 HORAS. À BEIRA DO PRECIPÍCIO. Não dá para acreditar na situação em que me encontro. Quando cheguei ao topo da montanha, senti-me paralisada de medo, portanto encorajei Mark a ir na frente, enquanto eu punha os esquis, vendo-o "uuuuush, bizuuuum, bizuuuum" encosta abaixo, parecendo um míssel Exocet, um fogo de artifício assassino proibido ou coisa semelhante. Embora esteja muito grata por ter sido levada para esquiar, não posso acreditar no pesadelo da subida até o alto da montanha, atrapalhada por sentir como se estivesse me agarrando a gigantescas estruturas de concreto cheias de grades e correntes, como alguma coisa saída de um campo de concentração, com os joelhos meio curvados e o equivalente a moldes de gesso em cada pé, carregando esquis desgovernados, que não paravam de se separar um do outro, sendo empurrada por torniquetes automáticos como ovelhas avançando para o abate, quando podia estar no aconchego na cama. O pior de tudo são os cabelos que enlouqueceram com a altitude, transformando-se em picos e chifres esquisitos como um saco de deformidades de Cadbury, e o conjunto de esqui tipo Mulher Gato foi modelado exclusivamente para mulheres altas e magras como Jude, com a consequência de que pareço uma grotesca tia negra e pantomima das bonecas Golliwog, personagens de Florence Upton. Também dão nos nervos os prodígios de 3 anos de idade, zunindo ao passar a toda velocidade sem usar os bastões, equilibrados numa perna só e dando saltos mortais.

O esqui é um esporte perigoso mesmo, não gosto nem de imaginar. Pessoas ficam paralíticas, são enterradas por avalanches etc. etc. Shazzer me contou que um amigo dela embarcou numa missão de salto em esqui bastante apavorante e teve uma crise nervosa, aí os responsáveis pela pista tiveram de ir até lá em cima para fazê-lo descer numa maca e depois o deixaram cair da maca.

14H30. CAFÉ NA MONTANHA. Mark chegou zunindo a toda, "uuuuush, bizuuuum", e me perguntou se eu já estava pronta para descer.

Expliquei-lhe num sussurro que eu cometera um erro em vir, porque o esqui é um esporte realmente mt. perigoso – tanto que o seguro de férias nem mesmo o cobre. Uma coisa é sofrer um acidente imprevisível; outra bastante diferente é colocar-se por livre e espontânea vontade numa situação assim de extremo perigo, jogando com a morte ou a mutilação, como a de fazer saltos radicais na neve, escalar o Everest, deixar pessoas acertarem maçãs da cabeça de outras a tiros etc.

Mark Darcy escutava calado e pensativo.

– Entendo o que você quer dizer – disse. – Mas esta é a rampa infantil. É quase horizontal.

Eu disse a Mark que queria voltar lá para baixo pelo teleférico, mas ele disse que ele funcionava por um botão e não se pode descer a montanha com um botão. Quarenta e cinco minutos depois, já tinha me convencido a descer a rampa empurrando-me montanha abaixo e depois correndo em círculos para me alcançar. Quando chegamos lá embaixo, pensei em abordar a questão de talvez voltar à cidadezinha, a fim de descansar um pouco e tomar um cappuccino.

– O negócio, Bridget – disse ele –, é que esquiar é igual a tudo mais na vida. É só uma questão de confiança. Vamos. Acho que você precisa de uma grappa.

14H45. Hummm. Adoro a deliciosa grappa.

15 HORAS. Grappa é uma bebida realmente mt. b. Mark tem razão. Talvez eu seja uma deslumbrante esquiadora nata. Só preciso aumentar essa confiança meio turva.

15H15. NO TOPO DA RAMPA INFANTIL. Aargh. A confiança meio turva. Lá vou eu. Uuuuiiiii!

16 HORAS. Sou uma esquiadora maravilhosa, fantástica. Acabo de descer a rampa à perfeição com Mark: "uuuuush, bizuuuum", todo o corpo se movendo em perfeita harmonia como por instinto. Alegria louca! Descobri toda uma vida nova. Sou uma desportista tipo a princesa Anne! Cheia de renovado vigor e pensamento positivo! Confiança! Viva! A vida é bela! Uma bela e nova vida de pessoa confiante pela frente! Grappa! Viva!

17 HORAS. Fomos descansar no café da montanha e de repente veio ao encontro de Mark todo um bando de pessoas tipo jurídico/banqueiros, dentre elas uma moça alta, magra e loura, que ficou de costas para mim, com um conjunto de esqui branco, fofos protetores de ouvido de pele e viseira Versace. Como em câmera lenta, lançou a cabeça para trás tirando os cabelos do rosto, e quando eles esvoaçaram de volta numa suave cortina, comecei a perceber que reconhecia aquela risada, olhando a moça virar o rosto. Era Rebecca.

– Bridget! – exclamou, agarrando-se a mim e beijando-me. – Garota maravilhosa! Que coisa fantástica encontrar você aqui! Olha só que coincidência!

Olhei para Mark, que parecia totalmente perplexo, correndo os dedos pelos cabelos.

– Hum, não é bem uma coincidência, é? – disse ele, meio sem jeito. – Na verdade, foi você quem sugeriu que eu trouxesse Bridget aqui. Quer dizer, estou encantado por vê-la, claro, mas eu não tinha a mínima ideia de que a encontraria aqui também.

Uma coisa muito boa mesmo em Mark é que sempre acredito nele, mas quando ela havia sugerido isso? Quando?

Rebecca pareceu atônita por um momento, mas sorriu em seguida, vitoriosa.

– Eu sei, isso só me fez lembrar como é maravilhoso em Courcheval, e como todos os outros vinham... Uiii! – De uma forma muito conveniente, ela "vacilou, quase caindo", e teve de ser "agarrada" por um dos admiradores à sua espera.

– Hum – disse Mark.

Não parecia de modo algum muito satisfeito. Fiquei cabisbaixa, tentando entender o que estava acontecendo.

Por fim, não aguentei mais a tensão do esforço para parecer normal e sussurrei a Mark que ia dar outra deslizada na rampa infantil. Entrei na fila para o teleférico com muito mais desenvoltura que o habitual, simplesmente superagradecida por me afastar daquele cenário esquisito. Perdi os dois primeiros teleféricos por agarrar errado o cabo, mas consegui pegar o seguinte.

O problema foi que, uma vez dada a partida, nada parecia certo, tudo subindo aos solavancos, quase como se eu estivesse correndo. De repente, percebi uma criança acenando para mim das laterais e gritando em francês. Olhei horrorizada a sacada do café do outro lado e vi todos os amigos de Mark gritando também. O que está acontecendo? Quando menos espero, vejo Mark frenético, vindo desembestado do café em minha direção.

– Bridget – berrou ele, quando chegou ao alcance do ouvido –, você se esqueceu de pôr os esquis.

– Sua maluca – vociferou Nigel, quando retornamos ao café. – Foi a coisa mais estúpida que já vi em anos.

– Quer que eu fique com ela? – perguntou Rebecca a Mark, de olhos arregalados de preocupação, como se eu fosse uma criança criadora de problemas aprendendo a andar. – Para você dar uma boa esquiada antes do jantar.

– Não, não, nós estamos bem.

Mas vi pelo canto dos olhos que ele estava doido para zarpar e dar uma esquiada, e eu queria mesmo que o fizesse, porque sei que adora esquiar. Mas simplesmente não pude enfrentar a ideia de uma aula da miserável Rebecca.

– Na verdade, acho que preciso descansar um pouco – disse eu. – Vou só tomar um chocolate quente e me recuperar.

Tomar chocolate quente no café foi fantástico, como beber uma caneca de calda de chocolate, o que era ótimo, porque me distraía da visão de Mark e Rebecca transportados juntos para o alto da montanha na cadeira do teleférico. Deu para vê-la toda radiante tocando o braço de Mark.

Por fim os dois reapareceram zunindo montanha abaixo como o Rei e a Rainha da Neve... ele em preto e ela em branco... parecendo um casal saído de um folheto de chalé para a alta-roda, numa foto que sugere que – além de oito pistas demarcadas em preto, quatrocentos funiculares e café da manhã incluído – pode-se fazer um sexo esplêndido como esses dois estão prestes a fazer.

– Oh, é tão revigorante – disse Rebecca, pondo os óculos de proteção na cabeça e rindo na cara de Mark. – Escutem, vocês não querem jantar com a gente hoje à noite? Vamos fazer um fondue no alto da montanha, e depois uma descida de esqui à luz de tochas... ah, desculpe, Bridget, mas você pode descer no telefônico.

– Não – disse Mark, bruscamente. – Eu perdi o Dia dos Namorados, portanto vou levar Bridget a um jantar de namorados.

O bom de Rebecca é que sempre se denuncia por uma fração de segundo, parecendo puta da vida mesmo.

– Tudo bem, como queiram – disse ela, disparando seu sorriso de anúncio de pasta de dentes, pondo os óculos de proteção e saindo a esquiar com um floreio em direção à cidade.

– Quando você a encontrou? – perguntei. – Quando ela sugeriu Courcheval?

Ele franziu a testa.

– Ela estava em Nova York.

Cambaleei, deixando cair um dos bastões de esqui. Mark explodiu na risada, pegou-o e me deu um grande abraço.

– Não fique assim – disse junto ao meu rosto. – Ela estava lá com um monte de gente, tivemos uma conversa de dez minutos. Eu disse que queria fazer algo agradável por perder o Dia dos Namorados e ela sugeriu este lugar.

Emiti um pequeno ruído indeterminado.

– Bridget – disse ele –, eu te amo.

Domingo, 16 de fevereiro

Peso: não me importa (na verdade, não há balança), um exorbitante número tipo buraco negro das vezes que repassei na cabeça o momento da sublime palavra amor.

Não consigo me conter de tanta felicidade. Não estou zangada com Rebecca, mas generosa e receptiva. Ela é um perfeito inseto que pousou no cocô do cavalo do bandido. Eu e Mark tivemos um jantar delicioso, cheio de risadas, e dissemos o quanto sentimos saudade um do outro. Dei-lhe um presente, um pequeno chaveiro com corrente, do Newcastle United, e cuecas samba-canção do Newcastle United, que lhe agradaram muitíssimo. Ele me deu de presente do Dia dos Namorados uma camisola de seda vermelha, de um tamanho um pouco menor que o meu, mas não pareceu se importar, muito pelo contrário, para falar com toda sinceridade. Também me contou todas as novidades do trabalho em Nova York, e eu lhe dei minhas opiniões sobre tudo, que ele disse serem muito reconfortantes e "singulares"!

P.S. Que ninguém leia este trecho como vergonhoso. Fiquei tão emocionada por ele dizer a palavra A., assim tão no início do relacionamento, que liguei sem querer para Jude e Shaz e deixei recados na secretária contando a elas. Mas agora compreendo que isso foi precipitado e errado.

Segunda-feira, 17 de fevereiro

59,9 quilos (argh! Eca! Maldito chocolate quente), 4 unidades alcoólicas (mas incluindo a do voo), 12 cigarros, 1 constrangedor ato neocolonialista, daqueles extremamente grandes, cometido pela minha mãe.

Tirando Rebecca, o minidescanso foi fantástico, mas quase tive um choque no desembarque do aeroporto de Heathrow, olhando a tabuleta com o sinal luminoso da chegada de táxis, quando uma voz chamou:

– Querida! Você não devia ter vindo nos esperar. Papai e Geoffrey estão nos esperando lá fora. Acabamos de comprar um presente para o papai. Venha conhecer o Wellington!

Era minha mãe, com um bronzeado alaranjado, os cabelos presos em duas tranças à Bo Derek, entrelaçadas com contas nas pontas, e com um volumoso bubu de batique laranja, parecendo Winnie Mandela.

– Sei que vai pensar que ele é *masai*, mas é *kikuyu*! Um *kikuyu*! Imagine!

Acompanhei seu olhar até onde estava Una Alconbury, também cor de laranja e vestida da cabeça aos pés de batique, mas usando os óculos de leitura e uma bolsa de mão de couro verde, com um imenso fecho dourado, diante do balcão da Sock Shop, a bolsa aberta. Olhava embevecida para um enorme rapaz negro com uma argola pendurada em cada orelha e uma lata de filme numa delas, vestindo uma túnica longa xadrez azul-celeste.

– *Hakuna Matata*. Não se preocupe, seja feliz! Em suali. Não é estupendo? Una e eu nos divertimos à beça e Wellington voltou para hospedar-se conosco! Oi, Mark – disse ela, tomando conhecimento de sua presença como simples rotina funcional. – Chegue mais perto, querida, por que não diz jambo a Wellington?

– Feche a matraca, mãe, feche a matraca – sibilei pelo canto da boca, olhando nervosa de um lado a outro.

– Você não pode hospedar um homem de uma tribo africana. Além de ser neocolonialismo, papai mal se refez de Júlio.

– Wellington não é – disse minha mãe, erguendo-se ao máximo de sua altura – um homem de tribo. Bem, pelo menos ele é, querida, um homem de tribo correto! Quer dizer, mora numa cabana de esterco! Mas ele quis vir! Quer fazer uma viagem pelo mundo exatamente como a minha e de Una!

Mark ficou pouco comunicativo no táxi de volta para casa. Maldita mãe. Eu gostaria de ter uma mãezinha mais ou menos normal como as outras pessoas, com cabelos grisalhos, que só fizesse ensopados gostosos.

Certo, vou telefonar para o papai.

21 HORAS. Papai mergulhou em seu pior estado emocional recalcado do inglês médio e parecia mais uma vez arrasado.

– Como estão as coisas? – aventurei-me, quando acabei rechaçando mamãe, e o chamei ao telefone.

– Ah, ótimas, ótimas, você sabe. Guerreiros zulus no jardim ornamental com pedras. As prímulas mais uma vez brotando. E com você, tudo bem?

Ai, meu Deus. Não sei se vou aguentar toda essa loucura de novo. Eu disse para ele me ligar a qualquer momento, mas é mt. difícil quando fica assim todo impávido.

Terça-feira, 18 de fevereiro

59,9 quilos (já grave caso de emergência), 13 cigarros, 42 fantasias com Mark apaixonado por Rebecca.

19 HORAS. Em turbilhão. Voltei às pressas para casa depois de mais um dia de pesadelo no trabalho (Shaz inexplicavelmente decidiu curtir futebol, portanto eu e Jude vamos aparecer lá para ver os alemães derrotarem os turcos, belgas ou qualquer coisa assim), e havia dois recados na secretária, nenhum do papai.

O primeiro era de Tom, dizendo que seu amigo Adam, do *Independent*, disse que não se incomoda de me deixar fazer uma tentativa de entrevistar alguém, desde que eu encontre alguém muito famoso para entrevistar e não espere pagamento.

Quer dizer, não é isso, sem a menor dúvida, o que acontece nos jornais? Como é que todo mundo paga suas hipotecas e problemas de bebida?

O segundo era de Mark. Disse que ia sair com o pessoal da Anistia e os indonésios à noite, e talvez ligasse para mim na casa de Shazzer para saber quanto foi o jogo. Em seguida, fez uma espécie de pausa e disse:

– Ah, e, hum, Rebecca nos convidou, e toda a "turma", para uma festa no fim de semana que vem na casa dos pais dela em Gloucestershire. O que acha da ideia? Vou telefonar para ela mais tarde.

Sei exatamente o que eu acho. Acho que preferia me enfiar num buraquinho entre as pedras do jardim ornamental da mamãe e do papai a ir à festa na casa de Rebecca e ficar vendo-a flertar com Mark. Quer dizer, por que ela não telefonou para mim e nos convidou?

É *falaçãozite*. Não passa de *falaçãozite* total. Não há a menor dúvida. Telefone. Aposto que é o Mark. O que vou dizer?

– Bridget, atenda, larga isso, larga isso. LARGA ISSO. Atendi, confusa.

– Magda?

– Oh, Bridget! Oi! Como foi o esqui?

– Foi maravilhoso, mas... – Contei-lhe toda a história com Rebecca e Nova York, e a festa. – Não sei se devo ir ou não.

– Claro que deve, Bridget – disse Magda. – Se Mark quisesse sair com a Rebecca, sairia e pronto, só diga... saia daí, saia daí, Harry, saia já do encosto da cadeira se não mamãe vai lhe dar uma palmada. Vocês são dois tipos de pessoas muito diferentes.

– Hum. Mas entenda, acho que Jude e Shazzer vão dizer...

Jeremy pegou o fone.

– Escute, Bridget, ouvir conselho de Jude e Shazzer sobre namoro é o mesmo que consultar e ouvir conselho de uma endocrinologista que pesa 130 quilos.

– Jeremy! – berrou Magda. – Mark escolheu você. Vá, simplesmente, fique linda, maravilhosa, e de olho nela. Nããão! No chão, não!

Ela está certa. Vou ser uma mulher de fibra, segura, receptiva, compreensiva, e vou me divertir à beça. Viva! Vou telefonar para o papai e depois assistir ao futebol.

MEIA-NOITE. DE VOLTA AO APARTAMENTO. Assim que saí para o frio de enregelar, a mulher de fibra evaporou-se em insegurança. Fui andando e passei por uns operários fazendo serão sob luzes fortes na estação central de energia. Estava com um casaco curto, botas, e por isso me preparei para enfrentar assobios obscenos e gracejos constrangedores, e me senti uma merda total quando não recebi nenhum.

Aquilo me fez lembrar quando eu tinha 15 anos e ia andando por um beco a caminho do Centro, e um homem começou a me seguir e me agarrou o braço. Virei para olhar o atacante, alarmada. Na época, eu era magra e usava jeans bem justos. Mas também usava óculos de asinhas e aparelho nos dentes. O homem deu uma olhada em meu rosto e saiu correndo.

Ao chegar, confidenciei meus sentimentos a respeito dos operários a Jude e Sharon.

– É exatamente isso, Bridget – explodiu Shazzer. – Esses homens estão tratando as mulheres como objetos, como se nossa única função fosse a atração física.

– Mas esses não estavam... – disse Jude.

– É exatamente por isso que tudo é tão ofensivo, Agora, andem logo, devíamos estar vendo o jogo.

– Huumm. Eles têm coxas lindas, não? – comentou Jude.

– Huummm – concordei, distraída, imaginando se Shaz ia ficar furiosa se eu falasse de Rebecca durante a partida.

– Conheci uma garota que uma vez dormiu com um turco – disse Jude. – E ele tinha um pênis tão grande que não podia dormir com ninguém.

– Como? Achei que você tinha dito que ela dormiu com ele – disse Shazzer, sem desgrudar o olho da televisão.

– Ela dormiu com ele, mas não dormiu – explicou Jude.

– Porque não pôde, porque o troço dele era grande demais – eu disse em apoio à historinha de Jude. – Que terrível. Acha que isso tem a ver com a nacionalidade? Quer dizer, acha que todos os turcos...?

– Escutem, calem a boca – disse Shazzer.

Por algum tempo, ficamos todas caladas, imaginando os muitos pênis visivelmente enfiados nos shorts e pensando em todos os jogos de várias nacionalidades diferentes que já assistimos. Eu ia abrir a boca, mas aí Jude, que parecia ter ficado meio fixada por algum motivo, falou em voz esganiçada:

– Deve ser muito esquisito ter um pênis.

– É mesmo – concordei – muito esquisito ter um apêndice ativo. Se eu tivesse um, pensaria nele o tempo todo.

– Bem, é, ia ficar preocupada com o que ele faria em seguida – disse Jude.

– Éeé, exatamente – concordei. – De repente, a gente poderia ter uma gigantesca ereção no meio de uma partida de futebol, já pensou?

– Ah, pelo amor de Deus, não dá para ouvir! – gritou Sharon.

– Está bem, relaxe, fique na sua – disse Jude. – Bridget? Está tudo bem com você? Parece um pouco desanimada.

Lancei um olhar nervoso a Shaz, mas logo decidi que era importante demais para deixar passar. Pigarreei chamando atenção e anunciei:

– Rebecca telefonou para o Mark e nos convidou para uma festa e hospedagem de fim de semana.

– O QUÊ? – explodiram Jude e Shaz ao mesmo tempo.

Fiquei feliz mesmo com o fato de que a seriedade da situação era plenamente apreciada. Jude levantou-se para pegar a bandeja com os copos e Shaz foi buscar outra garrafa na geladeira.

– O negócio é o seguinte – recapitulava Sharon –, a gente conhece Rebecca há quatro anos. Ela algum dia, nesse tempo todo, convidou você, a mim ou a Jude para uma dessas festas chiques de fim de semana?

– Não – balancei a cabeça, solene.

– Mas a questão é... você não vai, e se ele for sozinho? E também claro que é importante para alguém na posição dele ter uma mulher que seja uma boa companheira social.

– Eeeca – bufou Shazzer. – Isso não passa de babaquice. Se Bridget disser que não quer ir e ele for sem ela e dormir com Rebecca, então Mark é um charlatão de segunda e não vale mesmo a pena ficar com ele. Companheira social... Argh. Não estamos mais em 1950. Ela não vai fazer faxina na casa o dia inteiro com um sutiã pontudo e depois divertir os colegas dele como uma esposa com troféu de vaca premiada. Diga a ele que sabe que Rebecca está a fim dele e é por isso que não quer ir.

– Mas aí ele vai ficar todo cheio de si – disse Jude. – Não há nada que um homem ache mais atraente que uma mulher apaixonada por ele.

– Quem, por exemplo?

– A baronesa em *A noviça rebelde* – disse Jude, com a voz chorosa.

Infelizmente, quando voltamos nossa atenção para a televisão, parecia que o jogo já tinha terminado.

Quando eu menos esperava, Mark ligou.

– Quanto foi? – perguntou ele, entusiasmado.

– Hum... – disse eu, gesticulando feito louca para Jude e Shazzer, que pareciam completamente sem expressão.

– Você viu o jogo, não?

– Sim, claro, "*football's coming home, it's coming...*" – cantarolei, lembrando vagamente que isso tinha algo a ver com a Alemanha.

– Então por que não sabe quanto foi? Eu não acredito.

– Nós assistimos. Mas estávamos...

– O quê?

– Conversando – concluí, claudicando.

– Deus do céu. – Fez-se um longo silêncio. – Escute, quer ir para a casa de Rebecca?

Olhei de Jude para Shazzer, frenética. Um sim. Um não. E um sim de Magda.

– Quero – disse.

– Oh, esplêndido. Acho que vai ser divertido. Ela disse para levar roupa de banho.

Roupa de banho! Droga. Drogaaaaa!

De volta para casa, descobri o mesmo bando de operários trôpegos saindo embriagados de um bar. Empinei o nariz e decidi não me importar se iam ou não assobiar, mas assim que passei por eles ouvi uma cacofonia de sons admirativos. Voltei-me, satisfeita, para lançar-lhes um olhar obsceno, só para constatar que todos olhavam em outra direção, e um deles tinha acabado de atirar um tijolo na janela de um Volkswagen.

Sábado, 22 de fevereiro

59,4 quilos (horrorosa), 3 unidades alcoólicas (comportamento melhor), 2 cigarros (será?), 10.000 calorias (na certa, sabotagem de Rebecca), 1 cão farejando minha saia (sem parar).

GLOUCESTERSHIRE. Acabo de constatar que o "chalé de campo" dos pais de Rebecca tem estábulos, anexos, piscinas, quadro completo de empregados e uma igreja no "jardim". Enquanto atravessávamos o cascalho miúdo, fazendo-o ranger, Rebecca – de macacão jeans folgado, parecendo um anúncio da Ralph Lauren – brincava com um cão, à luz do sol, salpicando-lhe os cabelos de pintas luminosas, no meio de uma série de Saabs e BMWs conversíveis.

– Emma! Fora! Oiiiii! – gritou ela, o que fez o cão largá-la e pôr o focinho bem acima do meu casaco. – Maaark, venha tomar um drinque – disse ela, saudando-o enquanto eu lutava com a cadela.

Mark me salvou, gritando:

– Emma! – Aqui! – e atirou longe um pedaço de pau, que a cadela trouxe de volta abanando o rabo.

– Oh, ela adora você, não é, querida, não é, não é, não é? – arrulhou Rebecca, passando os dedos na cabeça da cadela como se fosse o primeiro recém-nascido dela e de Mark.

Meu celular tocou. Tentei ignorá-lo.

– Acho que é o seu, Bridget – disse Mark.

Atendi.

– Ah, oi, querida, sabe da maior?

– Mãe, a troco do que está ligando para o meu celular? – sibilei, vendo Rebecca levar Mark embora.

– Vamos todos ver *Miss Saigon* na próxima sexta-feira! Una, Geoffrey, papai, eu e Wellington. Ele nunca foi a um musical. Um kikuyu no *Miss Saigon*. Não é engraçado? E compramos ingressos para você e Mark irem conosco.

Aaargh! Musicais! Bichas loucas paradas com as pernas abertas, berrando bem na nossa cara.

Quando entrei na casa, Mark e Rebecca haviam desaparecido e não se via ninguém por perto, além da cadela, que mais uma vez enfiou o focinho no meu casaco.

16 HORAS. Acabei de voltar de uma caminhada em volta do "jardim". Rebecca não parou de me meter em conversas com

homens, arrastando em seguida Mark quilômetros à frente de todos os demais. Acabei andando ao lado do sobrinho dela: um sub-Leonardo DiCaprio, parecendo um caçador com um sobretudo Oxfam, a quem todo mundo se referia como o "menino de Johnny".

– Quer dizer, sabe, eu tenho um nome – resmungou ele.

– Oh, não seja absuuuuuuuuuuurdo! – disse eu, fingindo ser Rebecca. – Qual?

Ele fez uma pausa, parecendo sem graça.

– St. John.

– Ah. – Mostrei-me solidária.

– Ele riu e me ofereceu um cigarro.

– Melhor não – disse eu, apontando na direção de Mark.

– Ele é seu namorado ou seu pai?

Levou-me para fora da alameda até um minilago e acendeu um cigarro para mim.

Foi mt. gostoso fumar e dar risadinhas como uma menina travessa.

– É melhor voltarmos – disse eu, apagando o cigarro com o salto do sapato.

Os outros estavam quilômetros à frente, portanto tivemos de correr: jovens e livres, como nos anúncios da Calvin Klein. Quando os alcançamos, Mark me abraçou.

– O que andou fazendo? – perguntou, a cabeça nos meus cabelos. – Fumando como uma menina travessa?

– Eu não fumo há cinco anos! – cantarolou Rebecca.

19 HORAS. Huumm. Huumm. Mark ficou todo excitado sexualmente antes do jantar. Huuuuummm.

MEIA-NOITE. Rebecca fez um grande espalhafato para me pôr sentada junto ao "menino de Johnny".

– Vocês dois estão se dando tããããããão bem!! – E ela ao lado de Mark.

Os dois pareciam perfeitos juntos, em seus black-tie. Black-tie! Como disse Jude, era só porque Rebecca queria exibir a silhueta nos acessórios e roupas de noite da Country Casuals, como uma concorrente a Miss Mundo. Nesse momento, como se ouvisse meus pensamentos, ela continuou:

– Vamos trocar a roupa e pôr as de banho? – Saiu, dando um passo em falso, e reapareceu minutos depois com um maiô preto de corte imaculadamente perfeito, as pernas longas quase até o lustre.

– Mark – disse ela –, me dá uma mãozinha? Preciso tirar a cobertura da piscina.

Mark desviou os olhos dela para mim, preocupado.

– Claro. Sim – disse ele, sem jeito, e desapareceu atrás dela.

– Vai nadar? – perguntou o frangote.

– Bem... – comecei. – Não quero que pense que não sou uma desportista determinada, entusiástica e motivada, mas às onze da noite, após um jantar de cinco pratos, não é o meu melhor horário para nadar.

Conversamos um pouco, e notei que o último dos nossos colegas comensais saía da sala.

– Vamos nos levantar e tomar um café? – disse eu, levantando-me.

– Bridget.

De repente, ele avançou embriagado para cima de mim e começou a tentar me beijar. A porta se abriu. Era Rebecca e Mark.

– Opa! Desculpe! – disse Rebecca, e logo fechou a porta.

– O que você acha que está fazendo! - zuni, horrorizada, para o frangote.

– Mas... Rebecca disse que você tinha dito a ela que gostou muito de mim e, e...

– E o quê?

– Ela disse que você e Mark estavam em processo de rompimento.

Segurei-me na mesa para me apoiar.

– Quem disse isso a ela?

– Ela disse – parecia tão mortificado que realmente senti pela dele –, ela disse que foi o Mark.

Domingo, 23 de fevereiro

78 quilos (provavelmente), 3 unidades alcoólicas (desde meia-noite, e são só 7 horas), 100.000 cigarros (sinto como se fossem), 3.275 calorias, 0 pensamento positivo, namorado: número extremamente incerto.

Quando voltei para o quarto, Mark estava no banho, portanto fiquei sentada de camisola, planejando minha defesa.

– Não foi o que você está pensando – disse eu com tremenda originalidade quando ele surgiu.

– Não? – perguntou ele, com um uísque na mão. Pôs-se a andar em semicírculos, à sua maneira de advogado, só com a toalha enrolada na cintura. Enervante, mas incrivelmente sensual. – Tinha uma bola de gude presa na sua garganta, talvez? – perguntou. – Seria "Sanjon", em vez do adolescente ocioso bancado por rendas de família, que na verdade parece um otorrinolaringologista de primeira tentando extraí-la com a língua?

– Não – disse eu, com cuidado e pensativa. – Também não foi isso.

– Então era respiração boca a boca? Estaria "Sanjon", após acumular os rudimentos de primeiros socorros dentro do cérebro baratinado de maconha, talvez vistos num cartaz na parede das muitas unidades de reabilitação que frequentou na sua vida curta mas irregular, tentando administrar o beijo da vida? Ou simplesmente confundiu você com uma fatia seleta de "gambá" e viu-se incapaz de...

Caí na gargalhada. Aí ele também, e começamos a nos beijar, e uma coisa levou à outra e acabamos dormindo nos braços um do outro.

De manhã, levantei-me toda risonha, achando que estava tudo bem, mas quando olhei em volta e o vi já vestido, soube que nada estava nem perto de bem.

– Eu posso explicar – disse eu, dramática, sentando-me na cama. Por um momento, nos entreolhamos e começamos a rir. Mas em seguida ele ficou sério.

– Desembuche, então.

– Foi a Rebecca – disse eu. – St. John me disse que Rebecca lhe havia dito que eu disse a ela que gostava dele e...

– E você acreditou nesse catálogo confuso de disse-que-disse chinês?

– E que você disse a ela que nós estávamos...

– Sim?

– Rompendo.

Mark sentou-se e pôs-se a correr os dedos bem devagar pela testa.

– Você disse? – sussurrei. – Você disse isso a Rebecca?

– Não – ele acabou dizendo. – Eu não disse isso a Rebecca, mas...

Não ousei olhar para ele.

– Mas talvez nós... – começou ele.

O quarto começou a ficar manchado. Odeio isso no namoro. Num minuto a gente se acha mais perto de alguém que qualquer um no mundo inteiro, e no seguinte eles só precisam dizer as palavras "um tempo afastados", "conversar a sério", ou "talvez você...", e a gente nunca mais vai vê-los, e terá de passar os seis meses seguintes tendo conversas imaginárias em que eles imploram para voltar, e rompendo em prantos à visão da escova de dentes deles.

– Você quer romper...?

Bateram na porta. Era Rebecca, radiante, com um cashmere cor-de-rosa.

– Última chamada para o café da manhã, pessoal! – arrulhou, e não saiu.

Acabei tomando café com os cabelos alucinados, sem lavar, enquanto Rebecca balançava sua cabeleira luminosa e servia *kedgeree*, um prato que consiste em peixe desfiado, arroz cozido e ovos.

A caminho de casa, fomos em silêncio no carro, eu me debatendo para não mostrar como me sentia e nem dizer uma palavra totalmente errada. Sei por experiência como é horrível tentar convencer alguém de que não deve romper com a gente quando ele já tomou a decisão, e depois ficar ruminando sobre o que disse. E se sentido uma idiota total.

"Não faça isso!" Eu quis gritar quando paramos diante de minha casa. "Ela está tentando roubar você de mim, e tudo isso é uma armação. Eu não beijei St John. Eu amo você.

– Bem, então tchau – disse eu, com dignidade, e forcei-me a sair do carro.

– Tchau – ele resmungou, sem olhar para mim.

Vi-o fazer a volta com o carro muito depressa e cantando os pneus. Quando se afastou, vi-o roçar os dedos na face com raiva, como se enxugasse alguma coisa.

4. Persuasão

Segunda-feira, 24 de fevereiro

95,25 quilos (peso misturado ao da minha infelicidade), 1 unidade alcoólica – eu, 200.000 cigarros, 8.477 calorias (sem contar o chocolate), 477 teorias sobre o que está acontecendo, 448: número de vezes que mudei de ideia sobre o que fazer.

15 HORAS. Não sei o que teria feito sem as meninas ontem. Telefonei para elas no instante seguinte àquele em que Mark arrancou com o carro, e elas chegaram lá em casa 15 minutos depois, não dizendo sequer uma vez" "eu bem que avisei".

Quando Shazzer entrou esbaforida com os braços cheios de garrafas e sacolas de supermercado, ladrando "Ele telefonou?", foi como se eu estivesse na sala de emergência e chegasse o Dr. Greene da série *E.R.*

– Não – disse Jude, enfiando um cigarro em minha boca como se fosse um termômetro.

– É só uma questão de tempo – disse Shaz efusiva, tirando da sacola uma garrafa de Chardonnay, três pizzas, duas embalagens de Häagen-Daaz, uma de Pralines e outra de creme, e um pacote de biscoitos em formas engraçadas.

– Éééé – disse Jude, pondo a fita *Orgulho e preconceito* em cima do vídeo, junto com *Do amor à perda e à autoestima*, *Os cinco estágios do manual do namoro* e *Como curar a mágoa pelo ódio*. – Ele logo vai voltar.

– Acham que eu devo telefonar para ele? – perguntei.

– Não! – berrou Shaz.

– Você ficou maluca? – gritou Jude. – Ele é um elástico marciano. A última coisa que deve fazer é telefonar para ele.

– Eu sei – disse, furibunda.

– Você o deixou voltar para a caverna dele e sentir a força de sua atração, e retrocedeu da Exclusividade para a Incerteza.

– Mas e se...?

– Melhor você desligar isso, Shaz – suspirou Jude. – Porque senão ela vai passar a noite toda esperando que ele telefone, em vez de trabalhar sua autoestima.

– Nããããão! – gritei, sentindo-me como se fossem cortar minha orelha fora.

– De qualquer modo – disse Shaz, rindo e puxando o telefone da parede com um clique –, isso fará bem a ele.

Duas horas depois, eu me sentia muito confusa.

– "Quanto mais um homem gosta da mulher, mais ele vai evitar envolver-se"! – disse Jude, triunfante, lendo alto *Homens são de Marte, mulheres são de Vênus.*

– Para mim, isso parece pura lógica masculina! – disse Shazzer.

– Então, o fato de ele me dar o fora pode na verdade ser um sinal de que está levando o relacionamento realmente a sério? – perguntei, entusiasmada.

– Espere, espere. – Jude lia atenta *Inteligência emocional.* – A ex-mulher foi infiel a ele?

– Ã-hã – murmurei com a boca cheia de biscoitos. – Uma semana depois do casamento dos dois. Com Daniel.

– Huumm. Entenda, para mim parece que ele também estava tendo um Sequestro Emocional, na certa por causa de uma "contusão" emocional anterior que você inadvertidamente machucou. Claro! Claro! É isso. Por isso a reação dele foi exagerada ao ver o garoto tentando agarrar você. Portanto, não se preocupe, assim que a contusão parar de levar todo o sistema nervoso para o caos, ele vai compreender o erro.

– E vai compreender que tem de sair com outra pessoa diferente porque gosta tanto de você! – disse Shaz, acendendo alegre um Silk Cut.

– Cale a boca, Shaz – zuniu Jude. – Cale a boca.

Era tarde demais. O espectro de Rebecca surgiu, enchendo toda a sala como um monstro inflável.

– Ai, ai, ai – disse eu, revirando os olhos.

– Rápido, sirva um drinque a ela, sirva um drinque a ela! – gritou Jude.

– Me desculpe, me desculpe. Põe *Orgulho e preconceito* – papagueou Shazzer despejando conhaque puro em minha boca. – Encontre o trecho da camisa molhada. Vamos comer as pizzas?

Era meio parecido com o Natal, ou mais como quando alguém morre e tudo mais, e a gente faz todo aquele espalhafato para que nada seja normal, tentando fazer com que as pessoas não se deem conta da perda, por estarem desesperadas demais. E é quando a vida volta ao que era antes sem a pessoa que começa o problema. Como agora, por exemplo.

19 HORAS. Louca alegria! Cheguei em casa e encontrei a luz da secretária eletrônica piscando.

– Bridget, oi, é o Mark. Não sei onde você esteve ontem à noite, mas em todo o caso, só liguei para saber se já tinha chegado. Vou tentar ligar para você mais tarde.

Tentar me ligar mais tarde. Huumm. Então é provável que isso queira dizer para eu não ligar para ele.

19H13. Ele não ligou. Não sei ao certo qual o procedimento agora. Melhor ligar para Shaz.

Como se não bastasse, para acumular tudo mais, meus cabelos se desgovernaram enlouquecidos como em solidariedade. Estranha a maneira como os cabelos ficam normais durante semanas a fio e de repente, no espaço de cinco minutos, surtam de raiva, anunciando que é hora de cortá-los, como um bebê que começa a berrar para mamar.

19H30. Toquei o recado de Mark sobre o telefone para Shazzer ouvir e perguntei:

– Devo ligar para ele de volta?

– Não! Deixe que ele sofra. Se lhe deu o fora e mudou de ideia, tem de provar que merece você, porra.

Shaz tem razão. Sim. Estou num estado de espírito mt. assertivo em relação a Mark Darcy.

20H35. Ah, mas. Talvez ele esteja triste. Detesto pensar nele sentado triste com sua camiseta do Newcastle United. Talvez eu deva simplesmente ligar e ir até o fundo disso.

20H50. Já ia ligar para Mark e desembuchar o quanto eu gostava dele, e que tudo não passara de um mal-entendido, mas graças a Deus Jude telefonou antes que eu tivesse tempo de pegar o telefone. Falei-lhe do breve mas preocupante estado de espírito assertivo.

– Quer dizer que você está mais uma vez em estado de negação?

– Sim – disse eu, em dúvida. – Devo telefonar para ele amanhã, talvez?

– Não, se quiser que voltem a ficar juntos tem de deixar o caso imaculado. Portanto, espere quatro ou cinco dias até você recuperar a compostura, e depois, sim, não há nada de errado em dar um telefonema alegre, simpático, só para ele ficar sabendo que está tudo bem.

23 HORAS. Ele não telefonou. Que merda. Estou tão confusa.

Todo o mundo dos namoros parece um hediondo jogo de blefes e blefes sobre blefes, com homens e mulheres disparando uns nos outros de linhas opostas de sacos de areia. É como se existisse um conjunto de regras que a gente deve cumprir, mas ninguém sabe quais são, e portanto todo mundo cria as suas. Então a gente acaba levando um fora porque não seguiu corretamente as regras. Mas como se podia esperar que o fizesse, quando não se sabia quais eram, para começar?

Terça-feira, 25 de fevereiro

2 (ou 4 se contar ida e volta): número de vezes que passei de carro em frente à casa de Mark Darcy para ver se havia alguma luz acesa, 141 discagens, 5 (péssimo) ligações depois só para ouvir a voz dele na secretária eletrônica (mt. b. por eu não ter deixado recado), 2 (muito contida): número de vezes que dei uma olhada no número de Mark Darcy no alto do caderno de telefones, só para provar a mim mesma que ele ainda existe, 100: percentagem de chamadas feitas do celular para deixar a linha desimpedida caso ele ligasse, 100: percentagem de chamadas recebidas que criaram irado ressentimento por não ser Mark Darcy – e implorei que desligassem o telefone o mais rápido possível para não bloquear uma ligação de Mark Darcy.

20 HORAS. Magda acabou de ligar para perguntar como foi o fim de semana. Terminei desembuchando toda a história.

– Escute, se tirar isso mais uma vez dele, vai para a cadeia de castigo! Harry! Desculpe, Bridget. Então, o que ele disse a respeito?

– Ainda não falei com ele.

– Como? Por que não?

Expliquei o recado na secretária eletrônica e toda a teoria elástico/confusão emocional/gostar muito de mim mesma.

– Bridget, você é inacreditável. Não há nada em toda a história que sugira que ele lhe deu o fora. Só ficou de mau humor porque pegou você se amassando com alguém.

– Eu não estava me amassando com alguém. Estava sendo amassada contra minha vontade!

– Mas ele não lê pensamentos. Como pode saber o que você sente? Você precisa se comunicar. Tire já isso da boca! Você vai comigo agora lá para cima e ficar de castigo na cadeira.

20H45. Talvez Magda tenha razão. Talvez eu só tenha imaginado que ele estava me dando o fora e não fosse essa de jeito nenhum a intenção dele. Talvez no carro ele só estivesse transtornado por toda a história da bolinação e quisesse que eu dissesse alguma coisa, e agora ache que o estou evitando!! Vou telefonar. Esse é o problema dos relacionamentos (ou ex) modernos, simplesmente não há comunicação suficiente.

21 HORAS. Certo, vou telefonar.

21H01. Lá vou eu.

21H10. Mark Darcy atendeu gritando "Siiiiim?", com uma voz incrivelmente impaciente, e só barulho ao fundo.

De crista baixa, sussurrei:

– Sou eu, Bridget.

– Bridget! Você ficou maluca? Não sabe o que está acontecendo? Não me liga há dois dias e agora me telefona no meio da mais importante, mais crucial... Nããããããão! Nããããão! Seu idiota, maldito... Deus do céu. Seu babaca... bem na cara do juiz. Mas que imbecilidade. Ai, Deus... Você vai ser... ele o está advertindo. Está indo embora. Minha nossa... escute, ligo de volta para você quando terminar isto aqui.

21H15. Claro que eu soube que devia ser alguma espécie de final de campeonato ou seja lá o que for, mas simplesmente tinha esquecido, devido ao atoleiro do pensamento emocional negativo. O tipo de coisa que pode acontecer a qualquer um.

21H30. Como pude ser tão idiota? Como? Como?

21H35. Ai! Oba! Telefone! Mark Darcy! Era Jude.

– Como? – perguntou. – Ele não falou com você porque estava no meio de uma partida de futebol? Saia. Saia imediatamente. Não esteja em casa quando ele ligar de volta. Como ele ousa!

Logo compreendi que Jude tinha razão, e se Mark se preocupasse comigo, o futebol não seria importante, não mais que eu. Shaz foi ainda mais enfática.

– O único motivo dos homens serem tão obsessivos com futebol é que são preguiçosos – explodiu ela. – Acham que por torcerem por um time e fazerem uma grande barulheira, eles próprios ganham a partida e merecem que lhes deem vivas, aplaudam, e se faça um grande fuzuê em homenagem a eles.

– Ééé. E aí, você vai aparecer na Jude?

– Hum, não...

– Por que não?

– Estou assistindo à partida com Simon.

Simon? Shazzer e Simon? Mas Simon é apenas um dos nossos amigos.

– Mas eu acho que você acabou de dizer...?

– Isso é diferente. O motivo de eu gostar de futebol é que é um jogo muito interessante.

Hum. Já ia sair de casa quando o telefone tocou de novo.

– Ah, olá, querida. – Era a mamãe. – Estamos nos divertindo às mil maravilhas. Todo mundo adora o Wellington! Nós o levamos ao Rotary e...

– Mãe – sibilei. – Você não pode andar desfilando com Wellington por aí e exibi-lo como um objeto de exposição.

– Sabe de uma coisa, querida? – disse ela, com frieza na voz. – Se existe algo de que não gosto mesmo é racismo e fanatismo.

– O quê?

– Bem. Quando os Robertson chegaram de Amersham, nós os levamos ao Rotary e você não disse nada, disse?

Fiquei boquiaberta, tentando destrinchar a rede daquela lógica deturpada.

– Sempre pondo todo mundo em caixinhas, não é, com suas Casadas Convencidas e Solteiras sei lá o quê, negros e homossexuais. Em todo o caso, eu só liguei para lembrar o *Miss Saigon* na sexta-feira. Começa às sete e meia.

– Oh, Deus.

– Ahhh...! – disse ela, ensandecida.

Claro que eu não tinha dito que ia. Tenho certeza.

– Ora, Bridget, venham com a gente. Já compramos os ingressos.

Resignada, concordei com a passeata bizarra, apressando-me a dar uma desculpa meio esfarrapada de que Mark tinha de trabalhar, o que a deixou completamente contrariada.

– Trabalhar, nossa! O que ele vai fazer numa noite de sexta-feira? Tem certeza de que Mark não está trabalhando demais? Realmente, não acho que trabalhar...

– Mãe, preciso mesmo desligar, estou atrasada para a casa de Jude – disse eu, com firmeza.

– Ah, sempre correndo para todo lado, Jude, Sharon, ioga. É surpreendente que sobre algum tempo para você e Mark se verem!

Assim que cheguei ao apartamento de Jude, a conversa naturalmente desviou-se para Shaz e Simon.

– Mas, realmente – Jude curvou-se para a frente com um ar confidencial, embora não tivesse ninguém lá além de nós. – Encontrei os dois na Loja Conram sábado. Estavam dando risadinhas de uns talheres, como um par de Casados Convencidos.

Afinal, que coisa é essa de moderno nas Solteiras, que dá a impressão de que têm um relacionamento normal, mas elas dizem que não há um relacionamento de jeito nenhum? Vejam Shaz, que está saindo com Simon, fazendo o que se espera que façam os casais, e eu e Mark, que devíamos sair juntos, não estamos mais nem sequer nos encontrando.

– Quer saber minha opinião? As pessoas não deviam dizer "apenas bons amigos", mas "apenas saindo uma com outra" – disse eu, sombria.

– Ééé – disse Jude. – Talvez a resposta seja amigos platônicos combinado com um vibrador.

Voltei para casa e encontrei o recado de Mark, cheio de remorso, dizendo que tinha tentado telefonar depois do jogo, mas o telefone só dava ocupado, e agora eu tinha saído. No momento em que eu me perguntava se devia retornar a ligação, ele telefonou.

– Me desculpe por antes – disse. – Fiquei totalmente arrasado com aquilo, você não?

– Eu sei – disse eu, carinhosa. – Sinto exatamente o mesmo.

– Não parei de pensar: por quê?

– Exatamente! – Sorri radiante, inundada da cabeça aos pés por uma imensa onda de amor.

– Tão estúpido e desnecessário – disse ele, angustiado. – Um descontrole sem sentido com consequências devastadoras.

– Eu sei – concordei balançando a cabeça e pensando "nossa!, ele está levando a coisa de forma ainda mais dramática que eu!".

– Como pode um homem viver com isso?

– Bem, todo mundo é apenas humano – disse eu, pensativa. – As pessoas têm de perdoar umas às outras e... a si mesmas.

– Xi! Isso é fácil de dizer. Mas se ele não tivesse sido expulso, nós jamais seríamos submetidos à tirania da disputa de pênalti. Lutamos como reis em meio a leões, mas isso nos custou o jogo!

Deixei escapar um grito estrangulado, a cabeça dando mil voltas. Claro, não pode ser verdade que os homens tenham futebol em vez de emoções. Entendo que o futebol é emocionante e une as nações com objetivos e ódios comuns, mas certamente sem angústia, depressão e sofrimento por atacado horas depois é exigir...

– Bridget, o que está acontecendo? Não ouço um pio de você há dias. Espero que não ande bolinando mais um adolescente... Oh, não desligue, não desligue, estão passando de novo o replay. Posso ir até aí amanhã, não, espere, vou jogar pôquer... Quinta-feira?

– Ah... sim – disse eu.

– Ótimo, vejo você lá pelas oito da noite.

Quarta-feira, 26 de fevereiro

58,9 quilos, 2 unidades alcoólicas (mt. b.), 3 cigarros, 3.845 calorias (medíocre), 24 minutos não passados obcecada por Mark Darcy (excelente progresso), 13 variações sobre escultura de chifres, sonhadas por causa dos cabelos (alarmante).

8H30. Muito bem. Na certa, tudo está ótimo (tirando, é óbvio, os cabelos), embora seja possível que Mark Darcy tenha evitado tocar no assunto por não querer falar de emoções ao telefone. Portanto, a noite de amanhã é crucial.

O importante é ser segura, receptiva, compreensiva, não me queixar de nada, recuar uma Fase e... parecer realmente sensual. Vou ver se consigo cortar os cabelos na hora do almoço. E vou à ginástica antes do trabalho. Talvez tome um banho de vapor para ficar inteiramente deslumbrante.

8H45. Chegou uma carta para mim! Viva! Talvez um cartão do Dia dos Namorados atrasado de algum admirador secreto, que se extraviou devido ao código postal errado.

9 HORAS. Era carta do banco sobre o cheque especial descoberto. Também em anexo o cheque a "S. F. M. S." Ah-ah! Eu me esquecera disso. A fraude da lavanderia está prestes a ser denunciada e vou recuperar minhas 149 libras. Ih, a nota acaba de cair.

Dizia o seguinte: "Este cheque é para o pagamento dos Serviços Financeiros da Marks & Spencers."

Foi o pagamento de Natal do cartão da M&S. Oh! Ai, meu Deus. Sinto-me um pouco mal agora por acusar mentalmente o filho do tintureiro e ter sido tão esquisita com o garoto. Huumm. Já está tarde demais para ir à ginástica, também estou com mal-estar generalizado. Vou depois do trabalho.

14 HORAS. NO BANHEIRO DA REDAÇÃO. Desastre total, total. Acabo de voltar do cabeleireiro. Disse a Paolo que queria um corte mínimo, para transformar os cabelos do caos total nos de Rachel de *Friends*. Ele pôs-se a correr as mãos pelos fios e no mesmo instante me senti aos cuidados de um gênio que compreendia a beleza interior. Paolo parecia sob um controle maravilhoso, atirando os cabelos para lá e para cá, depois soprando-os para o alto com um secador e uma escova e formando um imenso bufante, lançando-me olhares de quem sabe das coisas, como a dizer: "Vou transformar você numa mulher podre de chique."

Aí, de repente, ele parou. Os cabelos pareciam totalmente insanos – como os de uma professora primária que fez permanente seguido de corte de pajem com uma cuia na cabeça. Olhou-me confiante, expectante, e seu assistente aproximou-se derretendo-se, efusivo:

– Oh, ficou celestial.

Entrei em pânico, fitando-me horrorizada, mas estabelecera um laço de tamanha admiração mútua com Paolo que dizer "detestei o corte" ia fazer tudo desmoronar como um castelo de cartas, incrivelmente constrangedor. Acabei entrando na louca efusão sobre os cabelos monstruosos e dando a Paolo 5 libras de gorjeta. Quando voltei ao trabalho, Richard Finch disse que eu parecia Ruth Madoc de *Hi-de-Hi*.

19 HORAS. DE VOLTA AO LAR. O cabelo é uma mistura pavorosa de peruca com medonha franja curtíssima. Acabei de passar 45 minutos no espelho de sobrancelhas erguidas, tentando

fazer a franja parecer mais comprida, mas não posso passar a noite toda de amanhã parecendo Roger Moore quando o bandido do gato ameaçou explodir não só a ele, como o mundo e a minúscula caixa de computadores vitais M15.

19H15. A tentativa de imitar Linda Evangelista, arrumando a franja numa linha diagonal com gel, transformou-se por si mesma em Paul Daniels.

Estou louca de raiva do idiota do Paolo. Por que alguém faria isso a outra pessoa? Por quê? Odeio cabeleireiros sádicos e megalomaníacos. Vou processar Paolo. Vou denunciar Paolo à Anistia Internacional, Esther Rantzen, Penny Junor ou coisa semelhante, e acabar com ele na televisão nacional.

Estou deprimida demais para ir à ginástica.

7H30. Telefonei para Tom, falei-lhe sobre meu trauma, e ele disse que eu não devia ser tão superficial, mas pensar em Mo Mawlam e em sua cabeça careca. Mt. envergonhada. Não vou mais ficar obcecada. Também Tom perguntou se eu já tinha pensado em alguém a quem entrevistar.

– Bem, tenho andado meio ocupada – respondi, culpada.

– Sabe de uma coisa? Você precisa meter o rabo na engrenagem. – Oh, Deus, não sei o que deu nele na Califórnia. – Em que você está realmente interessada? – continuou ele. – Será que não existe uma celebridade que gostaria mesmo de entrevistar?

Pensei nisso e de repente saquei.

– O Sr. Darcy! – respondi.

– O quê? Colin Firth?

– Sim! Sim! O Sr. Darcy! O Sr. Darcy!

Portanto, agora tenho um projeto. Viva! Preciso pôr mãos à obra e marcar uma entrevista por intermédio da agente dele. Vai ser maravilhoso, posso arranjar todos os recortes de matérias e realmente apresentar uma perspectiva ímpar sobre... Mas... Melhor esperar até a franja crescer. Aaargh! Campainha. Tomara que não seja o Mark. Mas ele decididamente disse amanhã! Calma, calma.

– Aqui é o Gary – disse o interfone da entrada.

– Ah, oi, oi. Gareeee! – Supervalorizei, sem ter a mínima ideia de quem era. – Como vai você? – disse eu, pensando rápido e acabei dizendo: – Quem?

– Está frio aqui. Vai me deixar entrar?

De repente, reconheci a voz.

– Ah, Gary – disse ainda mais louca e efusivamente supercompensadora. – Suba!!!

Bati com força em minha própria cabeça. Que fazia ele aqui?

Chegou com macacão de jeans tipo empreiteiro, sujo de tinta, uma camiseta cor-de-laranja e um estranho paletó xadrez com gola de falsa pele de carneiro.

– Oi – disse ele, sentando-se à mesa da cozinha como se fosse meu marido.

Fiquei insegura, sem saber como lidar com duas pessoas em casa com conceitos de roteiro da realidade totalmente diferentes.

– Pois bem, Gary – disse eu. – Estou com um pouco de pressa!

Ele nada disse e pôs-se a enrolar um cigarro. De repente, comecei a me sentir apavorada. Talvez ele fosse um estuprador louco. Mas nunca tentou estuprar Magda, pelo menos que eu saiba.

– Esqueceu alguma coisa aqui? – perguntei, nervosa.

– Nããão – disse ele, ainda enrolando o cigarro. Dei uma olhada na porta, imaginando se devia sair correndo até ela.

"Gareeeeee!" – tive vontade de gritar. "Vá embora. Por favor, vá embora. Vou me encontrar com Mark amanhã à noite e tenho de dar um jeito na minha franja e faxinar o apartamento."

Ele pôs o cigarro na boca e levantou-se.

– Vamos dar uma olhada no banheiro.

– Nããããão! – gritei, lembrando que deixara um tubo de descolorante aberto e um exemplar de *O que os homens querem* ao lado da banheira. – Escute, dá para você voltar outro...?

Mas ele já estava abrindo a porta, examinando escada abaixo e se encaminhando para o banheiro.

– Tem uma janela nos fundos aí?

– Sim.

– Vamos dar uma olhada.

Fiquei parada, nervosa, na entrada do quarto, enquanto ele abria a janela e olhava para fora. Parecia de fato mais interessado nos canos do que em me atacar.

– Foi o que imaginei! – disse ele, triunfante, recolhendo a cabeça e fechando a janela. – Éééé, você tem espaço para um prolongamento do lado de fora.

– Lamento, mas você tem de ir embora – disse eu, erguendo-me ao máximo da minha altura e autoridade, e voltando para a sala de visitas. – Preciso sair.

Mas ele já tinha passado por mim, indo mais uma vez para a escada.

– Sabe, se não se importa, terá de mudar a encanação subterrânea.

– Gary...

– Pode ter um segundo quarto, com um terracinho na cobertura. Muito agradável.

Terraço na cobertura? Segundo quarto? Eu poderia transformá-lo num escritório e começar a minha nova carreira.

– Quanto custaria isso?

– Hum. – Ele se pôs a balançar a cabeça, pesaroso. – Quer saber, vamos descer até o bar e dar uma pensada.

– Não posso – disse eu com firmeza. – Vou sair.

– Está bom. Vou pensar e depois lhe dou uma ligada.

– Maravilha. Bem! Melhor ir agora!

Ele pegou o paletó, o tabaco e os invólucros, abriu a maleta e estendeu, reverente, uma revista na mesa da cozinha.

Ao chegar à porta, voltou-se e lançou-me um sorriso experiente.

– Página 71 – disse. – Tchau.

Peguei a revista, achando que seria *Architectural Digest*, e vi-me olhando *Coarse Fisherman*, com um homem na capa segurando um gigantesco peixe cinzento escorregadio. Folheei um número enorme de páginas, todas com muitas fotos de homens segurando gigantescos peixes cinzentos escorregadios. Cheguei à 71 e ali, na página oposta a um artigo sobre "Atrações do mar para predadores com concentração de álcool no sangue", exibindo um chapéu de brim azul cheio de emblemas e um orgulhoso sorriso radiante, via-se Gary segurando um gigantesco peixe cinzento escorregadio.

Quinta-feira, 27 de fevereiro

58,5 quilos (perdi meio quilo por causa dos cabelos), 17 cigarros (devido aos cabelos), 625 calorias (falta de apetite devido aos cabelos), 22 cartas imaginárias endereçadas a advogados, programas de proteção ao consumidor, Dpto. de Saúde etc., queixando-me do massacre de cabelos de Paolo, 72 idas ao espelho para verificar crescimento dos cabelos, 0 milímetro de crescimento dos cabelos, apesar do árduo trabalho.

19H45. Faltam 15 minutos. Acabei de verificar mais uma vez a franja. Os cabelos de peruca abominável passaram à peruca de terror apavorante, berrante.

19H47. Continuo Ruth Madoc. Por que isso tem de acontecer comigo na noite mais importante do relacionamento com

Mark até hoje? Por quê? Pelo menos, porém, serve para variar as inspeções de coxas no espelho para ver se afinaram.

MEIA-NOITE. Quando Mark Darcy surgiu na porta, fiquei com o coração na garganta.

Ele entrou decidido, sem me cumprimentar, tirou do bolso um envelope em forma de cartão e me entregou. Tinha meu nome, mas o endereço de Mark. Já tinha sido aberto.

– Estava na bandeja desde que voltei – disse ele, desabando no sofá. – Abri esta manhã por engano. Sinto muito. Mas talvez tudo isso seja para melhor.

Tremendo, tirei o cartão do envelope.

Era uma caricatura de dois porcos-espinhos olhando um sutiã e um par de meias-calças entrelaçados girando numa máquina de lavar.

– De quem é? – perguntou ele, satisfeito.

– Não sei.

– Sabe sim – disse ele com aquela maneira calma, sorridente, sugerindo que alguém está prestes a sacar uma faca de carne e cortar fora o nariz da gente. – De quem é?

– Já disse – resmunguei. – Não sei.

– Leia o que diz.

Abri. Dentro, numa caligrafia vermelha em arabesco, lia-se: "Seja minha namorada... Vejo-a quando voltar para pegar sua camisola... amor... Sxxxxxxx"

Arregalei os olhos em choque. Nesse instante, o telefone tocou.

– Droga!

Pensei: deve ser Jude ou Shazzer com algum conselho hediondo sobre Mark. Avancei em um salto para atender, mas ele me pegou pelo braço.

– Oi, boneca, aqui é o Gary. – Ai, meu Deus. Como ele ousa ser tão excessivamente íntimo? – Quando a gente conversava no quarto eu tive umas ideias, portanto me dê um telefonema que dou um pulo aí.

Mark baixou a cabeça, piscando os olhos muito rápido. Depois fungou e passou as costas da mão pelo rosto, como se recompondo.

– Muito bem – disse. – Quer se explicar?

– É o empreiteiro. – Eu queria abraçá-lo. – O empreiteiro da Magda. O que pôs aquelas prateleiras. Ele quer fazer um prolongamento no espaço entre o quarto e a escada.

– Entendo – disse ele. – E o cartão também é do Gary? Ou de St. John? Ou de algum outro...

Nesse instante, o fax começou a grunhir. Algo saía dele.

Enquanto eu o fitava, imóvel, Mark puxou o pedaço de papel da máquina. Era um bilhete rabiscado por Jude, dizendo: "Quem precisa de Mark Darcy quando com 9,99 libras e entrega domiciliar se pode comprar um desses", no alto de um anúncio de um vibrador com uma língua.

Sexta-feira, 28 de fevereiro

58 quilos (uma única mancha clara no horizonte), número inescrutável e misterioso dos motivos pelos quais as pessoas gostam de ir a musicais, 0 motivo de Rebecca merecer viver, insondáveis as razões pelas quais Mark, Rebecca, Mamãe, Una e Geoffrey Alconburry e Andrew Lloyd Webber e outros semelhantes arruínam a vida.

Preciso ficar calma. Preciso ser positiva. Foi muita má sorte tudo isso acontecendo de uma só vez ao mesmo tempo, não há a menor dúvida. Muito compreensível que Mark Darcy simplesmente fosse embora depois de tudo aquilo e dissesse que me ligaria quando se acalmasse e... Ah-ah! Acabei de me dar conta de quem enviou a porra daquele cartão. Deve ter sido o tintureiro. Quando tentei interrogá-lo sobre a fraude e disse

"Não pense que não sei o que está acontecendo", deixei minha camisola para lavar. E dei o endereço de Mark para o caso de o cara ser um picareta. O mundo é cheio de lunáticos e doidos, e eu tenho de ir ver *Miss Sai*porra*gon* esta noite.

MEIA-NOITE. A princípio, não foi lá tão ruim. Era um alívio livrar-me da prisão dos meus próprios pensamentos e do inferno de checar o identificador de chamadas todas as vezes que eu ia ao banheiro.

Wellington, longe de ser uma trágica vítima do imperialismo cultural, parecia à vontade num dos ternos de papai dos anos 1950, como se fosse um dos garçons do Bar Met em noite de folga, reagindo com digna graciosidade ao assédio de mamãe e Una em volta dele, falando sem parar em voz cantada. Como cheguei atrasada, consegui trocar o mínimo de palavras de desculpas com ele no intervalo.

– É estranho estar na Inglaterra? – perguntei, sentindo-me logo uma idiota, pois claro que seria estranho.

– É interessante – disse ele, examinando-me com um olhar minucioso. – Você acha estranho?

– Então! – interrompeu Una. – Onde está o Mark? Achei que ele também vinha!

– Está trabalhando – resmunguei, quando Geoffrey se aproximou cambaleando, puto da vida com papai.

– Isso foi o que o último disse, não foi? – grunhiu Geoffrey. – É sempre a mesma coisa com a minha pequena Bridget – disse, dando tapinhas perigosos perto da minha bunda. – E lá se vão eles embora. Uiiiiiiih!

– Geoffrey! – disse Una, acrescentando, como para tornar a conversa leve: – Vocês têm na sua tribo velhas que não conseguem se casar, Wellington?

– Não sou nenhuma velha – sibilei.

– Isso é responsabilidade dos mais velhos da tribo – disse Wellington.

– Bem, eu sempre disse que essa era a melhor maneira, não disse, Colin? – retrucou mamãe, com presunção. – Quer dizer, não fui eu quem disse a Bridget que ela devia sair com Mark?

– Mas quando a mulher é mais velha, com ou sem marido, tem o respeito da tribo – disse Wellington, com um lampejo para mim.

– Posso me mudar para lá? – perguntei, sorumbática.

– Não sei se gostaria do cheiro das paredes – ele riu.

Dei um jeito de me aproximar de papai e sussurrei:

– Como está indo?

– Oh, não tão ruim, sabe – disse ele. – Parece um sujeito bastante simpático. Podemos entrar com nossos drinques?

A segunda metade foi um pesadelo. Uma hedionda celebração barulhenta no palco passava como uma mancha, enquanto a mente entrava num assustador rodopio de efeito de bola de neve, com imagens de Rebecca, Gary, vibradores e camisolas ficando cada vez mais horríveis e incríveis, ao passarem girando rápido.

Felizmente, ao acotovelamento das pessoas lançando-se saguão afora e gritando de – supõe-se – alegria impediu a continuação da conversa até nos amontoarmos no Range Rover de Geoffrey e Una. Seguíamos com Una ao volante, Geofrey na frente. Papai ia no porta-malas, dando risinhos nervosos e divertidos, e eu espremida entre mamãe e Wellington no banco de trás, quando aconteceu o incidente, horripilante e incrível.

Mamãe tinha acabado de pôr uns óculos enormes, com armação dourada, no nariz.

– Não sabia que você tinha começado a usar óculos – disse eu, surpresa com o atípico aceno dela ao reconhecimento do processo de envelhecimento.

– Eu não comecei a usar óculos – disse ela, alegre. – Preste atenção naquela baliza, Una.

– Mas – disse eu – você está...

– Não, não, não! Só uso para dirigir.

– Mas você não está dirigindo.

– Ela está, sim – disse papai, sorrindo, contrito, quando mamãe berrou:

– Olhe aquele Fiesta. Una! Ele está fazendo sinal!

– Aquele não é o Mark? – disse de repente Una. – Achei que ele estava trabalhando.

– Onde? – disse mamãe, autoritária.

– Logo ali – disse Una. – Iiiih, por falar nisso, já lhes contei que Olive e Roger vão para as montanhas do Himalaia? Cobertos de papel higiênico, parece. Todo o Monte Everest.

Acompanhei o dedo de Una apontando para onde Mark, com seu sobretudo azul-marinho e uma camisa branca semiabotoada, descia de um táxi. Como em câmera lenta, vi uma figura surgindo da parte de trás do táxi: alta, magra, longos cabelos louros, rindo na cara dele. Era Rebecca.

O nível de tortura desencadeado no Range Rover foi incrível. Una enlouqueceu de indignação por mim.

– Bem, acho isso simplesmente nojento! Com outra mulher numa noite de sexta-feira, quando disse que ia trabalhar! Estou pensando seriamente em ligar para Elaine e dizer poucas e boas.

E Geoffrey, embriagado, dizendo:

– E lá se vão eles embora. Uiiiiih!

E papai tentando acalmar a coisa toda. Os únicos calados éramos eu e Wellington, que tomou minha mão na dele, muito tranquilo e forte, sem dizer palavra.

Quando chegamos ao meu apartamento, ele saltou do Range Rover para me deixar sair e veio com o seguinte papo de consolo:

– Bem! Acho que a primeira mulher o deixou, não?

– Isso mesmo. Onde há fumaça, há fogo – ouvi ao fundo.

– No escuro, uma pedra se torna um búfalo – disse Wellington. – À luz do sol, tudo é o que é mesmo.

– Obrigada – disse agradecida, e voltei cambaleando para o apartamento, imaginando se poderia transformar Rebecca num búfalo e atear-lhe fogo sem fazer muita fumaça, para não alertar a Scotland Yard.

Sábado, 1º de março

22 HORAS. NO MEU APARTAMENTO. Dia muito negro. Jude, Shaz e eu fomos às compras de emergência e voltamos para nos aprontarmos aqui para uma noitada na cidade, programa planejado pelas meninas com a intenção de manter minha mente longe de tudo. Às oito da noite, as duas já começavam a ficar chumbadas.

– Só tem uma explicação – declarava Jude. – Mark Darcy é gay – declarou Jude.

– Claro que é gay – rosnou Shazzer, servindo-nos mais bloody marys.

– Acham mesmo? – perguntei, momentaneamente aliviada pela teoria reconfortante, embora deprimente, do ego.

– Bem, você encontrou um garoto na cama dele, não foi? – disse Shaz.

– Por que outro motivo ele sairia com alguém tão monstrengamente alta quanto Rebecca, sem nenhum senso de amizade incondicional de namorado de amiga, sem tetas e sem bunda... ou seja, um homem virtual? – constatou Jude.

– Bridget – disse Shazzer, olhando-me embriagada. – Nossa, sabe de uma coisa? Quando a olho desse ângulo você tem um verdadeiro queixo duplo.

– Obrigada – disse eu, meio sem graça, servindo-me de outro copo de vinho e apertando mais uma vez a tecla OUVIR MENSAGENS, ao que Jude e Shazzer taparam os ouvidos com as mãos.

– Oi, Bridget. Sou eu, Mark. Parece que não está retornando minhas chamadas. Acho realmente, seja o que for, eu... eu realmente... Nós... pelo menos eu sinto... devo a você sermos amigos, portanto espero que eu... nós... Ah, Deus, em todo o caso ligue para mim a qualquer hora, logo. Se você quiser.

– Parece ter perdido totalmente o contato – resmungou Jude. – Como se nada tivesse a ver com ele quando saiu com a

Rebecca. Você tem de se desligar mesmo agora. Escute, vamos a essa festa ou não?

– Seeuuuu. Quem porra ele pensa que é? – disse Shaz, com a fala enrolada. Devo a você! Aaaargh! Você deviaaa dizerrrrr: "Benzinho, não preciso de ninguém na minha vida porqueee deve isso a mim."

Nesse momento o telefone tocou.

– Oi. – Era Mark. Senti o coração tomado por uma grande onda de amor.

– Oi – disse eu, entusiástica, articulando sem som "é ele" para as garotas.

– Ouviu seu recado? Quer dizer, meu recado? – perguntou Mark.

Shazzer espetava minha perna, sibilando, frenética.

– Conte para ele, anda logo.

– Recebi – disse eu, com falso orgulho, me fazendo de muito importante. – Mas como recebi minutos depois que vi você sair do táxi com Rebecca às onze da noite, achei que não era o momento mais apropriado para humor.

Shazzer ergueu o pulso em pleno ar, dizendo:

– Isso mesmo!!!

E Jude tapou a boca de Shazzer, fazendo um sinal de ok com o polegar erguido, e pegou o Chardonnay.

Fez-se silêncio no outro extremo do telefone.

– Bridget, por que tem sempre de tirar conclusões precipitadas?

Fiz uma pausa, tapando o fone com a mão.

– Ele está dizendo que sempre tiro conclusões precipitadas – sussurrei, ao que Shaz, furiosa, lançou-se para a frente tentando agarrar o telefone.

– Tirar conclusões precipitadas? – perguntou.

– Rebecca está fazendo teatro para você há um mês, você me dá foras por coisas que eu não fiz, e logo depois, quando menos espero, o vejo sair de táxi com ela...

– Mas não foi culpa minha, eu posso explicar, e eu tinha acabado de ligar para você.

– É... para dizer que devia a mim ser meu amigo.

– Mas...

– Desembucha logo! – zuniu Shaz.

Inspirei fundo.

– Devia isso a mim? Benzinho... – Ao que Jude e Shazzer desabaram em êxtase uma em cima da outra. Benzinho! Eu estava sendo quase a Linda Fiorentino em *O poder da sedução.* – Não quero ninguém na minha vida porque me deve algo – continuei, decidida. – Tenho os melhores, mais leais, sensatos, inteligentes, interessados, compreensivos amigos do mundo. E se espera que eu seja sua amiga depois da maneira como me tratou...

– Mas... Que maneira? – Ele parecia angustiado.

– E se espera que eu seja sua amiga – eu começava a esmorecer.

– Anda logo – sibilou Shaz.

– ...Você seria um cara de muita sorte mesmo.

– Está bem, já disse o bastante – disse Mark. – Se não quer ouvir minha explicação, não vou incomodá-la mais com meus telefonemas. Até logo, Bridget.

Tornei a pôr o fone no lugar, aturdida, e olhei minhas amigas em volta. Deitada no tapete, Shaz sacudia um cigarro em triunfo, e Jude emborcava a garrafa de Chardomay e bebia longos goles direto do gargalo. De repente tive a sensação terrível de que cometera um erro gravíssimo.

Dez minutos depois, a campainha tocou. Corri para a porta.

– Posso entrar? – disse a voz abafada de um homem.

Mark!

– Claro – disse eu, aliviada, virando-me para Jude e Shaz: – Será que dá para vocês irem, por favor, para o quarto?

Mal haviam começado o esforço de levantar-se do chão, descontentes, quando a porta do apartamento se abriu, só que não era Mark, mas Tom.

– Bridget, você está tão magra! – disse ele. – Ai, meu Deus. – Desabou na mesa da cozinha. – Oh, Deus. A vida é uma merda, a vida é uma história contada por um cínico...

– Tom – disse Shazzer. – A gente estava tendo uma conversa.

– E nenhuma de nós tem notícias suas sei lá há quantas semanas – disse Jude, ressentida.

– Conversa? Não era sobre mim? Sobre o que mais pode ter sido? Ai Deus... maldito Jerome, maldito, maldito Jerome.

– Jerome? – disse eu, horrorizada. – O Pretensioso Jerome? Achei que o tinha banido para sempre de sua vida.

– Ele deixou todos aqueles recados quando fui para São Francisco – disse Tom com a voz chorosa. – Aí começamos a nos encontrar de novo, e então, ontem à noite, eu só sugeri que voltássemos a ficar juntos, bem, tentei bolíná-lo, e Jerome disse, ele disse... – Esfregou os dedos com raiva num olho. – Ele simplesmente não gosta mais de mim.

Fez-se um silêncio atordoante. O Pretensioso Jerome tinha cometido um crime perverso, egoísta, imperdoável, destruidor do ego, contra as leis da decência do namoro.

– Não sou atraente – disse Tom, desesperado. – Sou um pária inveterado do amor.

No mesmo instante, entramos em ação, Jude pegando o Chardonnay, enquanto Shazzer o abraçava e eu trazia uma cadeira e dizia-lhe palavras reconfortantes.

– Você não é, não é!

– Então por que ele disse aquilo? Por quê? POR QUÊÊÊÊÊÊÊÊÊ?

– Éééé perfeeitamentee óbvio – disse Jude, entregando-lhe um cálice. – Ééé porrrque ele é hetero... é reto.

– É reto! – Concordou Jude com risadinhas nervosas. – É reto como um pênis... muito ereto, ereto.

5. Sr. Darcy, Sr. Darcy

Domingo, 2 de março

5 HORAS. Aaargh. Acabei de me lembrar do que aconteceu.

5H03. Por que fiz aquilo? Por quê? Por quê? Queria conseguir voltar a dormir ou me levantar.

5H30. Estranho como o tempo passa rápido quando a gente está de ressaca. É porque se têm tão poucos pensamentos; exatamente o oposto de quando as pessoas afundam, os flashes de toda a vida passada e do momento parecem durar uma eternidade, porque muitos pensamentos se manifestam.

6 HORAS. Vejam, passou-se meia hora num estalo de dedos, porque não tive quaisquer pensamentos. Ui! Ui! Na verdade, a cabeça dói horrores. Ai, meu Deus. Espero não ter vomitado no casaco.

7 HORAS. O problema é que nunca nos dizem o que vai acontecer se bebermos mais duas unidades por dia ou, para ser mais franca, a quantidade semanal de unidades alcoólicas numa única noite. Será que isso significa que a gente vai ficar com a cara muito vermelha e o nariz nodoso, como um gnomo, ou que a gente é uma alcoólatra? Mas, nesse caso, todo mundo na festa a que fomos ontem à noite devia ser alcoólatra. Só que as únicas pessoas que não bebiam eram os alcoólatras. Huumm.

7H30: Talvez eu esteja grávida e prejudique o bebê com o álcool. Ah, mas. Não posso estar grávida, pois acabei de ficar menstruada e jamais vou transar de novo com Mark. Jamais. Jamais.

8 HORAS. O pior de tudo é ficar sozinha no meio da noite, sem ninguém com quem conversar ou a quem perguntar em que nível de pileque eu estava. Fico me lembrando das coisas cada vez mais hediondas que disse. Ah, não. Acabo de lembrar que dei 50 centavos ao mendigo que, em vez de "Obrigado", disse "Você parece muito chumbada mesmo".

De repente, também lembro que minha mãe dizia na infância. "Não há nada pior que uma mulher bêbada." Sou a mulher espalhafatosa e ordinária, a carne fácil do esgoto, tipo Yates Wine Lodge. Preciso voltar a dormir.

10H15. Sinto-me um pouco melhor graças ao sono. Talvez a ressaca tenha passado. Acho que vou abrir as cortinas. UAAAAAAAAAAAAAIH! Sem a menor dúvida, não é natural o sol ficar tão brilhante de manhã, porra.

10H30. Em todo caso. Vou à ginástica em um minuto, e nunca mais vou beber de novo, e por isso o momento é perfeito para começar a dieta de Scarsdale. Portanto, o que aconteceu na verdade ontem à noite foi mt. b., porque isso é o começo de uma vida totalmente nova. Viva! As pessoas vão dizer... Oba, o telefone.

11H15. Era Shazzer.

– Bridget, eu fiquei bêbada e horrível demais ontem à noite?

Por um momento, não me lembrei nem mesmo dela.

– Não, claro que não – disse com precisão, para animar Shazzer, certa de que se ela tivesse ficado bêbada demais eu me lembraria. Reuni toda a minha coragem e perguntei: – E eu, fiquei? – Silêncio.

– Não, você estava adorável, um amor mesmo.

Pronto, viram? Foi só paranoia de ressaca. Oba, o telefone. Talvez seja ele.

Era minha mãe.

– Bridget, mas que diabo está fazendo em casa? Já devia estar aqui há uma hora. Papai está batendo o creme para o bolo Alaska!

11H30. Droga, ai, droga. Ela me convidou na sexta-feira à noite para almoçar e eu estava fraca demais para discutir, depois bêbada demais para me lembrar. Não posso deixar de ir mais uma vez. Posso? Certo. O negócio é ficar calma e comer fruta, porque as enzimas eliminam as toxinas e eu vou ficar ótima. Só vou comer um pouquinho e tentar não vomitar; volto a telefonar para mamãe quando tiver saído da Terra da Indecisão.

Prós de Ir

Terei condições de verificar se Wellington está sendo tratado de uma maneira que não ofenderia a Comissão pela Igualdade Racial.
Poderei conversar com papai.
Serei uma boa filha.
Não terei de aguentar mamãe depois.

Contras de Ir

Terei de enfrentar a tortura e o tormento sobre o incidente Mark/Rebecca.
Posso vomitar na mesa.

O telefone mais uma vez. Tomara que não seja ela.

– E aí, como vai a cabeça hoje? – Era Tom.

– Ótima – cantarolei, alegre, enrubescendo. – Por quê?

– Você exagerou ontem à noite, ficou ruinzona.

– Shazzer disse que não fiquei.

– Bridget – disse Tom. – Shazzer não estava lá. Foi se encontrar com Simon no Bar Met e, pelo que vi, estava num estado semelhante ao seu.

Segunda-feira, 3 de março

59,4 quilos (abominável produção de gordura instantânea após o almoço de domingo, besuntado de banha de porco, na casa dos pais), 17 cigarros (emergência), 0 incidente durante almoço dos pais, o que sugere que continua existindo alguma sanidade ou senso de realidade na vida.

8 HORAS. A ressaca pelo menos está passando. Alívio imenso estar de volta à própria casa, onde sou a adulta senhora do castelo, em vez de peão nos jogos de outras pessoas. Decidi que não tinha como escapar ao almoço de mamãe ontem, mas durante toda a viagem motorizada até Grafton Underwood senti a náusea subindo a garganta. A aldeia parecia um idílio sobrenatural, enfeitada com narcisos, estufas, patos etc., e as pessoas podando sebes para todo o mundo, como se a vida fosse muito tranquila e fácil, o desastre ainda não houvesse acontecido, e existisse uma coisa chamada Deus.

– Ah, olá, querida! *Hakuna Matata*. Acabo de voltar da cooperativa – disse mamãe, apressando-me cozinha adentro. – Não tem ervilha! Vou ouvir os recados da secretária.

Sentei-me, nauseada, enquanto a secretária urrava e mamãe batia com estrondo em engenhocas domésticas, moendo e chiando dentro da minha já dolorida cabeça.

– Pam – dizia o recado. – Aqui é Penny. Sabe aquele cara que mora logo depois da esquina da garagem? Ele se suicidou, por causa do barulho do tiro ao prato. Está no Kettering Examiner. Ah, e eu queria dizer, a Merle pode pôr duas dúzias de tortinhas no seu freezer enquanto consertam o medidor do gás?

– Alô, Pam! Margo! Lá vou eu filar! Você tem uma forma redonda de torta, de 20 centímetros de diâmetro e fundo falso, que possa me emprestar para o aniversário de 21 anos de Alison?

Fiquei andando ensandecida em volta da cozinha, alucinada com a ideia dos diferentes mundos revelados pelo simples ato de transmitir os recados das pessoas gravados em fitas de secretária eletrônica. Talvez alguém devesse fazer disso uma mostra na Galeria Saatchi. Mamãe criou o maior estardalhaço nos armários e depois discou um número.

– Margo. Pam. Tenho uma forma redonda para pão de ló, serve? Bem, por que não usa uma de pudim Yorkshire e simplesmente forra o fundo com um pedaço de papel não aderente?

– Olá, olá, bomdibombom – disse papai, entrando, indolente, na cozinha. – Alguém sabe qual é o código postal de Barton Seagrave? Acha que é KT4 HS ou L? Ah, Bridget, bem-vinda às trincheiras da Terceira Guerra Mundial aqui na cozinha, Mau Mau no jardim.

– Colin, poderia tirar esse óleo da frigideira das batatas? – pediu mamãe. – Geoffrey diz que, quando já se ferveu o óleo dez vezes, está na hora de jogá-lo fora. Por falar nisso, Bridget, comprei um talco para você. – Entregou-me uma lata lilás da Yardley, com uma tampa dourada.

– Para quê? – perguntei, pegando-a com escrúpulo.

– Ora! Para mantê-la agradável e fresca, não é?

Grrr. Grrrr. Toda a cena daquela noite era muito transparente. Mark tinha saído com Rebecca porque...

– Está querendo dizer que cheiro mal? – perguntei.

– Não, querida – fez uma pausa. – Mas é sempre gostoso sentir-se agradável e fresca, não é?

– Atrasada, Bridget! – Era Una, surgindo, Deus sabe de onde, com um prato de ovos cozidos. – Pam! Esqueci de lhe dizer, Bill está tentando conseguir que o conselho aplaine a entrada da garagem dele, porque não puseram uma grade, e o lugar está cheio de buracos, e a Eileen mandou você dizer a eles que a água escorria da entrada da garagem até colocarem uma grade.

Era tudo incompreensível. Só baboseira. Eu me sentia como um paciente em coma que todos julgam não ter condição de ouvir nada.

– Anda, Colin, onde está aquele medidor? Eles vão chegar a qualquer momento.

– Quem? – perguntei, desconfiada.

– Os Darcy. Una, salpique um pouco de creme de salada e páprica naqueles ovos, sim?

Os Darcy? Os pais de Mark? Agora? Por quê?

No mesmo momento, a campainha – que reproduz toda a melodia de um relógio do prédio da prefeitura da cidade – começou a tocar.

– Somos as mais velhas da tribo! – cintilou mamãe, tirando o grampo dos cabelos. – Vamos, minha gente, animação!

– Onde está o Wellington? – sussurrei à mamãe.

– Oh, lá fora no jardim, treinando seu futebol! Ele não gosta de almoços sentados, tendo de aguentar esse bate-papo incessante e fútil com a gente.

Mamãe e Una saíram correndo e papai deu uns tapinhas em seu braço.

– Avante para a violação – disse.

Segui-o até o movediço terreno atapetado e ornamentado do salão, imaginando se teria a força e o controle dos membros. Decidi que não. Parados de pé num círculo constrangedor, a mãe de Mark, papai, Una e Geoffrey tinham, cada um, um cálice de xerez na mão.

– Tudo bem, meu amor – disse papai. – Vamos pegar um drinque para você.

– Conhece a...? – O almirante Darcy fez um gesto em direção a Elaine. – Desculpe-me, eu a conheço há trinta anos e esqueci completamente seu nome.

– Então, como vai seu filho? – Una entrou de sola.

– Meu filho! Bem, ele vai se casar, você sabe! – disse o almirante Darcy, um trovejador genial. A sala de repente ficou obscura. Casar-se!

– Ele vai se casar? – disse papai, segurando meu braço, enquanto eu tentava controlar a respiração.

– Oh! Eu sei, você sabe – disse o almirante Darcy, rindo. – Não se pode mais acompanhar o ritmo desses jovens hoje em dia: casados num minuto com alguém, partindo com outra no seguinte! Acha isso certo, minha cara? – perguntou à mãe de Mark, dando-lhe um tapinha na bunda.

– Acho que Una estava perguntando sobre o Mark, não Peter, querido – disse ela, lançando-lhe um lampejo de compreensão. – Peter é nosso outro filho que mora em Hong Kong. Vai se casar em junho. Agora, vamos lá, minha gente, um de vocês quer servir um drinque a Bridget? Eles são todos bocas e nenhuma calça, não são? – disse, com um olhar solidário.

Alguém me tire daqui, pensei. Não quero ser torturada. Quero me deitar no chão do banheiro, com a cabeça junto à privada, como as pessoas normais.

– Quer um? – perguntou Elaine, estendendo uma cigarreira de prata cheia de Black Sobranies. – Sei que são mortais como uma facada, mas eu continuo aqui com meus 65 anos.

Muito bem, venham todos se sentar! – disse mamãe, rodopiando com um prato de chouriço. – Puuufff. – Fez um grande espetáculo de tossidas, abanando o ar, e disse, gélida. – Nada de cigarros à mesa, Elaine.

Acompanhei-a até a sala de jantar, onde, além das janelas francesas, Wellington fazia um talentoso exercício de embaixadas, vestindo um suéter de malha de algodão e short de seda azul de atleta.

– Lá vai ele. Não deixe cair, rapaz – riu alto Geoffrey, balançando as mãos para cima e enfiando-as nos bolsos.

– Não deixe cair.

Sentamo-nos todos e nos entreolhamos sem jeito. Parecia uma reunião pré-matrimonial para o casal feliz e os dois pares de pais, só que o noivo tinha fugido com outra duas noites antes.

– Pois bem! – disse mamãe. – Salmão, Elaine?

– Obrigada – disse Elaine.

– Fomos ver *Miss Saigon* uma noite dessas! – começou mamãe, com perigosa animação.

– Ai! Musicais. Não os aguento mais, com todos aqueles malditos gigolôs e veados – resmungou o almirante, quando Elaine lhe servia um filé de salmão.

– Bem, nós gostamos muito – disse mamãe.

Olhei frenética o jardim pela janela, em busca de alguma inspiração, e vi Wellington me olhando.

– Socorro – articulei mudamente. Ele sorriu em direção à cozinha e desapareceu.

– Berrando por todo o palco, parados de pernas abertas – grunhiu o almirante, um homem como eu gosto. – Agora o HMS Pinafore, de Gilbert e Sullivan, é outra coisa bem diferente.

– Me deem licença, por um minuto – disse eu, esgueirando-me para fora e ignorando o olhar furioso de mamãe.

Entrei correndo na cozinha e já encontrei Wellington lá. Desabei recostada no freezer da geladeira.

– O que houve? – disse ele, olhando atento no fundo dos meus olhos.

– Ela acha que é uma das mais velhas da tribo – sussurrei. – Ela está enfrentando os pais de Mark, você sabe, Mark, que nós vimos...

Ele fez que sim com a cabeça.

– Sei tudo sobre isso.

– O que você anda dizendo a mamãe? Ela está tentando maquinar um conselho de guerra para tratar da saída dele com Rebecca, como se ...

Nesse momento, abriu-se a porta da cozinha.

– Bridget! O que está fazendo aqui? Ah. – Ao notar a presença de Wellington, mamãe ficou meio sem saber o que dizer.

– Pamela? – disse Wellington. – O que está acontecendo?

– Bem, eu simplesmente achei que, depois do que você disse, nós, adultos, podíamos... podíamos dar uma ajudinha para resolver a situação! – disse ela, recuperando a confiança e quase dando um sorriso radiante.

– Você está adotando os comportamentos da nossa tribo? – perguntou ele.

– Bem... Eu...

– Pamela. Sua cultura evoluiu ao longo de muitos séculos. Quando surge uma influência de fora, não deve deixar que contagie e dilua seu direito de nascença. Como já conversamos, a viagem em âmbito mundial traz consigo a responsabilidade de observar, não de destruir. – Não pude deixar de me perguntar como Wellington se encaixava naquilo tudo, mas mamãe balançava a cabeça, assentindo, arrependida. Eu jamais a tinha visto sob tamanho fascínio. – Agora. Volte para seus convidados e deixe estar o namoro de Bridget, como é tradição secular de sua tribo.

– Bem, acho que você tem razão – disse ela, ajeitando os cabelos.

– Curta seu almoço – disse Wellington, lançando-me uma levíssima piscadela.

Quando voltei à sala de jantar, parecia que a mãe de Mark já tinha se livrado do acerto de contas.

– Para mim, é um mistério total como alguém se casa com outro alguém hoje – dizia ela. – Se não tivesse me casado tão cedo, jamais o teria feito.

– Oh, concordo em gênero e número – disse papai, um tanto caloroso demais.

– O que eu não entendo – disse tio Geoffrey – é como uma mulher consegue chegar à idade de Bridget sem fisgar ninguém. Nova York, Espaço Sideral, lá se vão eles embora! – Uiiiih!

"Oh, seu..., feche a matraca! Por favor, feche a matraca!" – Tive vontade de gritar.

– É muito difícil para os jovens hoje – interrompeu mais uma vez Elaine, olhando intensamente para mim. Pode-se casar com alguém quando se tem 18 anos. Mas com o caráter já formado, adotar a realidade de um homem deve parecer intolerável. Com exceção dos presentes, claro.

– Espero que sim – grunhiu o pai de Mark, brincando e dando tapinhas de leve no braço da mulher. – Do contrário, vou ter de trocar por duas de 30 e alguma coisa.

Fez um gesto galanteador em minha direção, ao que meu coração mais uma vez ziguezagueou. Pensaria que ainda estávamos juntos? Ou sabia de Rebecca e achava que Mark estava saindo com as duas?

Graças a Deus a conversa recuou para o HMS Pinafore, saltou para o talento futebolístico de Wellington, girou sobre as férias de golfe de papai e Geoffrey, esvoaçou por fronteiras herbácias, deslizou na entrada da garagem de Bill, e logo eram três e meia e todo o pesadelo chegou ao fim.

Elaine pôs dois Sobranies em minha mão quando os dois iam embora.

– Acho que talvez você precise disso para a volta de carro – disse, o que parecia encorajador, mas não o bastante para construir uma vida. Era com Mark que eu gostaria de sair de novo; não, infelizmente, com seus pais.

– Certo, querida – disse mamãe, saindo apressada da cozinha com uma caixa da Tupperware. – Onde pôs sua sacola?

– Mãe – disse eu com os dentes cerrados. – Não quero comida.

– Está tudo bem com você, querida?

– Tão bem quanto possível nestas circunstâncias – resmunguei.

Ela me abraçou. O que foi simpático, mas surpreendente.

– Sei que é difícil – disse. – Mas não tolere nenhuma bobagem de Mark. Tudo vai dar certo para você. Sei que vai. – Logo quando eu começava a gostar do consolo incomum de mamãe, ela disse: – Portanto, está vendo! *Hakuna Matata*! Não se preocupe. Seja feliz! Agora. Quer levar dois pacotes de minestrone com você quando for? Que tal algumas prímulas e uns biscoitos Tuc? Me dê licença para eu ir até aquela gaveta do freezer? Ah-ah, vou lhe dizer uma coisa. Tenho dois bifes de filé mignon.

Por que ela acha que comida é melhor que amor? Se eu ficasse mais um minuto na cozinha, juro que teria vomitado.

– Onde está o papai?

– Ah, deve estar por aí, no seu refúgio.

– O quê?

– Seu refúgio. Passa horas lá dentro, e depois sai cheirando a...

– A quê?

– Nada, querida. Vá até lá e se despeça dele, se quiser.

Sentado no banco do lado de fora, Wellington lia o *Sunday Telegraph*.

– Obrigada – disse eu.

– Não tem problema – disse ele, acrescentando em seguida: – Ela é uma boa mulher. Uma mulher de espírito forte, bom coração e entusiasmo, mas talvez...

– Às vezes... umas quatrocentas vezes demais?

–Éééé – disse ele, rindo. Ai, meu Deus, espero que seja apenas a entusiasmo pela vida que Wellington se referia.

Ao aproximar-me da cabana, papai veio até a porta com um rosto um tanto vermelho e alterado. A fita de Nat King Cole tocava lá dentro.

– Ah, partindo de volta para aquela grande, grande enfumaçada Londres? – disse, cambaleando um pouco e segurando-se na cabana. – Você está de teto meio baixo, amor da minha vida? – decretou afetuosamente, com a voz meio embaralhada.

Fiz que sim com a cabeça.

– Você também? – perguntei.

Ele me abraçou e me deu um forte apertão, como fazia quando eu era criança. Foi agradável: meu pai.

– Como conseguiu ficar casado tanto tempo com mamãe? – sussurrei, perguntando-me que cheiro vagamente doce era aquele. Uísque?

– Nããããooo é tão complicado, reaaalmente – disse ele, precipitando-se mais uma vez para a cabana. Enfiou a cabeça curvada para o lado, atento a Nat King Cole. – A coisa mais esplendorosa que – pôs-se a cantar – você algum dia aprenderá como amar e ser correspondido no amor. Só espero que ela ainda me ame, e não ao Mau Mau.

Em seguida, curvou-se e deu-me um beijo.

Quarta-feira, 5 de março

58 quilos (bom), 0 unidade alcoólica (excelente), 5 cigarros (um número simpático e saudável), 2 passadas de carro pela casa de Mark Darcy (mt. b.), 18 olhadas para o nome de Mark Darcy no caderno de telefone para provar que ele ainda existe (mt. b.), 12 (melhor) telefonemas para o serviço de identificação de chamadas, 0 telefonema de Mark (trágico).

8H30. NO MEU APARTAMENTO. Muito triste. Sinto falta de Mark. Não tive notícias dele no domingo e na segunda. Então voltei do trabalho ontem à noite e encontrei o recado dizendo que ele ia a Nova York por algumas semanas. "Portanto, imagino que seja realmente um adeus."

Estou me esforçando ao máximo para manter o ânimo. Descobri que ao acordar de manhã, logo após sentir a primeira facada de dor, ligo o programa *Today* da Rádio 4 – embora o programa pareça de fato consistir em horas e horas daqueles jogos de perguntas Só um minuto, com os políticos tentando não dizer nem "Sim" nem "Não", tampouco responder a qualquer das perguntas – e consigo evitar ser vítima dos ciclos de pensamento obsessivo do tipo "se eu" e das rodadas de conversa imaginárias com Mark Darcy, que só intensificaram a tristeza e a incapacidade de me levantar da cama.

Preciso dizer que Gordon Brown estava mt. b. no programa desta manhã, conseguindo falar da moeda europeia sem hesitar, fazendo pausas ou na verdade nada dizendo, mas o tempo todo falando calma e fluentemente, com John Humphreys gritando: "Sim ou Não? Sim ou Não?", e Leslie Crowther ao fundo. Portanto... bem, podia ser pior. Eu acho.

Será que moeda europeia é o mesmo que moeda única? Em alguns aspectos sou a favor disso, pois provavelmente teríamos diferentes moedas, que poderiam ser muito europeias e chiques. Também poderiam livrar-se das marrons, muito pesadas, e das de 5 e 20 centavos, finas e insignificantes demais para serem agradáveis. Hum. Mas devíamos manter as de 1 libra, que são fantásticas, como soberanos, e a gente de repente descobre que tem 8 libras na bolsa, quando achava que tinha gastado tudo. Mas também teriam de modificar todas as máquinas de inserir moedas e... Aaaaargh! Campainha. Talvez seja Mark vindo se despedir.

Era apenas o merda do Gary. Acabei conseguindo me livrar dele, pois veio dizer que a obra de prolongamento anexo "só" ia custar 7 mil libras.

– Onde vou arranjar 7 mil libras?

– Você pode fazer uma segunda hipoteca – disse ele. – Só lhe custaria mais 100 por mês.

Felizmente, até ele viu que eu estava atrasada para o trabalho, e por isso consegui botá-lo para fora. Sete mil libras. Francamente.

19 HORAS. DE VOLTA AO LAR. Claro que não é normal ficar tratando minha secretária eletrônica como um companheiro humano à moda antiga: sair correndo do trabalho e ir para casa ver em que estado de espírito ela está, se vai confirmar piscando que sou adorável e um membro aceitável da sociedade, ou ficar vazia e distante, como agora por exemplo. Não apenas não tem mensagem alguma de Mark pelo 42º dia consecutivo, mas tampouco mensagem de ninguém. Talvez eu devesse ler um pouco de *O caminho menos percorrido*.

19H06. Sim, vê-se que o amor não é uma coisa que acontece à gente, mas alguma coisa que a gente faz. Portanto, que foi que eu não fiz?

19H08. Sou uma mulher de fibra, positiva, receptiva, compreensiva. Meu sorriso de identidade não vem de outras pessoas, mas de... de... mim mesma? Isso não pode estar certo.

19H09. De qualquer modo. O bom é que não estou ficando obcecada com Mark Darcy. Estou começando a me desligar.

19H15. Oba, telefone! Talvez Mark Darcy!

– Bridget, você está tão magra! – Tom. – Como está passando, meu bem?

– Na merda – disse eu, tirando o chiclete Nicorette para parar de fumar da boca e começando a moldá-lo numa escultura. – É óbvio.

– Ah, deixe disso. Maria Bridgelena! Homens! Isso tem aí a três por dois. Como anda a nova carreira de repórter?

– Bem, telefonei para o agente de Colin Firth e consegui todos os recortes de jornal. Achei realmente que ele poderia dar porque *Fever Pitch* (Febre de bola) vai estrear no circuito em breve e talvez eles queiram a publicidade.

– E?

– Ligaram de volta dizendo que ele estava muito ocupado.

– Ã-hã! Bem, na verdade é exatamente por isso que estou telefonando. Jerome disse que conhece...

– Tom – interrompi, perigosa –, por acaso isso não seria *falaçãozite*?

– Não, não... Não vou voltar com ele – mentiu visivelmente. – Mas, de qualquer modo, Jerome conhece o cara que trabalhou no último filme de Colin Firth, e perguntou se quer que ele interceda por você?

– Sim! – disse eu, entusiasmada.

Percebo que isso é apenas mais um pretexto para Tom manter contato com o Pretensioso Jerome, mas também todos os atos bondosos são uma mistura de altruísmo e interesse pessoal, e talvez Colin Firth diga sim!

Viva! Vai ser o trabalho perfeito para mim! Posso viajar o mundo inteiro entrevistando celebridades famosas. Também, com todo o dinheiro extra que vou ganhar, posso fazer a segunda hipoteca para o escritório e o terraço na cobertura, dar uma banana para o odioso Sit Up Britain, e trabalhar em casa. Siiim! Tudo está se encaixando! Vou telefonar para Gary. Não se pode esperar que nada mude a não ser que a gente mude. Estou assumindo o controle das minhas coisas!

Certo, não vou ficar deitada na cama me sentindo triste. Vou me levantar e fazer algo útil. Como. Hum. Fumar um cigarro? Ai, meu Deus. Não suporto a ideia de Mark telefonando para Rebecca, contando todos os pequenos detalhes do dia, como fazia comigo. Não posso, não posso ser negativa. Talvez Mark não vá sair com a Rebecca e volte para ficar comigo! Estão vendo? Viva!

Quarta-feira, 12 de março

58 quilos, 4 unidades alcoólicas (mas sou jornalista agora, portanto é óbvio que preciso beber), 5 cigarros, 1.845 calorias (b.), 1 luz no fim do túnel (mt. fraquinha).

16 HORAS. Tom acaba de me telefonar no trabalho.

– Está feito.

– O quê?

– O lance do Colin Firth!

Empertiguei-me na cadeira, tremendo.

– Verdade! O amigo de Jerome ligou e Colin Firth foi simpático mesmo. Disse que se você conseguir colocá-lo no *Independent* ele dará a entrevista. E vou sair para jantar com o Pretensioso Jerome!

– Tom, você é um santo, um deus, um arcanjo. Então, que eu tenho de fazer?

– Simplesmente ligue para o pessoal do Colin Firth e depois para o Adam no *Independent*. Oh, por falar nisso, eu disse a ele que você já fez um monte de entrevistas antes.

– Mas eu não fiz.

– Ah, porra, não seja tão literal, Maria Bridgelena, basta dizer a eles que já fez.

Terça-feira, 18 de março

58,5 quilos (punição injusta a inocente), 1.200 calorias (continua sendo minha alegação de defesa), 2 hipotecas (viva!), 2 quartos (em vias de ser) do apartamento (viva!).

Telefonei para o banco e está tudo acertado sobre a segunda hipoteca! Tudo que preciso fazer é preencher alguns formulários, papelada, e depois receber 7 mil libras e só vou pagar 120 por mês! Não dá para acreditar que eu não pensei nisso antes. Talvez fosse a resposta para todos os meus problemas de cheque especial descoberto!

Quarta-feira, 2 de abril

58,9 quilos, 998 calorias (essa estranha relação inversa caloria/gordura parece tornar sem sentido restrição à comida), milagres: vários, alegria recém-descoberta: infinita.

17 HORAS. Está acontecendo algo estranho. Não apenas a entrevista de Colin Firth está a caminho, como vai ser em Roma! Só falta me dizerem que deve realizar-se com os dois nus numa ilha da costa do Caribe, como em *Encontro às cegas*. Entendo Deus conceder um favor para resolver tudo, mas esse milagre, sem dúvida, vai além da razão religiosa normal. Sugere que minha vida está melhorando de alguma maneira aterrorizante, seguida de rápida despencada morro abaixo para a morte prematura. Talvez seja um 1º de abril atrasado.

Acabei de ligar para Tom, que me mandou parar de pensar que sempre há uma mutreta por trás de tudo e disse que o motivo de a entrevista realizar-se em Roma é porque Colin Firth mora lá – ele está certo. Disse ainda para eu tentar me concentrar no fato de que há outras coisas sobre Colin Firth além de fazer o papel do Sr. Darcy. Por exemplo, o novo filme dele, *Febre de bola*.

– Ééé, ééé, é isso mesmo – disse eu, agradecendo muitíssimo a Tom por toda a sua ajuda para conseguir a entrevista.

– Entende, era exatamente isso que eu precisava! – disse eu, entusiástica. – Me sinto tão melhor agora concentrada em minha carreira, em vez de ficar obcecada por homens.

– Ah, Bridget – disse Tom. – Você sabe que Colin Firth tem uma namorada, não?

Droga.

Sexta-feira, 11 de abril

58 quilos, 5 unidades alcoólicas (treinando jornalismo), 22 cigarros, 3.844 calorias (estão vendo? Estão vendo? Nunca mais vou fazer dieta).

18 HORAS. Aconteceu uma coisa maravilhosa! Acabei de falar com uma mulher da assessoria de imprensa e Colin Firth vai ligar para minha casa e combinar tudo! Não dá para acreditar. É óbvio que não vou poder sair de casa durante o fim de semana todo, mas isso é bom, porque vou poder fazer pesquisa, assistindo ao filme *Orgulho e preconceito*, embora, claro, saiba que tenho de falar também de outros projetos. Sim. De fato este talvez seja um verdadeiro momento decisivo na carreira. Mas não é bastante irônico? Num sexto sentido fantasmagórico de boas intenções, o Sr. Darcy me fazer esquecer a obsessão com o Sr. Darcy... Telefone! Talvez o Sr. ou Mark Darcy...

Hum. Era o maldito mandão chamado Michael, do *Independent*.

– Agora escute. Nunca trabalhamos com você antes. Não quero nenhuma confusão com essa matéria. Você volta no avião que marcamos segunda-feira à noite, começa a trabalhar na terça-feira de manhã e me entrega tudo às quatro horas, do contrário não sei. E não se esqueça de entrevistá-lo sobre o filme *Fever Pitch*. Filme, aliás, como você deve saber, ele faz um papel que não é o Sr. Darcy.

Realmente, isso é óbvio ululante. Oba, o telefone.

Era Jude. Ela e Shazzer estão vindo para cá. Tenho medo de que elas me façam rir quando o Sr. Darcy telefonar, mas, por outro lado, preciso de uma distração para tirar o pensamento disso, senão vou explodir.

Sábado, 12 de abril

58,5 quilos (mas posso perder definitivamente 1,5 quilo antes de amanhã usando a dieta do Hospital de Frankfurter), 3 unidade alcoólicas (mt. b.), 2 cigarros (pessoa perfeita ao estilo de santo), 12 salsichas de cachorros-quentes, 7 telefonemas para o número serviço de identificação de chamadas, para ver se não ouvia Colin Firth ligar devido a uma repentina e despercebida surdez, 50 centímetros de espaço no chão (debaixo do sofá) não cobertos de caixas de pizzas, opções de roupas, cinzeiros etc., 15 (pesquisadora de primeiro time): número de vezes que assisti ao filme *Orgulho e preconceito*, em que Colin Firth mergulha no lago, 0 (até agora) telefonema de Colin Firth.

10 HORAS. Colin Firth não ligou.

10H03. Ainda não ligou.

10H07. Ainda não ligou. Será que é muito cedo para acordar Jude e Shazzer? Talvez ele esteja esperando a namorada sair às compras para me telefonar.

17 HORAS. O apartamento parece que foi atingido por uma bomba, devido à tocaia ao Sr. Darcy: está tudo espalhado pela

sala de estar, como em *Thelma e Louise*, quando a casa de Thelma é invadida pela polícia e Harvey Keitel espera o telefonema delas, com gravadores de fita rodando ao fundo. Sou realmente grata ao apoio e a tudo mais de Jude e Shazzer, mas isso significa não ter condições de dar continuidade à preparação, além da física.

18 HORAS. O Sr. Darcy ainda não ligou.

18H05. Ainda não ligou. O que devo fazer? Ainda nem sequer sei onde vou encontrá-lo.

18H15. Ainda não ligou. Talvez a namorada simplesmente tenha se *recusado* a ir às compras. Talvez os dois estivessem fazendo sexo o fim de semana todo ou encomendando sorvete cremoso italiano e apenas rindo de mim pelas costas.

18H30. Jude acordou de repente e levou as pontas dos dedos à testa.

– Precisamos sair – disse ela, com uma estranha voz tipo Megaestilo Místico.

– Você está louca? – vociferou Sharon. – Sair? *Pirou* de vez?

– Não – disse Jude, com toda a calma. – O motivo de o telefone não tocar é que há muita energia concentrada nele.

– Bobagem – gritou Sharon.

– Além de tudo mais, começou a feder aqui dentro. Precisamos limpar o apartamento, deixar a energia fluir, depois sair e tomar um bloody mary – disse ela, lançando-me um olhar tentador.

Minutos depois, estávamos do lado de fora, espremendo os olhos para a inesperada luminosidade da tarde primaveril ainda não escurecida. Fiz um súbito movimento de volta para a porta, mas Shazzer me segurou.

– Vai com a gente sim. Tomar. Um. Bloody. Mary – sibilou, fazendo-me marchar pela rua como um policial grandalhão.

Quatorze minutos depois, estávamos de volta. Atravessei voando a sala e parei imóvel. A luz piscava na secretária.

– Viram? – disse Jude numa voz horrível de tão presunçosa.

– Alô, Bridget, aqui é Colin Firth. – As três pulamos meio metro para trás, sobressaltadas. Era o Sr. Darcy. A mesma voz podre de chique, profunda e imperturbável com que propunha casamento a Elizabeth Bennet na BBC. Bridget. Eu. O Sr. Darcy disse Bridget. Na minha secretária eletrônica.

– Pelo que sei, você está vindo a Roma me entrevistar na segunda-feira – continuou. – Telefonei para combinar algum lugar onde nos encontrarmos. Tem uma praça chamada Piazza Navona, o tipo de lugar tranquilo e fácil de encontrar de táxi. Me encontro com você lá às quatro e meia, perto da fonte. Tenha uma viagem segura.

– Ligue de volta para ele! – gritou Shazzer, como um torturador da SS. – Ligue de volta para ele e peça que a encontre na fonte. OhmeuDeus.

O telefone tocara de novo, pusemo-nos em sentido, rígidas, boquiabertas. Saiu então a voz estrondosa de Tom:

– Alô, coisinhas bonitinhas, aqui é o Sr. Darcy ligando só para saber se alguma de vocês pode me livrar desta camisola molhada.

Shazzer saiu de repente do transe.

– Desligue, desligue – berrou, precipitando-se para o fone.

– Cale a boca, Tom, cale a boca, cale a boca.

Mas era tarde demais. Meu recado na secretária eletrônica, do Sr. Darcy dizendo a palavra Bridget e pedindo-me para encontrá-lo em Roma perto de uma fonte, perdera-se para sempre. E ninguém nem nada do mundo pode jamais trazê-lo de volta. Nada. Nada.

6. Emprego italiano

Segunda-feira, 21 de abril

56,7 quilos (gordura consumida por excitação e medo), 0 unidade alcoólica (excelente), mas são só 7h30, 4 cigarros (mt. b.).

7H30. É mesmo um maravilhoso passo à frente a gente estar partindo numa viagem com tanto tempo de sobra. Apenas mostra, como dito em *O caminho menos percorrido*, que os seres humanos têm capacidade para mudar e crescer. Tom veio aqui em casa ontem à noite e repassou as perguntas comigo à exaustão. Portanto, estou preparadíssima com um claro resumo preliminar, embora, para falar com toda a franqueza, eu tenha passado o resumo meio de pileque.

9H15. Na verdade, tenho tempo demais. Todo mundo sabe que as mulheres de negócios passam a toda velocidade pelos aeroportos europeus, saindo de um e entrando no outro, chegam quarenta minutos antes da decolagem, só com uma maleta de mão contendo meias de náilon. O avião é às onze e quarenta e cinco. Preciso estar em Gatwick às onze horas, portanto devo pegar o trem às dez e meia na estação Vitória e o metrô às dez horas. Perfeito.

9H30. E se tudo ficar demais e eu simplesmente explodir e beijá-lo? A calça está muito apertada e vai revelar minha barriga. Talvez também precise levar uma bolsa de toalete para me preparar antes da entrevista.

9H40. Não acredito que perdi tanto tempo com a bolsa de toalete, quando a coisa mais importante, sem dúvida, é estar bonita na chegada. Os cabelos endoideceram totalmente. Vou ter de molhá-los de novo. Cadê o passaporte?

9H45. Peguei o passaporte, os cabelos se acalmaram, melhor eu ir.

9H49. O único problema é: não consigo erguer a mala do chão. Talvez fosse melhor reduzir o conteúdo da bolsa de toalete, a escova e a pasta de dentes, loção bucal, loção de limpeza e creme hidratante. Ah, e preciso tirar as 3.500 libras do micro-ondas e entregar ao Gary, para ele começar a comprar o material e tudo mais para o novo escritório e o terraço na cobertura! Viva!

9H50. Que bom. Já chamei o táxi pelo telefone. Vai estar aqui em dois minutos.

10 HORAS. Onde está o táxi?

10H05. Cadê a porra do táxi?

10H06. Acabo de ligar para a empresa de táxi e disseram que o carro está diante da minha casa.

10H07. O carro não está diante da minha casa nem em lugar algum na rua.

10H08. O homem da empresa de táxi disse que o carro está com certeza entrando neste momento na minha rua.

10H10. Ainda nenhum sinal do táxi. Porra, merda de táxi e todos os seus... Aargh. Chegou. Ai, merda, cadê as chaves?

10H15. No táxi agora. Decididamente já fiz esse percurso em 15 minutos.

10H18. Aargh. O táxi de repente está em Marylebone Road – decidindo, inexplicavelmente, fazer uma excursão pitoresca de Londres, em vez de rumar para a estação Victoria. Combato o instinto de atacar, matar e comer o motorista.

10H20. De volta ao itinerário agora, isto é, não mais indo para Newcastle, embora o tráfego esteja pesado. Hoje em Londres não existe mais hora alguma que não seja de rush.

10H27. Será que é possível sair de Marble Arch e chegar a Gatwick Express em um minuto?

10H35. VICTORIA. TUDO BEM. Calma, calma. O trem partiu sem mim. Contudo, se eu chegar às dez e quarenta e cinco, ainda vou ter trinta minutos de sobra antes do avião partir. E talvez o avião esteja atrasado.

10H40. Será que vai dar tempo de comprar calças novas no aeroporto? Na verdade, não vou ficar neurótica com isso. O maravilhoso de viajar sozinha é que a gente pode mesmo criar uma nova personalidade, e ser muito elegante e tipo Zen, já que ninguém nos conhece.

10H50. Gostaria de parar de pensar que o passaporte saltou da bolsa e voltou para casa.

11H10. Inexplicavelmente, o trem parou. De repente, todas as ações extras que fiz, por exemplo, passar mais uma camada de esmalte nas unhas dos pés, parecem pouco importantes diante da possibilidade real de eu não aparecer.

11H45. Não dá para acreditar. O avião partiu sem mim.

MEIO-DIA. Graças a Deus, ao Sr. Darcy e a todos os anjos do céu, informaram-me que posso pegar outro avião daqui a uma hora e quarenta e cinco minutos. Acabei de ligar para a agente publicitária, que me disse que não tinha problema, ela o avisaria para me encontrar duas horas depois. Oba, posso fazer compras no aeroporto.

13 HORAS. Gostei mt. dos modelos de chiffon em estilo esvoaçante com rosas para a primavera, mas acho que não deviam desenhá-las de um jeito que se encaixem tão bem no traseiro das pessoas. Adoro a agradável área de compras do aeroporto. Sir Richard Rogers, Terence Conram e afins estão sempre se queixando de que os aeroportos se transformaram em grandes shoppings centers, mas considero isso bom. É possível que o incorpore nos próximos perfis que farei, provavelmente senão do próprio Sir Richard Rogers, então, de Bill Clinton. Talvez só experimente um biquíni.

13H30. Certo. Vou só pôr as cartas no correio e comprar artigos necessários na Body Shop, depois entrar.

13H31. Era o aviso: "Passageira Jones, última chamada para o voo BA 175 para Roma, queira se dirigir imediatamente ao portão 12, onde o avião está esperando para partir."

Terça-feira, 22 de abril

58 quilos, 2 unidades alcoólicas, 22 cigarros, cerca de 30 telefonemas do mandão Michael do *Independent* para "ver como estamos nos saindo", 17: número de vezes que ouvi a fita da entrevista, 0 palavra da entrevista escrita.

9 HORAS. DE VOLTA AO APARTAMENTO DE LONDRES, DEPOIS DA VIAGEM AO CÉU. Muito bem, vou escrever a entrevista. É impressionante como a concentração no trabalho e na carreira absorve o pensamento da gente e nos afasta da tristeza amorosa. Foi simplesmente fantástico. O táxi me deixou na praça romana e eu pensei que fosse desmaiar: simplesmente fantástico – pesada e imensa, banhada pela dourada luz do sol, cheia de ruínas altaneiras, e no meio de tudo aquilo o Sr. Darcy... Oba, o telefone.

Era Michael, do *Indepedent*.

– Então, fez, hein?

– Fiz – respondi, com ares de importância.

– E se lembrou de levar o gravador de fita e não o walkman Sony?

Francamente. Não sei o que Tom disse a ele de mim, mas algo no tom de sua voz indica que talvez não esteja sendo particularmente respeitoso.

– Bem, você tem até as quatro da tarde. Portanto, ande logo com isso.

Lá-lá. Isso são séculos. Vou só reviver o dia por um momento. Huumm. Ele é exatamente igual ao Sr. Darcy: todo fogoso e magro. E me fez percorrer uma igreja com uma nave e uma tumba lá dentro, de Adriano ou algum outro, uma estátua de Moisés, e foi incrivelmente magistral, impedindo que eu fosse atropelada pelos carros, além de falar italiano o tempo todo. Huumm.

MEIO-DIA. A manhã não correu particularmente bem, embora seja óbvio que eu precisava de algum tempo para absorver o que aconteceu e discutir as impressões com as minhas pares, portanto talvez tenha sido altamente produtiva.

14 HORAS. O telefone de novo. A gente entende o que é ser redatora de um perfil importante: o telefone toca sem parar.

Era mais uma vez o maldito mandão Michael:

– Como estamos nos saindo?

Dá nos nervos essa porra. Ainda nem são quatro horas, meu prazo final, que, claro, quer dizer o fim do dia. Na verdade, estou muito satisfeita com a fita. Foi realmente ótimo fazer-lhe de início perguntas fáceis, antes de entrar nas outras suculentas de Tom, que eu anotara na noite anterior apesar de estar meio para o lado etílico. Acho que ele ficou muito impressionado com minha linha de interrogatório, com certeza.

14H30. Vou só tomar uma rápida xícara de café e fumar um cigarro.

15 HORAS. Melhor ouvir a fita mais uma vez.

Ding Dong! Vou só ligar para Shaz e pedir que ouça este último trecho.

Aargh, aargh. São três horas e ainda nem comecei. Em todo caso, não há necessidade de entrar em pânico. Eles vão levar séculos para voltar do almoço, e também vão estar embriagados como, como... como jornalistas. Espere só até eles verem meus furos.

Como vou começar? É óbvio que a entrevista deve incluir minhas impressões do Sr. Darcy, além de uma hábil urdidura no material sobre o novo filme *Fever Pitch*, teatro, cinema etc. Eles na certa vão me dar uma entrevista regular toda semana: o Perfil de Bridget Jones. Jones entrevista Darcy. Jones entrevista Blair. Jones entrevista Marcos, só que morto.

16 HORAS. Como posso criar, se o maldito Michael não para de ligar o tempo todo dizendo o que devo e não devo pôr na matéria? Grrr. Deve ser mais uma vez ele... Não têm respeito algum pelos jornalistas nessa redação. Absolutamente nenhum.

17H15. Rá-rá. "Eu. Estou. Escre. Vendo", disse a ele. Isso fechou-lhe a matraca.

18 HORAS. De qualquer modo, está boa. Todos os jornalistas importantes têm crises de fechamento.

19 HORAS. Ai, merda, ai, merda. Ai, merda, ai, merda.

Quarta-feira, 23 de abril

58,5 quilos 998 calorias (parece mesmo que empaquei em algum tipo de rotina de gordura), 0 telefonema congratulatório do pessoal do *Independent* sobre a entrevista com Colin Firth, 0 telefonema congratulatório de Colin Firth sobre a entrevista com Colin Firth (estranho, não é?).

8 HORAS. A matéria vai sair hoje. Escrevi meio às pressas e entreguei na última hora, mas é provável que não esteja tão má assim. Talvez, na verdade, esteja excelente. Espero que o jornal chegue logo.

8H10. O jornal ainda não chegou.

8H20. Viva! O jornal chegou.

Acabei de ver a entrevista. O *Independent* ignorou completamente o que escrevi. Entendo que deve ter sido em parte por motivo de atraso, mas isso é intolerável. Eis o que saiu publicado:

Devido a insuperáveis dificuldades técnicas, foi necessário imprimir a entrevista de Bridget Jones com Colin Firth como uma transcrição direta da fita.

BJ: Muito bem. Vou começar a entrevista agora.

CF: (*parecendo um tanto histérico*) Bom, bom.

(*Pausa muito longa*)

BJ: Qual a sua cor preferida?

CF: Como?

BJ: Qual a sua cor preferida?

CF: Azul.

(Pausa muito longa)

BJ: Qual seu pudim preferido?

CF: *Creme brûlée*

BJ: Conhece o filme a ser lançado em breve, *Ferver Pitch,* de Nick Hornby?

CF: Na verdade, conheço, sim.

BJ: *(Pausa. Farfalhar de papel)* Acha... Ah. (*Mais farfalhar de papel)* Acha que o livro de *Ferver Pitch* germinou um gênero confessional?

CF: Como? Não entendi.

BJ: Germinou. Um. Gênero. Confessional.

CF: *Germinou* um gênero confessional?

BJ: Sim.

CF: Bem. Sem dúvida, o estilo de Nick Hornby tem sido muito imitado, e acho que é um gênero muito atraente, tenha ele ou não, hum... *germinado.*

BJ: Você conhece *Orgulho e preconceito* da BBC?

CF: Na verdade, conheço, sim.

BJ: Sabe o trecho em que você teve de mergulhar no lago?

CF: Sim.

BJ: Quando tiveram de fazer outra tomada, você teve de tirar a camisa molhada e pôr uma seca?

CF: Sim, eu, eu provavelmente tive, sim. *Scusi. Ha vinto. È troppo forte. Sì grazie.*

BJ: *(Respirando vacilante)* Quantas tomadas de mergulhar no lago você teve de fazer?

CF: *(Tosse)* Bem. As tomadas debaixo d'água foram feitas num tanque nos Estúdios Ealing.

BJ: Oh, não.

CF: Lamento. O, hum, *momento* do voo... *extremamente* breve... foi feito por um dublê.

BJ: Mas parecia o Sr. Darcy.

CF: Porque puseram suíças nele e ele vestiu uma roupa do Sr. Darcy sobre um terno molhado, o que na verdade o fez ficar parecido com Elvis como a gente o viu pela última vez. Ele só podia fazer a cena uma vez, por motivos de segurança, e depois teve de ser examinado, para ver se não tinha escoriações, durante um mês e meio após a filmagem. Todas as outras tomadas de camisa molhada foram minhas.

BJ: E a camisa tinha de ser molhada repetidas vezes?

CF: Sim. Borrifavam-na de cima a baixo. Borrifavam-na de cima a baixo, e depois...

BJ: Com o quê?

CF: Uma coisa com esguicho. Escute, podemos...?

BJ: Sim, mas o que eu quero saber é se você sempre tinha de tirar a camisa e... pôr outra?

CF: Sim.

BJ: Para ser molhada de novo?

CF: Sim.

BJ: *(Pausa)* Conhece o filme a ser lançado em breve, *Fever Pitch*?

CF: Sim.

BJ: Em sua opinião, quais as principais diferenças e semelhanças entre a personagem de Paul, de *Fever Pitch*, e...?

CF: E?

BJ: *(Voz chorosa)* a do Sr. Darcy.

CF: Ninguém nunca me perguntou isso antes...

BJ: Não?

CF: Não. Acho que as principais diferenças são...

BJ: Quer dizer que acha realmente uma pergunta óbvia?

CF: Não. Quero dizer que ninguém nunca me perguntou isso antes.

BJ: As pessoas não vivem lhe perguntando isso?

CF: Não, não. Estou lhe dizendo que não.

BJ: Então, é uma...

CF: É uma pergunta totalmente nova, recém-nascida, sim.

BJ: Oh, que bom.

CF: Podemos continuar, agora?

BJ: Sim.

CF: O Sr. Darcy não é defensor do Arsenal.

BJ: Não.

CF: Não é professor.

BJ: Não.

CF: Viveu há quase duzentos anos.

BJ: Sim.

CF: Paul, de *Ferver Pitch*, adora juntar-se à multidão de torcedores no estádio de futebol.

BJ: Sim.

CF: Enquanto o Sr. Darcy não tolera nem sequer uma dança campestre. Agora. Podemos falar de algo que não esteja ligado ao Sr. Darcy?

BJ: Sim.

(Pausa. Farfalhar de papéis)

BJ: Continua saindo com sua namorada?

CF: Sim.

BJ: Ah.

(Longa pausa)

CF: Está tudo bem?

BJ: *(Quase inaudível)* Acha que as pequenas produções britânicas estão avançando?

CF: Não deu para eu ouvir.

BJ: *(Aflita)* Acha que as pequenas produções britânicas estão avançando?

CF: Avançando para... *(encorajador)* o quê?

BJ: *(Pausa pensativa muito longa)* O futuro.

CF: Certo. Acho que parecem estar indo bem, aos poucos. Eu gosto muito de pequenas produções, mas também gosto das grandes, e seria bom se também fizéssemos mais destas.

BJ: Mas você não acha um problema ela ser italiana e tudo mais?

CF: Não.

(Silêncio muito longo).

BJ: *(Emburrada)* Acha que o Sr. Darcy tem uma dimensão política?

CF: De fato, andei especulando sobre quais poderiam ser as visões políticas dele, se é que tinha alguma. E acho que não seriam muito atraentes para um leitor do *Independent*. Trata-se daquela ideia pré-vitoriana, ou vitoriana, de ser o rico benfeitor social, que talvez fosse muito thatcherista. Quer dizer, é óbvio que o pensamento socialista ainda não tinha entrado...

BJ: Não.

CF: ... entrado na esfera dele. E isso é claramente afirmado mostrando-se como ele é um bom sujeito com os seus inquilinos. Mas acho que seria mais próximo de uma figura nietzschiana, um...

BJ: O que é nitzer?

CF: Você sabe, a ideia do, hum, ser humano como super-homem.

BJ: Super-homem?

CF: Não o próprio super-homem, não. Não. *(Leve som de gemido)* Não acredito que ele usasse ceroulas debaixo dos culotes.

BJ: Qual será o seu novo projeto?

CF: Chama-se *The World of Moss* (O mundo do musgo).

BJ: É um programa de natureza?

CF: Não. Não, não. É... hum, é, hum, sobre uma família excêntrica na década de 1930, cujo pai é dono de uma fábrica de musgo.

BJ: Mas o musgo não brota naturalmente?

CF: Bem, não, ele faz uma coisa chamada musgo esfagno, que era usado para fazer curativos na Primeira Guerra Mundial e, hum, é, hum, uma muito alegre, cômica...

BJ: *(Muito pouco convincente)* Parece muito bom.

CF: Espero muitíssimo que seja.

BJ: Posso só conferir um detalhe sobre a camisa?

CF: Sim.

BJ: Quantas vezes ao todo exatamente você teve de tirá-la e pô-la de novo?

CF: Precisamente... Não sei. Hum. Deixe-me ver... o trecho onde sigo a pé para Pemberley. Aquele foi filmado uma vez. Uma tomada. Depois, teve o trecho em que dou meu cavalo a alguém... Acho que houve uma troca.

BJ: *(Animando-se)* Houve uma troca?

CF: *(Severo)* Houve. Uma troca.

BJ: Portanto, foi sobretudo a única camisa molhada?

CF: A única camisa molhada, que era borrifada o tempo todo, sim. Tudo bem?

BJ: Sim. Qual a sua cor preferida?

CF: Você já fez essa.

BJ: Hum. *(Farfalhar de papéis).* Acha que o filme *Ferver Pitch* era na realidade sobre babaquice emocional?

CF: O que emocional?

BJ: Babaquice. Você sabe: os homens terem fobia empedernida a compromisso e só se interessarem o tempo todo por futebol.

CF: Não, na verdade, não. Acho que em alguns aspectos Paul está muito mais à vontade com suas emoções e tem muito mais liberdade com elas que a namorada dele. Acho na verdade que, na análise final, é isso o que é tão cativante no que Nick Hornby tenta dizer em favor da personagem: que, num nível um tanto mundano, cotidiano, ele encontrou algo com que se tem acesso a experiências emocionais que...

BJ: Com licença.

CF: *(Suspiros)* Sim?

BJ: Não acha que a barreira da língua é um problema com a sua namorada?

CF: Bem, ela fala muito bem inglês.

BJ: Mas não acha que seria melhor você sair com alguém que *fosse* inglesa e mais da sua idade?

CF: Parece que estamos nos saindo muito bem.

BJ: Hã! *(Sorumbática)* Por enquanto. Sempre prefere fazer teatro?

CF: Hum. Não endosso a opinião de que é no teatro que se dá a verdadeira atuação, que o cinema não é atuação real. Mas acho que o prefiro quando o estou fazendo, sim.

BJ: Mas não acha que o teatro é meio irrealista e confuso, e também que a pessoa tem de ficar horas sentada antes de poder comer, conversar ou...

CF: Irrealista? Confuso e irrealista?

BJ: Sim.

CF: Você diz irrealista em que sentido...?

BJ: Pode-se dizer que não é real.

CF: Esse tipo de irrealidade, sim. *(Ligeiro som lastimoso.)* Hum. Acho que quando é bom, não deve ser. É muito mais... Parece mais artificial fazer um filme.

BJ: Acha? Suponho que não seja feito todo de uma vez, até o fim, não?

CF: Bem, não. Não é. Não. Um filme não é feito todo de uma vez, até o fim. É filmado aos pedaços.

BJ: Entendo. Acha que o Sr. Darcy dormia com Elizabeth Bennet antes do casamento?

CF: Sim, acho que talvez dormisse.

BJ: *Acha* mesmo?

CF: Sim. É inteiramente possível. Sim.

BJ: *(Ofegante)* Mesmo?

CF: Acho que é possível, sim.

BJ: *Como* seria possível?

CF: Não sei se Jane Austen concordaria comigo, mas...

BJ: Não podemos saber porque ela está morta.

CF: Não, não podemos...mas eu acho que o Sr. Darcy do Andrew Davies teria dormido com ela.

BJ: *Por que* você acha isso? Por quê? Por quê?

CF: Porque acho que era muito importante para Andrew Davies que o Sr. Darcy tivesse o mais enorme impulso sexual.

BJ: *(Arquejos)*

CF: E, hum...

BJ: Acho que isso passou realmente, realmente bem no desempenho. Realmente acho que passou.

CF: Obrigado. A certa altura Andrew chegou mesmo a escrever como uma instrução de cena: "Imagine que Darcy tem uma ereção."

(Barulho muito grande de coisa caindo)

BJ: Que trecho foi esse?

CF: Quando Elizabeth está andando pelo campo e se choca com ele nos primeiros estágios.

BJ: O trecho em que ela está toda enlameada?

CF: E descabelada.

BJ: E suada?

CF: Exatamente.

BJ: Foi uma atuação meio difícil?

CF: Quer dizer, a ereção?

BJ: *(Sussurro de admiração)* Sim.

CF: Hum, bem, Andrew escreveu que não queria que nos concentrássemos nisso, e portanto não se exigiu nenhum desempenho, pelo menos nesse departamento.

BJ: Huuumm.

(Longa pausa)

CF: Sim.

(Mais pausa)

BJ: Huumm.

CF: Acabou, então?

BJ: Não. Como foi com seus amigos, quando você começou a fazer o papel do Sr. Darcy?

CF: Houve muita gozação sobre isso: rosnando, "Sr. Darcy" no café da manhã e essas coisas. Houve um breve período em que tive de me esforçar muito para esconder que soubessem quem eu realmente era e...

BJ: Esconder de quem?

CF: Bem, de qualquer um que desconfiasse que talvez eu fosse parecido com o Sr. Darcy.

BJ: Mas você acha que não é parecido com o Sr· Darcy?

CF: Acho mesmo que não sou como o Sr. Darcy, sim.

BJ: Pois eu acho que você é idêntico ao Sr. Darcy.

CF: De que maneira?

BJ: Você fala igualzinho a ele

CF: Ah, é mesmo?

BJ: Você se parece muito com ele, e eu, ah, ah...

(Barulhos prolongados de coisas caindo seguidos por som de luta)

7. Mudanças de humor de solteiros

Sexta-feira, 25 de abril

57 quilos (Siiim! Siiim!), 4 unidades alcoólicas, 4 cigarros, 4 conquistas espirituais como resultado conjunto de *O caminho menos percorrido* e 4 unidades alcoólicas, 0 apartamento sem buracos, 0 libra no banco, 0 namorado, 0 pessoa com quem sair à noite, 0 convite para festas no dia da eleição.

17H30. NA REDAÇÃO. Dois dias estimulantes no trabalho, com Richard Finch lendo trechos da entrevista e bramindo gargalhadas roucas, gorgolejantes, como um Drácula, mas pelo menos isso me arrancou de dentro de mim mesma. Também Jude disse que a entrevista foi muito boa, e transmitiu a atmosfera da coisa toda. Viva! Não tive uma palavra de retorno de Adam ou de Michael do *Indepedent*, mas claro que logo vão telefonar e talvez me pedir que faça outra entrevista, e aí vou poder ser freelance no escritório em casa, digitando no terraço da cobertura, com plantas em vasos de terracota! Também falta apenas uma semana para as eleições, quando tudo vai mudar! Vou parar de fumar, e Mark vai voltar para mim e encontrar uma nova profissional, proprietária de um apartamento com espaço ao ar livre.

17H45. Droga. Acabo de ligar para ouvir os recados da secretária eletrônica. Só um, de Tom dizendo que falou com Adam e todo mundo no *Independent* está muito irritado. Deixei-lhe recado urgente para me ligar e explicar.

17H50. Ai, meu Deus. Estou agora preocupada com dar conta da segunda hipoteca. Não vou ganhar dinheiro extra, e se perder meu emprego? Talvez seja melhor eu dizer a Gary que não quero mais o prolongamento da casa e pegar as 3.500 libras de volta. A sorte é que Gary devia ter começado a obra ontem, mas chegou, deixou todas as ferramentas e tornou a sair. Parecia chateado ao chegar, mas talvez isso acabe se revelando uma mensagem de Deus. É. Vou ligar para ele assim que chegar em casa, e depois vou à ginástica.

18H30. DE VOLTA AO LAR. Aaaargh! Aaargh! Aaargh! Tem uma porra de um buraco enorme num dos lados do apartamento! Foi deixado aberto para o mundo exterior, como um precipício abissal, e todas as casas do outro lado podem ver aqui dentro. Todo um fim de semana se estende diante de mim com um buraco gigantesco na parede, tijolos por toda parte e nada para fazer! Nada! Nada!

18H45. Oba, o telefone – talvez alguém me convidando para uma festa no dia da eleição! Ou Mark!

– Ah, oi, querida, adivinhe só? – Minha mãe. É óbvio que tive de acender um cigarro. – Ah, oi, querida, adivinhe só? – disse ela mais uma vez.

Às vezes me pergunto por quanto tempo ela continuaria assim, como um papagaio. Uma coisa é dizer "Alô? Alô?", se houver silêncio do outro lado, mas papaguear "Ah, oi, querida, adivinhe só? Ah, oi querida, adivinhe só?", sem dúvida não é normal.

– O quê? – disse eu, amuada.

– Não fale comigo nesse tom de voz.

– O quê? – repeti, numa apreciativa voz de filha adorável.

– Não diga "o quê?", Bridget, diga "Desculpe?".

Dei uma tragada no meu bom e normal amigo, o Silk Cut Ultra.

– Bridget, você está fumando?

– Não, não – disse eu, entrando em pânico, esmagando o cigarro e escondendo o cinzeiro.

– Em todo caso, adivinhe só? Una e eu vamos fazer uma festa no dia da eleição para o Wellington, atrás do jardim ornamental! – Respirei fundo pelo nariz e pensei em *Equilíbrio interior*. – Não acha o máximo? Wellington vai saltar sobre uma fogueira como um guerreiro completo! Imagine! Bem por cima! O traje é tribal. E vamos todos beber vinho tinto e fingir que é sangue de vaca! Sangue de vaca! Por isso é que Wellington tem as coxas tão fortes.

– E Wellington sabe disso?

– Ainda não, querida, mas ele vai gostar de comemorar a eleição. Wellington é muito entusiástico pelo livre mercado e não queremos a mínima Ameaça Vermelha debaixo da cama. Quer dizer, vamos terminar com, como é mesmo o nome?, e os mineiros de volta. Você não vai se lembrar dos cortes de energia quando estava na escola, mas Una estava fazendo o discurso do Almoço das Senhoras e não pôde acender as luzes.

19H15. Mal consegui me livrar de mamãe no telefone, e ele logo se pôs a tocar, assim que o pus no gancho. Era Shazzer. Eu disse que estava me sentindo cheia de vida, e ela foi realmente um amor:

– Vamos lá, Bridget. Simplesmente não podemos nos definir em termos de estar com outra pessoa! Precisamos comemorar como é fantástico ser livre! E logo haverá a eleição e todo o clima do país vai mudar!

– Viva! – exclamei. – Solteiras! Tony Blair! Viva!

– Isso! – entusiasmou-se Shazzer. – Muitas pessoas com relacionamentos têm um tempo terrível nos fins de semana, obrigadas à escravidão por filhos ingratos e sendo espancadas pelos próprios maridos.

– Você tem razão! Você tem razão! – eu disse. – Podemos sair a hora que quisermos e nos divertir. Vamos sair hoje à noite?

Hum. Sharon vai a um jantar com Simon, tipo Casada Convencida.

19H40. Jude telefonou num espírito altamente carregado em torno de confiança sexual.

– Recomecei o caso com Stacey! – disse. – Eu o vi ontem à noite e ele ficou falando da família!

Pausa.

– Falando da família! – disse ela mais uma vez. – O que quer dizer que está pensando a sério em mim. E transamos. Vou sair com ele esta noite, e é o quarto encontro, portanto... *dubeduubeeduu*. Bridget? Ainda está aí?

– Sim – disse eu a meia voz.

– O que houve?

Resmunguei algo sobre o buraco na parede e Mark.

– O negócio, Bridget, é o seguinte. Você tem de pôr um ponto final nisso e seguir em frente – disse ela, parecendo não notar que sua última rodada de conselhos tinha falhado totalmente, o que poderia invalidar aquele. – Você tem de começar a trabalhar em Amar a Si Mesma. Anime-se, Bridget! É fantástico. A gente pode transar com quem quiser.

– Viva as Solteiras! – disse eu. Por que então estou deprimida?

Vou telefonar de novo para o Tom.

20 HORAS. Ele saiu. Todo mundo está na rua se divertindo, menos eu.

21 HORAS. Acabo de ler um trecho de *Você pode curar sua vida*, e agora vejo exatamente onde errei. Como disse Sondra

Ray, a grande renascida, ou talvez não tenha sido ela. De qualquer modo, é o seguinte: "O amor jamais está fora de nós, o amor está dentro de nós."

Isso!

O que estará mantendo o amor a distante de mim?... Padrões irracionais? Imagens de estrelas de cinema? Sentimentos de que não valho nada? A crença em que não sou gostável?

Hã. Não é crença, é fato. Vou abrir uma garrafa de Chardonnay e ver *Friends.*

23 HORAS. Aargh. *O caminho menos percorrido* é danado de bom. É catexia ou coisa semelhante. A "divisão unitária de amor inclui a gente mesma quando é amor por outro". Muito legal mesmo. Aaai! Acabei de levar um tombo.

Sábado, 26 de abril

58,9 quilos, 7 unidades alcoólicas (viva!), 27 cigarros (viva!), 4.248 calorias (viva!), 0 ida à ginástica (viva!).

7 HORAS. Aargh. Quem detonou essa porra?

7H05. Hoje vou assumir a responsabilidade pela minha própria vida e começar a amar a mim mesma. Sou adorável. Sou maravilhosa. Ai, meu Deus. Onde está o Silk Cut?

7H10. Certo. Vou me levantar e ir para a ginástica.

7h15. Na verdade, contudo, talvez seja muito perigoso fazer exercícios antes de estar bem desperta. Acaba com as juntas.

Vou à noite antes do *Blind Date*. É uma idiotice ir de dia, no sábado, quando há tanto o que fazer, p. ex., compras. Não vou me incomodar com o fato de Jude e Shaz na certa estarem as duas na cama trepando loucamente, trepada, trepada, trepada.

7H30. Trepada.

7H45. É óbvio que é cedo demais para alguém telefonar. Só porque estou acordada, não quer dizer que os outros também estejam. Preciso aprender a ser mais solidária com o próximo.

8 HORAS. Jude acabou de ligar, mas não conseguia contar sua experiência devastadora com a voz chorosa e soluçando sem parar.

– Jude, que foi que houve? – perguntei.

– Estou tendo um colapso – soluçou ela. – Tudo parece negro, negro. Não vejo nenhum modo de sair...

– Está tudo bem. Vai ficar tudo bem – disse eu, fitando ensandecida pela janela, para ver se tinha algum psiquiatra passando. – É muito sério ou só tensão pré-menstrual?

– É muito, muito ruim – disse ela, numa voz tipo zumbi. – Está se formando dentro de mim há mais ou menos 11 anos. – Caiu mais uma vez em prantos. – Todo o fim de semana sozinha, sozinha. Simplesmente não quero continuar a viver.

– Bom, isso é bom – disse eu, tranquilizadora, me perguntando se devia ligar para a polícia ou para as samaritanas.

Acabei sabendo que Stacey, de uma forma inexplicável, deixou Jude em casa depois do jantar ontem à noite e não disse nada sobre vê-la de novo. Por isso ela achou que tinha sido um fiasco na trepada de quinta-feira.

– Estou tão deprimida. Todo o fim de semana pela frente. Sozinha, sozinha, tenho vontade de morrer e...

– Não quer vir para cá hoje à noite?

– Aaaai, quero, sim, por favor!!! Vamos ao 192? Posso usar meu novo cardigã de Voyage.

Em seguida, Tom ligou.

– Por que não me ligou de volta ontem à noite? – perguntei.

– Hein? – disse ele, com a voz estranha, monocórdia e abafada.

– Você não me ligou de volta.

– Oh – disse ele com lassidão. – Não achei que era justo conversar com alguém.

– Por quê? – perguntei, intrigada.

– Ah. Porque perdi minha antiga personalidade e me tornei um maníaco-depressivo.

O que aconteceu foi que Tom trabalhou sozinho em casa toda a semana, obcecado por Jerome. Acabei ajudando-o a entender que a loucura fantasma era muito engraçada, pois, se ele não tivesse me informado que estava clinicamente insano, eu não teria percebido diferença alguma.

Lembrei-lhe quando Sharon certa vez ficou sem sair de casa três dias, por achar que seu rosto estava se deteriorando devido ao estrago do sol, como um efeito especial de envelhecimento cinematográfico, e não queria encarar ninguém ou expor-se aos raios UV até aceitar isso. Depois, quando apareceu no Café Rouge, tinha a aparência exata da semana anterior. Consegui finalmente arrancar de Tom o assunto sobre a minha carreira como importante entrevistadora de celebridades, que, uma pena, parece ter chegado ao fim, pelo menos por enquanto.

– Não se preocupe, querida – disse Tom. – Eles vão esquecer tudo em dez minutos, você vai ver. E você talvez consiga uma reabilitação.

14H45. Sinto-me muito melhor agora. Compreendi que a resposta não é nos obcecarmos com nossos próprios problemas,

mas ajudar os outros. Passei uma hora e quinze minutos ao telefone animando Simon, que, claro, não estava na cama com Shazzer. Acabei sabendo que ele devia se encontrar à noite com uma garota chamada Georgie, com quem vinha transando em termos intermitentes nas noites de sábado, mas agora Georgie lhe disse que não acha a noite de sábado uma boa ideia, porque parece demais que eles são um "item".

– Sou um pária do amor condenado pelos deuses a ficar sempre sozinho – esbravejou Simon. – Sempre, sempre. O domingo todo se estendendo pela frente.

Como eu disse a ele, é fantástico ser solteiro porque somos livres! Livres! (Contudo, espero de algum modo que Shaz não descubra exatamente como Simon é livre.)

15 HORAS. Sou maravilhosa: fui quase uma terapeuta o dia todo. Pois disse à Jude e a Tom que podem me ligar a qualquer hora do dia, para não ficarem tristes e sozinhos. Portanto, dá para ver que sou uma pessoa muito sensata e equilibrada, quase como a Madre Superiora em *A noviça rebelde*. De fato posso me imaginar com muita facilidade cantando "Climb Every Montain" no meio do 192, com Jude ajoelhada com gratidão atrás.

16 HORAS. O telefone acabou de tocar. Era Shazzer à beira das lágrimas, mas fingindo que não. Fiquei sabendo que Simon tinha ligado havia pouco para ela com o resumo detalhado de Georgie (mt. chateada, pois é óbvio que o desempenho da própria Madre Superiora não tinha sido suficiente para o, vejo agora, ganancioso Simon).

– Mas eu achava que vocês eram "apenas bons amigos"? – disse eu.

– Eu também – disse ela. – Mas agora entendo que eu só estava fantasiando secretamente que tínhamos uma forma elevada de amor. É simplesmente terrível ser solteira – desabafou. – Ninguém nos abraça no fim do dia, ninguém nos ajuda a consertar o aquecedor. O domingo todo se estendendo pela frente! Sozinha! Completamente sozinha!

16H30. Viva! Todo mundo vem aqui para casa, Shaz, Jude e Tom (embora não Simon, pois caiu em desgraça por passar Mensagens Confusas), e vamos encomendar comida indiana e assistir a vídeos de *E.R.* Adoro ser solteira quando posso me divertir com várias pessoas diferentes, e a vida é cheia de liberdade e potencial.

18 HORAS. Aconteceu algo terrível. Magda acabou de ligar.

– Volte para o penico. Volte para o penico! Escute, não sei se devia lhe contar isso, Bridget, mas volte para o penico. Faça cocô NO PENICO!

– Magda... – disse eu, pressentindo o perigo.

– Me desculpe, querida. Escute, eu só liguei para lhe dizer que Rebecca... agora está vendo que porcaria você fez, está? Eca! Eca! Diga Eca.

– O QUÊ?

– Mark chega na semana que vem. Ela nos convidou para uma festa com um jantar de boas-vindas para ele pós-eleição e NÃÃÃÃÃÃÃÃO!, TUDO BEM, TUDO BEM, me dê aqui.

Desabei de tontura à mesa da cozinha, catando um cigarro.

– Tudo bem. Dê então ao papai. O negócio, Bridget, é que você prefere que a gente diga sim ou você vai fazer outro jantar? Bem, bote no penico, então. No penico!

– Oh, Deus! – disse eu. – Oh, Deus.

18H30. Vou sair para comprar cigarro.

19 HORAS. Londres inteira está cheia de casais de mãos dadas na primavera, fazendo sexo uns com os outros, sexo, sexo,

sexo, e planejando adoráveis minidescansos. Vou ficar sozinha para o resto da vida. Sozinha!

20 HORAS. Tudo está se revelando fantástico. Jude e Tom chegaram primeiro, com vinho e revistas, e estavam me sacaneando por eu não saber o que queria dizer "ficar". Jude concluiu que Stacey tem bunda grande e também ficava o tempo todo pondo a mão dele na bunda dela e dizendo "Feliz", o que ela não tinha revelado antes e decididamente significava que ele já era carta fora do trabalho.

Todo mundo concordou que Magda devia ir ao jantar da festa de boas-vindas da execrável Rebecca como espiã, e que se Mark *estivesse mesmo* saindo com ela, com certeza era gay, o que é bom – sobretudo para Tom, que ficou muito animado. E mais, Jude ia dar uma festa no dia da eleição e não convidar Rebecca. AH-AH!

AH-AH AH-AH AH-AH AH-AH AH-AH AH-AH AH-AH AH-AH AH-AH AH-AH AH-AH AH-AH AH-AH AH-AH AH-AH AH-AH AH-AH AH-AH AH-AH!

Instantes depois, Shaz chegou aos prantos, o que num aspecto era realmente simpático, porque em geral ela não demonstra que liga para nada.

– Porra, porra – acabou desabafando. – Foi simplesmente um ano inteiro de babaquice emocional, e estou tão confusa.

Todos recorreram aos primeiros socorros com a *Vogue*, vinho espumante, cigarros etc., e Tom anunciou que não existia esse negócio de amizade platônica.

– Claro que existe, porra – disse Jude, com a fala arrastada. – Vocêêê só estááá obcecado com sexo.

– Não, não – disse Tom. – Isso é apenas uma maneira de fim de milênio de lidar com o pesadelo dos relacionamentos. Todas as amizades entre homens e mulheres se baseiam na dinâmica sexual. O erro que as pessoas cometem é ignorar isso e depois ficam chateadas quando os amigos não trepam com elas.

– Não estou chateada – resmungou Shazzer.

– E quanto aos amigos que não têm tesão um pelo outro? – perguntou Jude.

– Isso não acontece. O sexo é o que move tudo. "Amigos" é uma definição ruim.

– Ficantes – disse eu com a voz pastosa, tomando um gole barulhento no meu cálice de Chardonnay.

– É isso aí! – disse Tom, entusiasmado. – É o fiquismo de fim-de-século. Shazzer é a "ficante" de Simon porque está louca para trepar com ele e por isso ele a humilha e é "ficante-amor" dela.

Com essa, Shazzer irrompeu em lágrimas, que levou vinte minutos para resolver com outra garrafa de Chardonnay e um maço de cigarros, até podermos apresentar a seguinte lista de outras definições:

> Ficante triturador: Um amigo de quem você gosta muito mesmo e que na verdade é gay. ("Eu, eu, eu", disse Tom.)
>
> Ficante casado: Um amigo com quem a gente costumava sair, e agora está casado e com filhos, e que gosta de ter a gente por perto, mas nos faz sentir como um louco ventre de ervilha estéril imaginando que o vigário está apaixonado por você.
>
> Ex-ficante: Um ex-namorado que quer voltar com a gente mas finge que só quer ser amigo e depois fica dando cantadas e te irritando.

– E quanto aos "ficantes que machucam"? – perguntou Shaz, emburrada. – Amigos que transformam nosso desastre emocional privado num estudo sociológico à custa de nossos sentimentos.

A essa altura, decidi que era melhor sair para comprar cigarros. Estava parada no canto do bar sórdido, esperando o troco da máquina de cigarro, quando quase tive um treco com a intensidade da surpresa. Do outro lado do bar, vi um homem exatamente igual a Geoffrey Alconbury, só que, em vez do suéter de losangos amarelos e calças de golfe, usava um jeans azul-claro engomado, com um vinco de cima a baixo na frente, e uma jaqueta de couro sobre uma túnica com fios pretos de náilon. Tentei me recompor fitando furiosa uma garrafa de Malibu. Não podia ser o tio Geoffrey. Ergui os olhos e percebi que conversava com um garoto que parecia ter 15 anos. Era o tio Geoffrey. Sem a menor dúvida, era ele!

Hesitei, sem saber o que fazer. Pensei por alguns instantes em abandonar os cigarros e ir embora, para poupar os sentimentos de Geoffrey. Mas aí alguma raiva interna, estilo Gazza, me fez lembrar todas as vezes que o tio Geoffrey me humilhou totalmente em seu ambiente, berrando a plenos pulmões. Rá!Rá-rá-rá-rá-rá! Tio Geoffrey agora estava no meu território.

Eu já ia me aproximar e berrar "Então quem é este? Nossa! Arranjou um jovem fedelho!", com a voz ao máximo, quando senti um tapinha em meu ombro. Era o truque preferido do tio Geoffrey.

– Rá-rá-rá-rá-rá!, o que a minha pequena Bridget está fazendo aqui, procurando um companheiro? – grunhiu ele.

Não dava para acreditar naquilo. Tinha vestido um suéter amarelo com um jaguar sobre a túnica, o garoto não estava mais em lugar algum à vista, e ele tentava escamotear tudo com seu descaramento.

– Não vai encontrar um aqui, Bridget, para mim todos se parecem com Julyan Clarys. Ruins como dinheiro falso! Rá-rá-rá-rá-rá. Só entrei para comprar um pacote de cigarrilhas finas.

Nesse momento, o garoto reapareceu com a jaqueta de couro na mão e parecendo todo contraído e perturbado.

– Bridget – disse Geoffrey, com o máximo da altura que lhe permitia a condição de membro do Rotary de Kettering, e aí acabou o gás e ele se voltou para o barman. – Anda logo, rapaz! Pegou as cigarrilhas finas que lhe pedi? Estou esperando há vinte minutos.

– O que está fazendo em Londres? – perguntei, com um tom de suspeita na voz.

– Londres? Vim para a reunião da diretoria dos rotarianos. Sabe, Londres não pertence só a você.

– Oi, eu sou Bridget – disse eu à queima-roupa ao garoto.

– Ah, sim. Este é, hã, Steven. Quer se preparar para conseguir um lugar no Tesouro, não é, Steven? Só estou lhe dando alguns conselhos. Certo. Melhor a gente ir. Seja boazinha! E se não puder ser boazinha, seja cuidadosa!! Rá-rá-rá-rá-rá! – E saiu disparado do bar, seguido pelo garoto, voltou-se e lançou um olhar ressentido.

De volta ao apartamento, Jude e Shazzer não acreditaram como eu tinha deixado escapar uma oportunidade como aquela de me vingar.

– Pense no que podia ter dito – disse Shaz, revirando os olhos com pesarosa descrença.

– Bem! Feliz por ver que afinal conseguiu um companheiro, tio GeoffrEEEEEY! Vamos ver quanto este fura, não é? E lá se vão eles embora. Uiiiiiiiih!

Tom, contudo, tinha uma expressão muito aborrecida de pomposa preocupação no rosto.

– É trágico, trágico – explodiu. – Tantos homens em todo o país vivendo uma mentira! Imaginem todos os pensamentos, vergonhas e desejos secretos corroendo-os dentro das paredes dos subúrbios, entre o sofá e a janela francesa de mentiras! Na certa ele frequenta a sauna de Hampstead. É provável que esteja correndo riscos terríveis, terríveis. Você devia conversar com ele, Bridget.

– Escute – disse Shazzer. – Feche a matraca. Você está muito bêbado.

– Sinto-me meio vingada – disse eu, pensativa e cuidadosa.

Pus-me a explicar que há muito suspeitava que o mundo de Casados Convencidos de Una e Geoffrey não era tudo o que parecia e que por isso eu não era uma aberração, e que viver juntos como um casal heterossexual não é a única maneira ordenada por Deus.

– Bridget, feche a matraca. Você também está muito bêbada – disse Shaz.

– Viva! Voltemos para nós mesmos. Nada mais chato que sermos desviados de nossa própria obsessão por outros – disse Tom.

Ficamos os quatro realmente bêbados depois disso. Foi uma noite inteiramente fantástica. Como disse Tom, se a Srta. Havisham tivesse alguns companheiros de apartamento tão alegres para tirar-lhe o rancor, jamais teria ficado tanto tempo metida naquele vestido de noiva.

Segunda-feira, 28 de abril

58 quilos, 2 unidades alcoólicas, 0 cigarro, 0 namorado, 0 telefonema do empreiteiro Gary, 0 possibilidade de novo emprego (promissor), 0 ida à ginástica, 1 ida à ginástica até agora neste ano, custo da anuidade da ginástica: 370 libras, custo da visita individual à ginástica: 123 libras (economia péssima).

Muito bem. Decididamente começo hoje o programa de ginástica, portanto vou poder andar por aí dizendo, convencida: "Sim, dói. Sim, funcionou", como o Partido Conservador, e – em agudo contraste com eles – todo mundo vai acreditar em mim e achar que eu sou maravilhosa. Ai, meu Deus, mas ainda são nove horas. Vou à noite e não agora. Onde se meteu a porra do Gary?

Mais tarde. Na redação. Rá-rá! Aaahaahaah! Foi maravilhoso hoje no trabalho.

– Portanto – disse Richard Finch, quando estávamos todos reunidos em volta da mesa. – Bridget. Tony Blair. Comitês femininos. Nova política Pensando nas Mulheres, alguma sugestão? Nada a ver com Colin Firth, se é que é possível você conseguir isso.

Sorri, beatificada, baixando o olhar para as minhas anotações, depois erguendo-o, muito segura de mim e confiante.

– Tony Blair devia apresentar um Código de Prática de Namoro para Solteiros – acabei dizendo.

Houve uma pausa de ciúme de todos os outros pesquisadores em volta da mesa.

– É isso aí? – perguntou Richard Finch.

– Ééé – disse eu, confiante.

– Você não acha – perguntou ele – que o nosso primeiro-ministro potencial talvez tenha coisas melhores a fazer com o tempo dele?

– Pense só no número de horas de trabalho perdidas por perturbações, tristezas, discussões para interpretar situações e à espera do telefone tocar – disse eu. – Pode-se facilmente comparar com a dor nas costas. Também todas as outras culturas têm rituais específicos de encontros, mas nós estamos operando num mar mal-definido, com homens e mulheres que cada vez mais se alienam uns dos outros.

Com isso, o Horripilante Harold soltou um bufo de escárnio.

– Ah, Deus – disse Patchouli, com a fala arrastada, recostando-se com as pernas em meias de lycra estendidas sobre a mesa. – Não se pode prescrever o comportamento emocional das pessoas. Isso é fascismo.

– Não, não, Patchouli, você não estava ouvindo – disse eu, com severidade. – Seriam apenas diretrizes de boas maneiras. Como um quarto de nossas famílias é de solteiros, isso ajudaria de forma significativa o bem-estar social de nosso país.

– Acho, de fato, que na corrida para a eleição... – começou o Horripilante Harold.

– Não, espere – disse Richard Finch mastigando, com o tique de levantar e baixar a perna, e olhando-nos com uma cara estranha. – Quantos de vocês são casados?

Todo mundo baixou os olhos para a mesa, como idiotas.

– Então, sou só eu, não? – disse ele. – Só eu estou juntando os fios esgarçados do tecido da sociedade britânica?

Todo mundo tentou não olhar para Saskia, a pesquisadora com quem Richard andara transando todo o verão, até perder bruscamente o interesse e começar a sair com a garota do sanduíche.

– Vejam bem, isso não me surpreende – continuou ele. – Quem se casaria com algum de vocês? Se são incapazes de se comprometer com ir buscar os cappuccinos, quanto mais com uma pessoa para o resto de suas vidas. – Ao que Saskia deixou escapar um ruído esquisito e saiu como um foguete da sala.

Fiz muita apuração a manhã toda, dando telefonemas e conversando com pessoas. Foi muito interessante mesmo o fato de até os produtores que haviam feito pouco do tema não pararem de apresentar sugestões.

– Muito bem, Bridget – disse Richard Fich pouco antes do almoço. – Vamos ouvir essa grande *oeuvre* divisora de águas.

Expliquei que Roma não foi construída num dia, e era óbvio que eu ainda não terminara toda a obra, mas eram essas as linhas com que estava trabalhando. Pigarreei e comecei:

Código de prática de namoro

1. Se os cidadãos sabem que não querem sair com outra pessoa, em primeiro lugar não devem incitá-la.
2. Quando um homem e uma mulher decidem que gostariam de dormir juntos, se uma das duas partes souber que só quer uma "trepada", isso deve ser claramente declarado.

3. Se os cidadãos bolinam ou trepam com outros cidadãos, não devem fingir que não está acontecendo nada.
4. Os cidadãos não devem sair com outros cidadãos durante anos a fio e ficar dizendo que não querem que a relação se torne séria demais.
5. Após relações sexuais, é decididamente má educação não passar a noite com o parceiro.

– Mas e se... – interrompeu rudemente Patchouli.

– *Dá para* eu terminar? – disse eu, graciosa e autoritária como se fosse Michael Heseltine e Patchouli fosse Jeremy Paxman. Li então o restante de toda a lista, acrescentando:

– Também, se os governos querem continuar falando em defesa dos valores da família, têm de propor algo mais positivo para os solteiros em vez de excluí-los como a escória. – Fiz uma pausa, folheando minhas anotações, satisfeita. – Minhas sugestões são as seguintes:

Sugestões que promovem o Casamento Convencido

1. Ensinar *Homens são de Marte, mulheres são de Vênus* nas escolas, para que os dois lados, de exércitos opostos, se entendam entre si.
2. Ensinar a todos os meninos que dividir o trabalho doméstico não quer dizer passar um garfo debaixo da torneira.
3. Criar a Agência Matrimonial Governamental para Solteiros, com rigoroso Código de Prática de Namoro, Ajuda de Custo aos Candidatos em Busca de Par para bebidas, telefonemas, cosméticos etc., penalidades para Babaquice Emocional e decreto obrigando a pessoa a sair no mínimo em 12 encontros arranjados pelo governo, antes de declarar-se Solteira; e só então, se tiver motivos razoáveis, rejeitar todos os 12.
4. Se os motivos forem julgados pouco razoáveis, a pessoa terá de declarar a si mesma babaca.

– Deus do céu – disse o Horripilante Harold. – Quer dizer, realmente acho que a questão é o euro.

– Não, essa é boa, essa é muiii-to boa – disse Richard, com os olhos fixos em mim, ao que Harold pareceu ter engolido um pombo. – Estou pensando em um bate-boca de estúdio ao vivo. Estou pensando em Harriet Harman. Estou pensando em Robin Cook. Talvez esteja pensando até em Blair. Muito bem, Bridget. Mexa-se. Comece logo isso. Ligue para o escritório de Harman e consiga que ela venha aqui amanhã. Depois tente Blair.

Viva. Sou pesquisadora-chefe da matéria principal. Tudo vai mudar para mim e para o país!

19 HORAS. Droga. Harriet Harman não telefonou de volta. E nem Tony Blair. Cancelaram a matéria.

Terça-feira, 29 de abril

Não dá para acreditar no empreiteiro Gary. Deixei-lhe um recado todos os dias da semana, e nada. Nenhuma resposta. Talvez esteja doente, ou coisa assim. Também não paro de sentir lufadas de um cheiro horrível vindo da escada.

Quarta-feira, 30 de abril

Huumm. Acabei de voltar do trabalho e o buraco foi coberto com uma folha de polietileno, mas nenhum bilhete, nenhum recado, nada sobre a devolução das 3.500 libras. Nada. Eu gostaria que Mark ligasse.

8. Oh, baby

Quinta-feira, 1º de maio

58 quilos, 5 unidades alcoólicas (mas comemorando a vitória do Novo Partido Trabalhista), 0 contribuição para a vitória do Novo Partido Trabalhista – além das unidades alcoólicas.

18H30. Viva! Realmente paira uma atmosfera fantástica hoje: os dias de eleição são uma das poucas ocasiões em que a gente percebe que somos nós, o povo, os responsáveis pelo destino do país, e o governo é apenas nossos mutáveis e emproados peões arrogantes, e agora chegou a hora de ficarmos juntos e exercermos nosso poder.

19H30. Acabo de voltar das compras. É impressionante lá fora. Todo mundo completamente bêbado nos bares. Sinto-me realmente parte de algo. Não é apenas que o povo queria uma mudança. Não. É uma grande sublevação de todos nós, o país, contra a ganância, a falta de princípios e de respeito pelo povo e seus problemas, e... Oh, que bom, telefone.

19H45. Droga. Era o Tom.

– Ainda não votou?

– Na verdade, já estava de saída para votar – disse eu.

– Ah, sei. Em que seção eleitoral?

– Logo depois da esquina.

Detesto quando Tom fica assim. Só porque ele participou do Red Wedge* e saía por aí em passeatas cantando "Cante

*Red Wedge – série de shows na década de 1980 para engajar os jovens com a política e também com as propostas do Partido Trabalhista. (*N. do E.*)

se é feliz por ser gay" com uma voz mórbida, não há a menor necessidade de comportar-se como a Inquisição espanhola.

– E em que candidato vai votar?

– Hum – disse eu, olhando frenética pela janela, para ler os cartazes vermelhos nos postes de luz. – Buck!

– Vá logo então. Lembre-se da Sra. Pankhurst.

Francamente, quem ele pensa que é – o líder da bancada ou algo assim? É óbvio que vou votar. Melhor eu mudar de roupa, contudo. Não pareço muito esquerdista com esta roupa.

20H45. Voltei há pouco da seção eleitoral.

– Trouxe seu título de eleitor? – perguntou o frangote ditatorial.

Que título de eleitor? É o que eu gostaria de saber. O que aconteceu foi que eu não estava registrada em nenhuma das listas deles, embora venha pagando imposto de eleição há milhões de malditos anos, portanto tenho de ir a outra seção eleitoral. Basta voltar e procurar de A a Z.

21H30. Droga. Também não estava registrada lá. Preciso ir a alguma biblioteca ou a outros quilômetros de distância. Vejam bem, é esplêndido estar na rua hoje à noite. Nós, o povo, unidos pela mudança. Siiiiim! Gostaria de não ter posto salto plataforma. Também gostaria de parar de sentir essas lufadas de cheiro horrível de podre na escada todas as vezes que saio de casa.

22H30. Não dá para acreditar no que aconteceu. Deixei Tony Blair e meu país na mão, sem ter eu mesma cometido erro por culpa minha. Fiquei sabendo, embora o apartamento estivesse na lista, que não sou registrada para votar, apesar de levar comigo a carteira de contribuinte. Francamente, todo esse escarcéu por não ter direito ao voto se o cidadão não pagar o imposto eleitoral, e verificou-se que eu não tenho, embora tenha.

– Preencheu o formulário em outubro passado? – perguntou a mala-sem-alça presunçosa com camisa momento de glória, só porque era a responsável pela mesa da seção eleitoral.

– Sim! – menti.

É óbvio que não se pode esperar que as pessoas que moram em apartamento abram todo envelope pardo chato endereçado "Ao Morador" que passa pela porta. E se Buck perder por um voto e depois toda uma eleição for perdida por uma cadeira? Será por culpa minha, minha culpa. O percurso a pé da seção eleitoral para a casa de Shazzer foi a medonha caminhada da vergonha. Também não vou mais poder usar plataforma agora, com os pés estropiados demais, pois vou começar a mancar.

2H30. Droga, partido errado. DaviMellor. Fora! Fora! Fora! Opa!

Sexta-feira, 2 de maio

58,5 quilos (viva! O recém-nascido Partido Trabalhista bate primeiro na nova era).

8 HORAS. Viva! Eu não podia estar mais satisfeita com a esmagadora vitória política. Haverá alguém para envergonhar a mãe e o ex-namorado membros do Partido Tóri. Rá-rá-rá. Não vejo a hora de exultar de maligno prazer. Cherie Blair é fantástica. Sabe como é, ela também na certa não cabe em biquínis minúsculos nos provadores comunais. Também não tem bunda de bola de bilhar, mas de algum modo consegue roupas que abrangem todo o traseiro e mesmo assim a fazem parecer

modelo profissional. Talvez Cherie agora use sua influência sobre o novo primeiro-ministro para ordenar a todas as lojas de moda que passem a produzir roupas capazes de adaptar-se de forma atraente ao traseiro de todo mundo.

Preocupa-me, contudo, que o Novo Partido Trabalhista seja como ter uma paixonite por alguém, conseguir finalmente sair com ele, e depois, na primeira briga, a coisa toda virar um horror cataclísmico. Mas também Tony Blair é o primeiro-ministro com quem posso me imaginar tendo sexo voluntário total. Na verdade, Shaz ontem à noite tinha uma teoria de que o motivo para ele e Cherie viverem se acariciando não são os fabricantes de imagens. O fato é que Cherie foi ficando cada vez mais excitada com as notícias da vitória – o afrodisíaco do poder ou... Oba, o telefone.

– Ah, alô, querida, sabe da maior? – Minha mãe.

– O quê? – disse presunçosa, preparando-me para a exultação maligna.

– Nós vencemos querida. Não é maravilhoso? Uma vitória esmagadora! Imagine.

Um calafrio me varreu da cabeça aos pés. Quando fomos para a cama, Peter Snow fazia maravilhosos progressos, mas incompreensíveis, e parecia bastante claro que a guinada era para o Partido Trabalhista mas .. Ai-ai. Talvez tenhamos entendido errado. Estávamos meio embriagadas e nada fazia o menor sentido, além de todos os prédios tóris azuis no mapa da Grã-Bretanha indo pelos ares. Ou talvez a mudança tenha acontecido noite adentro e a virada fora para os tóris.

– E adivinhe o que mais?

Tudo por minha culpa. Os trabalhistas perderam e tudo por minha culpa. Eu e pessoas como eu, que, como advertiu Tony Blair, se tornaram complacentes. Não tenho o direito de chamar-me de cidadã ou mulher britânica. Droga. Drogaaaaaa!

– Bridget, está me ouvindo?

– Sim – sussurrei, mortificada.

– Vamos fazer uma Noite das Senhoras Tony e Gordon no Rotary! Todo mundo vai chamar um ao outro pelo primeiro nome e vestir roupas informais em vez de gravata. Merle Robertshaw está tentando pôr o *kybosh* na festa, porque disse que ninguém quer usar calças folgadas, a não ser o vigário, mas na verdade Una e eu achamos que é porque Percival está furioso com as arenas de mão. Depois Wellington vai fazer um discurso. Um negro falando no Rotary! Imagine! Mas você vê que isso é todo o espírito do Trabalhismo, querida. Negros e éticos como Nelson Mandela. Geoffrey tem levado Wellington a pequenos passeios e mostrado os bares de Kettering. Outro dia eles ficaram presos atrás de um caminhão cheio de pranchas de andaime, e achamos que tinham sofrido um acidente!

Tentando não pensar na possível motivação por trás dos "pequenos passeios" de tio Geoffrey com Wellington, eu disse:

– Achei que você tinha dito apenas que ia dar uma festa de eleição com Wellington...

– Oh, não, querida, Wellington decidiu que não queria isso. Disse que não quer poluir nossa cultura e fazer Una e eu saltarmos sobre fogueiras em festas, em vez de servir nossos *vol-au-vents*. – Dei boas gargalhadas. – De qualquer modo, ele quer fazer um discurso e levantar algum dinheiro para sua loja de jet-ski.

– Como?

– Um jet-ski, querida, sabe? Ele quer abrir uma lojinha à beira da praia, em vez de vender conchas. Disse que o Rotary na certa vai entrar no negócio, porque são financiadores de lojas. De qualquer modo, preciso zarpar! Una e eu vamos levá-lo para deixá-lo nos trinques!

Sou uma mulher de fibra, segura, receptiva e compreensiva, que não assume responsabilidade pelo comportamento dos outros. Só pelo meu. É isso.

Sábado, 3 de maio

58 quilos, 2 unidades alcoólicas (padrão de saúde prescrito para evitar ataques cardíacos), 5 cigarros (mt. b.), 1.800 calorias (mt. b.), 4 pensamentos positivos (excelente).

20 HORAS. Novo estado de espírito total. Com certeza, todo mundo vai ser mais cortês e generoso sob o novo regime de Blair. É sem dúvida uma boa varrida no governo tóri. Sinto-me até diferente em relação a Mark e Rebecca. Só porque ela vai dar uma festa não quer dizer que os dois vão namorar, né? Ela está sendo apenas manipuladora. Na verdade, é maravilhoso quando a gente sente que atingiu um novo patamar e tudo parece simplesmente adorável. Tudo o que eu pensava sobre não ser atraente não é verdade. Vejam Helen Mirren e Francesca Annis.

20H30. Hum, mas. Não é muito simpática a ideia de que a festa vai ser mesmo esta noite. Acho que vou ler um pouco de *Budismo: o drama do monge rico*. É bom para acalmar. Não posso esperar que a vida sempre se revele boa e todo mundo precisa nutrir a alma.

20H45. Sim! Vejam, o problema é eu ter vivido no mundo da fantasia, voltando-me o tempo todo para o passado ou o futuro, em vez de desfrutar o momento presente. Vou ficar simplesmente sentada aqui e aproveitar o momento presente.

21 HORAS. Não estou aproveitando nada o momento presente. É o buraco na parede, o fedor na escada, o cheque especial descoberto cada vez maior no banco, e Mark num jantar festivo com Rebecca. Talvez eu abra uma garrafa de vinho e assista a *E.R.*

22 HORAS. Será que Magda já voltou? Ela prometeu me ligar no segundo que chegasse, com um relatório completo. Claro que dirá que Mark falou de mim e não está saindo com Rebecca.

23H30. Acabei de telefonar para a babá de Magda. Eles ainda não voltaram. Deixei um recado para lembrar-lhe que me ligasse assim que chegasse.

23H35. Ainda não ligou. Talvez o jantar de Rebecca seja um triunfo fantástico e continuem todos sentados em volta da mesa num clímax de maior turbulência, com Mark Darcy levantando-se e anunciando o noivado com Rebecca... Oba, o telefone.

– Oi, Bridget, é Magda.

– Então, como foi? – perguntei, depressa demais.

– Oh, foi muito agradável, na verdade.

Hesitei. Que coisa mais errada de dizer, totalmente errada.

– Ela serviu *crottin*, creme de queijo de cabra curado, sobre uma salada verde em pratos individuais, e depois penne carbonara só com aspargos em vez de pancetta, o que foi delicioso, e de sobremesa pêssegos flambados em Marsala com queijo cremoso mascarpone.

Isso foi terrível.

– Estava na cara que a comida era de Delia Smith, mas ela negou.

– Negou, foi? – disse eu, empolgada. Isso pelo menos foi bom. Ele não gosta de gente pretensiosa. – E como estava Mark?

– Oh, ótimo. Ele é realmente um cara legal, não é? Podre de atraente. – Magda não fazia ideia. Não tinha a mínima ideia, nenhuma. Não devia elogiar ex-namorados que me deram o fora. – Oh, e depois serviu lascas de laranja cobertas de chocolate.

– Certo – disse eu, paciente. Quer dizer, francamente, se fosse Jude ou Shazzer, teriam todas as nuanças, prontas e interpretadas. – E você acha que ele está saindo com ela?

– Huumm. Não deu para saber ao certo. Ela estava flertando muito com ele.

Tentei me lembrar do budismo e respirei profundamente.

– Ele já estava lá quando vocês chegaram? – perguntei, lenta e compreensiva, como se falasse com uma menina muito confusa de 2 anos.

– Já.

– E ele foi embora depois de todo mundo?

– Jeremy! – gritou de repente Magda, no máximo da voz. – Mark Darcy ainda estava lá quando saímos?

Oh, Deus.

– Mark Darcy o quê? – ouvi Jeremy berrar, e em seguida mais alguma coisa.

– Ele fez na cama? – gritou Magda. – Xixi ou cocô? É XIXI OU COCÔ? Me desculpe, Bridget, mas tenho de desligar.

– Só mais uma coisinha – apressei-me a dizer. – Ele falou em mim?

– Tire da cama com as mãos! Ora, pode lavá-las depois, não pode? Oh, pelo amor de Deus, cresça logo. Me desculpe, Bridget, que foi que perguntou?

– Ele falou em mim?

– Hã. Hum. Oh, jogue essa porra fora, Jeremy.

– E aí?

– Para ser honesta, Bridget, acho que não.

Domingo, 4 de maio

58 quilos, 5 unidades alcoólicas (viva!), 9 cigarros (preciso parar de cair em decadência), 14 ervas venenosas para assassinar Rebecca, vergonha budista pelos pensamentos homicidas, crescente culpa católica (embora eu não seja católica).

NO MEU APARTAMENTO. Dia péssimo. Fui até a casa de Jude mais cedo, em estado zumbiótico. Ela e Shaz repetiram sem parar que eu tinha de dar a volta por cima de algum modo e puseram-se – de uma maneira claramente insultante – a folhear a seção Corações Solitários da revista *Time Out*.

– Não quero partir para os Corações Solitários – disse eu, indignada. – Não estou em tão péssimo estado assim.

– Ah, Bridget – disse Sharon, com frieza na voz. – Não era você quem queria que Tony Blair abrisse agências de encontro para solteiros? Pensei que concordássemos que integridade política era importante.

– Oh, meu Deus, isso é revoltante – lia Jude em voz alta, enfiando na boca grandes pedaços de um ovo de chocolate crocante remanescente da Páscoa. – "Homem civilizado, atraente, muito alto, 57 anos, casado, CBSE, GMDE senhora casada apetitosa, 20-25 anos, para relacionamento discreto, desinibido, sem compromisso." Quem esses vermes pensam que são?

– O que quer dizer CBSE e GMDE? – perguntei.

– Caralho Blenorrágico Sem Esperança. Gluglu Mole, Dedinho Enrugado? sugeriu Sharon.

– Cavalgada Bolinante De Endiabrado Garante Macaquinha Ensandecida? – fantasiei.

– Quer dizer: "Com Bom-Senso de Espírito, Gostaria Muito de Encontrar" – disse Jude, suspeitosamente sugerindo que poderia ter feito isso antes.

– Suponho que você precisaria ter muito senso de espírito para ter a maldade de dizer com todas as letras – disse Sharon, com um sorrisinho maldoso.

Os Corações Falantes acabaram sendo mt. divertidos. Você pode na verdade telefonar e ouvir as pessoas anunciando-se como competidoras no Blind Date.

– Certo. Meu nome é Barret, e se você for meu açúcar e tempero, darei a você champanhe no gelo.

Não é muito legal começar uma mensagem com "Certo", dando com isso a impressão de imenso medo acumulado de deixar mensagem, embora seja obviamente assustador.

– Meu trabalho é consciencioso, satisfatório, recompensador, e eu me interesso por todas as coisas normais... magia, ocultismo, paganismo.

– Sou bonito, sou muito passional. Sou escritor e procuro uma atriz principal muito especial. Ela terá o prazer de um bom corpo, e eu terei pelo menos mais dez anos que ela, que vai gostar disso.

– Eca! – disse Shazzer. – Vou telefonar para alguns desses safados sexistas.

Shazzer se sentia no Sétimo Céu pondo-os no viva voz do telefone e murmurando sexualmente:

– Aloou, é o "Anunciante de Primeira Viagem" na linha? Bem, caia logo fora dela, que já vem vindo um trem.

Não muito maduro, admite-se, mas parecia muito divertido, em vista de todo o Chardonnay que havíamos tomado.

– "Oi, sou o Garoto Selvagem. Sou alto, hispânico, longos cabelos negros, olhos negros, longas pestanas negras e um corpo magro, fogoso..." – li alto com voz de debiloide.

– Nossa! – disse Jude, animada. – Esse parece muito simpático.

– Bem, então por que não liga para ele? – perguntei.

– Não! – disse Jude.

– Então por que está tentando me fazer ligar para alguém?

Jude ficou toda falsa tímida. Acabamos sabendo que toda a história do fim de semana de Depressão de Solteira, o de Stacey, a tinha levado a retornar um dos telefonemas do Richard o Vil.

– Não, meu Deus – dissemos eu e Shaz em coro.

– Não vou voltar com ele, nem nada disso. É simplesmente... agradável – concluiu ela, pouco convincente, tentando evitar os olhares acusatórios de mim e de Shaz.

Voltei para casa e assim que entrei ouvi o recado da secretária eletrônica, que piscava.

– Alô, Bridget – disse a voz profunda, sensual, parecendo de jovem estrangeiro. – Aqui é o Garoto Selvagem...

As sacanas das garotas devem ter-lhe dado meu número. Apavorada com a sensação de perigo insinuada pelo fato de um total estranho ter o meu telefone, não atendi, mas apenas escutei o Garoto Selvagem explicar que ia estar no dia seguinte à noite no 192, com uma rosa vermelha na mão.

Depois, liguei imediatamente para Shazzer e soltei os cachorros em cima dela.

– Ah, deixe isso – disse Shaz. – Vamos todas juntas. Vai ser engraçadíssimo.

O plano é o seguinte: vamos todas amanhã à noite. Ô! Hum. Que é que vou fazer com o buraco na parede e o fedor na escada? Maldito Gary! Levou minhas 3.500 libras. Certo. Vou telefonar para ele.

Segunda-feira, 5 de maio

57,6 quilos (viva!), nenhum progresso no buraco de Gary na parede, médio progresso em esquecer Mark Darcy, fantasiando sobre o Garoto Selvagem (dificultado pelas pestanas).

Recebi outro recado de Gary. Disse que estava preso em outro trabalho e como eu ainda devia estar indecisa, achava que não havia pressa. E que ia resolver tudo e aparecer amanhã à noite. Está vendo, fiquei amofinada sem necessidade. Huumm. Garoto Selvagem. Talvez Jude e Shazzer tenham razão. Tenho apenas de ir em frente, não ficar imaginando Mark e Rebecca em diferentes roteiros amorosos. O que me preocupa são as pestanas. Longas de que tamanho exatamente? As fantasias com o Garoto Selvagem magro, fogoso, corpo diabólico ligeiramente estragadas pela imagem do Garoto Selvagem piscando sob o peso de pestanas compridíssimas, como o Bambi de Walt Disney.

21 HORAS. Cheguei ao 192 às oito da noite, com Jude e Shazzer a reboque para ficarem sentadas em outra mesa de olho em mim. Nenhum sinal do Garoto Selvagem. O único homem sozinho era um cara velho e nojento, com camisa de zuarte, rabo-de-cavalo e óculos escuros, que não parava de me encarar. Cadê o Garoto Selvagem? Lancei ao cara nojento um olhar obsceno. O cara nojento então passou a me encarar muito decidido a avançar. Comecei a levantar-me, e aí a surpresa foi tanta que quase desmaiei. O cara nojento tinha uma rosa vermelha na mão. Fiquei olhando-o horrorizada quando ele retirou os ridículos óculos escuros, com um sorrisinho afetado, e revelou um par de cílios postiços tipo Barbara Cartland. O cara nojento era o Garoto Selvagem. Saí correndo, aterrorizada, seguida por Jude e Shazzer desabando em gargalhadas.

Terça-feira, 6 de maio

58 quilos (bebê fantasma de meio quilo?), pensamentos em Mark: melhor, progresso no buraco de Gary na parede: estático, isto é, nenhum

19 HORAS. Estou mt. deprimida. Acabei de deixar um recado para o Tom perguntando se ele também está desesperado. Percebo que tenho de aprender a me amar e viver o momento, não ficar obcecada, mas pensar nos outros e bastar-me a mim mesma. Não posso acreditar que ele está saindo com Rebecca. Que foi que eu fiz? É óbvio que tem alguma coisa errada comigo. Só vou ficando cada vez mais velha, velha e, claro, nada jamais vai funcionar, portanto talvez seja melhor aceitar que sempre vou ser sozinha e nunca vou ter filhos. Ah, olhem só, preciso me recompor. Gary ficou de chegar daqui a pouco.

19H30. Gary está atrasado.

19H45. Ainda nenhum sinal da porra do Gary.

20 HORAS. Nada de Gary.

20H15. Não é que o filho da mãe do Gary ainda não deu as caras. Oba, o telefone, deve ser ele.

20H30. Era Tom dizendo que estava muito puto da vida e o gato também, que tinha começado a fazer cocô no tapete. Depois disse algo muito surpreendente.

– Bridget? Quer ter um bebê comigo?

– O quê?

– Um filho.

– Por quê? – disse eu, vendo de repente a imagem assustadora de fazer sexo com Tom.

– Bem... – Ele pensou por um minuto. – Eu gostaria de ter um filho e ver a continuação da minha linhagem, mas, primeiro: sou egoísta demais para cuidar dele, e segundo: sou uma bicha louca. Mas você cuidaria bem dele, se não o esquecesse em alguma loja.

Adoro o Tom. É como se ele se sentisse meio da mesma maneira que eu. Em todo caso, mandou-me pensar na ideia. Afinal, é só uma ideia.

20H45. Pensando bem, por que não? Eu podia guardá-lo em casa numa cestinha. Sim! Imagine só acordar de manhã com uma criaturazinha adorável ao meu lado para aconchegar e amar. E faríamos tudo juntos, como andar de balanço e ir à Woolworth ver as coisas da Barbie, e a casa se tornaria um refúgio maravilhosamente tranquilo, cheirando a talco. Talvez se Jude e Shazzer também tivessem bebês, viveríamos juntas numa comunidade e... Oh, merda. Ateei fogo na lixeira com a guimba de cigarro.

Sábado, 10 de maio

58,5 quilos (bebê fantasma já gigantesco, devido à idade), 7 cigarros (não é necessário parar por causa da gravidez fantasma, será mesmo?), 3.255 calorias (comendo por mais um fantasma minúsculo), 4 pensamentos positivos, nenhum progresso de Gary no buraco da parede.

11 HORAS. Acabei de voltar da rua, onde fui comprar cigarros. De repente ficou estranho, quente, realmente muito quente. É

fantástico! Na verdade, alguns homens estão andando pelas ruas com calções de banho!

11H15. Só porque é verão, não há motivo algum para que a vida caia em desordem total, com apartamento caótico, coisas a fazer e arrumar fora de controle, fedor por toda parte. Vou mudar tudo isso, passar o dia limpando o apartamento e fazendo o que tem de ser feito. Preciso ter tudo arrumado, pronto para acolher a nova vida no mundo.

11H30. Certo. Vou começar retirando todas as pilhas de jornais e arrumá-las numa única pilha central.

11H40. Ai-ai, mas.

12H15. Talvez comece pelas coisas a fazer acumuladas.

12H20. É claramente impossível sem pôr uma roupa adequada.

12H25. Não muito entusiasmada com a minha aparência de short. Meio esportiva demais. Preciso de um vestido tipo combinação.

12H35. Ora, cadê ele?

12H40. Simplesmente precisa ser lavado e pendurado para secar. Então posso começar.

12H55. Viva! Vou nadar em Hampstead Ponds com Jude e Shazzer! Ainda não depilei as pernas, mas Jude disse que o lago é só para mulheres e pulula de lésbicas que consideram um marco do orgulho gay ser tão cabeluda quanto os abomináveis homens da neve. Viva!

MEIA-NOITE. Foi fantástico nos lagos, parecíamos ninfas de pintura do século XVI, só que com muito mais delas em trajes de banho sumários de Dorothy Perkins do que se esperaria. Mt. à moda antiga, com deque de madeira e salva-vidas. Nadar em ambiente natural, com lama no fundo*, é uma sensação totalmente nova.

Contei a elas o que Tom tinha dito sobre a ideia de ser pai de um bebê.

– Meu Deus! – disse Shaz. – Bem, acho que é uma boa ideia. Só que, além de "Por que não se casou?", você teria de lutar contra "Quem é o pai?"

– Eu diria que era uma concepção imaculada – sugeri.

– Acho que isso seria extremamente egoísta – disse Jude, com frieza na voz.

Fez-se uma pausa de estupefação. As duas a examinamos, tentando explicar o que estava acontecendo.

– Por quê? – acabou perguntando Shaz.

– Porque um filho precisa dos dois pais. Estaria fazendo isso só para satisfazer a si mesma, quando na verdade é simplesmente egoísta demais para ter um relacionamento.

Caramba. Pude ver Shaz sacando uma metralhadora e descarregando-a em Jude. Quando eu menos esperava, Shazzer já tinha desembestado numa linguagem bombástica sem fim, num eclético vale-tudo na esfera de referência cultural.

– Veja no Caribe – prosseguiu enfática, as outras moças em volta olhando para nós, alarmadas, e eu pensando: Hum. Caribe. Delicioso hotel de luxo e areia branca. – A comunidade de mulheres cria os filhos em conjuntos habitacionais – declarou Shaz, peremptória. – E os homens só aparecem às vezes para trepar com elas, mas agora elas estão ganhando poder econômico e panfletos por todo lado dizem "Homens em

*Fundo do lago, não meu.

Perigo", porque eles estão perdendo sua função, exatamente como em TODA PARTE DA PORRA DO MUNDO.

Às vezes eu me pergunto se Shaz é mesmo exatamente essa autoridade toda tipo Ph.D. em, bem, tudo, que pretende ser.

– Um filho precisa dos dois pais – disse Jude, esquivando-se.

– Ora, pelo amor de Deus, isso é uma visão totalmente estreita, paternalista, irrealista, partidária de Mãe /Casada / Convencida /de Classe Média – sibilou Shaz. – Todo mundo sabe que um terço dos casamentos termina em divórcio.

– Sim! – disse eu. – Ser filho de uma mãe que o ama é melhor do que ser o produto de um divórcio ressentido. Os filhos precisam de relacionamentos, vida e pessoas em volta, mas não precisa ser um marido. – Em seguida, me lembrando de repente de uma coisa que minha mãe, de modo bastante irônico, pontifica, eu disse: – A gente pode estragar um filho amando-o.

– Bem, não precisam me atacar em bando, assim – disse Jude, furibunda. – Só estou dando minha opinião. De qualquer modo, tenho algo para dizer a vocês.

– Ah, ééé? O quê? – perguntou Shaz. – Você acredita que os seres humanos devem continuar sendo escravos?

– Richard o Vil e eu vamos nos casar.

Shazzer e eu ficamos boquiabertas de mudo horror, enquanto Jude baixava os olhos, enrubescendo, vitoriosa.

– Não é maravilhoso? Acho que quando dei o fora nele na última vez, ele compreendeu que a gente só dá valor ao que tem quando perde... e isso acabou levando-o às pressas a querer se comprometer.

– E mais... acabou levando-o às pressas a passar a compreender que teria de arranjar uma porra de um emprego se não pudesse mais viver à sua custa – resmungou Shaz.

– Ah, Jude – comecei. – Você por acaso acabou de dizer que vai se casar com Richard o Vil?

– Sim – disse Jude. – E eu gostaria de saber se vocês duas seriam minhas damas de honra?

Domingo, 11 de maio

58 quilos (bebê fantasma partiu horrorizado com o casamento iminente), 4 unidades alcoólicas, 3 cigarros (posso muito bem fumar e beber livremente agora), só 2 fantasias com Mark (excelente).

Shaz acabou de ligar, e nos convencemos uma à outra que a coisa toda é uma droga. Droga. E de que Jude não pode se casar com Richard o Vil porque:

a) Ele é louco.
b) Ele é Vil (Richard Wilfred) pelo nome e pela natureza.
c) É intolerável a ideia de termos de nos vestir como pompons cor-de-rosa e atravessar a igreja com todo mundo olhando.

Vou telefonar para Magda e contar a ela.

– O que você acha? – perguntei.

– Huumm. Não parece uma ideia muito promissora. Mas, você sabe, os relacionamentos das pessoas são muito misteriosos – disse ela, enigmática. – Ninguém de fora jamais entende na verdade o que os faz dar certo.

A conversa desviou-se então para a ideia da Mãe de Bebê, ao que Magda, não sei por que cargas d'água, pareceu se animar.

– Sabe de uma coisa, Bridget? Acima de tudo, acho que você deve experimentar, acho mesmo.

– O que quer dizer?

– Bem, por que não fica uma tarde com Constance e Harry e vê como funciona? Quer dizer, sempre achei que a partilha de tempo era a resposta ideal para a condição das mães modernas.

Mamma mia. Prometi ficar com Harry, Constance e o bebê, sábado que vem, enquanto Magda vai ao salão fazer luzes. Magda e Jeremy vão dar uma festa ao ar livre no jardim, daqui a um mês e meio, pelo aniversário de Constance, e ela perguntou se eu não queria convidar Mark. Eu disse que sim. Sabe como é, ele não me vê desde fevereiro, e seria muito bom mesmo constatar como hoje estou mudada, calma, equilibrada e cheia de força interior.

Segunda-feira, 12 de maio

Cheguei ao trabalho e ao entrar encontrei Richard Finch num estado hiperativo enlouquecido, saltando pela sala, mascando chiclete e gritando com todo mundo. (O Sexy Matt, que esta manhã parecia particularmente um modelo de Donna Karan de Nova York, disse ao Horripilante Harold que achava que Richard Finch estava sob efeito de cocaína.)

Em todo caso, fiquei sabendo que o controlador do canal tinha recusado a ideia de Richard de substituir o noticiário do café da manhã por uma cobertura "indigesta", ao vivo, da última reunião matinal da equipe do Sit Up Britain. Considerando-se que a última "reunião" da manhã do Sit Up Britain consistiu em uma discussão sobre qual dos presentes ia cobrir a matéria principal; e a matéria principal era sobre que apresentadores iam apresentar as notícias da BBC e da ITV, não achei que fosse um programa muito interessante; mas Richard Finch estava muito puto da vida por causa disso.

– Sabem qual é o problema do noticiário? – perguntava, tirando o chiclete da boca e atirando-o vagamente na direção da lata de lixo. – É chato, chato, chato de matar.

– Chato? – disse eu. – Mas acabamos de ver a plataforma inicial do primeiro governo trabalhista para... para vários anos!

– Meu Deus – disse ele, limpando os óculos tipo Chris Evans. – Temos um novo governo trabalhista, é? Temos mesmo? Ei, pessoal! Ei, pessoal! Ei, pessoal! Todo mundo aqui. Bridget conseguiu um furo!

– E quanto aos sérvios da Bósnia?

– Oh, acorde e sinta o cheiro da xícara de café descafeinado – lamuriou-se Patchouli. – Então eles querem continuar atirando uns nos outros de dentro do mato? Então? É só isso, como cinco minutos atrás.

– Ééé, ééé, ééé – disse Richard, a excitação avolumando-se.

– As pessoas não querem albaneses mortos com lenços amarrados no pescoço, querem gente. Estou pensando em Âmbito Nacional. Estou pensando em Frank Bough, estou pensando em patos esquiadores.

Portanto, agora todos nós temos de pensar em Interesse Humano, como caracóis que se embriagam ou velhos fazendo bungee jump, saltando de prédios altos, em cordas elásticas, e pouco antes de atingir o chão ou a água são impulsionados mais uma vez para cima.

Quer dizer, como esperam que a gente organize um salto em corda elástica geriátrico pela... Ah, o telefone! Deve ser a Associação dos Moluscos e Pequenos Anfíbios.

– Ah, alô, querida, adivinhe só?

– Mãe – disse eu, ameaçadora –, já lhe pedi...

– Ah, eu sei, querida. Só liguei para lhe dar uma notícia muito triste.

– O quê? – perguntei, emburrada

– Wellington vai voltar para casa. O discurso dele no Rotary foi fantástico. Absolutamente fantástico. Sabe, quando ele falou das condições em que vivem as crianças de sua tribo, Merle Robertshaw estava chorando de verdade! Chorando!

– Mas eu achei que ele ia levantar dinheiro para a loja de jet-ski.

– Ah, ele está, querida. Mas apresentou aquele projeto maravilhoso que fica logo depois da rua do Rotary. Disse que, se doassem dinheiro, ele daria à filial de Kettering do Rotary uma parcela de dez por cento dos lucros. E mais: se dessem metade disso à escola de sua aldeia, ele a igualaria com mais cinco por cento de seus lucros. Casa de comércio e caridade, não é inteligente? De qualquer modo, levantaram 400 libras e ele vai voltar para o Quênia! Construir uma nova escola! Simplesmente graças a nós! Imagine! Por nossa causa! Fez uma linda exposição de esqui aquático naquelas bicicletas com dispositivos com "Nature Boy" de Nat King Cole ao fundo. E no fim disse: "*Hakuna Matata*!", e adotamos isso como nosso lema!

– Maravilhoso! – disse eu, ao mesmo tempo que vi Richard Finch olhando furibundo em minha direção.

– De qualquer modo, querida, pensamos ..

– Mãe – interrompi –, conhece alguma pessoa idosa que faz atividades interessantes?

– Francamente, que pergunta mais tola. Todas as pessoas idosas fazem coisas interessantes. Veja Archie Garside, você conhece o Archie, que era vice-porta-voz dos governadores. Ele é paraquedista. Para ser mais exata, acho que vai fazer um salto de paraquedas patrocinado pelo Rotary amanhã, e tem 92 anos. Um paraquedista de 92 anos! Imagine!

Meia hora depois, dirigi-me para a mesa de Richard Finch, um sorrisinho convencido insinuando-se em meus lábios.

18 HORAS. Viva! Todo mundo é adorável! Caí totalmente de volta às boas graças de Richard Finch, e estou de partida para Kettering, para filmar o salto de paraquedas. E não só isso, vou dirigi-lo, e vai ser a matéria principal.

Terça-feira, 13 de maio

Não quero mais ser uma idiota profissional da TV. É uma carreira impiedosa. Eu tinha esquecido o pesadelo das equipes de TV quando lhes dão permissão de interagir livremente com membros do público confiantes e virgens da mídia. Não me deixaram dirigir a matéria, julgada muito complexa, portanto enviaram o mandão carreirista até a medula do Greg fazê-la dentro do avião. O que aconteceu foi que Archie não quis saltar, pois não conseguia ver um bom lugar de pouso. Mas Greg insistiu, dizendo "Vamos lá, parceiro, estamos perdendo a luz", e acabou pressionando-o a saltar em direção a um campo arado. Lamentavelmente, contudo, não era um campo arado, mas uma obra de sistemas de esgotos.

Sábado, 17 de maio

58,5 quilos, 1 unidade alcoólica, 0 cigarro, 1 fantasia fodida com bebê, 472 fantasias fodidas com Mark Darcy: todas sobre ele me vendo de novo e percebendo como estou mudada, equilibrada, isto é, magra, bem-vestida etc., e se apaixonando de novo por mim.

Completamente exausta pela semana de trabalho. Também esgotada demais para sair da cama. Gostaria de arranjar alguém que fosse lá embaixo comprar o jornal, e ainda um croissant de chocolate e um cappuccino. Acho que vou ficar na cama, ler *Marie Claire*, fazer as unhas, depois talvez ver se Jude e Shazzer estão a fim de ir até a Jigsaw. Eu gostaria mesmo de comprar uma roupa nova para, quando me encontrar mais uma vez com Mark na semana que vem, acentuar a minha mudança... Aaaargh! Campainha. Quem em sã consciência tocaria a campainha de alguém num sábado às dez horas da manhã? Será que são completamente insanos?

Mais tarde. Fui cambaleando até o interfone da portaria. Era Magda, que gritou com voz cantada:

– Diga oi à tia Bridget!

Afundei de pavor, lembrando-me vagamente da oferta de passar o sábado levando os filhos de Magda ao parquinho, enquanto ela passa o dia fazendo o cabelo e almoçando com Jude e Shazzer, como uma garota solteira.

Em pânico, apertei a campainha, meti-me a toda no único vestido que encontrei – impróprio, mt. curto, transparente – e comecei a correr de um lado para o outro do apartamento, para tirar os cinzeiros sujos, canecas de vodca, copo quebrado etc. etc.

– Ufa. Aqui estamos nós! Acho que Harry está fungando um pouco, não está? – cantarolou em voz baixa Magda, subindo lépida e fagueira a escada, carregada de carrinhos dobráveis de bebê e sacolas, como um sem-teto. – Ufa. Que cheiro é esse?

Constance, minha afilhada, que faz 3 anos na semana que vem, disse que tinha me trazido um presente. Parecia muito satisfeita com a escolha e certa de que eu ia gostar. Desembrulhei-o, sorrindo, encantada. Era um catálogo de lareiras.

– Acho que ela pensou que fosse uma revista – sussurrou Magda.

Demonstrei o máximo de contentamento. Constance sorriu radiante e me deu um beijo, que eu adorei, depois sentou-se muito feliz para assistir à fita do *Pingu*.

– Lamento. Vou ter de deixá-los e sair correndo, estou atrasada para o cabelereiro – disse Magda. – Tudo do que precisa está na sacola debaixo do carrinho de bebê. Não os deixe cair pelo buraco da parede.

Parecia tudo ótimo. O bebê tinha adormecido. Harry, que tem quase 1 ano, estava sentado no carrinho duplo de bebê, junto dele, com um coelho muito surrado, e parecia que também logo ia adormecer. Mas no segundo em que a porta bateu na portaria embaixo, Harry e o bebê puseram-se a gritar desesperados por socorro, contorcendo-se e esperneando, como deportados violentos, quando tentei pegá-los.

Vi-me tentando tudo (embora, claro, não os amordaçando com fita adesiva) para fazê-los parar de berrar: dançando, acenando e fingindo tocar pistom imaginário, tudo em vão.

Constance ergueu os olhos solenemente do vídeo, retirando a própria mamadeira da boca.

– Na certa eles estão só com sede – disse. – Bridget, dá para a gente ver tudo por baixo da sua camisola.

Humilhada por receber aulas de maternidade de alguém com 3 anos incompletos, encontrei as mamadeiras na sacola, entreguei a eles, e claro que os dois pararam de chorar na mesma hora e ficaram lá sentados sugando, observando-me muito ativamente sob as sobrancelhas baixadas, como se eu fosse um funcionário muito perverso do Ministério do Interior.

Tentei sair sem ser notada, pela porta do lado, para vestir alguma roupa, e no mesmo instante os dois tiraram as mamadeiras e puseram-se mais uma vez a berrar. Acabei tendo de me vestir na sala de visitas, sob o olhar atento deles, como uma estranha artista fazendo striptease ao contrário.

Após quarenta e cinco minutos de operação semelhante à Guerra do Golfo para pegá-los, mais os carrinhos de bebê e as sacolas, e levá-los até embaixo, alcançamos a rua. Foi muito agradável quando chegamos aos balanços. Harry, como diz Magda, ainda não domina a linguagem humana, mas Constance estabeleceu um tom confidencial comigo tipo todas-as-adultas-juntas muito gracinha:

– Acho que ele quer ir pro balanço – disse, quando o irmão falou qualquer coisa em linguagem totalmente incompreensível. E também: – Acho melhor a gente não contar a ninguém sobre isso – quando comprei um pacote de balas Minstrels.

Infelizmente, por algum motivo, quando chegamos à porta da frente, Harry começou a espirrar. Uma imensa rede de projéteis de catarro verde pareceu voar em pleno ar e despencar sobre todo o seu rosto, lembrando o Dr. Who. Constance então gaguejou horrorizada e varreu-o para cima, a gosma caiu nos meus cabelos, e o bebê abriu de novo o berreiro, o que disparou os outros dois. Desesperada, tentando controlar a situação, curvei-me, limpei o catarro de Harry e pus-lhe a chupeta de volta na boca, começando ao mesmo tempo uma versão calmante de "I Will Always Love You".

Por um miraculoso segundo, fez-se silêncio. Emocionada com meus dons de mãe nata, lancei-me num segundo verso, rindo radiante na carinha de Harry, ao que ele puxou bruscamente a chupeta da sua boca e enfiou-a na minha.

– Oi, de novo – disse uma voz masculina, quando Harry se pôs mais uma vez a berrar.

Voltei-me, chupeta na boca e toda aquela nojeira nos cabelos, e vi Mark Darcy com um ar extremamente desnorteado.

– São de Magda – acabei dizendo.

– Ah, eu estava achando que tudo tinha acontecido meio rápido demais. Ou era um segredo muito bem guardado.

– Quem é esse? – Constance pegou-me pela mão, olhando-o muito desconfiada.

– Meu nome é Mark – disse ele. – Amigo de Bridget.

– Ah – disse ela, ainda olhando desconfiada.

– Ela tem a mesma expressão que a sua – ele me encarava de uma maneira que não pude compreender. – Posso lhe dar uma mãozinha até lá em cima?

Terminei carregando o bebê e segurando a mão de Constance enquanto Mark levava o carrinho e segurava a mão de Harry. Por algum motivo, nenhum de nós conseguia falar um com o outro, a não ser com as crianças. Mas nesse momento percebi vozes na escada. Dei de cara com dois policiais esvaziando o armário do corredor. Haviam recebido uma queixa do vizinho do apartamento ao lado sobre o cheiro ruim.

– Leve as crianças para cima que eu cuido disso – disse Mark em voz baixa. Senti-me como Maria, de A *noviça rebelde*, depois que a família canta no concerto e ela tem de pôr as crianças no carro, enquanto o Capitão Von Trapp enfrenta a Gestapo.

Falando num alegre sussurro, falsamente confiante, tornei a pôr o vídeo do *Pingu*, dei a eles alguns refrigerantes light nas garrafas e sentei-me no chão com eles, o que os fez parecer mais que satisfeitos.

Aí surgiu um dos policiais trazendo uma mochila que reconheci como sendo minha. Com luvas nas mãos e um ar acusador, abriu o zíper de uma das divisões e tirou uma embalagem plástica contendo uma carne sangrenta fedendo horrores.

– Isso é seu, senhorita? Estava no armário do corredor. Posso lhe fazer algumas perguntas?

Levantei-me, deixando as crianças absortas com *Pingu*, quando Mark apareceu na porta.

– Como eu disse, sou advogado – disse ele, satisfeito, ao jovem policial, sugerindo: "portanto, é melhor prestar atenção no que faz."

Nesse instante, o telefone tocou.

– Posso atendê-lo para você, senhorita? – disse um dos policiais, desconfiado, como se pudesse ser um dos fornecedores de pedacinhos de cadáver em meu saco de lona.

O policial pôs o telefone no ouvido, pareceu completamente aterrorizado por um momento, depois o enfiou na minha mão.

– Ah, alô, querida, quem era esse? Agora tem um homem em sua casa?

De repente, a ficha caiu. A última vez que usei aquele saco foi quando fui almoçar com mamãe e papai.

– Mãe – perguntei –, quando fui almoçar, você pôs alguma coisa na minha mochila?

– Sim, na verdade pus, pensando bem. Dois pedaços de carne cortados em filés. E você nunca me agradeceu. Na bolsa do zíper. Como eu disse a Una, esses filés não são nada baratos.

– Por que não me falou? – sibilei.

Consegui por fim convencer uma mãe nada arrependida a confessar aos policiais que fora ela. Mesmo assim, eles puseram-se a dizer que queriam levar os filés para análise, e poderiam me deter para interrogatório, ao que Constance começou a chorar. Eu a peguei no colo e ela se agarrou ao meu pescoço e suéter, como se eu estivesse prestes a ser jogada num poço com ursos.

Mark simplesmente ria, pôs a mão no ombro de um dos policiais e disse:

– Deixem disso, rapazes. São dois pedaços de filé que a mãe dela pôs no saco. Tenho certeza de que vocês têm assuntos mais importantes para resolver.

Os policiais se entreolharam, balançaram a cabeça, aquiescendo, e começaram a fechar os livrinhos de anotações e a pegar os capacetes. Aí, o chefe disse:

– Tudo bem, Srta. Jones. Daqui em diante, fique de olho no que sua mãe põe em sua mochila. Obrigado pela ajuda, senhor. Tenha uma boa tarde. Tenha uma boa tarde, senhorita.

Houve uma segunda pausa, quando Mark arregalou os olhos para o buraco na parede, parecendo não saber o que fazer, e de repente disse:

– Divirtam-se com *Pingu* – e disparou escada abaixo, atrás dos policiais.

Quarta-feira, 21 de maio

57,6 quilos, 3 unidades alcoólicas (mt. b.), 12 cigarros (excelente), 3.425 calorias (comida estragada), 0 progresso no buraco de Gary na parede, 0 pensamento positivo sobre tecido de decoração para estofados para vestir numa ocasião especial.

Jude enlouqueceu completamente. Acabei de chegar à casa dela e encontrei por todo o apartamento revistas de noivas, mostras de tecidos rendados, brochuras de terrina e faca de grapefruit, potes de terracota com ervas e hastes de palha.

– Quero uma barraca – dizia ela. – Ou é tenda? Talvez um de toldo. É como uma tenda comum entre os nômades mongóis, no Afeganistão, com tapetes no piso, e quero aquecedores a óleo de rodízios com hastes bem longas.

– Que roupa vai usar? – perguntei, folheando páginas de fotografias de modelos esquálidas com vestidos de brocado colados ao corpo e arranjos de flores na cabeça, e imaginando se devia chamar uma ambulância.

– Vou mandar fazer. Abe Hamilton! Renda e muitos decotes.

– Que decote? – resmungou Shaz, com um ar assassino.

– Esta é o que devem chamar de revista da pesada.

– Desculpe, que foi que disse? – perguntou Jude, friamente.

– Que decote? – expliquei.

– Meninas – disse Jude, supersatisfeita, como uma professora de ginástica pronta para nos pôr em pé no corredor, com os calções folgados até os joelhos –, nós podemos continuar?

Interessante como o "nós" saíra insinuado, rastejante. De repente não era o casamento de Jude, mas o nosso, e tínhamos de fazer todas aquelas tarefas lunáticas, como enrolar palha em volta de 150 aquecedores a óleo, e partir para um spa numa estação de águas, a fim de participar do espetáculo de Jude.

– Posso dizer só uma coisinha? – perguntou Shaz.

– Claro – disse Jude.

– NÃO SE CASE COM A PORRA DO RICHARD O VIL. Ele é um babaca indigno de confiança, egoísta e ocioso pra caralho. Se você se casar com esse cara, ele vai tirar metade do seu dinheiro e fugir com um contrabando. Sei que existem contratos pré-nupciais, mas...

Jude calou-se, cabisbaixa. De repente percebi – sentindo a ponta de seu sapato cutucar minha canela – que eu devia apoiar Shazzie.

– Escutem isso – disse eu, esperançosa, lendo o *Guia de casamento para noivas*. – "Padrinho: o ideal é o noivo escolher uma pessoa responsável, sensata e sensível..."

Olhei em volta, convencida, como para provar o argumento de Shaz, mas a resposta foi de arrepiar.

– E também – perguntou Shaz – você não acha que um casamento põe demasiada pressão num relacionamento? Quer dizer, não está exatamente jogando duro para conseguir, está?

Jude respirou fundo pelo nariz, enquanto a fitávamos em suspense.

– Agora! – ela acabou dizendo, com um sorriso destemido. – Os deveres das damas de honra!

Shaz acendeu um Silk Cut.

– O que a gente vai vestir?

– Bem! – respondeu Jude, esfuziante. – Acho que temos de mandar fazer. E escutem isso! Estava escrito num artigo intitulado "50 maneiras de economizar dinheiro no grande dia": para damas de honra, os tecidos de decoração para estofados podem funcionar surpreendentemente às mil maravilhas!

– Tecidos para estofados?

– Vejam – continuou Jude –, sobre a lista de convidados, o artigo diz "Não se sinta na obrigação de convidar os novos namorados de amigos", mas no instante em que falei do casamento, ela disse: "Oh, nós adoraríamos ir."

– Ela quem? – perguntei.

– Rebecca.

Olhei para Jude, em choque catatônico. Ela não ousaria. Não podia esperar que eu atravessasse a igreja, vestida como um sofá, com Mark e Rebecca sentados assistindo, podia?

– Sabe que mais? Eles me convidaram para passar o feriado com eles. Não que eu fosse, claro. Mas acho que Rebecca ficou meio magoada por eu não ter lhe contado antes.

– O quê? – explodiu Shazzer. – Não tem nenhuma ideia do significado da palavra "amiga"? – Bridget é a sua melhor amiga, junto comigo, e Rebecca roubou desavergonhadamente Mark, e em vez de ter o mínimo tato para lidar com a situação, ela está tentando sugar todo mundo como um aspirador de pó para a revoltante rede social dela, para que ele fique tão enredado que jamais consiga se desvencilhar. E você não está tomando nenhuma porra de posição. Esse é o problema do mundo moderno... tudo é perdoável. Bem, isso me dá vontade de vomitar, Jude. Se é esse o tipo de amiga que você é, pode desfilar naquela igreja com Rebecca atrás de você usando cortinas da Ikea, mas não nós. E aí você vai ver o que é bom para tosse. E também enfie no seu rabo a barraca, tenda, cabana, ou seja lá que merda for!

Por isso, agora Sharon e eu não estamos mais falando com Jude. Ai, meu Deus. Ai, meu Deus.

9. Inferno social

Domingo, 22 de junho

58,5 quilos, 6 unidades alcoólicas (achei que eu devia isso à Constance), 5 cigarros (mt. b.), 2.455 calorias (mas sobretudo de produtos recheados com cobertura de laranja), 1 animal foragido do celeiro, 2 ataques sofridos por crianças.

Ontem foi a festa de aniversário de Constance. Cheguei mais ou menos uma hora atrasada e segui para a casa de Magda, acompanhando o barulho de gritaria até o jardim, onde se realizava uma cena de carnificina desenfreada, com adultos caçando crianças, crianças caçando coelhos e, num canto, uma pequena cerca atrás da qual havia dois coelhos, um porquinho-da-índia, uma ovelha de olhar sinistro e um porco com uma enorme pança.

Parei diante das janelas francesas, olhando nervosa em volta. O coração saltou quando o localizei, parado em pé, sozinho, na tradicional e inconfundível maneira de Mark Darcy nas festas, desligado e distante. Ele deu uma olhada na direção da porta onde eu estava, e por um segundo ficamos de olhos travados um no outro, até ele me cumprimentar com um aceno de cabeça confuso e desviar os olhos. Aí percebi Rebecca agachada a seu lado, com Constance.

– Constance! Constance! Constance! – arrulhava Rebecca, sacudindo um leque japonês no rosto da menina diante do qual Constance piscava com entusiástica irritação.

– Olha quem chegou! – disse Magda, baixando-se à altura da filha e apontando para mim do outro lado.

Um sorriso sub-reptício insinuou-se por todo o rostinho de Constance, que partiu correndo decidida, embora ligeiramente vacilante, em minha direção, e deixou Rebecca com cara de tacho a abanar o leque japonês. Curvei-me quando ela se aproximou, e minha afilhada passou os braços em volta do meu pescoço e apertou o rostinho quente no meu.

– Trouxe um presente para mim? – sussurrou.

Aliviada por esse gritante exemplo de amor interesseiro ter sido inaudível para todos, além de mim, sussurrei.

– Talvez, quem sabe?

– Onde está?

– Na minha sacola.

– Vamos até lá pegar, vamos?

– Ah, ela não é uma gracinha? – ouvi Rebecca arrulhar. Ergui os olhos e vi que ela e Mark nos observavam. Constance pegou-me pela mão e levou-me para a tranquilidade de dentro da casa.

Na verdade, fiquei muito satisfeita com o presente que tinha comprado para minha afilhada: um pacote de balas Minstrels e um tutu cor-de-rosa Barbie, com um colante de rede entrelaçada em dourado e rosa, que tive de percorrer por duas filiais da Woolworth para encontrar. Ela gostou muito e, claro – como faria qualquer mulher –, quis vesti-lo na mesma hora.

– Constance – disse eu, quando já a havíamos admirado de todos os ângulos –, você ficou feliz em me ver por causa de mim ou por causa do presente?

Ela me olhou por baixo das pestanas arriadas.

– Do presente

– Tudo bem – disse eu.

– Bridget?

– Sim.

– Sabe lá na sua casa?

– Sei.

– Por que não tem nenhum brinquedo?

– Bem, porque na verdade não sou muito chegada a esse tipo de brinquedo.

– Por que lá não tinha quarto de brinquedos?

– Porque não faço esse tipo de brincadeira.

– Por que você não tinha um homem?

Não dava para acreditar naquilo. Acabara de entrar na festa e já estava sendo esnobada com um golpe de Casada Convencida por alguém que tinha só 3 anos.

Depois tivemos uma longa conversa séria, sentadas nos degraus da entrada, sobre o fato de que todo mundo é diferente, e algumas pessoas são solteiras, quando ouvi um barulho, ergui os olhos e vi Mark Darcy nos olhando lá de cima.

– Imagino que... o banheiro é no segundo andar? – perguntou ele, desinteressado. – Olá, Constance. Como vai o *Pingu*?

– Ele não é de verdade – disse ela, com um olhar ameaçador.

Certo, certo – disse ele. – Me desculpe. Que idiota que eu sou por ser tão... – olhou-me fixo nos olhos – crédulo. Feliz aniversário, de qualquer modo.

E saiu sem sequer me dar um beijo de cumprimento, nem nada. Será que ainda acha que fui infiel com o Empreiteiro Gary e o cara da tinturaria? Em todo caso, pensei, não dou a mínima. Não tem importância. Está tudo ótimo e eu completamente livre dele.

– Você parece triste – disse Constance.

Matutou por algum tempo e depois tirou uma bala Minstrel já chupada pela metade da boca e enfiou-a na minha. Decidimos ir lá para fora exibir o tutu, e Constance foi imediatamente acolhida no colo por uma Rebecca maníaca.

– Aaaah, veja, é uma fada. Você é uma fada? Que tipo de fada? Que tipo de fada você é? – papagueou.

– Fantástico o presente – disse Magda. – Deixe-me pegar um drinque para você. Conhece Cosmo, não?

– Sim – disse eu, o coração afundando, ao absorver as papadas trêmulas do banqueiro grandalhão

– Olha só! Bridget, é um enorme prazer ver você! – berrou Cosmo, lançando-me um olhar malicioso de cima a baixo. – Como vai o trabalho?

– Ah, esplêndido – menti, aliviada por ele não se lançar direto na minha vida amorosa. Veja como tudo mudara! – Agora estou trabalhando na TV.

– TV? Maravilha! Maravilha, porra! Você fica diante das câmeras?

– Só de vez em quando – disse eu, naquele tom de modéstia que sugeria que eu era quase Cilla Black, mas não queria que ninguém soubesse.

– Ah! Uma celebridade, hein? E... – Curvou-se para a frente, com um ar de preocupação – está conseguindo resolver o resto de sua vida?

Lamentavelmente, nesse momento, passava Sharon por acaso. Encarou Cosmo com uma expressão de Clint Eastwood quando acha que alguém o está traindo.

– Que tipo de pergunta é essa? – vociferou ela.

– Como? – disse Cosmo, olhando-a sobressaltado.

– Está conseguindo resolver o resto de sua vida? Que quer dizer exatamente com isso?

– Bem, ah, você sabe... quando é que ela vai se... você sabe...

– Vai se casar? Então, está dizendo que, só porque a vida dela não é exatamente igual à sua, acha que não está resolvida, Cosmo? E como é que andam as coisas com Woney?

– Bem, eu... bem – enfureceu-se Cosmo, o rosto ficando vermelho vivo.

– Ah, me desculpe. É óbvio que tocamos numa ferida aberta. Vamos, Bridget, logo, antes que eu me meta mais uma vez onde não sou chamada!

– Shazzer! – disse eu, quando já nos achávamos a uma distância segura.

– Ah, deixa disso – disse ela. – Chega, já estou de saco cheio. Eles não podem simplesmente andar por aí a esmo patrulhando as pessoas e insultando o estilo de vida delas Cosmo na certa adoraria que Woney perdesse 4 quilos e parasse de dar aquela risada estridente o dia todo, mas não nos passa pela cabeça no momento em que o encontramos decidir que isso é assunto e esfregar na cara dele, passa? – Um olhar perverso despontou-lhe no rosto. – Ou quem sabe não devíamos fazer o mesmo? – disse, pegando-me pelo braço e mudando de direção, de volta a Cosmo, só para eu ter de me confrontar mais uma vez com Mark e Rebecca... e Constance. Ai, meu Deus.

– Quem você acha que é mais velho, eu ou Mark? – dizia Rebecca.

– Mark – disse Constance, emburrada, olhando de um lado para o outro, como se planejasse fugir.

– Quem você acha que é mais velha, eu ou a mamãe? – continuou Rebecca, brincando.

– Mamãe – disse Constance, deslealmente, ao que Rebecca deu um sorrisinho radiante.

– Quem você acha que é mais velha, eu ou Bridget? – perguntou Rebecca, dando-me uma piscadela.

Constance me olhou em dúvida, enquanto Rebecca lhe sorria, radiante. Fiz-lhe um sinal rápido com a cabeça apontando para Rebecca.

– Você – disse Constance.

Mark Darcy deixou escapar uma gargalhada homérica.

– Vamos brincar de fadas? – disse Rebecca, a voz cantada, mudando de rumo e tentando levar Constance pela mão. – Você vive num castelo de fadas? Harry também é um duende? Onde estão suas amigas fadas?

– Bridget – disse Constance, olhando-me de igual para igual. – Acho melhor você dizer a essa senhora que eu não sou uma fada de verdade.

Mais tarde, quando eu contava isso à Sharon, ela me interrompeu, sombria.

– Ah. Deus. Veja quem está aqui.

Do outro lado do jardim chegava Jude, radiante num vestido turquesa, conversando com Magda, mas sem Richard o Vil.

– As meninas estão aqui! – disse Magda, sorrindo. – Olhe! Ali do outro lado.

Shaz e eu olhávamos pelos óculos escuros, como se não a tivéssemos notado. Quando erguemos os olhos, Rebecca, pegajosa, se apossava de Jude e Magda, como a mulher de um carreirista literário que acabou de avistar Martin Amis conversando com Gore Vidal.

– Ah, Jude, estou tão feliz por você, é maravilhoso! – derreteu-se ela.

– Eu não sei o que essa mulher tem, mas quero um pouco disso – resmungou Sharon.

– Oh, você e Jeremy têm de vir, têm, sim. Absolutamente têm – continuava Rebecca. – Ora, tragam elas! Tragam as crianças. Eu adoro crianças! No segundo fim de semana de julho. É a casa dos meus pais em Gloucestershire. Elas vão adorar a piscina. Vão todos os tipos de pessoas adoráveis, adoráveis! Convidei Louise Barton-Foster, Woney e Cosmo...

Branca de Neve e a Madrasta, Fred e Rosemary West e Calígula, achei que ela talvez continuasse.

– ...Jude e Richard e Mark estarão lá, claro. Giles e Nigel do escritório de Mark...

Vi Jude olhando em nossa direção.

– E Bridget e Sharon? – perguntou ela.

– Como? – disse Rebecca.

– Você convidou Bridget e Sharon?

– Ah. – Rebecca parecia atarantada. – Bem, claro, não estou muito certa se temos quartos suficientes, mas acho que podemos usar o chalé. – Todos a encararam. – Sim, convidei, sim! – Olhou em volta enlouquecida. – Ah, aí estão as duas! Vocês vão no dia 12, não?

– Aonde? – perguntou Sharon.

– A Gloucestershire.

– Não soubemos nada a respeito – disse Sharon, em voz alta.

– Bem. Agora estão sabendo! Segundo fim de semana de julho. Fica logo depois de Woodstock. Você já esteve lá, não, Bridget?

– Sim – disse eu, enrubescendo, ao lembrar-me daquele fim de semana hediondo.

– Pronto! Vai ser fantástico! E você também vai, Magda, portanto...

– Hum... – comecei.

– Adoraríamos ir – disse Sharon, categórica, pisando no meu pé.

– O quê? O quê? – disse eu, quando Rebecca saiu ganindo.

– Claro que vamos a essa porra – disse. – Você não vai deixá-la sequestrar todos os seus amigos assim. Ela está tentando pôr todo mundo debaixo de porrada num círculo de quase-amigos de repente necessitados de Mark, pronta para que os dois despontem nele como o Rei Zangão e a Abelha Rainha Mestra.

– Bridget? – disse uma voz empolada. Voltei-me e vi um cara baixinho de cabelos cor de areia com óculos. – Sou Giles. Giles Benwick. Trabalho com Mark. Lembra-se? Você foi muitíssimo prestativa ao telefone naquela noite em que minha mulher disse que ia embora, me ajudou bastante.

– Ah, sim, Giles. Como você está? Como estão as coisas?

– Ah, não muito bem, lamento – disse Giles.

Sharon desapareceu, ao que Giles se lançou numa longa, detalhada e completa versão do desmoronamento de seu casamento.

– Fiquei tão agradecido por seu conselho – disse, olhando-me muito sério. – E de fato comprei *Homens são de Marte, mulheres são de Vênus*. Achei muito, muito, muito bom mesmo, embora não parecesse modificar o ponto de vista de Veronica.

– Bom, é mais para lidar com namoro que com divórcio – disse eu, leal ao que diz o conceito Marte/Vênus.

– É a pura verdade. É a pura verdade – admitiu Giles. – Diga-me: já leu *Você pode curar sua vida*, de Louise Hay?

– Já! – disse eu, encantada.

Giles Benwick parecia realmente ter um extenso conhecimento do mundo literário da autoajuda, e fiquei muito satisfeita com a conversa que tivemos sobre as várias obras, embora ele se prolongasse um pouco demais. Magda acabou aproximando-se com Constance.

– Giles, você precisa vir comigo e conhecer meu amigo Cosmo! – disse ela, revirando os olhos discretamente para mim. – Bridget, importa-se de dar uma olhada em Constance por um momento?

Ajoelhei-me para conversar com ela, que parecia preocupada com o efeito estético das manchas de chocolate no tutu novo. Assim que nós duas nos convencemos de que as manchas de chocolate no cor-de-rosa eram atraentes, incomuns e uma vantagem positiva no modelo, Magda reapareceu.

– Acho que o coitado do velho Giles está apaixonado por você – disse com uma careta e afastou-se com Constance, que queria fazer cocô. Antes de me levantar, alguém começou a me dar palmadas em cheio no traseiro.

Virei-me – pensando, confesso, talvez Mark Darcy! – e vi o filho de Woney, William, com um amigo dando risadinhas diabólicas.

– De novo! De novo! – disse William, e o amigo pequeno pôs-se a dar-me mais palmadas.

Tentei me levantar, mas William – que tem 6 anos mas é bem grande para a idade – lançou-se nas minhas costas e agarrou-me pelo pescoço com os dois braços.

– Pare com isso, William – disse eu, numa tentativa de impor autoridade, mas nesse momento uma comoção eclodiu do outro lado do jardim.

O porco pançudo tinha se soltado e corria de um lado para outro dando uns grunhidos muito estridentes. Instalou-se o distúrbio quando os pais saíram correndo ao encontro dos rebentos, mas William continuava agarrado às minhas costas, e o garoto menor me dava palmadas acompanhadas de guinchos esganiçados, com uma gargalhada estilo *O exorcista*. Tentei tirá-lo do meu pescoço, mas ele tinha uma força surpreendente e não se soltou. Minhas costas já doíam mesmo.

Então, de repente, os braços de William foram soltos do meu pescoço. Senti que o erguiam, e ao mesmo tempo as palmadas pararam. Por um momento, só suspendi a cabeça tentando recuperar a respiração e me recompor. Aí me virei e vi Mark Darcy afastando-se com um menino de 6 anos se contorcendo embaixo de cada braço.

Durante algum tempo, fiquei inteiramente extasiada com a recaptura do porco e com Jeremy lançando ao pequeno zelador do zoológico uma provocação de tourada. Quando dei por mim, vi Mark vestindo o paletó e despedindo-se de Magda, ao que Rebecca se aproximou às pressas e pôs-se também a despedir-se de todos. Desviei logo o olhar e tentei não pensar naquilo. Então, de repente, Mark aproximou-se de mim.

– Eu, hum, estou indo agora, Bridget – disse ele. Eu podia jurar que o vi lançando um olhar aos meus peitos. – Não esqueça mais pedaços de carne na mochila, sim?

– Pode deixar – disse eu. Por um momento, apenas olhamos um para o outro. – Ah, obrigada, obrigada por... – Apontei com a cabeça para o local onde ocorrera o incidente.

– Por nada – disse, afetuoso. – Disponha todas as vezes que precisar de mim para tirar um garoto das suas costas. – E, como aceitando a deixa, Giles Benwick reapareceu, trazendo dois drinques.

– Ah, está de partida, garotão? – disse ele. – Eu ia mesmo interrogar a Bridget em busca de conselhos experientes.

Mark desviou rápido os olhos de mim para ele.

– Tenho certeza de que ficará em boas mãos – disse ele, bruscamente. – Vejo-o no escritório segunda-feira.

Merda. Merda. Merda. Por que ninguém jamais flerta comigo a não ser quando Mark está perto?

– De volta às velhas masmorras de tortura, hein? – dizia-lhe Giles, dando-lhe tapinhas nas costas. – É sempre a mesma coisa. É sempre a mesma coisa. Se mande, então.

Minha cabeça girava feito um pião, com Giles falando em me mandar um exemplar de *Sinta medo e vá em frente mesmo assim*. Estava muito interessado em saber se Sharon e eu íamos a Gloucestershire no dia 12 de julho.

– Bridget. – Era Jude. – Quer ir ao 192 para um...

– Não, não queremos, não – cortou Sharon, irritada. – Vamos para uma autópsia.

O que era mentira, pois Sharon ia encontrar-se com Simon. Jude pareceu magoada. Ai, meu Deus. A filha da mãe da Rebecca arruinou a porra toda. Contudo, tenho de me lembrar de não culpar os outros, mas assumir a responsabilidade por tudo que me acontece.

Terça-feira, 1º de julho

57,6 quilos (está funcionando!), 0 progresso do buraco de Gary na parede.

Acho melhor eu aceitar isso agora. Mark e Rebecca são um fato consumado. Não posso fazer nada mesmo. Andei lendo mais um pouco de *O caminho menos percorrido*, e percebo que não se pode ter tudo o que se quer na vida. Um pouco do que a gente quer, mas não tudo. Não é o que nos acontece que conta, mas a maneira como jogamos as cartas que recebemos.

Não vou ficar pensando no passado e na procissão de desastre com homens. Vou pensar no futuro. Oba, que bom, o telefone! Viva! Estão vendo?

Era Tom telefonando para uma queixa cheia de lamúrias. O que pareceu simpático. Até ele dizer:

– Ah, por falar nisso, encontrei Daniel Cleaver no início desta noite.

– Ah, é mesmo, onde? – vibrei, com a voz alegre, embora estrangulada.

Percebo que sou uma nova mulher e os constrangimentos de namoros passados – isto é, só para desencavar um exemplo ao léu, encontrar uma mulher nua na cobertura de Daniel no último verão, quando eu devia estar me encontrando com ele – jamais aconteceriam com a minha nova mulher. Contudo, mesmo assim, eu não queria o espectro da humilhação de Daniel surgindo na retaguarda e me assustando como o monstro do Lago Ness, ou uma ereção.

– No Clube Groucho – disse Tom.

– Ele falou com você?

– Falou.

– E que foi que você disse? – perguntei, me arriscando.

A questão fundamental sobre ex-namorados é que os amigos deviam puni-los e ignorá-los, não tentar não tomar partido e ficar do lado dos dois, como Tony e Cherie com Charles e Diana.

– Ufa. Não me lembro agora das palavras exatas. Eu disse, hum: "Por que você foi tão horrível com a Bridget, se ela é uma pessoa tão legal?"

Alguma coisa na forma como ele falou, parecendo um papagaio, sugeria que talvez não estivesse citando a si mesmo, palavra por palavra.

– Bom – disse eu. – Muito bom. – Fiz uma pausa, decidida a parar por aí e mudar de assunto. Quer dizer, que me interessa o que Daniel disse? – Então, que foi que ele disse? – sibilei.

– Ele disse... – riu Tom, caindo na gargalhada. – Ele disse...

– O quê?

– Ele disse... – Estava quase chorando de tanto rir agora.

– O quê? O quê? O QUÊÊÊÊÊÊ?

– Como é que a gente pode sair com alguém que não sabe onde fica a Alemanha?

Deixei escapar uma risada aguda de hiena, quase como se faz quando alguém recebe a notícia da morte da mãe e pensa que é uma brincadeira de mau gosto. Depois a realidade me atingiu em cheio. Agarrei-me à beira da mesa da cozinha, a mente vacilando.

– Bridget? – disse Tom. – Está tudo bem com você? Eu só estava rindo porque isso é tão... ridículo. Quer dizer, claro que você sabe onde fica a Alemanha... Bridget? Não sabe?

– Sei – sussurrei, enfraquecida.

Fez-se uma longa e embaraçosa pausa, enquanto eu tentava processar o que tinha acontecido, isto é, Daniel me dera o fora porque achava que eu era ignorante.

– Então – disse Tom, animado. – Onde fica... a Alemanha?

– Europa.

– Éééé, mas, digamos, onde na Europa?

Francamente. Na atualidade, não é necessário saber onde ficam os países, pois a gente só precisa comprar uma passagem de avião para qualquer um. Não nos perguntam exatamente na agência de viagens quais países vamos sobrevoar antes de nos darem a passagem, perguntam?

– Só me dê uma localização aproximada.

– Ah... – Engasguei, cabisbaixa, movendo os olhos rápidos pelo apartamento, para ver se talvez houvesse um atlas dando sopa.

– De quais países você acha que a Alemanha poderia estar próxima? – insistiu Tom.

Pensei, cuidadosamente.

– França.

– França. Entendo. Então a Alemanha fica "próxima da França", é isso?

Algo no jeito com que Tom disse isso me fez sentir que eu tinha cometido uma gafe cataclísmica. Aí me dei conta de que a Alemanha está ligada à Alemanha Oriental, e portanto é muito mais provável estar próxima da Hungria, Rússia ou Praga.

– Praga – disse eu. Ao que Tom explodiu em risadas. – Não existe mais essa história de conhecimento geral – disse eu, indignada. – Já ficou provado em artigos que a mídia gerou um mar tão grande de conhecimento que é impossível todo mundo fazer a mesma seleção dele.

– Não tem problema, Bridget – disse Tom. – Não se preocupe com isso. Quer ir ao cinema amanhã?

23 HORAS. Sim, agora só vou ao cinema e ler livros. O que Daniel possa ou não ter dito é uma questão de suprema indiferença para mim.

23H15. Como ousa o Daniel sair por aí me achincalhando? Como soube que não sei onde fica a Alemanha? Nunca estivemos sequer próximos dela. O mais longe a que chegamos foi Rutland Water. Hum.

23H20. Seja como for, sou realmente bacana. Até agora.

23H30. Sou horrível. Sou ignorante. Vou começar a estudar *The Economist* e também a frequentar aulas à noite e ler *Grana*, de Martin Amis.

23H35. Ah-há! Acabei de encontrar um atlas.

23H40. Ah-há! Isso. Vou telefonar para aquele canalha.

23H45. Acabei de discar o número de Daniel.

– Bridget? – disse ele, antes que eu tivesse tempo de abrir a boca.

– Como soube que era eu?

– Algum sexto sentido surrealista – disse ele, brincalhão, a fala arrastada. – Guenta aí. – Ouvi-o acendendo um cigarro. – Então, desembuche. – Deu uma tragada profunda.

– Como? – resmunguei.

– Diga onde fica a Alemanha.

– Fica próxima da Holanda, Bélgica, Polônia, Tchecoslováquia, Suíça, Áustria e Dinamarca. E tem uma costa marítima.

– Qual é o mar?

– Mar do Norte.

– E?

Fitei o atlas, furiosa. Não mostrava qual o outro mar.

– Muito bem – disse ele. Um mar em dois é ótimo. E aí, quer dar um pulo aqui?

– Não! – disse eu. Francamente. Daniel é o limite absoluto. Não vou mais me envolver com tudo aquilo de novo.

Sábado, 12 de julho

129,9 quilos (como me sinto, comparada à Rebecca), 9 dores nas costas cansadas pelo vil colchão de espuma, número de pensamentos envolvendo Rebecca e desastres naturais, incêndios elétricos, enchentes e assassinos profissionais: grande, mas proporcional.

CASA DE REBECCA, GLOUCESTERSHIRE. NO HORRÍVEL CHALÉ DE HÓSPEDES. Por que vim para cá? Por quê? Por quê?

Sharon e eu saímos muito tarde e chegamos dez minutos antes do jantar. Rebecca não engoliu muito bem isso e reagiu:

– Ah, quase desistimos de vocês por desaparecimento! – à maneira de mamãe ou Una Alconbury.

Ficamos num chalé de criados, o que eu tinha achado bom, pois não corria o perigo de dar de cara com Mark nos corredores, até entrarmos nele: todo pintado de verde, camas de solteiros e colchões de espuma de borracha e cabeceiras de fórmica, em agudo contraste com a última vez em que estive aqui, e fiquei num lindo quarto estilo hotel, com banheiro exclusivo.

– Bem típico de Rebecca – resmungou Sharon. – Solteiras são cidadãs de segunda classe. Esfrega isso na cara da gente.

Fomos cambaleando ao jantar, atrasadas, sentindo-nos como duas divorciadas espalhafatosas porque nos maquiamos muito depressa. O salão de jantar parecia tão surpreendentemente grandioso como sempre, com uma imensa lareira de canto num extremo e vinte pessoas sentadas em volta de uma antiga mesa de jantar de carvalho, iluminada por candelabros de prata e enfeitada com arranjos de flores.

Mark estava sentado na cabeceira, entre Rebecca e Louise Barton-Foster, e mergulhado na conversa.

Rebecca pareceu não notar quando entramos.

Ficamos paradas, sem graça, fitando a mesa, até Giles Benwick gritar:

– Bridget! Aqui!

Fui colocada entre Giles e Jeremy, de Magda, que parecia ter esquecido que eu algum dia já tinha saído com Mark Darcy e lançava pérolas como:

–Aí, hein! Olhe como Darcy acabou fisgado por sua amiga Rebecca. Engraçado, porque tinha aquela menina, Heather alguma coisa, amiga de Barky Thompson, que parecia gostar um bocado do velho malandro.

O fato de Mark e Rebecca estarem ao alcance do ouvido tinha escapado visivelmente a Jeremy, mas não a mim. Eu tentava em vão concentrar-me na conversa dele e não ouvir a dos dois, que girava em torno de um feriado prolongado que Rebecca estava organizando, numa Villa na Toscana em agosto, com Mark – como parecia ser a suposição –, ao qual todo mundo tinha simplesmente de comparecer, com a provável exceção de mim e de Shaz.

– O que é aquilo, Rebecca? – berrou alguém num urro terrível, que me lembrou vagamente o grupo da viagem de esqui. Todo mundo olhou para a lareira, onde um brasão de família com aparência de novo exibia o lema gravado: "*Per Determinam ad Victoriam*". Era muito estranho ter um brasão, pois a família de Rebecca não incluía membros da aristocracia, mas sem alguma empresa muito grande do ramo imobiliário: Knight, Frank e Rutley.

– "*Per Determinam ad Victoriam*"? – continuou a bradar. – Pela crueldade à vitória. Essa, sim, é a nossa Rebecca.

Um imenso bramido de gargalhadas varou a sala, e Shazzer e eu trocamos um olharzinho de maligna exultação.

– Na verdade, a tradução é pela determinação ao sucesso – disse Rebecca, a voz gélida. Dei uma olhada para Mark, um vestígio de sorriso acabava de desaparecer por detrás da mão.

De algum modo, consegui chegar ao fim do jantar, ouvindo Giles falar muito lenta e analiticamente sobre a mulher e tentando manter a mente longe da ponta da mesa de Mark, com a partilha do meu conhecimento de livros de autoajuda.

Eu estava desesperada para dar o fora, ir para a cama e fugir de todo aquele pesadelo doloroso, mas todos tivemos de atravessar o salão para dançar.

Pus-me a olhar a coleção de CDs, para me desviar da visão de Rebecca girando devagar com Mark pelo salão, com os braços no pescoço dele, os olhos rutilando reflexos de contentamento em volta da pista de dança. Fiquei nauseada, mas não ia deixar transparecer.

– Ah, pelo amor de Deus, Bridget. Tenha o mínimo de bom-senso – disse Sharon, rosnando para os CDs. Interrompeu sem mais nem menos a música, tirando "Jesus To a Child" e pondo em seu lugar uma frenética miscelânea de ácido de garagem. Caminhou a passos largos para o salão, tirou Mark dos braços de Rebecca e começou a dançar com ele. Na verdade, Mark estava muito engraçadinho, rindo das tentativas de Shazzer de fazê-lo dançar no último grito da moda. Rebecca parecia ter comido um tiramisù, e só então conferido as unidades de gordura.

De repente, Giles Benwick pegou-me pela mão e começou a dançar um rock and roll ensandecido comigo, me vi precipitar pelo salão com um sorriso amarelo fixo no rosto e a cabeça a saltar como uma boneca de trapo sendo estripada.

Não pude aguentar mais.

– Preciso ir – sussurrei a Giles.

– Sei – disse ele num tom conspirador. – Posso levá-la de volta ao chalé?

Consegui me desvencilhar dele e terminei atravessando trôpega o cascalho miúdo com minha sandália rasteirinha e afundando grata naquela cama absurdamente desconfortável. Nesse momento Mark na certa estava indo para a cama com Rebecca. Eu gostaria de estar em qualquer outro lugar, menos ali: na festa de verão do Rotary de Kettering, na reunião de pauta do Sit Up Britain, na ginástica. Mas a culpa é minha. Fui eu que decidi vir.

Domingo, 13 de julho

130,9 quilos, 0 unidade alcoólica, 12 cigarros (todos em segredo), 1 pessoa salva de acidentes aquáticos, 1 pessoa que não devia ter sido salva dos referidos acidentes aquáticos, mas deixada na água para ficar toda enrugada.

Dia mais esquisito.

Após o café da manhã, decidi fugir e andei a esmo ao redor do jardim aquático, aliás muito bonito, com córregos rasos entre margens cobertas de grama e pequenas pontes de pedras, cercados por uma cerca viva de todos os terrenos adiante. Sentei-me numa pontezinha de pedra, contemplando a corrente d'água e pensando como tudo aquilo não tinha importância, porque sempre existiria a natureza, e aí ouvi vozes aproximando-se atrás da cerca.

– ...O pior motorista do mundo... Mamãe o corrige o tempo todo... nenhuma noção... da precisão do volante. Ele perdeu o prêmio de não acidentes do seguro 45 anos atrás e nunca mais o recuperou. – Era Mark. – Se eu fosse minha mãe, me recusaria a entrar no carro com ele, mas os dois jamais andam separados. É muito comovente.

– Ah, eu adoro isso! – disse Rebecca. – Se eu fosse casada com alguém a quem amasse de verdade ia querer ficar junto dele o tempo todo.

– É mesmo? – disse ele, entusiasmado. E prosseguiu. – Acho que, à medida que vamos ficando mais velhos, aí assim... o perigo é... quando a gente está solteiro há um bom tempo, pois fica tão preso a uma rede de amigos... isso se aplica em particular às mulheres... que é difícil sobrar espaço para um homem na vida delas, tanto em termos emocionais quanto em qualquer outra área, porque as amigas e suas opiniões são o primeiro ponto de referência delas.

– Ah, concordo em gênero e número. Quanto a mim, claro, adoro minhas amigas, mas elas não ocupam mesmo o primeiro lugar em minha lista de prioridades.

Você já provou isso a mim, pensei. Fez-se um silêncio, e em seguida Mark mais uma vez desabafou.

– Veja esse absurdo dos livros de autoajuda... todas essas regras de conduta míticas que se supõe sejam seguidas. E a gente simplesmente sabe que cada movimento que faz está sendo dissecado por um comitê de amigas, segundo um código assombrosamente arbitrário extraído de *O budismo hoje*, *Vênus e Buda têm um caso* e o *Corão*. Você acaba se sentindo como um rato de laboratório, com uma orelha nas costas!

Apertei o livro contra o peito, o coração martelando. Sem dúvida, não teria sido isso o que ele julgou que acontecia comigo?

Mas Rebecca tomou mais uma vez a palavra.

– Ah, concordo em gênero e número – derretia-se. – Eu não tenho tempo para esses textos todos sem pé nem cabeça. Se decido que amo um homem, nada depois vai se interpor no meu caminho. Nada. Nem amigos, nem teorias. Sigo apenas meus instintos, sigo o que manda meu coração – disse com uma nova voz tola e afetada, como uma menina-flor filha da natureza.

– Eu a respeito por isso – disse Mark, tranquilo. – Uma mulher precisa saber no que acredita, do contrário como pode acreditar em si mesma?

– E confiar em seu homem acima de qualquer outra pessoa – disse Rebecca, agora com outra voz, ressonante e controlando a respiração, como uma atriz afetada representando Shakespeare.

Fez-se então um silêncio excruciante. Eu estava morrendo, morrendo, imobilizada no local, imaginando que os dois se beijavam.

– Claro que eu disse tudo isso a Jude – recomeçou Rebecca. – Ela estava tão preocupada com o que Bridget e Sharon tinham lhe dito, aconselhando-a a não se casar com Richard... ele é um cara tão incrível... e eu apenas disse: "Jude, siga o que manda o seu coração."

Fiquei aparvalhada, com os olhos fixos numa abelha de passagem para me tranquilizar. Sem a menor dúvida, Mark não podia ter um respeito servil por aquilo.

– Éééé – disse ele, meio incrédulo. – Bem, não tenho tanta certeza...

– Giles parece muito entusiasmado com Bridget! – entrou de sola Rebecca, obviamente sentindo que se desviara do assunto.

Fez-se uma pausa. Mark então disse, numa voz singularmente aguda.

– Ah, é mesmo. E isso... é recíproco?

– Ah, você conhece a Bridget – disse Rebecca, despreocupada. – Quer dizer, Jude diz que ela atrai todos esses caras para si – boa velha Jude, comecei a pensar –, mas é tão enrolada que não consegue... bem, como se diz, não consegue estabelecer uma união com nenhum deles.

– É mesmo? – sobressaltou-se Mark. – Quer dizer que houve muitos...

– Ah, acho que... você sabe... mas ela vive tão atolada com aquelas regras de namoro, ou seja lá o que for, que ninguém nunca é bom o bastante.

– É mesmo? – disse mais uma vez Mark. – Então ela não está com...

– Ah, veja, um patinho! Ah, olhe lá, toda uma ninhada de patinhos! E à frente vão a mãe e o pai. Ah, que perfeição, que momento perfeito! Vamos vê-los de perto!

E lá se foram os dois, e ali fiquei eu sem ar, a mente disparando.

Depois do almoço, fazia muito calor e todo mundo levantou acampamento e se mandou para debaixo de uma árvore à beira do lago.

Era um cenário idílico, pastoral: uma antiga ponte de pedras sobre a água, salgueiros debruçando-se sobre as margens cobertas de relva. Rebecca parecia triunfante.

– Ah, isso é tão divertido!! Não é, pessoal? Não é uma grande diversão?

Fat Nigel, do escritório de Mark, brincava cabeceando uma bola de futebol com um dos que falassem berrando, a pança enorme e protuberante tremendo à resplandecente luz solar. Preparou-se para um arremesso, errou e mergulhou de barriga na água, deslocando uma onda gigantesca.

– Iiiii-ssooo! – disse Mark rindo. – Incompetência de tirar o fôlego.

– É delicioso, não é? – disse eu vagamente a Shaz. – A gente até espera ver leões deitando-se com cordeiros.

– Leões, Bridget? – perguntou Mark. Eu me sobressaltei. Ele estava sentado bem em frente do outro lado do grupo, olhando-me por um espaço entre as outras pessoas, uma sobrancelha erguida.

– Quer dizer, como no... qual é mesmo o salmo? – perguntei.

– Certo – disse ele. Percebi um conhecido olhar de provocação em seu rosto. – Por acaso não estaria pensando nos Leões de Longleat?

De repente, Rebecca levantou-se de um salto.

– Vou pular da ponte!

Olhou em volta sorrindo radiante. Todos os demais usavam shorts ou minivestidos, mas ela estava nua, a não ser por um minúsculo biquíni de náilon marrom da Calvin Klein.

– Por quê?

– Porque a atenção foi desviada dela durante cinco minutos – disse Sharon, em voz baixa.

– A gente fazia isso quando era pequeno. É o céu!

– Mas a água está muito rasa – disse Mark.

Era verdade, via-se meio metro de terra esturricada em toda a volta da linha de água.

– Não, que nada! Sou boa nisso, sou muito corajosa.

– Realmente acho que você não devia, Rebecca – disse Jude.

– Já decidi. Sou decidida!

Piscou com as sobrancelhas arqueadas, enfiou um par de chinelos e saiu rebolando para a ponte. Felizmente tinha um pouco de lama e grama grudadas na parte de cima da nádega direita, o que aumentava muito o efeito. Sob nossas vistas, ela tirou os chinelos, segurou-os numa das mãos e trepou na borda do parapeito.

Mark tinha se levantado em sobressalto, parecendo preocupado ao olhar a água e depois a ponte.

– Rebecca – disse ele. – Realmente acho que...

– Está tudo bem, confio no meu discernimento – disse ela, brincalhona, sacudindo os cabelos. Depois ergueu a cabeça, levantou os braços estendidos, fez uma pausa teatral e saltou.

Ninguém desgrudou os olhos ao vê-la bater na água. Chegou o momento em que já devia ter reaparecido. Mas ela não voltou à tona. Mark partiu correndo para o lago assim que ela rompeu a superfície, gritando. Precipitou-se ao encontro dela, e o mesmo fizeram os dois outros rapazes. Eu corri para pegar meu celular na bolsa.

Eles a puxaram até o raso, e por fim, após muitas contorções e choradeira, Rebecca saiu mancando para a praia, apoiada entre Mark e Nigel. Ficou claro que nada de terrível demais podia ter acontecido.

Levantei-me e estendi-lhe minha toalha.

– Devo ligar para a Emergência? – perguntei, num tom meio de brincadeira.

– Sim... sim.

Todo mundo se amontoou em volta da anfitriã, olhando o seu pé machucado. Ela conseguiu mexer, graciosa, os dedos, cujas unhas haviam sido profissionalmente pintadas em Rouge Noir, e portanto aquilo era uma bênção.

No fim, peguei o nome do médico, anotei o número do telefone, disquei-o e entreguei o telefone a Rebecca.

Ela falou longamente com o médico, movendo o pé segundo as instruções dele, e emitindo uma grande variedade de barulhos, mas acabaram concordando que não houvera fratura alguma, nem sequer uma entorse, apenas um ligeiro trauma da pancada.

– Cadê o Benwick? – perguntou Nigel, enxugando-se e servindo-se de um bom gole de vinho branco gelado.

– Sim, cadê o Giles? – repetiu Louise Barton-Foster. – Não o vi a manhã inteira.

– Vou ver onde ele está – disse eu, grata por afastar-me da visão infernal de Mark massageando o delicado tornozelo de Rebecca.

Gostoso entrar no frio do saguão da entrada com sua escada majestosa. Havia uma fileira de estátuas em pedestais de mármore, tapetes orientais no piso de laje, e outra de gigantescos timbres espalhafatosos acima da porta. Parei ali por um momento, saboreando a paz.

– Giles? – chamei, e minha voz ecoou por toda a casa. – Giles?

Não houve resposta. Eu não tinha a mínima ideia de qual era o quarto dele, portanto subi a magnífica escada.

Enfiei o rosto num dos quartos e vi uma gigantesca cama de dossel sobre quatro mastros de carvalho lavrado. Todo o aposento era vermelho e dava para a paisagem com o lago. Sobre o espelho, pendia o vestido que Rebecca tinha usado no jantar. A cueca samba-canção do Newcastle United que comprei para Mark no Dia dos Namorados estava dobrada à perfeição sobre a colcha.

Saí disparada do quarto e fiquei recostada na porta, respirando com dificuldade. Então ouvi um gemido.

– Giles? – chamei. Nada. – Giles? Sou eu, Bridget.

Mais uma vez, o gemido.

Atravessei o corredor.

– Onde você está?

– Aqui.

Abri a porta. O quarto era verde berrante e medonho, com imensos volumes de móveis de madeira escura por toda parte. Deitado de costas com a cabeça virada de um lado, Giles gemia baixinho, o telefone fora do gancho ao seu lado.

Sentei-me na cama e ele abriu ligeiramente os olhos, tornando a fechá-los. Tinha no rosto os óculos tortos e embaçados. Retirei-os.

– Bridget. – Ele estava com um frasco de pílulas na mão.

Peguei-as. Temazepam.

– Quantas você tomou? – perguntei, tomando-lhe a mão.

– Seis... ou quatro?

– Quando?

– Não faz... muito tempo... não muito.

– Faça força para vomitar – disse eu, achando que sempre bombeiam o estômago das pessoas vítimas de overdose.

Fomos juntos para o banheiro. Não foi muito atraente, francamente, mas depois dei-lhe uma enorme quantidade de água e ele desabou mais uma vez na cama, pondo-se a soluçar baixinho, segurando minha mão. Giles tinha telefonado para Veronica, sua mulher, ele disse entre gemidos, enquanto eu alisava a sua cabeça. E tinha perdido todo o senso de si mesmo e o autorrespeito ao implorar-lhe que voltasse, desfazendo com isso todo o seu digno esforço de reconquistá-la nos últimos dois meses. A isso, ela anunciou que decididamente queria o divórcio, e ele se sentiu desesperado, o que posso confirmar nos mínimos detalhes. Como eu lhe disse, era o suficiente para levar qualquer um a recorrer ao Temazepam.

Ouvimos passos no corredor, uma batida, e em seguida Mark apareceu na porta.

– Pode ligar para o médico mais uma vez? – pedi.

– Que foi que ele tomou?

– Temazepam. Umas 12 pílulas. Já vomitou.

Mark saiu para o corredor. Mais passos no corredor. Ouvi Rebecca dizer:

– Ah, pelo amor de Deus! – e Mark tentando acalmá-la, depois mais murmúrios a meia voz.

– Eu só quero acabar com tudo isso. Não quero me sentir assim. Quero simplesmente dar um fim a tudo – gemeu Giles.

– Não, não – disse eu. – Você precisa ter esperança e confiança em que no fim vai ficar tudo bem, e vai mesmo.

Mais passos e vozes na casa. Aí Mark reapareceu.

Deu a Giles um meio sorriso.

– Sinto muito por tudo isso. – Depois ficou mais uma vez sério. – Você vai ficar bem, Giles. Já está em boas mãos, e o médico vai chegar em 15 minutos, mas ele disse que não tem nada com que se preocupar. Você está bem? – dirigiu-se a mim.

Fiz que sim com a cabeça.

– Está sendo maravilhosa – disse ele. – Uma versão de George Clooney muito mais atraente. Pode ficar com ele até o médico chegar?

Quando o médico afinal medicou Giles, metade das pessoas parecia já ter ido embora. Sentada inconsolável e chorosa no salão baronal com o pé para cima, Rebecca conversava com Mark, e Shaz, parada de pé na porta da frente, com as nossas malas de mão prontas, fumava um cigarro.

– Foi uma falta de consideração tão grande – dizia Rebecca. – Estragou todo o fim de semana! As pessoas deviam ser mais fortes e decididas, isso é tão... imaturo, não saber lidar com frustrações, tão... obsessão consigo mesmo. Simplesmente não dizer nada, não acha que estou certa?

– Acho que devíamos... conversar sobre isso depois – disse Mark.

Shaz e eu nos despedimos e, quando colocávamos as bagagens na mala do carro, Mark veio até nós.

– Bom trabalho – disse. – Desculpe, pareço um sargentão. O ambiente está me contagiando. Você foi maravilhosa, lá dentro, com... com... bem, com os dois.

– Mark! – gritou Rebecca. – Minha bengala caiu.

– Vá pegar! – disse Sharon a Mark Darcy.

Por uma fração de segundos, vi uma expressão de puro mal-estar passar por todo o rosto de Mark, e logo em seguida ele se recuperou, dizendo:

– Bem, foi bom ver vocês, meninas, dirijam com cuidado.

Enquanto nos afastávamos com o carro, Shaz dava risinhos alegres à ideia de Mark passando o resto da vida obrigado a correr em volta de Rebecca, obedecendo a ordens e pegando bengalas como um cachorrinho, mas minha mente girava sem parar em torno da conversa que ouvi sem querer por trás da cerca.

10. Marte e Vênus na lata de lixo

Segunda-feira, 14 de julho

58,9 quilos, 4 unidades alcoólicas, 12 cigarros (deixou de ser prioridade), 3.752 calorias (pré-dieta), 47 livros de autoajuda programados para a lata de lixo.

8 HORAS. Estou num redemoinho. Será possível que a leitura de livros de autoajuda para melhorar meu relacionamento tenha destruído tudo? Sinto que o trabalho de toda a vida foi um fracasso. Mas se há uma lição que aprendi com os livros de autoajuda é como me livrar do passado e seguir em frente.

Prestes a serem jogados fora:

O que os homens querem
Como os homens pensam e o que sentem
Por que os homens acham que querem o que acham que querem
As regras
Ignorando as regras
Agora não, benzinho, estou vendo o jogo
Como procurar e encontrar o amor que você quer
Como encontrar o amor que você quer sem procurá-lo
Como descobrir que você quer o amor que não procurou
Feliz sendo solteira
Como não ser solteira
Se Buda transava
Se Maomé transava
Se Jesus namorava Afrodite

O caminho da fome, de Ben Okri (a rigor, não é um livro de autoajuda, pelo que eu sei, mas jamais vou ler a porra do livro, de qualquer modo)

Certo. Todos vão para o lixo, além dos outros 32. Ai, meu Deus, mas. Não aguento jogar fora *O caminho menos percorrido* e *Você pode curar sua vida*. A que outro lugar recorrer em busca de orientação espiritual para resolver os problemas da atualidade senão nos livros de autoajuda? Também quem sabe eu não deva doar à Oxfam? Melhor não. Não devo destruir os relacionamentos dos outros, sobretudo no Terceiro Mundo. Seria pior que o comportamento das gigantes empresas do tabaco.

Problemas

Buraco no apartamento.
Finanças em posição negativa devido à segunda hipoteca para o buraco na parede do apartamento.
Namorado saindo com Outra.
Não estou falando com a melhor amiga em comum, que vai passar feriado com o namorado e a Outra.
Trabalho uma merda, mas necessário, devido à segunda hipoteca para o buraco na parede do apartamento.
Necessidade terrível de feriados devido a namorado/amigas/segunda hipoteca para o buraco na parede do apartamento/crises profissionais e financeiras, mas sem ninguém com quem passar os feriados. Tom vai voltar para São Francisco. Magda e Jeremy vão para a Toscana com Mark e a porra da Rebecca, e na certa Jude e Richard o Vil também, pelo que sei. Shazzer tem sido evasiva, possivelmente esperando ver se Simon concorda em ir a algum lugar com ela se dormirem em camas de solteiro (não com menos de um metro e meio), na esperança de que ele durma na dela.

Também não tenho dinheiro para sair no feriado por causa da crise financeira devido à segunda hipoteca para o buraco na parede do apartamento.

Não. Não vou fraquejar. Já fui influenciada e dominada demais pelas ideias de todas as outras pessoas. Fora com essas também. Dentro. Da. Lata. De. Lixo. Vou Ser. Auto. Suficiente.

8h30. O apartamento foi expurgado de todos os livros de autoajuda. Sinto-me vazia e espiritualmente à deriva. Mas não haverá alguma informação se insinuando em minha mente?

Princípios espirituais que acumulei do estudo de livros de autoajuda (não baseados em namoro):

1. Importância do pensamento positivo, cf.: *Inteligência emocional*, *Confiança emocional*, *O caminho menos percorrido*, *Como livrar suas coxas da celulite em trinta dias*, Evangelhos segundo São Lucas, cap. 13.
2. Importância do perdão.
3. Importância de deixar-se levar pela corrente e pelos instintos, e não tentar moldar tudo à força e organizar tudo.
4. Importância de confiar em si mesmo.
5. Importância de não ser obcecado por livros de autoajuda.
6. Importância de aproveitar o momento, sem fantasias ou lamúrias.
7. Importância de não ser obsessivo com livros de autoajuda.

Portanto, a solução é:

1. Pensar em como estou me divertindo ao escrever listas de problemas e soluções espirituais, em vez de planejar com antecedência e...

Aaargh! Aaargh! São oito e quarenta e cinco! Vou perder a reunião de pauta da manhã e não terei tempo para o cappuccino.

10 HORAS. NO TRABALHO. Graças a Deus tomei o cappuccino para me ajudar a suportar a consequência do inferno que é comprar cappuccino quando estou atrasada. É estranho como essa história da fila do cappuccino dá a áreas inteiras de Londres a aparência de uma cultura dilacerada pela guerra ou pelo comunismo, as pessoas pacientemente de pé em imensas filas, durante horas a fio, como à espera de pão em Sarajevo, enquanto outras suam, torrando e moendo, batendo ferramentas de metal cheias de uma coisa mole, pegajosa, gosmenta, o vapor chiando. É esquisito ver as pessoas, que em geral mostram cada vez menos disposição para esperar, se dispondo a fazê-lo de bom grado por essa única razão: como se no mundo moderno apenas o cappuccino fosse realmente confiável. Aaaargh!

10H30. BANHEIRO, NO TRABALHO. Era Richard Finch berrando do lado de fora comigo.

– Anda logo, Bridget. Não seja falsa tímida – bramiu o balofão diante de todo mundo, contraindo-se em mil tiques e mascando num frenesi não óbvio pós-cocaína. – Quando é que vai sair?

– Ah... – disse eu, esperando perguntar depois à Patchouli: "Onde?"

– Não tem a mínima ideia do que estou falando, não é? É inacreditável. Quando vai sair de férias? Se não se inscrever na tabela agora, não vai a lugar algum.

– Ah, hum, ã-hã – disse eu, despreocupada.

– Sem tabela, nada de balneário.

– Claro, claro, é para já, só preciso conferir as datas – disse eu, cerrando os dentes.

Assim que terminou a reunião, voltei disparada ao banheiro para o estimulante cigarrinho. Não tem importância se sou a única pessoa em toda a redação que não vai sair de férias. Isso não quer dizer que seja um pária social. Decididamente. Tudo está bem no meu mundo. Apesar de eu ter, mais uma vez, de fazer a matéria sobre mães de aluguel.

18 HORAS. Dia de pesadelo, tentando fazer com que mulheres falassem de permutas nojentas sobre chocar ovos. Não consigo enfrentar a ideia de voltar direto para casa e me enfiar naquele lugar cheio de prédios. A tarde está maravilhosa, ensolarada e fresca. Talvez eu vá a Hampstead Heath dar um passeio a pé.

19 HORAS. Incrível. Incrível. O que simplesmente mostra que quando a gente para de lutar para que tudo dê certo, e se deixa levar pela Corrente à maneira positiva Zen, as soluções aparecem.

Eu mal tinha acabado de entrar no parque, em direção ao topo de Hampstead Heath, pensando em como Londres é fantástica no verão com as pessoas afrouxando o nó da gravata após o trabalho e refestelando-se descabeladas à luz do sol, quando um casal de aparência feliz atraiu meu olhar: ela deitada de costas com a cabeça apoiada na barriga dele, ele sorrindo e afagando os cabelos dela. Algo nos dois me pareceu familiar. Quando me aproximei, vi que eram Jude e Richard o Vil.

Percebi que jamais os vira antes sozinhos juntos – bem, é óbvio, porque, se eu estivesse presente, eles não estariam sós. De repente Jude irrompeu na risada por alguma coisa que Richard o Vil disse. Parecia feliz mesmo. Hesitei, me perguntando se devia passar direto por eles ou voltar, quando Richard o Vil chamou:

– Bridget?

Parei, imóvel. Jude ergueu os olhos e fitou-me boquiaberta, com uma expressão desagradável.

Richard o Vil levantou-se, retirando com as mãos a grama do corpo.

– Ei, é um prazer ver você, Bridget – disse ele, com um largo sorriso.

Percebi que sempre o tinha visto antes em situações sociais baseadas em Jude, em que eu ficara cercada por Shazzer e Tom, e ele visivelmente ressentido.

– Vou sair um instante só para comprar algum vinho, sente-se com Jude. Oh, vamos lá, ela não vai morder você. Não toca em nada de laticínio.

Quando ele se afastou, Jude sorriu encabulada.

– Não estou feliz por ver você nem nada disso.

– Nem eu também por ver você – disse eu, carrancuda.

– Então quer se sentar?

– Está bem – disse, ajoelhando-me na manta, ao que ela me deu um soco no ombro, quase me derrubando.

– Senti sua falta – disse ela.

– Feche a matraca – disse eu, pelo canto da boca. Por um momento, achei que eu ia chorar.

Jude desculpou-se por ser insensível em relação a Rebecca. Disse que apenas tinha ficado encantada com a ideia de que pelo menos alguém gostaria da notícia de que ela ia se casar com Richard o Vil. Acabei sabendo que ela e ele não iam mais para a Toscana com Mark e Rebecca, embora tivessem sido convidados. Richard o Vil disse que não queria receber ordens de uma engenheira social amalucada e preferia que os dois viajassem sozinhos. Eu me vi inexplicavelmente simpatizando com Richard o Vil. Disse que lamentava ter ficado tão transtornada por uma idiotice como aquela história toda com Rebecca.

– Não foi idiotice. Você ficou realmente magoada – disse Jude. Depois contou que tinham adiado o casamento, porque tudo tinha se complicado, mas ainda queria que eu e Shaz fôssemos suas damas de honra. – Se quiser – disse ela, acanhada. – Mas eu sei que você não gosta dele.

– Você o ama pra burro, não?

– Éééé – disse ela, satisfeita, logo parecendo ansiosa. – Mas não sei se estou fazendo a coisa certa. Está dito em *O caminho menos percorrido* que o amor não é algo que a gente sente, mas algo que a gente decide fazer. E em *Como conseguir o amor que você quer* fala que, quando a gente namora alguém que não ganha a própria vida disciplinadamente e aceita ajuda dos pais, é porque esse alguém não se libertou do cordão umbilical e nunca vai dar certo.

O que passava pela minha cabeça era a música que tocava na cabana de meu pai: "A coisa mais esplendorosa... que você algum dia aprenderá..."

– Também acho que ele é dependente, porque fuma maconha, e os dependentes não conseguem formar relacionamentos estáveis. Meu psicanalista diz que...

"...é como amar e ser correspondido no amor."

– ...Eu não devia ter um relacionamento pelo menos durante um ano, porque sou dependente de relacionamentos – continuava Jude. – E você e Shaz simplesmente acham que ele é um babaca. Bridget? Está me ouvindo?

– Sim, estou sim. Se isso lhe parece bem, acho que deve levar adiante.

– Exatamente – disse Richard o Vil, pairando bem acima de nós como Baco, com uma garrafa de Chardonnay e dois maços de Silk Cut.

Passei horas fantásticas com Jude e Richard o Vil, e os três nos esprememos num táxi e voltamos juntos para casa. Assim que cheguei, liguei para Shazzer, para lhe contar as novidades.

– Ah – disse ela, quando lhe expliquei em detalhes os efeitos miraculosos do estilo Zen de se deixar levar pela Corrente. – Hum, Bridget?

– Que é?

– Quer viajar no feriado?

– Eu achava que você não queria ir comigo.

– Bem, eu só pensei que ia esperar até...

– Até o quê?

– Ah, nada. Mas em todo caso...

– Shaz? – provoquei.

– Simon vai a Madri se encontrar com uma garota que ele conheceu na internet.

Fiquei dilacerada entre ter pena de Sharon, imenso entusiasmo por encontrar alguém com quem viajar no feriado e sentimentos de inadequação por ela não ser um arquiteto de 1,82 metro de altura com um pênis, quando não podia estar mais longe disso.

– Babaquice. É só ficante. Ela na certa vai acabar se revelando um homem – eu disse, para fazer Shazzer se sentir melhor.

– É, pode ser – disse ela, animada, após uma pausa que transmitiu imensas vibrações de dor pelo telefone. – Descobri uns voos fantásticos para a Tailândia, por apenas 249 libras, e a gente podia ir a Koh Samui e ser hippies, o que não nos custará nada!

– Viva! – exclamei. – Tailândia! A gente pode estudar budismo e ter uma epifania espiritual.

– Isso mesmo! – disse Shazzer. – Isso mesmo! E não vamos ter nada a ver com PORRA DE HOMEM NENHUM.

Portanto, viram... Ah, o telefone. Talvez Mark Darcy!

Noite. O telefonema era de Daniel, parecendo diferente do habitual, embora, obviamente, como sempre, bêbado. Disse que estava muito deprimido, porque as coisas andavam péssimas no trabalho, e pediu desculpas pela história da Alemanha. Admitiu que eu na verdade era muito boa em geografia e perguntou se podíamos jantar na sexta-feira. Só para conversar. Portanto eu aceitei. Sinto-me mt. b. em relação a ele. Por que não seria amiga de Daniel numa hora de necessidade? Não se deve guardar ressentimento, porque isso só atrasa a vida da pessoa, é preciso perdoar.

Também, como mostram Jude e Richard o Vil, as pessoas mudam, e eu fui realmente doida por ele.

E me sinto mt. solitária.

E é apenas um jantar.

Mas, sem sombra de dúvida, não vou dormir com ele.

Sexta-feira, 18 de julho

57,6 quilos (excelente presságio), 84 tentativas de comprar camisinhas, 36 camisinhas compradas, 12 camisinhas convenientes (acho que devo estar bem abastecida, especialmente quando não destinadas a uso real).

14 HORAS. Vou sair na hora do almoço para comprar algumas camisinhas. Não vou dormir com Daniel nem nada disso. É só para ficar do lado seguro.

15 HORAS. A expedição para a compra de camisinhas acabou sendo um fracasso total. A princípio, adorei a ideia de ser consumidora de camisinhas. Quando não tenho vida sexual sempre me sinto triste ao passar pela seção dos preservativos como todo um lado da vida que me é negado. Contudo, quando cheguei ao balcão, encontrei uma perturbadora variedade de camisinhas: "Ultrassegura para Sensibilidade Extra", Pacote Sortido "para escolha extra" (sugestão sedutora ao estilo Kellogg's), Ultrafina "lubrificada com espermicida", Gossamer, "lubrificada com suave lubrificante sem" (palavra repulsiva e horrível me vindo à mente) "espermicida", "ajuste natural para conforto extra" (isso significa maior... e até onde?). Fiquei olhando furiosa, por baixo das pestanas, a variedade de camisinhas. Sem dúvida o que todo mundo quer é Sensibilidade

Extra, Conforto Extra e Ultrafina, então por que a gente precisa escolher entre elas?

– Posso ajudá-la? – disse o farmacêutico bisbilhoteiro, com um sorrisinho falso de sabe-tudo.

Claro que eu não podia dizer que queria camisinhas, pois equivalia a anunciar "Pessoal, vou fazer sexo em breve", quase como quando as mulheres andam por aí obviamente grávidas, como a dizer: "Ei, pessoal, estão vendo, eu já fiz sexo." Não dá para acreditar na indústria de camisinhas, cuja própria existência é a admissão virtual de que todo mundo faz sexo o tempo todo (menos eu), em vez do contínuo fingimento de que ninguém faz, o que sem a menor dúvida é o mais normal em nossa terra.

Bem, só comprei algumas pastilhas.

18H10. Irritantemente detida no trabalho até as seis horas, e agora a farmácia está fechada e não comprei as camisinhas. Já sei: vou à Tesco Metro. Com certeza lá tem, pois é uma loja planejada para Solteiras Impulsivas. Zero. Desesperada, acabei chegando meio furtiva perto de uma senhora com jeito de supervisora e sussurrei-lhe, com uma tentativa tipo aqui entre nós mulheres, um sorriso afetado e uma sobrancelha erguida:

– Onde é que ficam as camisinhas?

– Vamos providenciá-las logo, logo – disse ela, pensativa. – Talvez daqui a umas duas semanas.

Para mim, vai fazer muita diferença! Tive vontade de gritar: "E quanto a esta noite?" Mas eu não vou dormir com ele, é óbvio!

Hum. Loja para as solteiras, modernas e urbanas. Uma ova.

19 HORAS. Acabei indo à loja nojenta da esquina que cobra o dobro do preço. Vi camisinhas atrás do balcão, com cigarros e malhas obscenas, mas decidi contra todo o conjunto, por ser sórdido demais.

Quero comprar camisinhas num ambiente limpo e agradável, com balcões reservados. Também com opção de salão seleto. Só Qualidade Especial com Bico de Teta.

19H15. Tive uma ideia genial. Vou ao posto de gasolina, espero na fila, olhando secretamente as camisinhas, aí... Na verdade, não devo me conformar com os estereótipos masculinos obsoletos, sentindo-me atrevida ou desavergonhada só por comprar camisinhas. Todas as garotas saudáveis andam com camisinhas. É uma questão apenas de higiene.

19H30. Lá-lá-lá. Já fiz. Foi fácil. Na verdade consegui pegar dois pacotes: um de Variedades (tempero da vida) e outro de Bico de Teta de Látex Superior, Ultraleve, para Sensibilidade Ainda Maior. O atendente parecia espantado com a variedade e quantidade da minha escolha de camisinhas, mas estranhamente respeitoso: na certa pensou que eu era professora de biologia ou atividade semelhante, comprando camisinhas para ensinar aos alunos da escola primária.

19H40. Surpreenderam-me os desenhos explícitos no folheto de instruções, que me fizeram, de modo um tanto perturbador, pensar não em Daniel, mas em Mark Darcy. Huumm. Huumm.

19H50. Aposto que passaram um tempo cabeludo decidindo sobre o tamanho dos desenhos, para não fazer ninguém se sentir de crista baixa ou arrogante demais. O Pacote de Variedades é insano: "As camisinhas coloridas dos companheiros têm cores vibrantes para diversão extra." Diversão extra? De repente, veio-me uma imagem espalhafatosa de casais com pontinhas endurecidas de cores vibrantes e chapéus de papel, provocando-se com alegres gargalhadas sensuais e batendo uns nos outros com balões de festa. Acho que vou jogar fora o Pacote de Variedades. Certo, melhor me aprontar. Ah, meu Deus, o telefone.

20H15. Ai, caramba. Era Tom se queixando de que perdeu o celular e achava que tinha deixado aqui em casa. Fui obrigada a procurar por todo o apartamento, embora estivesse atrasada. Não o achei e acabei desconfiando de que talvez o tivesse jogado fora com os livros de autoajuda e os jornais.

– Bem, dá para você ir até lá e pegá-lo? – pediu ele, ansioso.

– Estou muito atrasada. Posso pegar amanhã?

– Mas e se esvaziarem as latas? Que dia eles passam para buscar o lixo?

– Amanhã de manhã – disse eu, com o coração afundando, cheio de ressentimento. – Mas o problema é que são essas latas enormes comunitárias, e eu não sei em qual delas pode estar a porra do celular.

Acabei enfiando um casaco de couro longo sobre o sutiã, e de chinelos fui até a rua esperar Tom telefonar para eu descobrir em qual lata o telefone fora parar. Estava junto à parede do prédio, prestando atenção nas latas de lixo, quando uma voz conhecida chamou:

– Olá.

Voltei-me, e lá estava Mark Darcy.

Ele me olhou de cima a baixo e dei-me conta de que estava parada na rua – felizmente coordenada – com as roupas de baixo inteiramente à mostra.

– O que está fazendo? – perguntou ele.

– Esperando a lata de lixo telefonar – respondi com dignidade, fechando o casaco em volta de mim.

– Entendo. – Fez-se uma pausa. – Já está esperando... há muito tempo?

– Não – disse eu, com cuidado. – Um tempo normal.

Nesse momento, uma das latas de lixo começou a tocar.

– Ah, deve ser para mim – disse eu, e comecei a tentar chegar até ela.

– Por favor, permita-me – disse Mark, e largou a maleta de mão, saltou com certa agilidade até a parede, enfiou a mão na lata de lixo e atendeu o celular. – Telefone de Bridget Jones – disse. – Sim, claro, vou passar para ela. – E entregou-me o aparelho.

– É para você.

– Quem é? – sibilou Tom, histérico de emoção. – Que voz mais sexy... quem é?

Tapei o bocal com a mão.

– Muitíssimo obrigada – eu disse a Mark Darcy, que nesse momento tirara um punhado de livros de autoajuda da lata e olhava-os com uma expressão intrigada.

– Por nada – disse ele, pondo de volta os livros na lata. – Hum... – Fez uma pausa, olhando para meu casaco de couro.

– O quê? – eu disse, o coração martelando.

– Oh, nada, só, hum, bem, foi bom te ver. – Hesitou. – Bem, mais uma vez, foi bom te ver. – Esboçou um sorriso, virou-se e saiu andando.

– Tom, telefono depois para você – eu disse ao celular chiando em protesto. Meu coração martelava feito louco. Por todas as leis da etiqueta de namoro, eu simplesmente devia deixá-lo ir embora, mas pensava na conversa atrás da cerca.

– Mark?

Ele voltou-se, parecendo muito emocionado. Por um momento, ficamos apenas nos fitando, olhos nos olhos.

– Ei, Bridget! Vai sair para jantar sem roupa?

Era Daniel, aproximando-se, antes da hora, por trás de mim.

Vi Mark absorvendo-o. Lançou-me um longo olhar, pesaroso, deu meia-volta e foi-se embora.

23 HORAS. Daniel não viu Mark Darcy – feliz e infelizmente, porque, por um lado, eu não tinha de explicar o que ele estava fazendo ali, mas, por outro, não podia explicar por que ficara

tão abalada. Assim que entramos no apartamento, Daniel começou a tentar me beijar. Tive uma sensação muito estranha, por não desejá-lo mais após todo o tempo que passei no ano anterior desesperada querendo tê-lo junto a mim e não o tendo.

– ESTÁ BEM, ESTÁ BEM – disse ele, estendendo as mãos com as palmas viradas para mim. – Não tem problema. – Serviu-nos uma taça de vinho e sentou-se no sofá, com as longas pernas esguias muito sensuais no jeans. – Escute. Sei que magoei você, e peço desculpas. Sei que está se sentindo na defensiva, mas sou um homem diferente agora, sou mesmo. Venha se sentar aqui.

– Vou vestir minha roupa.

– Não, não. Venha até aqui – disse ele, dando tapinhas ao lado, no sofá. – Por favor, Bridget. Não vou tocar um dedo em você, prometo.

Sentei-me, cautelosa, sobrepondo o casaco à minha volta, as mãos cruzadas no joelho, com formalidade.

– Isso, isso – disse ele. – Agora, vamos lá, tome esse drinque e simplesmente relaxe.

Passou o braço delicadamente em meus ombros.

– Não sei o que me deu para tratá-la da maneira como a tratei. Foi imperdoável. – Era tão gostoso ser abraçada de novo. – Jones – sussurrou ele com carinho. – Minha pequena Jones.

Puxou-me para junto de si, deitando minha cabeça em seu peito.

– Você não merecia isso. – Aquele perfume familiar dele espalhou-se suavemente por mim. – Isso. Vamos só namorar um pouco. Você vai ficar bem agora.

Acariciava-me os cabelos, o pescoço, as costas, começou a deslizar o casaco tirando-o dos meus ombros, a mão descendo e, com um piparote, abriu meu sutiã.

– Pare com isso! – disse eu, tentando puxar o casaco de volta para os ombros. – Francamente, Daniel. – Comecei a esboçar um sorriso. De repente, vi seu rosto. Ele não sorria.

– Por quê? – disse, puxando bruscamente o casaco dos meus ombros. – Por que não? Por favor.

– Não! – disse eu. – Daniel, nós só íamos sair para jantar. Não quero beijar você.

Ele curvou a cabeça para a frente, a respiração ofegante, depois sentou-se ereto, jogou a cabeça para trás, com os olhos fechados.

Levantei-me, envolvendo-me no casaco, e fui até a mesa. Quando voltei e olhei-o, Daniel cobrira a cabeça com as mãos Percebi que soluçava.

– Lamento, Bridget. Fui rebaixado na editora. Perpétua ficou com meu emprego. Sinto-me sobrando, e agora você não me quer. Nenhuma garota me quer. Ninguém quer um homem da minha idade sem uma carreira.

Fitei-o, espantada.

– E como acha que me senti no ano passado? Quando era a última da pilha naquela editora, com você me passando para trás, transando com todo mundo em volta e fazendo com que eu me sentisse uma reprise?

– Reprise, Bridget?

Eu ia explicar a teoria da reprise, mas me decidi simplesmente não me dar o trabalho de fazê-lo.

– Acho melhor você ir embora agora – disse eu.

– Ah, por favor, Bridget.

– Vá, agora.

Hum. Pois é. Vou simplesmente me desligar de tudo isso. Fico feliz porque vou viajar. Assim conseguirei livrar a cabeça de todas as questões com homens, na Tailândia, e me encontrar comigo mesma.

Sábado, 19 de julho

58,5 quilos (por quê? Logo em dia de compra de biquíni, por quê?), excesso de pensamentos confusos sobre Daniel, 1 parte de baixo do biquíni que coube em mim, meia parte de cima caiu bem em mim, 22 pensamentos maldosos com o príncipe William, 7: número de vezes que escrevi "Príncipe William e sua linda namorada Srta. Bridget Jones em Ascot, na revista *Hello*!"

6H30. Merda, merda, merda. Passei o dia todo em provadores de lojas na Oxford Street, tentando espremer meus seios em sutiãs de biquínis projetados para pessoas cujos seios, além de pequenos, ficam um em cima do outro, com aquela iluminação de cima me fazendo parecer uma *frittata* do River Café. A solução óbvia é comprar um maiô inteiro, mas aí vou voltar com a barriga de textura já flácida acentuada pelo contraste da brancura azeda com o resto do corpo.

Programa de dieta de biquíni urgente destinado à perda do peso-alvo: 1 semana

Dom., 20 de julho	58,5 quilos
Seg., 21 de julho	58 quilos
Ter., 22 de julho	57,5 quilos
Qua., 23 de julho	57 quilos
Qui., 24 de julho	56,5 quilos
Sex., 25 de julho	56 quilos
Sáb., 26 de julho	55,5 quilos

Viva! Assim, daqui a uma semana, a partir de hoje, vou ficar quase abaixo do peso-alvo, portanto, com a maior parte do corpo ajustada, só vou precisar modificar a textura e distribuição da gordura através de exercícios.

Ai, porra. Jamais vai dar certo. Só estou dividindo um quarto e provavelmente a cama com Shaz. Em vez disso, vou me concentrar em meu espírito. De qualquer modo, daqui a pouco Jude e Shazzer vão aparecer. Viva!

MEIA-NOITE. Noitada adorável. É mt. bom voltar a tudo o que era antes com as meninas, embora Shaz ficasse tão excitada e em tamanho frenesi de indignação com a atitude de Daniel que só por pouco consegui impedi-la de ligar para a polícia e mandar prendê-lo por violação de namorada.

– Sobrando? Pode? – vociferava ela. – Daniel é o arquétipo absoluto do homem de fim de milênio. Está ficando claro para ele que as mulheres são a raça superior. E ele está compreendendo que não tem mais papel nem função alguma, portanto, que é que faz? Parte para a violência.

– Bem, ele só tentou beijá-la – disse Jude, com brandura, folheando ociosamente as páginas de *What Marquee*.

– Babaquice! É essa exatamente a questão. Bridget teve uma sorte danada, por ele não ter irrompido de supetão no banco dela vestido de Guerreiro Urbano e matado 17 pessoas com uma metralhadora automática.

Nesse momento, o telefone tocou. Era Tom, com a maior desconsideração, telefonando não para me agradecer pelo envio de seu celular, após toda a merda que esse detalhe irritante causou, mas para pedir o número do telefone da mãe. Parece que anda muito amiguinho dela ultimamente, encarando-a, desconfio, como uma versão meio kitsch de Jude Garland/Ivana Trump (aliás, o que é estranho, pois ainda no ano passado me lembro de mamãe fazendo preleções de que a condição de gay era "pura preguiça, querida, eles simplesmente não querem se dar o trabalho de relacionar-se com o sexo oposto" – mas também isso foi no ano passado). De repente, temi que Tom fosse lhe telefonar para pedir que se apresentasse cantando "Non, je ne regrette rien", metida num vestido sumário coberto de lantejoulas, num clube chamado Pump, o que ela ia – egomaníaca e ingenuamente – aceitar, pensando que era algo relacionado com a maquinaria antiga de Cotswold Mill Houses.

– Para que você quer o número? – perguntei, desconfiada.

– Ela não faz parte de um clube do livro?

– Não sei. Tudo é possível. Por quê?

– Jerome sente que seus poemas estão prontos, por isso estou promovendo encontros em clubes do livro. Ele fez um semana passada em Stoke Newington e foi assombroso.

– Assombroso? – perguntei, inflando as bochechas e fazendo uma cara de vômito para Jude e Shaz.

Acabei dando a Tom o número, apesar das reservas, pois desconfio que mamãe precise de outro tipo de diversão, agora que Wellington foi embora.

– Gente, que história é essa de clubes do livro? – perguntei quando desliguei o telefone. – Sou eu que ando por fora, ou de repente passaram a surgir do nada? A gente pode se associar, ou precisa ser das Casadas Convencidas?

– Precisa ser das Casadas Convencidas – disse Shaz, categoricamente. – Porque elas receiam que suas mentes sejam esgotadas pelas exigências paternalistas dos... Ai, meu Deus, olhe o príncipe William.

– Deixe eu ver – interrompeu Jude, arrancando-lhe das mãos o exemplar da *Hello*! com a foto do esguio jovem fedelho real. Tentei não arrancar o próprio príncipe da revista. Embora, claro, goste de admirar o máximo de fotos possíveis do príncipe William, de preferência em vários trajes diferentes, percebo que a urgência é ao mesmo tempo invasora e errada. Não posso, contudo, ignorar a impressão dos grandes acontecimentos que devem fermentar no jovem cérebro real, e sinto que, na maturidade, ele se erguerá como o antigo cavaleiro da Távola Redonda, arremetendo de espada em riste e criando uma deslumbrante nova ordem, que fará o presidente Clinton e Tony Blair parecerem cavalheiros idosos *passés*.

– Que idade vocês diriam que é jovem demais? – perguntou Jude, com um ar sonhador.

– A de jovem demais para ser seu filho legal – disse Shaz, decidida, como se isso já fizesse parte do estatuto legal: o que suponho que faça, pensando bem, dependendo da idade da gente. Nesse momento, o telefone tocou.

– Ah, olá, querida. Adivinhe só? – Minha mãe. – Seu amigo Tom, você sabe, o gay, bem, ele vai trazer um poeta para se apresentar aqui no Clube do Livro Salva-vidas! Vai ler para a gente poemas românticos. Como Lord Byron! Não acha divertido?

– Ah... a-hã, é? – meti os pés pelas mãos.

– Na verdade, não é nada especial – fungou ela, dando-se ares de importante. – Recebemos sempre autores visitantes.

– É mesmo? Como quem?

– Oh, montes deles, querida. Penny é muito amiga de Salman Rushdie. De qualquer modo, você vem, querida, não vem?

– Quando vai ser?

– Semana que vem, na sexta-feira. Una e eu vamos fazer *vols-au-vent* quentes recheados de iscas de peito de frango.

Um medo repentino quase me provocou convulsões.

– O almirante Darcy e Elaine vão?

– Nossa! Proibida a entrada de garotos, sua tolinha. Elaine vem, mas os rapazes só vão aparecer mais tarde.

– Mas Tom e Jerome vão.

– Oh, eles não são garotos, querida.

– Tem certeza de que os poemas de Jerome são do tipo que...

– Bridget. Não sei o que está tentando dizer. Não nascemos ontem, você sabe. E o que realmente importa na literatura é a liberdade de expressão. Aaaah! Acho que Mark também vem depois. Ele está aqui em Grafton Underwood fazendo o testamento de Malcolm junto com o pai... nunca se sabe!

Sexta-feira, 1º de agosto

58,5 quilos (dieta de biquíni, fracasso total), 19 cigarros (ajuda à dieta), 625 calorias (sem dúvida, não tarde demais).

18H30. Grr. Grr. Parto para a Tailândia amanhã, ainda sem ter posto nada na mala, e não tinha me dado conta de que "sexta-feira da semana que vem" do clube do livro é a porra desta noite. Não quero mesmo, mesmo, ir dirigindo até Grafton Underwood. A noite está quente e vaporosa, e Jude e Shaz vão a uma festa deliciosa no River Café. Mas é óbvio que tenho de dar apoio à mamãe, à vida amorosa de Tom e às artes etc. Isso é respeitar a nós mesmas respeitando os outros. Também não importa se estarei cansada amanhã quando pegar o avião para sair de férias. Claro que os preparativos para a viagem não levarão muito tempo, pois só preciso de um guarda-roupa micro (apenas dois colantes e um sarongue!), e a arrumação das malas sempre se prolonga só para tornar o tempo disponível que tenho mais curto. Isso! Viram? Portanto, vai dar para eu fazer tudo!

MEIA-NOITE. ACABEI DE ENTRAR EM CASA. Cheguei tarde devido à típica *débâcle* das placas de sinalização da rodovia principal (se a guerra fosse hoje, não seria sem dúvida melhor deixá-las de pé para confundir os alemães?). Fui recebida por mamãe, vestida num kaftan de veludo marrom muito estranho, o que me deu a impressão de que ela pretendia parecer literata.

– Como está o salmão? – perguntei, quando ela começou o ti-ti-ti sobre meu atraso.

– Ah, decidimos fazer galinha em vez de salmão – respondeu, torcendo o nariz, e me conduziu pelas portas francesas de vidro ondulado até o salão, onde a primeira coisa que notei foi um novo "brasão de família" acima da lareira de pedras falsas, com a insígnia: "*Hakuna Matata*".

– Psiuuu – fez Una, levando um dedo à boca, arrebatada.

Diante da coleção de pratos de cristal cinzelados, o Pretensioso Jerome, de piercing claramente visível através da túnica preta parecendo molhada, berrava beligerante:

– Vejo os pernis duros dele, cheio de ossos, calejados. Vejo, quero, agarro – para um semicírculo de estarrecidas senhoras vestindo conjunto de saia e paletó, do Clube do Livro, sentadas em reproduções de cadeiras de jantar estilo Regência. Do outro lado da sala, vi a mãe de Mark Darcy, Elaine, exibindo uma expressão de divertimento contido.

– Quero – berrava Jerome. – Agarro os pernis calejados, peludos, dele. Tenho de possuí-lo. Eu me atiro, corcoveio e...

– Bem! Acho que foi um sucesso absolutamente arrasador! – interrompeu de repente mamãe, levantando-se de um salto. – Alguém gostaria de um *vol-au-vent*?

É impressionante a maneira como o mundo das senhoras da classe média consegue conciliar tudo por sua própria conta, transformando o caos e a complicação do mundo real numa corrente maternal segura, agradável, um tanto como a descarga da privada transforma tudo em cor-de-rosa toalete.

– Ah, eu adoro a palavra falada e escrita! Faz me sentir tão livre! – Una derretia-se com Elaine, enquanto Penny Husbands-Bosworth e Mavis Enderbury faziam o maior rebuliço em volta do Pretensioso Jerome, como se ele fosse T. S. Eliot.

– Mas eu não tinha terminado – queixou-se Jerome. – Eu queria interpretar "As contemplações do enrabado com o punho" e "Os buracos rasos dos homens".

Então começou uma barulheira.

– "Se puderes guardar o sangue-frio diante de quem fora de si te acusar, e, no instante em que duvidem de teu ânimo e firmeza..."

Eram papai e o almirante Darcy. Os dois às quedas. Ai, meu Deus. Nos últimos tempos, toda vez que vejo o papai, ele parece completamente bêbado, num cenário de inversão de papéis filha/pai.

– "Se tu puderes ter fé na própria fortaleza, sem desprezar contudo a desconfiança alheia..." – berrou o almirante Darcy, desabando com um salto de uma cadeira, para a alvoroçada comoção das senhoras presentes.

– "Se tu puderes não odiar a quem te odeia, nem pagar com a calúnia a quem te calunia" – acrescentou papai, quase às lágrimas, cambaleando em busca do apoio do almirante.

O duo bêbado continuou recitando o poema "Se"* de Rudyard Kipling inteiro, ao estilo de Sir Laurence Olivier e John Gielgud, diante da fúria de mamãe e do Pretensioso Jerome, que logo se puseram a atacar com vaias simultâneas.

– É típico, típico, típico – sibilou mamãe, enquanto o almirante Darcy, agora ajoelhado, dando-se tapas no peito, entonou:

– "Se puderes, ao ver em pedaços destruída pela sorte maldosa, a obra de tua vida..."

– Isso é obstinação colonialista regressiva – sibilou Jerome.

– "Se tu puderes coração, músculos, nervos reduzir da vontade à condição de servos, que, embora...."

– Acho esse poema cheio de porras de rimas – tornou a sibilar Jerome.

– Jerome, não admito essa palavra em minha casa – também tornou a sibilar mamãe.

– "...exaustos, lhe obedeçam ao comando..." – disse papai, mergulhando em seguida no tapete encaracolado, fingindo-se de morto.

– Bem, então por que você me convidou? – sibilou Jerome, desta vez, sibilando para valer.

---

*Aqui citado em tradução de Alcântara Machado. (*N. da T.*)

– "...e no meio da turba a personalidade, impávido afrontar adulações, engodos, opressões, merecer a confiança de todos..." – bramiu o almirante.

– "Sem que possa contar, todavia, contigo incondicionalmente" – rosnou papai do tapete – o teu melhor amigo... – ajoelhou-se de um salto e ergueu os braços estendidos – "a Terra será tua!"

Uma imensa rodada de aplausos elevou-se das senhoras, enquanto Jerome se retirava de modo brusco, batendo a porta, e Tom saía apressado atrás dele. Voltei-me, olhando desesperada para trás, e dei em cheio com os olhos de Mark Darcy.

– Foi interessante! – disse Elaine Darcy, vindo ficar ao meu lado, quando me curvei para recuperar a compostura. – A poesia unindo os velhos e os jovens.

– Os bêbados e os sóbrios – acrescentei.

Dito isso, o almirante Darcy aproximou-se cambaleando da mulher, apegado ao seu poema.

– Minha querida, minha querida, minha adorada! – disse, arremetendo para cima dela. – Olhe quem está aqui, como é mesmo o nome dela – exclamou, examinando-me. – Linda! Mark já chegou, esse é o meu garoto! Veio nos pegar, ponderado e sensato como um juiz. Sozinho. Não sei, não! – continuou.

Os dois se viraram para olhar Mark, sentado à mesa simples de apenas 3 *pennies*, escrevendo algo e contemplado de cima por um golfinho de opalina azul.

– Redigindo meu testamento numa festa! Não sei, não. Trabalho, trabalho, trabalho! – bramiu o almirante. – Ele trouxe aquela namoradinha junto... como é mesmo o nome dela... minha querida, Rachel, é? Betty?

– Rebecca – disse Elaine, mordaz.

– Quando dei por mim, ela não era vista em lugar algum. Perguntei a ele o que tinha acontecido com ela, e lá veio ele resmungando! Não suporto caras que resmungam! Nunca suportei.

– Bem, não acho que ela era realmente... – murmurou Elaine.

– Por que não! Por que não! Perfeitamente boa! Não sei, não! Criando caso em esta, essa e aquela! Com tudo! Espero que vocês mocinhas não fiquem sempre esvoaçando aqui e acolá como esse pessoal jovem parece fazer!

– Não – disse eu, pesarosa. – Na verdade, quando a gente ama uma pessoa, é muito difícil tirá-la do nosso organismo quando ela cai fora.

Ouviu-se um barulho de queda estrondosa. Voltei-me e vi que Mark Darcy tinha derrubado o golfinho de opalina azul, que por sua vez abatera um vaso de crisântemos e um porta-retrato, causando uma barafunda de vidro quebrado, flores e pedaços de papel, o medonho golfinho ficando como por milagre intacto.

Instalou-se uma comoção quando todos, mamãe, Elaine e o almirante Darcy, acorreram ao local. O almirante caminhava a passos largos, e papai tentava empurrar o golfinho para o chão, dizendo:

– Vou me livrar dessa coisa horrorosa – e Mark juntando os papéis e oferecendo-se para pagar tudo.

– Está pronto para ir embora, papai? – perguntou Mark, emburrado, parecendo profundamente sem graça.

– Não, não, no devido tempo, estou em ótima companhia com a... Brenda aqui. Me sirva mais um porto, por favor, filho?

Houve uma pausa de mal-estar, quando Mark e eu nos entreolhamos.

– Como vai, Bridget? – perguntou, brusco. – Vamos, papai, acho mesmo que devemos ir embora.

– Sim, venha, Malcolm – disse Elaine, pegando o braço do marido com carinho. – Ou você também vai acabar se estatelando no chão.

– Ah, estatelar, estatelar, não sei, não.

Os três se despediram, Mark e Elaine conduziram o almirante pela porta. Fiquei olhando-os saírem, sentindo-me vazia e arrasada, aí Mark de repente reapareceu, vindo em minha direção.

– Ah, esqueci a caneta – disse, pegando sua Mont Blanc da mesa simples. – Quando é que vai para a Tailândia?

– Amanhã de manhã. – Por uma fração de segundo, eu podia jurar que ele pareceu desapontado.

– Como soube que eu ia para a Tailândia?

– Grafton Underwood não fala de outra coisa. Já fez as malas?

– O que você acha?

– Nem uma única calcinha – disse ele, com uma careta.

– Mark – berrou o pai dele. – Anda logo, menino, achei que você estava louco para ir embora.

– Já vou – disse Mark, virando-se. – Isto é para você. – Entregou-me um pedaço de papel dobrado várias vezes, lançou-me um... hã... olhar penetrante... e saiu.

Esperei até ninguém estar olhando e desdobrei a folha com as mãos trêmulas. Era só uma cópia do poema do papai e do Almirante Darcy. Para que ele me deu aquilo?

Sábado, 2 de agosto

58 quilos (hum, fracasso total da dieta pré-férias), 5 unidades alcoólicas, 42 cigarros, 4.457 calorias (desespero total), 0 item posto na mala, 6 ideias quanto ao paradeiro do passaporte, 0 ideia sobre o paradeiro do passaporte que revelou ter qualquer substância.

5 HORAS. Por que, ah, por que vou viajar nas férias? Vou passar todos os dias desejando que Sharon fosse o Mark Darcy e ela

desejando que eu fosse o Simon. São cinco horas da manhã. O quarto todo está coberto de roupa lavada úmida, canetas esferográficas e sacos plásticos. Não sei quantos sutiãs levar, não consigo encontrar meu tubinho preto da Jigsaw sem o qual não posso viajar, nem a mule cor-de-rosa transparente. Ainda não peguei os cheques de viagem, e acho que o limite do meu cartão de crédito já está estourado. Faltam só uma hora e cinquenta minutos para eu sair de casa e não vai caber tudo isso na mala. Talvez seja melhor eu fumar um cigarro e ver o folheto da Tailândia por alguns minutos, para me acalmar.

Huumm. A luz da secretária está piscando. Como é que não notei?

5H10. Apertei o botão OUVIR RECADOS.

– Oi, Bridget, aqui é o Mark. Só estive imaginando. Você sabe que na Tailândia agora é a estação das chuvas? Talvez seja bom você levar um guarda-chuva na mala.

11. Tailândia embalada para viagem

Domingo, 3 de agosto

Sem peso (no ar), 8 unidades alcoólicas (mas durante o voo, portanto canceladas pela altitude), 0 cigarro (desesperada: poltrona na área dos não fumantes), 1 milhão de calorias (todo constituído de coisas que nunca sonharia em pôr na boca, se não estivessem na bandeja do voo), 38 traques do companheiro de viagem (até agora) ao lado, 0 variação no aroma dos traques.

16 HORAS. HORÁRIO INGLÊS. DENTRO DO AVIÃO NO CÉU. Finjo-me muito ocupada com o walkman e escrevo, enquanto o abominável homem sentado ao meu lado, de terno marrom-claro de tecido sintético, não para de falar comigo, entre traques silenciosos mas letais de tão fedorentos. Tentei fingir que tinha dormido, apertando o nariz, mas após alguns minutos o abominável homem me bateu de leve no ombro e perguntou:

– Você tem algum passatempo?

– Tenho, cochilar – respondi, mas nem isso o dissuadiu, e alguns segundos depois fui mergulhada no sombrio mundo da escrita cuneiforme.

Sharon e eu sentamo-nos em lugares separados, porque para variar cheguei atrasada ao avião e só havia três lugares separados, e ela ficou mal-humorada comigo. Parece, contudo, ter inexplicavelmente superado o mau humor, o que nada tem a ver com o fato de estar sentada ao lado de um estranho parecido com Harrison Ford em *Indiana Jones*, de jeans e camisa cáqui amassada, rindo como um dreno (expressão esquisita, não?) de tudo que ele diz. Isso apesar do fato de Shaz detestar todos os homens, por perderem seu papel e se voltarem para o "fiquismo" e a violência insensata. Eu, enquanto isso, estou grudada nesse Sr. Máquina de Traque de Tecido Sintético, e não vou poder fumar um cigarro por 12 horas. Graças a Deus, comprei Nicorette.

Início não mt. b., mas mesmo assim me sinto bastante empolgada com a viagem para a Tailândia. Sharon e eu vamos ser viajantes, e não turistas, isto é, não vamos ficar em circuitos turísticos hermeticamente vedados, mas sim ter a verdadeira experiência da religião e da cultura.

Metas das férias:

1. Ser viajante estilo hippie.
2. Perder peso por disenteria branda, mas que de preferência não ameace a vida.
3. Adquirir um bronzeado que me deixe com um tom de biscoito – não laranja vivo como Sheryl Gascoigne – e que não me cause melanoma ou rugas.
4. Divertir-me à beça.
5. Achar meus óculos escuros. (Espero que estejam na mala.)
6. Nadar e tomar banho de sol (sem dúvida só vai chover em pancadas rápidas tropicais).
7. Visitar templos (espero que não demais, contudo).
8. Ter epifania espiritual.

Segunda-feira, 4 de agosto

55 quilos (não é mais possível me pesar, portanto posso escolher o peso segundo meu estado de espírito: excelente vantagem de viagem), 0 caloria, 12 minutos não passados no banheiro (a sensação é essa).

2 HORAS. HORA LOCAL. BANGCOC. Shazzer e eu estamos tentando dormir no pior lugar que já estive na vida. Acho que vou sufocar e deixar de respirar. Quando sobrevoamos Bangcoc na chegada, pairava uma nuvem espessa e chovia canivetes. A Casa dos Hóspedes "Pecado São" (Sin Sae)* não tem banheiro, só medonhos buracos fedorentos no chão em cubículos. A janela aberta e o ventilador não fazem a mínima diferença, pois o ar é a coisa mais próxima possível de água quente, sem na verdade sê-lo. Tem uma discoteca no subsolo (do hotel, não do banheiro) e nas pausas ouço todo mundo, na rua inteira, gemendo, também sem conseguir dormir. Sinto-me inchada e exausta. Os cabelos primeiro se transformaram em penas, depois escorreram e ficaram grudados no rosto. Pior de tudo, Sharon não para de papaguear sobre o estranho do avião parecido com Harrison Ford.

– ...Um cara tão viajado... estava na Sudan Airways quando o piloto e o copiloto decidiram cumprimentar todos os passageiros a bordo e a porta da cabine se trancou atrás deles! Tiveram de derrubá-la com um machado. Tão espirituoso. Está hospedado no Oriental, disse que vai aparecer aqui.

– Achei que a gente não queria nada com homens – disse eu, mal-humorada.

– Não, não, só acho que se estamos num lugar estranho, é útil conversar com alguém tão viajado.

6 HORAS. Acabei dormindo só às quatro e meia, para ser acordada às quinze para as cinco por Sharon pulando na cama e dizendo que devemos ir a um templo e ver o sol nascer (através de quase 100 metros de nuvens?) Não dá para eu ir. Aargh! Parece que há algo horrível no meu estômago. Não paro de dar arrotos com gosto de ovo choco.

---

*Em inglês, trocadilho onomatopaico com *Sin*, pecado, *As*[n]*e*, são, de espírito. (*N. da T.*)

11 HORAS. Sharon e eu já estamos acordadas há cinco horas, quatro e meia das quais passadas nos revezando em idas ao "banheiro". Ela diz que o sofrimento e a vida simples são partes da epifania espiritual. O conforto físico não apenas é desnecessário, mas também um impedimento à espiritualidade. Vamos meditar.

MEIO-DIA. Viva! Hospedamo-nos no Hotel Oriental! Percebo que uma noite vai nos custar mais que uma semana em Corfu, mas trata-se de uma emergência, e para que servem os cartões de crédito, afinal? (O de Shazzer tem limite de sobra e ela disse que eu posso lhe pagar depois. Pergunto-me: será certo ter epifania espiritual com o cartão de crédito de outra pessoa?)

As duas concordamos que o hotel é maravilhoso e trocamos de roupa, vestindo roupões azul enfumaçado. Shazzer também disse que não é necessário ser completamente primitiva o tempo todo para ser viajante, pois o que faz a pessoa ter uma epifania espiritual é o contraste entre os diferentes mundos e estilos de vida. Eu não podia estar mais de acordo. Apreciei imensamente, por exemplo, a presença simultânea de privada e bidê, em vista do cenário atual do estômago.

20 HORAS. Shazzer estava dormindo (ou morta de disenteria), portanto decidi dar uma volta no terraço do hotel. Simplesmente deslumbrante. Debrucei-me sobre a escuridão manchada de pinceladas róseas e suaves brisas, desprendendo as penas grudadas no rosto e contemplando o rio Chao Phraya – com todas as luzes piscando e os barcos em estilo oriental rondando à espreita. Voar é maravilhoso. Há apenas 24 horas eu estava sentada na cama, em casa, cercada de roupa lavada úmida – agora tudo é incrivelmente exótico e romântico. Já ia acender um cigarro, quando de repente um elegante isqueiro de ouro apareceu debaixo do meu nariz. Era o Harrison Ford do avião! O garçom trouxe dois copos com gin e tônica que

pareciam bastante fortes. Harrison Ford, ou "Jed", explicou que era mt. importante tomar quinino nos trópicos. Vi bem por que Shaz tinha se enrabichado por ele. Perguntou-me quais eram nossos planos. Disse-lhe que tínhamos decidido ir à ilha hippie de Koh Samui para ficar numa cabana e ter uma epifania espiritual. Ele disse que talvez também fosse. Eu disse que Sharon ia gostar de saber disso (pois é óbvio que ele era dela, embora eu não o dissesse a Harrison Ford), e que era melhor ir logo acordá-la. A essa altura, sentia-me meio embriagada com todo aquele quinino, e em seguida entrei em pânico, quando ele correu delicadamente o dedo pela minha face e curvou-se para mim.

– Bridget – sibilou uma voz –, considere-se uma merda de uma amiga.

Ah, não, Ah, não. Era Shazzer.

Quinta-feira, 7 de agosto

54,5 quilos ou talvez 2? 10 cigarros, 0 nascer do sol.

Ilha de Koh Samui, Tailândia. Hum: ritmos parecendo rap ou similar.

Chegamos a uma mt. idílica – à parte a chuva torrencial – praia hippie: lindo semicírculo de areia, com pequenas cabanas de palafitas e restaurantes por toda a orla. As cabanas são de bambu, com varandas dando para o mar. A situação continua um tanto estremecida entre mim e Shaz, e ela tomou uma aversão irracional a "Rapazes Que Têm Cabanas ao Lado da Nossa", com a consequência de que, embora só tenhamos chegado aqui há 18 horas, já tivemos de mudar três vezes de cabana debaixo de chuva. A primeira vez foi até bastante justa, pois, mal passados três minutos, os rapazes apareceram e tentaram nos vender uma coisa que era heroína, ópio ou doce de leite. Depois nos mudamos para uma nova cabana, e os rapazes da cabana ao lado pareciam mt. bem-apessoados, tipo bioquímicos ou algo semelhante. Infelizmente, contudo, os bioquímicos apareceram e nos disseram que alguém tinha se enforcado em nossa cabana três dias antes. Shazzer insistiu em que saíssemos de lá. Desta vez foi de amargar. Os bioquímicos haviam se oferecido para nos ajudar com as malas, mas Shazzer não foi com a cara de nenhum e recusou, tivemos de enfrentar séculos de caminhada quilométrica pela praia com as malas pesadas. O resultado disso, após viajar 20 mil milhas para acordar à beira-mar, foi acabarmos numa cabana que dava para os fundos de um restaurante e um esgoto. Portanto, agora temos de nos levantar e refazer todo o caminho pela praia para procurar outra cabana que fique no mar mas não tenha a espécie errada de rapazes por perto, nem carma pós-enforcamento. Maldita Shazzer.

23H30. Aargh, foi demais no restaurante de maconha, Shaz fantástica pra burro. Melhor amiga.

Sexta-feira, 8 de agosto

50,5 quilos (maravilhoso subproduto de explosão estomacal), 0 unidade alcoólica, 0 (mt.b.) cigarro, 12 cogumelos mágicos (huumm, uuuuuuh, uiiiiiih).

11H30. Quando acordei, reconheço, tarde demais, vi-me sozinha. Não encontrei Shazzer em lugar algum da cabana, por isso fui até a varanda dar uma olhada. De modo meio preocupante, as assustadas garotas suecas da cabana vizinha pareciam ter sido substituídas por um Rapaz Que Tem Cabana Vizinha à Nossa, mas sem sombra de dúvida isso não era culpa minha, pois viajantes chegam e saem o tempo todo. Pus os óculos de sol prescritos, pois as lentes de contato ainda não chegaram, e sob uma inspeção mais meticulosa, acabei vendo que o Rapaz Que Acabara de Ter Cabana Vizinha à Nossa era o acariciador/beijoqueiro do Hotel Oriental parecido com Harrison Ford. Prestando atenção, vi-o virar-se e sorrir para alguém que saía de sua cabana. Era Shazzer, revelando que toda a filosofia de "todo cuidado é pouco em viagens, evitar Rapazes Que Têm Cabana Vizinha à Nossa", tem uma gigantesca exceção: "a não ser que sejam muitíssimo atraentes".

13 HORAS. Jed vai nos levar a um bar para comermos uma omelete de cogumelos mágicos! A princípio ficamos em dúvida, considerando-se que somos estritamente contra as substâncias alucinógenas, mas Jed explicou que os cogumelos não são drogas, mas naturais, e proporcionariam um portal para nossa epifania espiritual. Estou mt. entusiasmada.

14 HORAS. Sou linda de um jeito impressionante, exótico, deslumbrante e parte de todas as cores da vida, com todas as suas leis. Quando me deito na areia e olho o céu pelo meu quepe de exército, pontinhos de luz brilham através dele, e isso é a coisa mais linda, linda, preciosa, na imagética espiritual. Shazzer é linda. Vou entrar no mar com o quepe para que a beleza daquela imensidão verde combine com os preciosos pontinhos de luz que parecem joias.

17 HORAS. Sozinha no restaurante de maconha. Shazzer não está falando comigo. Após a omelete de cogumelos mágicos, nada aconteceu a princípio, mas, no caminho de volta à ca-

bana, de repente, tudo começou a parecer engraçadíssimo, e infelizmente tive um ataque de riso incontrolável. Shaz, contudo, não pareceu entrar na brincadeira. Ao chegarmos à nossa última cabana, decidi pôr minha rede do lado de fora, usando uma corda fina, que se rompeu, e caí estatelada na areia. Na hora, isso pareceu tão divertido que eu logo quis fazer de novo e, segundo Shazzer, repeti a divertida queda da rede durante 45 minutos, constatando que a repetição em nada diminuía a diversão. Jed tinha ficado com Shaz na cabana, mas saiu para dar uma nadada, e por isso decidi entrar para falar com ela. Deitada na cama, gemia:

– Sou horrorosa, horrorosa, horrorosa, horrorosa.

Alarmada pelo contrastante humor de autoaversão de Shaz com o meu, corri para tentar animá-la. No caminho, contudo, captei a visão de mim no espelho, e jamais vira um ser humano mais lindo, fascinante, arrebatador em toda a vida.

Shaz alega que nos quarenta minutos seguintes fiquei tentando animá-la, mas ao mesmo tempo interrompendo-me enlouquecida com a visão de mim mesma no espelho, fazendo poses e suplicando-lhe que me admirasse. Enquanto isso, ela sofria um trauma total, achando que tinha ficado com todo o rosto e corpo deformados. Saí para buscar comida e voltei às gargalhadas com uma banana e um Bloody Mary, dizendo-lhe que a garçonete no restaurante tinha um abajur na cabeça, e voltei depois, imbecilizada, ao meu posto no espelho. Em seguida, diz Shaz, fiquei deitada na praia durante duas horas e meia, com os olhos fixos por trás do quepe do exército e ondulando os dedos com arabescos em pleno ar, enquanto ela estudava seriamente a possibilidade de se suicidar.

Só lembro é que estava curtindo o tempo mais feliz da vida, certa de que tinha entendido as leis profundas e permanentes da vida, e de que a única coisa necessária era mergulhar em profundo fluxo – como se descreve na íntegra em *Inteligência emocional* – para assim fluir com as *Leis à maneira Zen*, e aí, de repente, foi como se houvessem desligado uma tomada. Voltei à cabana e, em vez da radiante encarnação feminina do radiante Buda/Yasmin Le Bon, era apenas eu no espelho, o rosto vermelho em carne viva e suado, os cabelos de um lado escorridos, grudados na cabeça, e do outro espetados para fora em picos e chifres, e Shazzer na cama me olhando com a expressão do assassino da machadinha. Estou mt. triste e envergonhada com o meu comportamento, mas não fui eu, foram os cogumelos.

Talvez, se eu voltar para a cabana e conversar um pouco sobre epifania espiritual, ela deixe de ficar tão carrancuda.

Sexta-feira, 15 de agosto

51kg (num estado de espírito ligeiramente mais aperfeiçoado hoje), 5 unidades alcoólicas, 25 cigarros, 0 epifania espiritual, 1 desastre.

9 HORAS. Tivemos ótimas férias, embora não uma epifania espiritual. Senti-me meio abandonada porque Shazzer sumia muitas vezes com Jed, mas o sol, apesar de poucas vezes, deu o ar de sua graça, portanto nadei e tomei banho de sol enquanto eles transavam, e à noite saíamos os três para jantar. Shazzer está meio desconsolada porque Jed partiu ontem à noite para conhecer outras ilhas. Vamos tomar um café da manhã revigorante (mas não com cogumelos mágicos), e depois seremos mais uma vez só nos duas e vamos nos divertir à beça. Viva!

11H30. Ai, meu Deus, merda e porra. Sharon e eu acabamos de voltar à cabana e de constatar que o cadeado foi aberto e nossas bagagens desapareceram. Tenho certeza de que tranquei o cadeado, mas sem dúvida devem tê-lo arrombado. Felizmente, tínhamos os passaportes e nem tudo estava guardado nelas, mas parece que nossas passagens e cheques de viagem também sumiram. O limite do cartão de Shazzer já estourou com Bangcoc e todas as compras. Só temos 38 dólares as duas juntas, o voo para Londres que sai de Bangcoc é na terça-feira, e estamos numa ilha a quilômetros de distância. Sharon não para de chorar e eu de tentar animá-la, quase sem resultado.

Todo o cenário lembra *Thelma e Louise*, quando Thelma dorme com Brad Pitt, que rouba todo o dinheiro delas, e Geena Davis diz que está tudo bem, e Susan Sarandon aos prantos diz: "Não está nada bem. Thelma, definitivamente, não está nada bem."

Mesmo a viagem a Bangcoc para pegar o avião vai nos custar a cada uma 100 dólares, e ainda por cima como saber se vão acreditar no aeroporto de Bangcoc que perdemos as passagens, ou se podemos... Ai, meu Deus. Preciso manter a cabeça e o ânimo elevados. Acabei de sugerir a Shazzer que fôssemos ao restaurante de maconha e tomássemos dois bloody marys para dormir logo, e ela pirou.

O problema é que uma parte de mim está frenética e a outra acha que é brilhante ter uma crise e aventura, pois é uma mudança tão grande em relação à preocupação com a circunferência das minhas coxas. Acho que vou simplesmente sair de fininho e buscar os bloody marys. Talvez nos anime. De qualquer modo, nada podemos fazer até segunda-feira, pois tudo está fechado: a menos que encontremos um bar e levantemos dinheiro com danças exóticas, cuspindo bolas de pingue-pongue de dentro de nós. Só acho que não vamos estar à altura da competição.

13 HORAS. Viva! Shaz e eu vamos viver em Koh Samui como hippies, vendendo cachos de banana na praia. Eis aí a epifania espiritual. Brilhante pra burro. Só podemos contar com nós mesmas. Espiritualidade total.

17 HORAS. Hum. Shaz continua dormindo, o que me alegra, porque ela parece encarar as coisas de modo um tanto difícil. Isso, acho, é uma oportunidade para testar nossa autoconfiança. Já sei. Vou ao grande hotel e perguntaria na recepção quais os meios disponíveis para enfrentar uma crise. Por exemplo, posso ligar para a empresa dos cheques de viagem. Mas não vamos jamais conseguir receber o reembolso a tempo. Não, não. Mantenha-se positiva.

19 HORAS. Viram? Desde que a gente mantenha o ânimo elevado, uma solução sempre vem ao nosso encontro para nos tirar de um buraco. Com quem dei de cara ao chegar ao hotel? Jed. Ele disse que a viagem às outras ilhas tinha sido cancelada por causa da chuva, que ia voltar para Bangcoc mais tarde naquela noite e já ia saindo ao nosso encontro para despedir-se de nós antes de partir. (Acho que Shaz talvez fique meio chateada por ele não ter ido direto procurá-la, mas ainda assim. Talvez imaginasse que já tínhamos ido embora ou... Vejam bem, não vou começar a ficar obcecada por Sharon.)

Seja como for, Jed foi solidário mesmo, embora dissesse que jamais deveríamos ter deixado coisas de valor na cabana, mesmo trancada a cadeado. Passou-me uns sermões (meio como uma figura sacerdotal/paternal/danado de sensual) e depois disse que devíamos nos apressar e chegar a Bangcoc a tempo para o voo de terça-feira, pois todos os voos que partiam naquele e no dia seguinte estavam lotados, mas ia tentar conseguir passagens para nós no trem noturno do dia seguinte, que faria a conexão. Também ofereceu algum dinheiro para os táxis e para pagar o hotel aqui. Achava que se telefonássemos o mais cedo possível na segunda-feira para o agente de viagens em Londres, ele emitiria de novo as passagens para pegarmos no aeroporto.

– Bem, vamos lhe pagar logo – disse eu, agradecida.

– Ora, não se preocupe – disse ele. – Não é tanto assim.

– Não, vamos sim – insisti.

Ele é um deus onírico, generoso e rico, embora obviamente dinheiro não seja importante. A não ser quando desaparece nas crises.

Segunda-feira, 18 de agosto

No trem de Surat Thani Koh Samui para Bangcoc. Muito bonita a viagem de trem, vendo passar todos os campos cheios de arrozais e as pessoas com chapéus triangulares. Todas as vezes que o trem para, pessoas se aproximam das janelas oferecendo deliciosos petiscos de galinha. Não consigo parar de pensar em Jed. Foi tão gentil e prestativo conosco, de um modo que me fez lembrar Mark Darcy quando ainda não tinha se mandado com Rebecca. Ele até nos deu uma de suas malas para pormos nossos pertences que não haviam sido roubados, todos os xampus e sabonetes em miniatura que tinha juntando nos vários hotéis onde se hospedou. Shaz está feliz porque os dois trocaram números de telefone e endereços e vão se encontrar assim que ela chegar. Na verdade, para ser inteiramente honesta, Shazzer está convencida disso a um ponto quase intolerável. Mas, isso é bom, considerando-se o tempo horrível que passou com Simon. Sempre desconfiei de que ela não odiava todos os homens, só os merdas. Ai, meu Deus. Espero que a gente chegue a tempo de pegar o avião.

Terça-feira, 19 de agosto

11 HORAS. AEROPORTO DE BANGCOC. Parece que estou tendo um terrível pesadelo. Uma porra de uma confusão total parece correr disparada pela minha cabeça, e mal consigo enxergar. Shazzer foi na minha frente para segurar o avião enquanto eu pegava a bagagem. Tive de passar por um oficial com um cachorro na coleira enfiando o focinho na minha mala e latindo. Os funcionários da linha área puseram-se todos a tagarelar ao mesmo tempo, e depois uma mulher armada me segurou pelo braço e pegou a mala, levando-me para uma sala isolada. Esvaziaram a mala e com uma faca rasgaram o forro; dentro, havia um saco plástico transparente cheio de pó branco. E aí... Ai, meu Deus. Ai, meu Deus. Alguém me ajude, socorro.

Quarta-feira, 20 de agosto

45 quilos, 0 unidade alcoólica, 0 caloria, 0 probabilidade de comer mais uma vez comida de viagem tailandesa.

11 HORAS. DETIDA PELA POLÍCIA, BANGCOC. Calma. Calma. Calma.

11H01. Calma.

11H02. Puseram correntes de ferro em minhas pernas. Puseram CORRENTES DE FERRO em minhas pernas. Estou fedendo, numa cela do Terceiro Mundo, com oito prostitutas e um penico no canto. Isso não pode estar acontecendo.

11H05. Oh, Deus. Tudo o que aconteceu começa a encaixar-se. Não dá para acreditar que alguém possa ter sido tão impiedoso para dormir com uma pessoa, roubar-lhe em seguida todos os pertences e enganá-la, tornando-a uma mula. É inacreditável. De qualquer modo, espero que o embaixador britânico chegue logo para eu explicar tudo e ele me tirar daqui.

MEIO-DIA. Estou ficando meio ansiosa com o paradeiro do embaixador britânico.

13 HORAS. Com certeza o embaixador britânico vai aparecer depois do horário do almoço.

14 HORAS. Talvez o embaixador britânico tenha sido detido, talvez por um caso mais urgente de verdadeiro traficante de drogas, ao contrário de uma otária inocente.

15 HORAS. Ai, meu Deus, merda e porra. Espero que tenham mesmo avisado ao embaixador britânico. Sem dúvida Shazzer já deu o alerta. Talvez a tenham detido também. Mas onde está ela?

15H30. Escutem, preciso me manter estruturada. Tudo que tenho agora sou eu mesma. Maldito Jed. Preciso não guardar ressentimento... Ah, meu Deus, estou morta de fome.

16 HORAS. O guarda acabou de aparecer com um pouco de arroz nojento e alguns objetos pessoais que permitiram que eu conservasse – duas calcinhas, uma foto de Mark Darcy e outra de Jude mostrando a Shazzer como ter um orgasmo, e um pedaço de papel amassado do bolso do jeans. Tentei perguntar ao guarda sobre o embaixador britânico, mas ele só balançou a cabeça e disse algo que não consegui entender.

16H30. Viram? Mesmo quando tudo parece péssimo, acontece alguma coisa instrutiva. O papel todo amassado era o poema de papai do clube do livro que Mark Darcy me deu.

"Se", de Rudyard Kipling

Se puderes guardar o sangue-frio diante
de quem fora de si te acusar...

Oh, meu Deus. Oh, meu DEUS. Será que ainda há decapitação na Tailândia?

Quinta-feira, 21 de agosto

40 quilos (mt. b., mas imaginários), 14 unidades alcoólicas (mas também imaginárias), 0 cigarro, 12 calorias (arroz), 55: número de vezes que quisera ter viajado para Cleethorpes em vez de para a Tailândia.

5 HORAS. Passei uma noite medonha, deitada num saco velho infestado de moscas e recheado com meias, disfarçado de colchão. É engraçado como a gente logo se acostuma a ficar imunda e desconfortável. O pior é o cheiro. Consegui dormir duas horas, o que foi fantástico, a não ser no momento em que acordei e me lembrei do que aconteceu. Ainda nem sinal do embaixador britânico. Com certeza, tudo não passou de um engano e ai ficar tudo bem. Preciso manter o ânimo elevado.

10 HORAS. Um guarda acaba de aparecer na porta com um cara parecendo Sloaney, de camisa cor-de-rosa.

– Você é o embaixador britânico? – berrei, quase me atirando nele.

– Ah. Não. Assistente do cônsul. Charlie Palmer-Thompson. É um grande prazer conhecê-la. – Apertou-me a mão de uma forma que teria sido tranquilizadoramente britânica, não tivesse ele esfregado-a nas calças depois para limpá-la.

Perguntou-me o que havia acontecido comigo e anotou os detalhes num pequeno caderno encapado de couro Mulberry, fazendo comentários do tipo:

– Sim, sim. Oh, Nossa mãe, que assustador – como se eu estivesse lhe contando uma historinha de polo. Comecei a entrar em pânico quando (a) ele não pareceu entender bem a gravidade da situação, (b) não pareceu – não por esnobismo, nem nada disso – ter exatamente um cérebro de britânico e (c) não pareceu quase tão certo quanto eu gostaria de que tudo não passara de um erro e iam me soltar a qualquer momento.

– Mas por quê? – perguntei, após contar-lhe mais uma vez toda a história.

– Bem, entenda, o problema é que... – Charlie curvou-se com um ar convencional – todo mundo que vem para cá tem histórias muito semelhantes às suas. Portanto, a não ser que esse maldito sujeito Jed faça uma confissão completa, é uma situação meio difícil.

– Vou ser condenada à morte?

– Bom Deus, não. Que coisa mais terrível. Não deve pensar nisso. O pior que pode pegar são uns dez anos.

– DEZ ANOS? Mas eu não fiz nada!

– Sim, sim, foi um cara safado, eu sei – disse ele, balançando a cabeça em confirmação.

– Mas eu não sabia!

– Claro, claro – disse ele, parecendo que tinha se metido numa situação ligeiramente constrangedora num coquetel.

– Vai fazer tudo que puder?

– Sem dúvida – disse ele, levantando-se. – Vou.

Disse que ia trazer uma relação de advogados para eu escolher e podia dar dois telefonemas para mim, só para informar os detalhes do que tinha acontecido. Eu estava num terrível dilema. A melhor pessoa, em termos práticos, seria Mark Darcy, mas na verdade não me agradava a ideia de admitir que tinha entrado mais uma vez numa fria, sobretudo depois que ele resolveu toda aquela confusão com mamãe e Júlio no ano anterior. Acabei optando por Shazzer e Jude.

Sinto que meu destino está agora nas mãos de algum calouro recém-saído de Oxbridge Sloane. Deus do céu, é tão horrível aqui dentro. Tão quente, fedorento e esquisito. Acho que nada disso é real.

16 HORAS. Muito tétrico. Em toda a minha vida sempre tive a sensação de que algo terrível estava prestes a acontecer e agora aconteceu.

17 HORAS. Não posso desmoronar. Preciso manter a mente desligada de tudo isso. Talvez leia o poema e tente ignorar as duas primeiras estrofes.

"Se", de Rudyard Kipling

Se puderes guardar o sangue-frio diante
de quem fora de si te acusar, e, no instante
em que duvidem de teu ânimo e firmeza,
tu puderes ter fé na própria fortaleza,
sem desprezar contudo a desconfiança alheia...

Se tu puderes não odiar a quem te odeia,
nem pagar com a calúnia a quem te calunia,
sem que tires daí motivos de ufania,
sonhar, sem permitir que o sonho te domine,
pensar, sem que em pensar tua ambição se confine,
e esperar sempre e sempre, infatigavelmente...

Se com o mesmo sereno olhar indiferente
puderes encarar a Derrota e a Vitória,
como embustes que são da fortuna ilusória,
e estoico suportar que intrigas e mentiras
deturpem a palavra honesta que profiras...

Se puderes, ao ver em pedaços destruída
pela sorte maldosa, a obra de tua vida,
tomar de novo a ferramenta desgastada
e, sem queixumes vãos, recomeçar do nada...

Se tendo loucamente arriscado e perdido
tudo quanto era teu, num só lance atrevido,
se puderes voltar à faina ingrata e dura,
sem aludir jamais à sinistra aventura...

Se tu puderes coração, músculos, nervos
reduzir da vontade à condição de servos,
que, embora exaustos, lhe obedeçam ao comando...

Se, andando a par dos reis e com os grandes lidando,
puderes conservar a naturalidade,
e no meio da turba a personalidade,
impávido afrontar adulações, engodos,
opressões, merecer a confiança de todos,
sem que possa contar, todavia, contigo
incondicionalmente o teu melhor amigo...

Se de cada minuto os sessenta segundos
tu puderes tornar com teu suor fecundos...

a Terra será tua, e os bens que se não somem,
e, o que é melhor, meu filho, então serás um Homem!

O poema é bom. Muito bom, quase parece um livro de autoajuda. Talvez seja por isso que Mark Darcy tenha me dado!

Talvez pressentisse que eu poderia ficar em perigo! Ou talvez estivesse simplesmente tentando me dizer algo sobre minha atitude. Que porra de atrevimento. De qualquer modo, não tenho certeza sobre essa coisa de "Se de cada minuto os sessenta segundos tu puderes tornar com teu suor fecundos...", nem se quero na verdade ser um homem. Também é meio difícil tratar esse desastre da mesma maneira como um triunfo, pois não tive quaisquer triunfos dos quais possa me lembrar, mas mesmo assim. Vou tentar dominar meu coração, nervos e músculos para que obedeçam ao meu comando etc., como um soldado da Primeira Guerra Mundial na floresta ou fosse lá o que Rudyard Kipling fosse, e manter-me firme. Pelo menos não vou ser fuzilada nem vou ter de saltar sobre a amurada. E também não estou gastando dinheiro na cadeia, portanto, na verdade, isso só vai ajudar a crise financeira. Sim, preciso encarar tudo do lado positivo.

Coisas boas de estar na cadeia:

1. Não gastar dinheiro.
2. As coxas realmente afinaram e eu na certa perdi no mínimo 1 quilo sem sequer tentar.
3. Vai ser bom para os cabelos deixá-los sem lavar como nunca consegui fazer antes.

Portanto, quando chegar em casa vou estar magra, com cabelos luminosos e menos dura. Mas quando irei para casa? Quando? Serei uma velha. Vou morrer. Se eu ficar aqui dez anos, jamais poderei ter filhos. A não ser que tome uma droga de fertilidade quando sair e tenha oito de uma vez. Vou virar uma velha solitária, arruinada, brandindo o punho para os moleques de rua que enfiam montes de merda na caixa do correio. Mas quem sabe não posso ter um filho na prisão? Podia convencer o assistente do cônsul britânico a me engravidar? Mas como vou arranjar ácido fólico na cadeia? O bebê ia crescer atrofiado. Preciso parar com isso. Parar. Parar. Estou ficando catastrófica.

Mas isso é uma catástrofe.

Vou ler mais uma vez o poema.

Sexta-feira, 22 de agosto

22 calorias, 0 minuto preenchido com "suores fecundos".

20 HORAS. INSTITUTO CORRECIONAL FEMININO, BANGCOC. Esta manhã eles vieram me mudar da detenção na polícia para uma prisão propriamente dita. Desesperada. Sinto como se isso significasse que me abandonaram e aceitaram que estou liquidada. A cela é um grande espaço imundo, com pelo menos sessenta mulheres espremidas dentro. Parece que qualquer força ou individualidade está sendo inexoravelmente arrancada de mim, à medida que vou ficando cada vez mais imunda, imunda e exausta. Chorei hoje pela primeira vez em quatro dias. Sinto que estou escorregando pelas malhas da rede. Sinto que agora vou ser esquecida e simplesmente enlanguescer aqui, uma vida desperdiçada. Vou tentar dormir. Seria maravilhoso dormir.

23 HORAS. Aargh. Tinha acabado de pegar no sono quando fui acordada por alguma coisa chupando meu pescoço. Era o Bando Lésbico que me atacava. Todas começaram a me beijar e apalpar partes de mim. Não podia suborná-las para pararem, pois já tinha emprestado meu Sutiã Wonderbra e por nada no mundo ia ficar ali sem calcinha. Não podia gritar para chamar o guarda, porque isso é o pior a se fazer na prisão. Portanto, tive de trocar meu jeans por um sarongue velho e imundo. Embora

seja óbvio que me sentisse violentada, parte de mim não pôde deixar de sentir como era gostoso ser tocada. Aaargh! Será que sou lésbica? Não. Acho que não.

Domingo, 24 de agosto

0 minuto passado chorando (Viva!).

Muito mais animada desde que dormi. Acho que vou procurar Phrao. É minha amiga, pois foi transferida na mesma época que eu e emprestei-lhe meu Sutiã Wonderbra. Embora ela não tenha seios para enchê-lo, parece gostar muito dele – fica sempre andando com ele e me chamando de "Madonna". Não posso deixar de achar que se trata de amor interesseiro, ou movido a roupas de baixo, mas as mendigas não têm como fazer escolhas e é simpático ter uma amiga. Também não quero que seja como quando os reféns de Beirute saíram e ficou óbvio que ninguém na verdade gostava de Terry Waite.

Estão vendo? Pode-se acostumar a tudo quando a gente tenta. Não vou me entregar, para depois ficar toda melancólica. Claro que devem estar fazendo algo por mim em casa. Shazzer e Jude vão na certa organizar campanhas de jornal iguais às feitas para John McCarthy e ficar diante da Câmara dos Comuns erguendo cartazes com a minha cara, e tochas acesas.

Tem de haver algo que eu possa fazer. Tenho a impressão de que a minha saída daqui depende de agarrar o Jed e arrancar-lhe uma confissão, portanto é necessário fazer um pouco mais de uma porra de esforço para levar adiante a captura e a extração da confissão.

14 HORAS. Viva! De repente, virei a garota mais popular da cela. Estava ensinando em voz baixa a Phrao as letras das músicas de Madonna, pois ela é obcecada pela cantora, quando um grupinho começou a formar-se à nossa volta. Parecia que me consideraram uma espécie de deusa, pois eu sabia todas as letras de *Immaculate Collection*. Terminei sendo obrigada por aclamação popular a interpretar "Like a Virgin" em pé, sobre uma pilha de colchões, usando o Sutiã Wonderbra com o sarongue, e um Tampax como microfone, quando a certa altura o guarda pôs-se a gritar numa voz estridente. Ergui os olhos e vi que o representante do cônsul britânico acabara de entrar.

– Ah, Charlie – disse eu, amável, descendo dos colchões e correndo ao encontro dele, ao mesmo tempo tentando puxar o sarongue para tampar o sutiã e manter minha dignidade. – Que bom que você veio! Temos muito o que conversar.

Charlie não sabia para onde olhar, mas pareceu não parar de optar pela direção do Sutiã Wonderbra. Ele trouxe um kit da embaixada britânica com água, biscoitos, sanduíches, repelente de insetos, além de mais canetas e papel e, o melhor de tudo, sabonete.

Fiquei completamente sucumbida. Era o melhor presente que já tinha ganhado em toda a vida.

– Obrigada, obrigada, é impossível lhe agradecer o suficiente – disse eu, emocionada, a ponto de lançar os braços em volta dele e espremê-lo contras as grades.

– Não tem problema, é uma distribuição padrão, na verdade. Teria trazido uma antes, mas todas as malditas idiotas no escritório demoraram a rechear os sanduíches.

– Entendo – disse eu. – Agora, Charlie. Jed. – Olhar fixo vago. – Lembra-se de Jed? – perguntei com uma voz tipo Escute o que Sua Mãe Tem a Dizer. – O cara que me deu a mala? É muito importante que a gente o agarre. Eu gostaria que você anotasse um monte de outros detalhes sobre ele e depois mandasse alguém da Equipe de Narcotráfico que possa encabeçar a busca me procurar.

– Certo – disse Charlie, sério, mas ao mesmo tempo profundamente não convincente. – Certo.

– Agora, acompanhe minha ideia – disse eu, transformando-me numa figura tipo Peggy Ashcroft, do último Raj, prestes a bater-lhe na cabeça com um guarda-chuva. – Se as autoridades da Tailândia estão tão a fim de dar um exemplo no caso das drogas, a ponto de prenderem ocidentais inocentes sem julgamento, têm de pelo menos mostrar algum interesse pela captura de traficantes de droga.

Charlie me fitou com ar imbecilizado.

– Sim, certo, certo – disse, enrugando a testa e confirmando entusiástico com meneios da cabeça, sem o mais tênue lampejo de compreensão a iluminar-lhe o olhar.

Depois que expliquei mais algumas vezes, deu-se um estalo repentino nele.

– Sim, sim. Entendo o que quer dizer. Sim. Eles têm de ir atrás do cara que pôs você aqui, porque do contrário vai parecer que não estão se esforçando.

– Exatamente! – disse eu, maravilhada com meu trabalho.

– Certo, certo – disse Charlie, levantando-se de um salto, ainda com a expressão muito séria no rosto. – Vou fazê-los pôr em execução a captura já.

Fiquei olhando-o sair, a pensar, embasbacada, como um ser daqueles escalara as fileiras do serviço diplomático britânico.

– Charlie? – chamei.

– Sim – disse ele, baixando os olhos para verificar se a braguilha estava desabotoada.

– O que seu pai faz?

– Papai? – O rosto de Charlie iluminou-se. – Ah, ele trabalha no Foreign Office. Um maldito veterano.

– É político?

– Não, na verdade é funcionário público. Era o braço direito de Douglas Hurd.

Inspecionando rapidamente em volta para ver se os guardas não estavam olhando, curvei-me para a frente.

– Como anda sua carreira aqui?

– Para falar com toda a franqueza, estática – disse ele, efusivo. – Calcutá é uma porra de um buraco negro, a não ser que a gente chegue às ilhas, claro. Ah, desculpe o palavreado.

– Não seria excelente para você se conseguisse dar um golpe diplomático? – comecei, tentadora. – Por que simplesmente não dá... um telefonema para seu pai?

Segunda-feira, 25 de agosto

45,7 quilos (magreza de chamar atenção), número de vezes – ah, foda-se, o cérebro se dissolveu sem dúvida, bom para emagrecer.

MEIO-DIA. Dia ruim, melancólico. Devia estar louca para achar que podia influenciar alguma coisa. Estou mordida até a alma por mosquitos e moscas. Nauseada e fraca com uma diarreia constante, o que é difícil, em vista da situação do penico. Em certo aspecto, contudo, é muito bom, pois a tonteira torna tudo irreal: muito melhor que a realidade. Queria poder dormir. Muito quente. Talvez eu tenha contraído malária.

14 HORAS. Filho da puta do Jed. Quer dizer, como alguém pôde ser tão...? Mas não devo guardar ressentimentos, ou vou ferir a mim mesma. Desligamento. Não lhe desejo mal. Não lhe desejo bem. Eu me desligo.

14H01. Porra de filho da puta canalha cão danado empestado dos infernos. Espero que lhe enfiem a cara num porco-espinho.

18 HORAS. Resultado! Resultado! Há uma hora, o guarda entrou e empurrou-me para fora da cela. É fantástico sair e ficar longe do fedor. Fui levada a uma salinha de entrevista, com uma mesa de fórmica imitando madeira, um armário de metal cheio até a borda e um exemplar de uma revista pornô japonesa, que o guarda se apressou em guardar quando um tailandês de meia-idade, baixinho, distinto, entrou e apresentou-se como Dudwani.

Acabei sabendo que era da Equipe de Narcotráfico, e um osso muito duro de roer. Bom amigo Charlie.

Pus-me a contar os detalhes da história, os voos em que Jed tinha chegado e provavelmente partido, a mala, a descrição dele.

– Portanto, será que não podem ir ao encalço dele a partir disso? – perguntei. – Deve haver impressões digitais dele na mala.

– Ah, sabemos onde ele está – disse ele, desdenhoso. – E não tem impressões digitais. – Éééé. Não tem impressões digitais. É como não ter tetas ou algo assim.

– Então por que não o capturaram?

– Ele está em Dubai – disse ele, desinteressado.

De repente, senti-me irritada mesmo.

– Ah, está em Dubai, é? – perguntei. – E vocês sabem tudo sobre ele. E sabem que foi ele quem fez tudo. E sabem que não fui eu e ele fez tudo para parecer que fui eu e não fui eu. Mas vão para casa à noite, para seus deliciosos petiscos de frango, mulheres, filhos, e eu fico enfiada aqui pelo resto dos meus anos de fertilidade por uma coisa que não fiz, só porque não podem se dar o trabalho de pegar alguém para confessar uma coisa que eu não fiz.

Ele me olhou consternado.

– Por que não o pegam para confessar? – perguntei.

– Ele está em Dubai.

– Bem, então pegue outra pessoa para confessar.

– Srta. Jones, na Tailândia, nós...

– Alguém deve tê-lo visto arrombando a cabana ou arrombando a mando dele. Alguém costurou as drogas dentro do forro. Foi feito com uma máquina de costura. Vá investigar, como se supõe que devia fazer.

– Estamos fazendo tudo que podemos – disse ele, friamente. – Nosso governo leva muito a sério qualquer violação do código de drogas.

– E o meu governo leva muito a sério a proteção dos seus cidadãos – disse eu, pensando por um momento em Tony Blair e imaginando-o a entrar a passos largos e dar-lhe umas cacetadas na cabeça.

O tailandês pigarreou antes de falar.

– Nós...

– E eu sou jornalista – interrompi-o. – De um dos principais programas de atualidades de uma das mais importantes emissoras da Grã-Bretanha – disse, tentando rechaçar uma visão de Richard Finch dizendo: "Estou pensando em Harriet Harman, estou pensando em roupas de baixo pretas, estou pensando em...". – Estão planejando uma vigorosa campanha em meu favor!

Corte mental para Richard Finch.

"Ah, a Bridget biquíni arriado ainda não voltou das férias, voltou? Tirando sarro na praia, esqueceu de pegar o avião."

– Tenho ligações nos mais altos escalões do governo e acho que, em vista do clima atual – fiz uma pausa para lançar-lhe um olhar significativo, quer dizer, o clima atual é sempre alguma coisa, não? –, ia na verdade causar uma péssima impressão na nossa mídia se eu fosse encarcerada nessas condições francamente estarrecedoras por um crime que com certeza e segundo sua própria admissão não cometi, enquanto a força policial aqui não impõe as próprias leis do país com seu próprio pessoal e investiga direito o crime.

Prendendo meu sarongue com tremenda dignidade, recostei-me na cadeira e dei-lhe um olhar frio.

– Srta. Jones, podemos voltar ao momento em que percebeu que sua cabana tinha sido invadida?

Ah-há!

Quarta-feira, 27 de agosto

50,7 quilos, 2 cigarros (mas a um preço hediondo), constantes fantasias envolvendo Mark Darcy/Colin Firth/príncipe William irrompendo a dizer: "Em nome de Deus e da Inglaterra, solte a minha futura mulher!"

Passei dois preocupantes dias sem nada. Nenhuma notícia, nenhuma visita, só constantes pedidos para interpretar músicas de Madonna. A leitura repetida de "Se" é o único meio de manter-me calma. Aí, hoje de manhã, Charlie apareceu – com um novo ânimo! Extremamente confiante, outro kit contendo sanduíches de queijo cremoso que – em vista do voo de fantasia sobre engravidar na cadeia – descobri-me na verdade sem vontade de comer.

– Sim. As coisas começam a andar – disse Charlie, com o ar pesado de um agente do governo sobrecarregado de segredos de explosivos MI5. – De fato está muito bom! Tivemos providências do Foreign Office.

Tentando não pensar nos minúsculos cocos nos cargos do alto escalão, eu disse:

– Falou com seu pai?

– Sim, sim. Eles sabem tudo a respeito.

– Saiu nos jornais? – perguntei, excitada.

– Não, não. Muito em segredo. Ele não quer agitar o barco. De qualquer modo, chegou correspondência para você. Suas amigas entregaram ao papai. Na verdade, atraentes pra chuchu, meu pai disse.

Abri o grande envelope pardo do Foreign Office, as mãos tremendo. Primeiro tinha uma carta de Jude e Shaz, escrita com muito cuidado, quase em código, como se achassem que espiões talvez a lessem.

> Bridget,
> Não se preocupe, nós a amamos. Vamos tirá-la daí. Jed descoberto. Mark Darcy ajudando (!).

O coração saltou. Eram as melhores notícias possíveis (à parte, óbvio, a anulação da sentença de dez anos de cadeia).

> Lembre o Equilíbrio Interno e a dieta da cadeia. 192 em breve. Repetindo: não se preocupe. Garotas no topo.
> Todo nosso amor,
> Jude e Shaz

Olhei a carta, piscando os olhos de emoção, depois rasguei ansiosa o outro envelope. Será do Mark?

Fora escrita no verso de um longo folheto sanfonado de vistas do Lago Windermere e dizia:

> De visita à Vovó em St. Anne's e fazendo excursão pelos lagos. O tempo meio misto, mas superlojas de tecidos. Papai comprou um colete de pele de carneiro! Poderia ligar para Una e verificar se ela deu corda e acertou o relógio?
> Amor,
> Mamãe

Sábado, 30 de agosto

50,5 quilos, 6 unidades alcoólicas (viva!), 0 cigarro, 8.755 calorias (viva!), 24: número de vezes que inspecionei a mala para me certificar de que não tinha drogas nela.

6 HORAS. Estou no avião. Indo para casa! Livre! Magra! Limpa! Cabelos luminosos! Com minhas próprias roupas lavadas! Viva! Comprei jornais sensacionalistas, a *Marie Claire* e a *Hello*! Tudo é maravilhoso.

6H30. Inexplicável mergulho. É desconcertante ficar espremida mais uma vez no avião, no escuro, com todo mundo dormindo. Sinto imensa pressão para ficar eufórica, mas na verdade me sinto uma aberração. Os guardas vieram ontem à noite e me chamaram. Levaram-me a uma sala, me devolveram as roupas, e fui recebida por um funcionário diferente da embaixada, chamado Brian, com uma estranha camisa de náilon de mangas curtas e óculos com armação de metal. Disse que tinha havido um "fato de última hora", em Dubai, e pressão do mais alto escalão no Foreign Office; tinham de me tirar do país imediatamente, antes que o clima mudasse.

Era tudo estranho na embaixada. Ninguém lá, a não ser Brian, que me conduziu direto a um banheiro antiquado muito vazio, onde havia uma pequena pilha com todos os meus pertences, e disse para eu tomar uma chuveirada e me trocar, mas que fosse muito rápida.

Não dava para acreditar em como eu tinha emagrecido, mas não tinha secador, portanto meus cabelos continuaram indomáveis. Claro que isso não é importante, mas seria bom uma aparência bonita na volta. Começava a me maquiar, quando Brian bateu na porta dizendo que tínhamos mesmo de partir.

Era tudo um borrão, saí às pressas pela noite úmida até o carro, que correu a toda através das ruas cheias de cabras, grasnadas estridentes, tuques-tuques e pessoas com famílias inteiras numa única bicicleta.

Era impressionante a limpeza do aeroporto. Não tive de seguir a via normal, mas um acesso especial da embaixada, tudo carimbado e liberado. Quando cheguei ao portão, toda a área estava vazia, o avião pronto para partir, com apenas um cara de colete amarelo luminoso à nossa espera.

– Obrigada – disse eu a Brian. – Agradeça a Charlie por mim.

– Eu o farei – disse ele, com um sorriso forçado. – De qualquer modo, ao pai dele. – Entregou-me meu passaporte e apertou-me a mão de uma maneira muito respeitosa com a qual eu não estava acostumada, mesmo antes da prisão. – Você se saiu muito bem – disse ele. – Muito bem, Srta. Jones.

10 HORAS. Acabei de tirar um cochilo. Estou muito animada com a volta. Na verdade, tive uma epifania espiritual. Tudo vai ser diferente agora.

Novas resoluções de vida pós-epifania espiritual:

1. Não começar de novo a fumar e beber, pois já não bebo há 11 dias e só fumei dois cigarros (não quero passar mais uma vez pelo que passei para arranjá-los). Contudo, uma meia garrafa de vinho até que cairia bem. Pois é óbvio que preciso comemorar. Sim.
2. Não depender de homens, mas de mim mesma. (A não ser que Mark Darcy queira voltar comigo. Ah, Deus, espero que sim. Talvez ele se dê conta de que ainda me ama. Espero que esteja no aeroporto.)
3. Não me chatear com coisas pequenas, isto é, peso, cabelos rebeldes, quem Jude convidou para a cerimônia do casamento.

4. Não descartar conselhos de livros de autoajuda, poemas etc., mas limitá-los a ideias-chave, isto é, otimismo sem fanatismo, perdoar (embora talvez não o Puto Jed, como agora será chamado).
5. Ser mais cuidadosa com os homens, pois são claramente – vejam a prova do Puto Jed, para não falar de Daniel – perigosos.
6. Não aceitar desaforo das pessoas, isto é, Richard Finch, mas confiar mais em mim mesma.
7. Ser mais espiritual e ater-me aos princípios espirituais.

Que bom, agora posso dar uma olhada na *Hello*! e nos jornais.

11 HORAS. Huumm. Páginas duplas fantásticas da recém-rechonchuda Diana e do peludo Dodi. É uma droga, contudo. Assim que emagreço ela lança tendência para a nova mulher rechonchuda. Fantástico. Alegra-me que Diana esteja feliz, mas não tenho certeza de que ele é o homem certo para ela. Espero que não ande saindo com Dodi só porque ele não é babaca. Mas entendo se for por isso.

11H15. Parece não ter nada nos jornais sobre mim – embora, como disse Charlie, foi tudo muito em segredo e mantido em sigilo pelo governo, para não interferir nas relações com a Tailândia, as importações de molho de amendoim etc.

11H30. Marrom é o preto dessa estação! Acabei de passar os olhos pela *Marie Claire*.

11H35. Embora de fato deva ser o marrom nesta estação cinzenta, pois o cinza foi o preto da última estação. É.

11H40. Contudo, um péssimo desastre, pois no meu guarda-roupa o número de peças marrons é 0, embora talvez entre algum dinheiro na forma de soltura inesperada.

11H45. Huumm. Que vinho delicioso depois de tanto tempo. Sobe mesmo direto para a cabeça.

MEIA NOITE E MEIA. Uuurp. Sinto-me levemente enjoada após empanturrar-me de jornais sensacionalistas. Eu tinha esquecido a sensação de depressão, vergonha, que a gente tem depois, como a da ressaca – e o sentido do mundo transformando-se na mesma história horrível repetidas vezes quando as pessoas se mostram tão boas e logo depois acabam se revelando diabólicas e más.

No momento, gostei em particular da matéria do Padre/Vira/Babaca/Tarado. É sempre muito agradável quando as outras pessoas se comportam de modo horrível. Acho, contudo, que os fundadores do grupo de apoio às vítimas do padre tarado (porque as "mulheres que têm relações sexuais com padres muitas vezes não têm a quem recorrer") estão sendo meio partidários. E quanto às demais que não têm a quem recorrer? Sem sombra de dúvida, também devia haver grupos de apoio a mulheres vítimas de tarados ministros tóris, membros das equipes esportivas nacionais britânicas que dormiram com membros da família real, clérigos católicos romanos que dormiram com celebridades ou com membros da família real, e celebridades que dormiram com membros do público que confessaram sua história a clérigos católicos romanos que depois contaram a história aos jornais dominicais. Talvez eu venda a história aos jornais dominicais e daí é que virá o dinheiro inesperado. Não, isso é errado, vejam, a espiritualidade já foi contaminada pela mentalidade de jornal sensacionalista.

Contudo, talvez eu escreva um livro. Quem sabe não vou ter um retorno à Inglaterra como John McCarthy, e escrever depois um livro intitulado *Outra formação de nuvens* ou outro fenômeno meteorológico. Talvez eu tenha uma acolhida de herói com Mark, Jude, Shazzer, Tom, meus pais e multidões de fotógrafos à espera, e Richard Finch humilhando-se a implorar uma entrevista exclusiva. Melhor eu não ficar embriagada demais. Tomara que não vá enlouquecer de vez. Acho que vou ser recebida pela polícia ou advogados, ou algo assim, e levada a uma base secreta para interrogatório, após a missão tailandesa. Acho que vou dormir um pouco.

21 HORAS (HORA DO REINO UNIDO AGORA.) Cheguei a Heathrow com um ataque de ressaca pós-voo, tentando tirar da roupa restos de pão e pasta de dente cor-de-rosa oferecida de modo fraudulento como sobremesa da linha aérea, e ensaiando frases em preparação para a falange da imprensa à espera: "Foi um pesadelo. Um pesadelo ao vivo. Um raio fulminante inesperado. Não sinto nenhum ódio (ressentimento?), pois se isso serve para que outras pessoas sejam advertidas contra os perigos de uma amiga dormir com homens estranhos, minha prisão não terá sido desperdiçada (em vão?)." Contudo, o tempo todo não achei que a falange estivesse de fato lá. Passei pela alfândega sem incidentes e olhei em volta, emocionada, em busca de rostos conhecidos. Uma multidão de fotógrafos e jornalistas com disparos de flash. Fiquei com a mente totalmente imbecilizada e não pude pensar no que dizer ou fazer, a não ser o "sem comentários" de papagaio, como um ministro do governo flagrado trepando com uma prostituta. E continuei seguindo em frente, empurrando o carrinho de bagagem, achando que minhas pernas iam desmoronar sob mim. De repente, puxaram o carrinho, e alguém passou o braço pelos meus ombros.

– Está tudo bem, Bridget, estamos aqui, livramos você, está tudo bem.

Eram Jude e Shazzer.

Domingo, 31 de agosto

52,3 quilos (Siim! Siim! Culminação triunfante da dieta de 18 dias, embora talvez a um custo inafiançável), 4 unidades alcoólicas, 8.995 calorias (merecidas, sem sombra de dúvida), 0 progresso no buraco da parede feito pelo empreiteiro Gary.

2 HORAS. NO MEU APARTAMENTO. Como é bom estar em casa. Como é bom ver de novo Jude e Shazzer. No aeroporto, o policial ajudou-me a atravessar a multidão para uma sala de entrevistas onde se achavam o pessoal da Equipe de Narcotráfico e um cara do Foreign Office que se pôs a fazer montes de perguntas.

– Escute, essa droga não pode esperar? – explodiu Shaz, indignada, após mais ou menos um minuto. – Não veem o estado em que ela se encontra?

Os sujeitos pareciam achar que era necessário prosseguir, mas acabaram ficando tão aterrorizados pelos grunhidos de Shazzer – "Vocês são homens ou monstros?" – e as ameaças de denunciá-los à Anistia Internacional, que indicaram um policial para nos levar de volta a Londres.

– Só tomem cuidado com quem se misturam da próxima vez, senhoras – disse o cara do Foreign Office.

– Ah, sem essa – disse Shaz, ao mesmo tempo que Jude dizia:

– Oh, uma autoridade muito correta – e lançou-se num discurso profissional estilo votos de agradecimento.

De volta ao apartamento, encontrei a geladeira cheia de comida, pizzas à espera de ir para o forno, barras de chocolates, queijos, pacotes de salmão defumado, de biscoitos Minstrels e garrafas de Chardonnay. Um grande cartaz pendia do buraco coberto com plástico dizendo o seguinte: "Bem-vinda de Volta a Casa, Bridget." E um fax de Tom – que tinha se mudado com o garoto da alfândega para São Francisco – dizendo:

> QUERIDA, DROGAS SÃO PÓ DE SATANÁS. DIGA APENAS NÃO! SUPONHO QUE ESTEJA MAGÉRRIMA COMO NUNCA. ABANDONE TODOS OS HOMENS IMEDIATAMENTE E VIRE GAY. VENHA PARA CÁ MORAR CONOSCO NUM SANDUÍCHE TRIPLO CALIFORNIANO DE SEXO GAY. PARTI O CORAÇÃO DE JEROME! RÁ-RÁ-RÁ. TELEFONE PARA MIM. AMO VOCÊ. BEM-VINDA AO LAR.

Jude e Shaz também haviam limpado toda a bagunça da arrumação da mala do chão do quarto e posto lençóis limpos na cama, flores frescas e Silk Cut na mesinha de cabeceira. Adoro essa meninas. E o adorável obcecado por si mesmo Tom.

Prepararam um banho para mim, trouxeram uma taça de champanhe e eu lhes mostrei minhas picadas de mosquitos. Depois enfiei-me no pijama e sentamo-nos as três na cama com cigarros e chocolate Cadbury. Conversamos sobre tudo que tinha acontecido, mas acho que devo ter adormecido, porque agora está tudo escuro e Jude e Shaz já se foram, mas deixaram um bilhete no travesseiro pedindo que eu telefonasse para elas assim que acordasse. As duas foram dormir na casa de Shazzer, porque o apartamento de Jude está sendo reformado, para que ela e Richard o Vil possam morar lá depois da cerimônia do casamento. Espero que ela tenha arranjado um empreiteiro melhor que o meu. O buraco na parede totalmente intacto.

10 HORAS. Aaargh! Onde estou? Quem sou?

10H01. É estranho acordar na cama com lençóis. Gostoso mas irreal. Oba, acabo de lembrar que vou sair nos jornais.

Vou comprar alguns na banca. E cortar tudo para guardar no álbum de retratos e mostrar aos netos (se algum dia os tiver).

10H30. É inacreditável. Como um sonho ou 1º de abril doentio de jornal. É inacreditável. Diana morreu, simplesmente não é o tipo de coisa que ela faria.

11H10. Vou ligar a televisão e dirão que foi um engano e ela se recuperou; logo vamos vê-la saindo do Harbour Club com todos os fotógrafos perguntando-lhe qual foi a sensação.

11H30. Não dá para acreditar. É tão assustador quando fica flagrante que nenhuma autoridade sabe o que fazer.

MEIO-DIA. Pelo menos Tony Blair está no comando. Parecia dizer o que todo mundo pensava em vez de ficar repetindo "dor e choque" milhares de vezes como um papagaio.

13H15. Parece que o mundo enlouqueceu. Não há mais normalidade para onde retornar.

13H21. Por que Jude e Shazzer não telefonaram?

13H22. Oh, talvez achem que ainda estou dormindo. Vou ligar para elas.

13H45. Jude, eu e Shazzer, as três, concordamos que ela era nosso tesouro nacional e nos sentimos muito mal por todo mundo ser tão miserável com ela por não gostar de viver na Inglaterra. É como uma grande mão descendo do céu a dizer: "Se vocês vão brigar por causa dela, ninguém vai tê-la."

14 HORAS. Maldição! Tinha de acontecer no único dia em que eu ia sair nos jornais? Não saiu nada sobre mim, nada.

18 HORAS. Não posso acreditar que ela esteja morta. Tive de ficar lendo várias vezes a manchete dos jornais para me obrigar a acreditar. Realmente, a princesa Diana era a santa padroeira das Solteiras, porque tinha se lançado como o arquétipo do conto de fadas fazendo o que se esperava que todas fizéssemos, isto é, casar-se com um príncipe bonito, e também foi bastante honesta para dizer que a vida não era aquilo. Sua vida me faz sentir que se alguém tão linda e exuberante pode ser tratada como merda por homens idiotas e sentir-se mal-amada e solitária, então o motivo de isso acontecer com a gente não é porque somos lixo. Também ela vivia reinventando a si mesma e resolvendo seus problemas. Estava sempre se esforçando muito, como as mulheres modernas.

18H10. Hum. Gostaria de saber o que as pessoas diriam de mim se eu morresse?

18H11. Nada

18H12. Sobretudo se o que dizem sobre mim quando trancafiada na cadeia da Tailândia vale como alguma referência.

18H20. Acabo de fazer uma terrível constatação. Estava vendo televisão com o som baixo e surgiu a primeira página de um jornal sensacionalista que parecia exibir talvez as verdadeiras fotos do desfecho do desastre. Percebi que uma parte horrível de mim na verdade queria ver as fotos. É claro que eu não ia sair para comprar o jornal mesmo que pudesse, mas mesmo assim é nojento! Nojento! Que quer dizer isso em mim? Oh, Deus. Sou execrável.

18H30. Tenho os olhos grudados no espaço vazio. Simplesmente não tinha percebido como a princesa Diana era parte da minha consciência. É como Jude ou Shazzer estarem bem ali, cheias de vida, dando risadinhas de piadas engraçadas, brilho de lábios, e de repente virarem uma coisa tão adulta, cheia de horror e estranha quanto a morte.

18H45. Acabo de ver que uma mulher na televisão comprou uma árvore e plantou-a para a princesa Diana. Talvez eu possa plantar algo na jardineira da janela, p. ex., hum, manjericão? Talvez compre uma muda da Cullens.

19 HORAS. Hum. Manjericão não parece a coisa certa.

19H05. Todo mundo chegando ao Palácio de Buckingham com tributos florais, como se fosse uma tradição de longa data. As pessoas sempre fizeram isso? Será uma atitude manjada das pessoas apenas para tentar aparecer na televisão, como acampar a noite toda diante das lojas em liquidação, ou uma ação boa, verdadeira? Hum. Sinto que quero ir.

19H10. Acho que ir com flores talvez seja meio arrepiante... mas o essencial é que eu gostava mesmo dela. Era como ter alguém no âmago da autoridade igual à gente. Também todos os emproados a criticavam em relação às minas terrestres etc., mas, se quiserem saber minha opinião, foi um uso muito inteligente toda aquela publicidade ensandecida. É melhor do que não fazer nada, a não ser ficar em casa fumegando.

19H15. Qual o sentido de viver na capital se a gente não pode se juntar aos demais nas grandes manifestações de sentimento? Não me parece tipicamente inglês fazê-lo, mas talvez tudo tenha mudado com a mudança de temperatura, a Europa, Tony Blair, e seja de todo certo nos exprimirmos. Talvez ela tenha mudado a fibra dos ingleses.

19H25. Tudo bem, definitivamente vou ao Palácio de Kensington. Não comprei flores, contudo. Comprarei algumas no posto de gasolina.

19H40. O posto de gasolina vendeu tudo. Só sobraram coisas como pudim e tiras de laranja cobertas de chocolate. Gostoso, mas inadequado.

19H45. Mas aposto que ela ia gostar.

19H50. Optei por um exemplar da *Vogue*, uma barra de chocolate, um pote de talharim instantâneo e um maço de Silk Cut. Não é perfeito, mas como todo mundo comprou flores, e sei que ela gostava da *Vogue*...

21H30. Fiquei mt. feliz por ter ido. Sinto-me meio tímida atravessando Kensington a pé no caso de as pessoas saberem aonde vou e que vou sozinha, mas também, pensando bem, a princesa Diana muitas vezes saía sozinha.

Dentro do parque estava muito escuro e suave, com todo mundo apenas andando numa direção. Nada histriônico como no noticiário. A parte de baixo do muro estava coberta de flores e velas na escuridão, e as pessoas reacendiam as velas que se haviam apagado e liam as mensagens.

Espero que ela agora saiba, após todos os momentos que passou receando não ser suficientemente boa, e veja o que todo mundo sentia por ela. Na verdade, tudo isso devia transmitir uma mensagem às mulheres que vivem preocupadas com sua aparência, sentindo-se um lixo e esperando tanto de si mesmas, para que não se aflijam tanto. Senti-me meio sem graça com a *Vogue*, o chocolate e o talharim instantâneo, por isso os escondi debaixo das flores e li as mensagens, que fazem a gente pensar que não é preciso ser porta-voz de alguma entidade para poder se exprimir. A melhor delas foi copiada da Bíblia, acho, e dizia na caligrafia trêmula de uma senhora idosa: "Quando eu estava em apuros, cuidastes de mim; quando eu estava em perigo, tentastes evitá-lo, quando adoeci, me visitastes; quando todos de mim fugiram, pegastes a minha mão. Tudo o que fizestes para os mais pobres e humildes, eu achava que o fazíeis por mim."

12. Tempos estranhos

Segunda-feira, 1º de setembro

52,3 quilos (preciso tomar cuidado para não recuperar tudo de novo logo), 6.452 calorias.

– Senti que algo tinha saído errado ao chegar ao portão – disse Shaz, quando ela e Jude vieram ontem à noite para cá. – Mas o pessoal da linha aérea não me disse o que havia acontecido e eu insisti em sair do avião, depois mais uma vez não me deixaram sair, e quando menos esperava, estávamos dando a volta na pista para decolar.

– Então quando foi que descobriu? – perguntei, sorvendo o último gole de Chardonnay, ao que Jude logo estendeu a garrafa para servir-me outro. Maravilhoso, maravilhoso.

– Só depois que pousamos – disse Shaz. – Foi simplesmente o voo mais terrível. Eu torcia para que você só tivesse perdido o avião, mas eles me tratavam de um jeito muito estranho e depreciativo. Aí no momento em que saí do avião...

– Foi presa – disse Jude, rindo. – Bêbada como um gambá.

– Oh, não – disse eu. – E você esperava que Jed estivesse lá.

– Aquele canalha – disse Shaz, ficando rubra.

Por algum motivo, achei melhor não mencionar mais o nome de Jed.

– Ele tinha um cúmplice atrás de você na fila em Bangcoc – explicou Jude. – Aparentemente, estava em Heathrow esperando um telefonema e logo entrou num avião para Dubai.

Acabei sabendo que Shaz tinha telefonado para Jude da delegacia policial, e elas logo seguiram para o Foreign Office.

– Depois nada aconteceu – disse Jude. – Começaram a falar que você ia ficar presa durante dez anos.

– Eu me lembro – estremeci.

– Telefonamos para o Mark na quarta-feira à noite, e ele logo procurou seus contatos na Anistia Internacional e na Interpol. Tentamos entrar em contato com sua mãe, mas a secretária eletrônica disse que ela tinha viajado numa excursão pelos lagos. Pensamos em ligar para Una e Geoffrey, mas decidimos que todo mundo ia ficar simplesmente histérico e não iam ajudar em nada.

– Muito sensato – disse eu.

– E na manhã de sexta-feira, soubemos que você tinha sido transferida para uma prisão de verdade... – disse Shaz.

– E Mark embarcou num avião para Dubai.

– Ele viajou para Dubai, por mim?

– Ele foi fantástico – disse Shaz.

– E onde é que ele está? Deixei um recado para ele, mas ele não ligou de volta.

– Ele continua lá – disse Jude. – Aí, na segunda-feira, recebemos um telefonema do Foreign Office e tudo parecia ter mudado.

– Deve ter sido quando Charlie falou com o pai dele! – disse eu, eufórica.

– Deixaram a gente lhe mandar nossa correspondência...

– E aí na terça-feira soubemos que tinham pegado Jed...

– E Mark telefonou na sexta-feira, dizendo que tinham conseguido uma confissão.

– Depois chegou um telefonema inesperado no sábado, informando que você estava no avião!

– Viva! – gritamos as três ao mesmo tempo, batendo as taças.

Eu estava desesperada para continuar a conversa sobre Mark, mas não queria parecer superficial e ingrata depois de tudo que as meninas haviam feito.

– E aí, ele ainda está saindo com a Rebecca? – deixei escapar.

– Não! – disse Jude. – Não está! Não está!

– Mas que foi que houve?

– Na verdade, a gente não sabe direito o que houve – disse Jude. – Num minuto, estava tudo acertado, no seguinte Mark não ia mais para a Toscana e...

– Você jamais vai adivinhar com quem a Rebecca está saindo agora – interrompeu Shaz.

– Com quem?

– É alguém que você conhece.

– Não é o Daniel? – perguntei, sentindo um misto estranho de emoções.

– Não.

– Colin Firth?

– Não.

– Ufa. Tom?

– Não. Pense em alguém que você conhece muito bem. Casado.

– Meu pai? O Jeremy da Magda?

– Agora está ficando quente.

– O quê? Não é Geoffrey Alconbury, é?

– Não. – Shaz ria a valer.

– Giles Benwick – disse Jude de repente.

– Quem? – perguntei, confusa.

– Giles Benwick – confirmou Shaz. – Você conhece o Giles, pelo amor de Deus, aquele que trabalha com o Mark, que você salvou do suicídio na casa de Rebecca.

– Ele tinha uma queda por você.

– Ele e Rebecca ficaram isolados em Gloucestershire depois dos acidentes dos dois, lendo livros de autoajuda, e agora... estão juntos.

– São como uma única pessoa – disse Jude.

– Uniram-se no ato do amor – explicou Shaz.

Houve uma pausa, enquanto nos entreolhávamos, aturdidas com esse estranho feito celestial.

– O mundo enlouqueceu – explodi com uma mistura de encantamento e assombro. – Giles Benwick não é bonito, nem rico.

– Bem, rico na verdade ele é – murmurou Jude.

– Mas não é namorado de outra pessoa. Não é um símbolo de status para a Rebecca.

– À parte ser muito rico – disse Jude.

– Mas Rebecca o preferiu.

– É isso mesmo, é exatamente isso – disse Shaz, entusiasmada. – Tempos estranhos! Tempos realmente estranhos!

– Logo o príncipe Philip vai me pedir para ser sua namorada, e Tom vai começar a sair com a rainha – gritei.

– Não com a drag Queen do Pretensioso Jerome, mas com a nossa querida e verdadeira rainha – esclareceu Shaz.

– Os morcegos vão começar a comer o sol – continuei a frase. – Cavalos vão nascer com rabo na cabeça, e cubos de urina congelada vão aterrissar nos terraços de nossas casas nos oferecendo cigarros.

– E agora a princesa Diana morreu – disse Shazzer, solene.

O clima mudou bruscamente. Caímos as três em silêncio, tentando absorver esse pensamento violento, chocante e impensável.

– Tempos estranhos! – pronunciou Shaz, balançando a cabeça com pesado presságio. – Tempos estranhos mesmo!

Terça-feira, 2 de setembro

52,6 quilos (amanhã decididamente vou parar de me empanturrar), 6 unidades alcoólicas (preciso não começar a beber demais), 27 cigarros (preciso não começar a fumar demais), 6.285 calorias (preciso não começar a comer demais).

8 HORAS. NO MEU APARTAMENTO. Devido à morte de Diana, Richard Finch cancelou toda a matéria que iam fazer sobre a Garota Traficante da Tailândia (eu) e me deu dois dias de folga

para pôr minha vida em ordem. Pensando bem, não consigo aceitar as condições da morte, nem entender nada disso. Talvez agora ocorra uma depressão nacional. É o fim de uma era. Quanto a isso, não há a menor dúvida, mas também o início de outra era, pois começa o outono. São tempos de novos começos.

Decidi não mergulhar de volta nos antigos hábitos, passar a vida toda conferindo respostas telefônicas e esperando Mark ligar, mas ficar calma e centrada.

8H05. Mas por que Mark rompeu com Rebecca? Por que ela está saindo com o quatro-olhos Giles Benwick? POR QUÊ? POR QUÊ? Será que ele foi a Dubai porque ainda me ama? Mas por que não me ligou de volta? Por quê? Por quê?

Sei lá. Para mim, tudo isso agora é irrelevante. Vou trabalhar em mim mesma. Vou fazer depilação nas pernas.

10H30. DE VOLTA AO APARTAMENTO. Cheguei atrasada para a depilação e descobri que a esteticista não tinha ido trabalhar "por causa da princesa Diana". A recepcionista foi quase sarcástica sobre isso, mas, como observei, quem somos nós para julgar o que se passa no íntimo de cada indivíduo? Se tudo isso nos transmitiu um ensinamento, é não julgar os outros.

Contudo, foi difícil manter o humor a caminho de casa quando fiquei presa num engarrafamento monumental na Kensington High Street, que quadruplicou a duração do trajeto normal que faço, de dez minutos. Quando cheguei à origem do engarrafamento, fiquei sabendo que eram obras de conservação de ruas, só que inativas, sem operários e apenas com um cartaz dizendo: "Os homens que trabalham nesta rua decidiram interromper a obra durante os próximos quatro dias como um sinal de respeito à princesa Diana."

Oba, a luz da secretária está piscando.

Era Mark! A ligação parecia muito abafada e cheia de estalos.

– Bridget... só para saber das notícias. Estou felicíssimo por você estar livre. Felicíssimo. Voltarei mais tarde no... – Fez-se um chiado alto na linha, desligando em seguida.

Dez minutos depois, tocou o telefone.

– Ah, alô, querida, imagine só?

Minha mãe. Minha própria mãe! Senti uma onda esmagadora de amor.

– O quê? – disse eu, as lágrimas brotando.

– Fique quieta em meio ao barulho e a pressa e lembre-se de quanta paz pode haver no silêncio.

Houve uma longa pausa.

– Mãe? – acabei chamando.

– Xiiiu, querida, silêncio. – (Mais pausa.) – Lembre-se da imensidão de paz que pode haver no silêncio.

Respirei fundo, enfiei o telefone debaixo do queixo e continuei a fazer o café. Entendam, o que aprendi é a importância de nos desligarmos da sandice das outras pessoas, pois temos o suficiente com que nos preocupar para nos manter fluindo com a corrente. Nesse momento, o celular começou a tocar.

Estou tentando ignorar o primeiro telefone, que se pusera a vibrar e a gritar:

– Bridget, jamais vai encontrar o equilíbrio interno se não aprender a trabalhar com o silêncio.

Atendi o celular. Era meu pai.

– Ah, Bridget – disse ele com uma voz formal, estilo militar. – Por favor, converse com a sua mãe na linha normal, sim? Parece que ela anda um pouco nervosa.

Ela estava nervosa? Será que não ligavam a mínima para mim? Carne e sangue deles?

Ouviu-se uma série de soluços, gritos agudos e inexplicáveis pancadas na "linha normal".

– Está bem, papai, tchau – disse eu e peguei mais uma vez o telefone verdadeiro.

– Querida – crocitou mamãe, num sussurro rouco, com pena de si mesma. – Tem uma coisa que eu preciso lhe contar. Não posso mais esconder isso da minha família e dos meus entes queridos.

Tentando não me alongar na distinção entre "família" e "entes queridos", eu disse, efusiva:

– Ora! Não se sinta obrigada a me contar, se não quiser.

– O que queria que eu fizesse? – gritou, histriônica. – Viver uma mentira? Sou uma viciada, querida, uma viciada!

Eu torrei os miolos tentando ver no que ela podia ter se decidido a ser viciada. Minha mãe nunca bebeu mais que um único cálice de xerez cremoso desde que Mavis Enderbury se embriagou na festa do vigésimo primeiro aniversário dela em 1952, e ela teve de ser levada para casa na garupa de uma bicicleta de alguém chamado "Mindinho". A única ingestão de droga dela limita-se ao ocasional xarope Fisherman's Friend em resposta a uma tosse pegajosa desencadeada durante as apresentações bienais da Sociedade Teatral Amadora de Kettering.

– Sou uma viciada – disse ela mais uma vez, fazendo em seguida uma pausa dramática.

– Certo – disse eu – Uma viciada. E no que exatamente você é viciada?

– Em relacionamentos – disse ela. – Sou uma dependente de relacionamento, querida. Sou uma codependente.

Bati a cabeça com força na mesa diante de mim.

– Trinta e seis anos com papai! – disse ela. – E eu nunca entendi.

– Mas, mamãe, ser casada com alguém não significa que...

– Oh, não, não sou codependente do papai – disse ela. – Sou codependente da diversão. Eu disse ao papai que eu... Ihhh, preciso sair voando. Está na hora das minhas afirmações.

Fiquei fitando a cafeteira, a mente girando. Não sabiam o que tinha acontecido comigo? Teria ela afinal ultrapassado o limite da razão? Será que tinha despirocado?

O telefone tocando mais uma vez. Era meu pai.

– Lamento por isso.

– O que está acontecendo? Você está com a mamãe agora?

– Bem, sim, numa maneira de... Ela saiu para alguma aula, ou outra.

– Onde é que vocês estão?

– Estamos numa... bem, é uma espécie de... bem... chamava-se "Arco-íris".

Lunáticos? Pensei. Cientólogos? Experiência Extrassensorial?

– É uma clínica de reabilitação.

Oh, meu Deus. Acabo de constatar que não era só eu que começava a me preocupar com a bebida de papai. Mamãe disse que ele tinha ido para Blackpool uma noite, quando os dois visitavam a vovó em St. Anne, e reapareceu completamente embriagado, com uma garrafa de Famous Grouse e um modelo de plástico de Scary Spice com um par de dentadura presa no peito da boneca. Chamaram os médicos e eles foram direto da casa da vovó em St. Anne na semana passada para essa clínica de reabilitação, onde mamãe, como sempre, parece, decidira não deixar que ele lhe roubasse a cena.

– Parecem achar que o problema principal nada tem a ver com o velho uísque. Disseram que tenho mascarado minha dor ou qualquer coisa assim com todos esses Júlios e Wellingtons. O plano é que devemos fazer a vontade dela "juntos" nesse seu vício de "diversão".

Ai, meu deus.

Acho que é melhor não contar à mamãe nem ao papai sobre a Tailândia, pelo menos por enquanto.

22 HORAS. AINDA NO MEU APARTAMENTO. Estão vendo? Viva! Passei o dia inteiro deixando-me levar pela corrente e resolvendo problemas, e tudo está sob controle. Arrumei toda a correspondência (bem, pus tudo numa pilha). Jude tem razão. É ridículo ter uma porra de um buraco na parede há quatro meses e um milagre ninguém ter subido pelos fundos e invadido o apartamento. Não vou mais compactuar com as desculpas

absurdas do Empreiteiro Gary. Jude pediu a um advogado amigo para escrever-lhe uma carta. A gente vê o que se pode fazer quando se ganha a força de uma nova pessoa. É maravilhoso...

Caro Senhor,
Agimos em nome da Sra. Bridget Jones.
Fomos instruídos de que nossa cliente fez um contrato verbal com o senhor, a 5 de março de 1997, segundo o qual o senhor acertou a construção de um prolongamento do apartamento de nossa cliente (consistindo em um segundo estúdio/quarto de dormir e um terraço na cobertura) por um preço (orçado) de 7 mil libras. Nossa cliente pagou-lhe 3.500 libras, no dia 21 de abril de 1997, como adiantamento da obra a começar. O prazo expresso no contrato foi de que a obra seria entregue concluída um mês e meio após esse primeiro pagamento.
O senhor começou a referida obra a 25 de abril de 1997, abrindo um grande buraco de 1,50 metro por 2,50 metros na parede externa do apartamento de nossa cliente. Não deu continuidade à obra durante um período de algumas semanas. Nossa cliente tentou entrar em contato com o senhor por telefone inúmeras ocasiões, deixando-lhe recados, que o senhor não retornou. Acabou retornando ao apartamento de nossa cliente a 30 de abril de 1997, quando ela se achava fora, no trabalho. Contudo, em vez de continuar a obra acertada, o senhor simplesmente tampou o buraco que havia feito na parede externa com plástico. Desde então, não compareceu para terminar a obra e nem respondeu aos inúmeros recados telefônicos de nossa cliente pedindo-lhe que o fizesse.
O buraco aberto pelo senhor na parede exterior do apartamento de nossa cliente deixa o imóvel frio, inseguro e desprotegido a invasão e consequente roubo. A não execução e término da obra pela qual o senhor acertou empreender constitui a mais clara violação possível do seu contrato com nossa cliente. Portanto, o senhor repudiou o contrato, cujo repúdio é aceito por nossa cliente...

Blablablá, linguagem incompreensível, linguagem incompreensível... tem direito a recuperar os custos... diretamente responsáveis por quaisquer perdas... a não ser que sejamos informados pelo senhor dentro de sete dias desta carta a confirmação de que o senhor compensará nossa cliente pelas perdas sofridas... e, em consequência, estamos instruídos a dar entrada ao processo por violação de contrato contra o senhor sem mais notificação.

Ah-ah. Rá-Rá-Rá-Rá-Rá! Isso vai lhe ensinar uma lição inesquecível. Fui ao correio, portanto ele vai receber a carta amanhã. Isso vai lhe mostrar o que entendo por negócios, e que não vou ser mais enrolada e desrespeitada.

Certo. Agora, vou tirar meia hora para pensar em algumas ideias para a reunião de pauta da manhã.

22H15. Hum. Talvez precise comprar jornais para ter ideias. Contudo, já está meio tarde.

22H30. Na verdade, não vou me incomodar com Mark Darcy. A gente não precisa de um homem. A questão toda era que homens e mulheres ficavam juntos porque as mulheres não podiam sobreviver sem os homens, mas agora – Rá!. Tenho apartamento próprio (mesmo com buraco), renda e emprego (pelo menos até amanhã), portanto Rá! Rá-rá-rá-rá-rá!

22H40. Certo. Ideias.

22H41. Ai, meu Deus. Realmente, porém, sinto uma vontade enorme de fazer sexo. Não sei o que é sexo há séculos.

22H45. Talvez algo relacionado à Nova Grã-Bretanha do Novo Trabalhismo? Como após a lua de mel, quando se está com uma pessoa há seis meses e se começa a ficar chateada com ela por não lavar os pratos? Já arranjando bolsas de estudos?

Huumm. Era tão fácil fazer sexo e sair com as pessoas quando eu era estudante. Talvez eles não mereçam porra de bolsa nenhuma quando fazem sexo o tempo todo.

Número de meses que não faço sexo: 6
Número de segundos que não faço sexo:
(*Quantos segundos tem um dia?*)
60 X 60 = 3.600 X 24 =
(*Melhor pegar a calculadora.*)
86.400 X 28 = 2.419.200
X 6 meses = 14.515.200
Faz quatorze milhões, quinhentos e quinze mil e duzentos segundos que não faço sexo.

23 HORAS. Talvez eu simplesmente, assim, JAMAIS FAÇA SEXO DE NOVO.

23H05. Gostaria de saber o que acontece se a gente não tem sexo? É bom ou ruim para a gente?

23H06. Talvez a gente apenas, assim, se lacre.

23H07. Entendam, eu não devo ficar pensando em sexo. Sou uma pessoa espiritualizada.

23H08. E também sem sombra de dúvida faz bem a pessoa procriar.

23H10. Germaine Greer não teve filhos. Mas também que é que isso prova?

23H15. Certo. Nova Grã-Bretanha do Novo...

Ai, meu Deus. Virei uma solteirona.

Celibato! As novas solteironas! Quer dizer, se isso está acontecendo comigo, há chances de que também esteja acontecendo com montes de outras pessoas. Não é essa toda a questão do *zeitgeist*?

"De repente, há menos sexo em toda parte." Contudo, detesto isso em reportagem de noticiário popular, pois me faz lembrar quando publicaram um artigo em *The Times* que começava com "De repente, surgem cada vez mais Salas de Jantar em toda parte", no mesmo dia em que saiu um no *Telegraph* sobre "Que foi que houve com as Salas de Jantar?"

Certo, preciso ir para a cama. Decidi chegar bem cedo ao trabalho no primeiro dia da nova eu profissional.

Quarta-feira, 3 de setembro

53,9 quilos (argh, argh), 4.955 calorias, 14.515.200: número de segundos desde que fiz sexo a última vez (número de ontem + 86.400 – a contagem de hoje).

19 HORAS. Cheguei cedo à redação no primeiro dia desde que voltei da Tailândia, esperando nova consideração e respeito, e encontrei Richard Finch no tradicional humor alucinado: petulante, um cigarro atrás do outro e mascando chiclete, com um olhar alucinado no rosto.

– Oh! – disse ele, quando entrei. – Oh! A-ha-ha-ha-ha! O que temos aí na bolsa, hein? Ópio, é? Lixo dedo-duro? Temos crack no forro? Ou trouxemos tabletes Corações Violáceos de drinamyl? Algum *extasy* para a turma? Alguma coca de marinheira de primeira viagem? Coca-xuá-xuá? OHHHHH oh-que-coca-oh-que-coca! Uuuuuh! O oh-que-coca-oh-que-coca!!! – Com um brilho imbecilizado no olhar, puxou duas pesquisadoras para junto de si e pôs-se a avançar, gritando:

– De joelhos, braços abertos, oba!... tem de tudo na bolsa da Bridget, Rá-rá!

Percebendo que nosso produtor executivo tinha entrado num frenesi de droga, sorri beatificada e ignorei-o.

– Oh, hoje estamos como Mocinha Não-me-toques, não é? Oba! Venham todos, pessoal. A Bridget Bundinha Não me-toques Aqui Acaba de Sair da Prisão. Vamos começar. Vamos começar du-du-dá-dá.

Falando sério, não era nada disso que eu tinha em mente. Todo mundo começou a desviar o olhar do relógio para mim, ressentido. Quer dizer, só haviam passado vinte minutos das nove: em geral, supunha-se que a reunião começava às nove e meia. Só porque passei a chegar cedo não significa que a reunião tivesse de começar antes e não atrasada.

– Já, Brrrrridget! Ideias. Que ideias temos hoje para deliciar a nação melancólica? As Dez Maiores Dicas de Contrabando da Dona Que Sabe das Coisas? Os Melhores Sutiãs da Grã-Bretanha para Rechear as Mamas?

Se puderes ter fé na própria fortaleza, no instante em que duvidem de teu ânimo e firmeza, pensei. Ah, foda-se, vou simplesmente dar-lhe um soco no meio da boca.

Ele me olhou, mascando e arreganhando um sorriso, na expectativa. Muito curiosamente, os risinhos dissimulados em volta da mesa não aconteciam como de hábito. Na verdade, todo o interlúdio da Tailândia parecia ter despertado um novo respeito dos meus colegas por mim, com o qual fiquei maravilhada.

– Que tal o Novo Partido Trabalhista... após a lua de mel?

Richard Finch bateu com força a cabeça na mesa e pôs-se a roncar.

– Na verdade, tenho outra ideia – disse eu, após uma pausa casual. – Sobre sexo – acrescentei, ao que Richard levantou a cabeça, atento. (Quer dizer, só a cabeça. Pelo menos é o que espero.)

– Então? Vai partilhá-la conosco... ou economizá-la para a Equipe de Narcotráfico?

– Celibato – disse eu.

Caiu em silêncio impressionado.

Richard Finch fitava-me de olhos esbugalhados como se não pudesse acreditar.

– Celibato?

– Celibato. – Assenti com a cabeça, convencida.

– O quê?... Quer dizer, monges e freiras? – perguntou Richard Finch.

– Não. Celibato.

– Pessoas comuns que não fazem sexo – interveio Patchouli, lançando-lhe um olhar insolente.

Instalou-se de fato uma atmosfera muito diferente em volta da mesa.

– Como? Por causa de alguma coisa tântrica, budista? – perguntou Richard Finch, com um risinho abafado, contraindo uma das pernas em tiques convulsivos, sempre a mascar.

– Não – disse o Sensual Matt, cabisbaixo, os olhos fixos em seu bloco de anotações. – Pessoas comuns, como nós, que passam longos períodos sem fazer sexo.

Lancei um olhar a Matt, no momento em que ele fazia o mesmo comigo.

– O quê? Uma porção de vocês? – exclamou Richard, olhando-nos incrédulo. – Todos vocês estão no primeiro tesão da juventude... bem, com exceção da Bridget.

– Obrigada – resmunguei.

– Ficam todos iguais a coelhinhos toda noite! Não ficam? Dentro, fora, dentro, fora e sacudindo-o em toda a volta – cantarolou ele. – Fazem o aiquebomaique bomaiquebom, e a gente a vira de bruços e faz-lhe o aiquegostoso por trás! Não é?

Ouviu-se um certo arrastar de pés em volta da mesa.

– Não é?

Mais pausa.

– Quem aqui não fez sexo na semana passada?

Todo mundo fixou os olhos com intensidade nos blocos de anotações.

– Está bem. Quem fez sexo na semana passada?

Ninguém ergueu a mão.

– Eu não acredito nisso. Tudo bem. Qual de vocês fez sexo no último mês?

Patchouli ergueu a mão. Além do Horripilante Harold, que sorriu radiante para nós, todo convencido por trás dos óculos. Talvez mentisse. Ou quem sabe só uma trepadinha tipo papai-mamãe.

– Quer dizer então que o resto de vocês... Minha nossa. Vocês são um bando de aberrações. Não pode ser por darem duro demais no trabalho. Celibato! Ora! E falem em tirar o rabo das cadeiras. Estamos fora do ar por causa de Diana, portanto tratem de apresentar alguma coisa melhor para o resto da estação. Vamos voltar na semana seguinte com um estouro.

Quinta-feira, 4 de setembro

54,5 quilos (isso precisa parar ou a temporada na cadeia terá sido desperdiçada), 32: número de vezes que me imaginei assassinando Richard Finch (isso também precisa parar, pois do contrário anulará o valor dissuasivo da sentença de prisão), 23: número de vezes que pensei em comprar jaquetas pretas, 14.688.000: número de segundos que não faço sexo.

18 HORAS. Estou muito feliz sentindo o mundo no clima outonal de volta às aulas. Vou às compras no início da noite a caminho de casa: não para comprar qualquer coisa devido à crise financeira, só para experimentar novo guarda-roupa outonal do "marrom é preto". Mt. empolgada e decidida a este ano ser melhor em compras, isto é, (a) não entrar em pânico e descobrir que a única peça que sou capaz de comprar é uma

jaqueta preta, pois como uma única garota necessita de tantas jaquetas pretas?, e (b) arranjar dinheiro emprestado como alguém. Buda, talvez?

20 HORAS. ANGUS STEAK HOUSE, OXFORD STREET. Ataque incontrolável de pânico. Todas as lojas parecem ter versões com mínimas diferenças de cada peça. Entrei em sufocamento mental, com a mente incapaz de funcionar enquanto não catalogasse, por exemplo, todas as jaquetas de náilon pretas existentes: uma na French Connection por 129 libras, ou a da loja de alta classe Michael Kors (bonita tipo careta, curta) por 400. As jaquetas de náilon pretas na Hennes custam só 39,99 libras. Eu podia, por exemplo, comprar dez jaquetas de náilon pretas da Hennes pelo preço de uma da Michael Kors, mas aí o guarda-roupa ficaria mais que nunca lotado de jaquetas de náilon pretas, e na verdade não posso comprar nenhuma delas.

Talvez a culpa seja toda da imagem. Talvez eu deva passar a usar trajes de pantomima de cores vivas ao estilo Zandra Rhodes ou Su Pollard. Ou ter um guarda-roupa micro e só comprar três peças de muita classe e usá-las o tempo todo. (Mas e se eu derramar ou deixar cair alguma coisa nelas?)

Certo. Calma, calma. O que preciso comprar é o seguinte:

Jaqueta de náilon preta (só uma)
Pescoceira. Ou pescoceiro ou cabeção, talvez? Bem, algo que esquente para enrolar no pescoço.
Calça boot leg (dependendo do que venha a descobrir o que boot leg significa)
Conjunto marrom para trabalhar (ou similar)
Sapatos

Foi um pesadelo na sapataria. Só para experimentar uns sapatos de bico quadrado e saltos altos estilo década de 1970, na loja de clima mt. déjà-vu de todos aqueles anos de compra de sapatos novos para a volta às aulas e brigando com as malditas mães sobre quais nos era permitido gostar. Então, de súbito, tive uma terrível percepção: não era uma sensação anormal de déjà-vu – eram exatamente os mesmos sapatos que eu tinha comprado na sexta-feira na Freeman Hardy Willis.

De repente, me senti como uma imbecil inocente ou uma marionete dos estilistas de moda que não sentam o rabo para criar algo novo. Pior, sou tão velha que a jovem geração compradora não se lembra mais de usar modelos que usei na adolescência. Agora entendo por que as senhoras passaram a ir à Jaegar para comprar duas peças quando não querem mais lembrar a juventude perdida pela moda da rua principal. Agora cheguei ao referido ponto. Vou abandonar Kookäi, Agnès B, Whistles etc., em favor da Country Casuals e da espiritualidade. Vou para casa.

21 HORAS. NO MEU APARTAMENTO. Sinto-me muito estranha e vazia. É muito bom pensar que tudo vai ficar diferente quando a gente voltar para casa, mas é sempre a mesma rotina. Acho que sou eu que tenho de tornar tudo diferente. Mas que vou fazer com a minha vida?

Já sei. Comer um pedaço de queijo.

O importante é que, como está dito em *Budismo: o drama do monge endinheirado*, a atmosfera e os acontecimentos em volta da gente são criados pela atmosfera dentro da gente. Portanto, não é de admirar que todas aquelas coisas ruins – Tailândia, Daniel, Rebecca etc. – ocorressem. Preciso começar a ter mais equilíbrio interior e epifania espiritual, pois só assim vou passar a atrair coisas pacíficas e agradáveis, pessoas amorosas, bem equilibradas. Como Mark Darcy.

Mark Darcy – quando voltar – vai ver a nova eu, calma e centrada, atraindo paz e ordem em toda a minha volta.

Sexta-feira, 5 de setembro

55,2 quilos, 0 cigarro (vitória), 14.774.400: número de segundos que não faço sexo. (desastre), (preciso tratar os dois impostores da mesma maneira).

8H15. Tudo bem. Acordei animada e cedo. Sabe, isso é importante: rouba um degrau na escalada do dia!

8H20. Oba, chegou um pacote para mim. Talvez um presente!

8H30. Huumm. Dentro tem uma caixa de presentes com rosas. Talvez de Mark Darcy. Talvez ele tenha voltado.

8H40. É uma linda caneta esferográfica de ouro escovado, com meu nome gravado. Talvez seja da Tiffany's! Com ponta vermelha. Talvez seja um batom.

8H45. Esquisito. Não tem bilhete dentro. Talvez seja um batom promocional de alguma empresa de RP.

8H50. Mas não é um batom porque é sólido. Talvez seja uma esferográfica. Com meu nome gravado! Talvez seja uma preparação de convite para uma festa de alguma empresa de Relações Públicas – quem sabe o lançamento de uma nova revista chamada *Lipstick*!, talvez um produto da Tina Brown! – e o convite que se seguirá.

É, vocês sabem. Acho que vou ao Coins tomar um cappuccino. Embora, claro, sem croissant de chocolate.

9 HORAS. Já no café. Huumm. Estou felicíssima com o presentinho, mas também em dúvida se é mesmo uma esferográfica. Ou, se for, é no mínimo uma esferográfica de funcionamento muito obscuro.

Mais tarde. Oh, meu Deus. Eu acabava de me sentar, com o cappuccino e o croissant de chocolate, quando Mark Darcy entrou, assim, sem mais nem menos, como se não estivesse no exterior nem nada disso: de terno, recém-barbeado, um pequeno corte no queixo com um pedaço de lenço de papel colado, como tradicional nas manhãs. Foi até o balcão de pedidos de refeições para viagem, largou a maleta no chão e olhou em volta, como à procura de algo ou alguém. Viu-me. Passou-se um longo momento até seus olhos se suavizarem (embora não, é óbvio, se derreterem como grude). Voltou-se para receber o cappuccino. Logo me forcei a ficar ainda mais calma e com aparência centrada. Aí ele veio em direção à minha mesa, parecendo muito mais homem de negócios. Tive vontade de atirar os braços em volta dele.

– Olá – disse ele, bruscamente. – O que foi que você recebeu aí dentro? – perguntou, acenando com a cabeça para o presente.

Quase sem condições de falar, cheia de amor e felicidade, entreguei-lhe a caixa.

– Não sei o que é. Acho que talvez seja uma esferográfica.

Ele tirou a pequena esferográfica da caixa, girou-a, tornou a pô-la na caixa como, bem, um disparo, e disse:

– Bridget, isso não é nenhuma esferográfica promocional, é uma porra de uma bala.

Ainda mais tarde. Oh, Meu Deus Vivinho da Silva. De jeito nenhum era hora de conversar sobre a Tailândia, Rebecca, amor, nada disso.

Mark pegou um guardanapo, retirou a tampa da caixa e tornou a repô-la.

– Se puderes guardar o sangue-frio diante de quem fora de si te acusar... – sussurrei para mim mesma.

– Como?

– Nada.

– Fique aí. Não toque nela. É uma bala de verdade – disse Mark. Saiu de fininho até a rua e olhou de um lado para o outro, estilo detetive de TV. Interessante como tudo no drama policial da vida real me faz lembrar um drama de TV, do mesmo jeito que as cenas de férias pitorescas me fazem lembrar um dos cartões-postais ou...

Ele estava de volta.

– Bridget? Já pagou? O que está fazendo? Venha logo.

– Para onde?

– Para a delegacia de polícia.

No carro, comecei a falar numa linguagem incompreensível, agradecendo-lhe por tudo que fizera e dizendo-lhe como o poema me ajudara na cadeia.

– Poema? Que poema? – perguntou, girando na Kensington Park Road.

– O poema "Se"... você sabe... "coração, músculos, nervos reduzir da vontade à condição de servos e..." oh, meu Deus, sinto muitíssimo por você ter precisado viajar toda essa distância até Dubai, sou tão grata, eu...

Ele parou no sinal e virou-se para mim.

– Ah, foi excelente – disse, com delicadeza. – Agora, pare com essa linguagem confusa de autocomiseração. Você teve um grande choque. Agora precisa se acalmar.

Droga. A ideia toda era que eu esperava que ele notasse como estou calma e centrada, não que me mandasse ficar calma. Tentei me acalmar, mas foi difícil, pois só podia pensar o seguinte: alguém quer me matar.

Quando chegamos à delegacia, foi pouco menos semelhante a um drama de televisão, porque todas as instalações se achavam em péssimo estado e imundas, e ninguém pareceu minimamente interessado em nós. O guarda à escrivaninha tentou nos fazer aguardar na sala de espera, mas Mark insistiu que nos levasse ao segundo andar. Acabamos sentados num enorme escritório com aparência suja, sem ninguém dentro.

Mark me fez contar-lhe tudo que acontecera na Tailândia, perguntando-me se Jed mencionou o nome de alguém que conhecia no Reino Unido, se o pacote tinha vindo por correio normal, e se eu havia notado algum estranho na redondeza desde que voltei.

Senti-me meio idiota dizendo-lhe como tínhamos confiado em Jed, achando que ele ia me interromper, mas ele foi muito gentil mesmo.

– O pior de que você e Shaz podiam ser acusadas era de uma idiotice de tirar o fôlego – disse ele. – Soube que você trabalhou muito bem na prisão.

Embora estivesse sendo meigo, não estava sendo... bem, tudo parecia uma postura muito formal, não que quisesse que voltássemos ou conversar sobre relacionamento.

– Não acha melhor telefonar para o trabalho? – perguntou, conferindo as horas no relógio de pulso.

Levei a mão à boca. Tentei dizer a mim mesma que pouca diferença fazia ainda ter ou não emprego, se estivesse morta, mas já eram dez horas da manhã!

– Não fique assim, como se acabasse de devorar uma criança sem querer – disse Mark, rindo. – Pela primeira vez você tem uma desculpa decente para seu atraso patológico.

Peguei o telefone e disquei a linha direta de Richard Finch. Ele atendeu no mesmo instante.

– Ora, ora, é Bridget, é? A Mocinha Celibato? De volta só há dois dias, e já matando aula. Onde é que você está, hein? Estamos fazendo compras, é?

"Se puderes ter fé na própria fortaleza, no instante em que duvidem de teu ânimo e firmeza", pensei. Se eu puder...

– Estamos nos divertindo com uma vela, hein? Peguem as velas, garotas! – Emitiu um barulho alto de estalo seco.

Fitei o telefone, horrorizada. Não conseguia chegar a uma conclusão – se Richard Finch sempre tinha sido assim e eu diferente, ou se ele estava mergulhando numa terrível espiral alucinógena de droga.

– Deixe que eu falo com ele – disse Mark.

– Não! – Peguei de volta o telefone e sibilei: – Sou uma pessoa independente.

– Claro que é, querida, apenas uma pessoa independente com a mente fora do lugar.

Querida! Ele me chamou de querida!

– Bridget? Dormimos demais de novo, não foi? Onde está você? – riu alto Richard Finch.

– Estou na delegacia de polícia.

– Éééé! De volta a oh-que-coca-oh-que-coca! Excelente. Pegou um pouco para mim? – riu, abafado.

– Eu sofri uma ameaça de morte.

– Olha só! Essa é das boas. Rá-rá-rá-rá! Delegacia de polícia, hein? Era só o que me faltava. Na minha equipe, só trabalham empregados respeitáveis, estáveis e sem problemas de drogas.

É o fim. Chega. Simplesmente encheu minhas medidas. Respirei fundo.

– Richard Finch – disse eu, soberana. – Isso, lamento, é como o roto falando do esfarrapado. Só que eu não estou esfarrapada. Como você. De qualquer modo, não vou voltar. Tchau. – E desliguei o telefone.

A-ha. Rá-rá-rá-rá! – pensei brevemente, antes de me lembrar do cheque especial descoberto no banco. E dos cogumelos mágicos. Só que não são drogas no sentido estrito, pois são naturais.

Nesse momento, apareceu um policial, que entrou apressado e nos ignorou completamente.

– Escute! – disse Mark, dando um soco na mesa. – Temos uma garota com uma bala de verdade e com o nome dela gravado. Podemos tomar alguma providência?

O policial parou e olhou.

– O funeral é amanhã – disse com raiva. – E temos um esfaqueamento em Kensal Rise. Quer dizer, outras pessoas já foram assassinadas. – Empinou a cabeça, girou-a e saiu.

Dez minutos depois, o detetive que devia estar cuidando do nosso caso entrou com uma cópia impressa de computador.

– Oi. Sou o detetive inspetor Kirby – disse, sem nos olhar. Fitou a folha por algum tempo e depois ergueu os olhos para mim, arqueando as sobrancelhas.

– Deduzo que essa seja a pasta da Tailândia, não? – disse Mark olhando por cima do ombro do detetive. – Ah, entendo... aquele acidente no...

– Bem, sim – disse o detetive.

– Não, não, aquilo era só um pedaço de filé – disse Mark.

O policial lançava-lhe um olhar estranho.

– Foi deixado numa mochila pela minha mãe – expliquei – e já tinha começado a se decompor.

– Vê? Aqui? Este é o relatório da Tailândia – disse Mark, curvando-se sobre o formulário.

O detetive pôs o braço em volta do formulário, protegendo-o, como se Mark estivesse tentando copiar o dever de casa dele. Nesse momento, o telefone tocou. O DI Kirby atendeu.

– Sim. Quero ficar no carro do esquadrão na Kensington High Street, em algum ponto perto do Albert Hall! Quando o cortejo der a partida. Quero prestar minha última homenagem – disse com a voz exasperada. – Que é que a porra do DI Rogers está fazendo lá? Certo, então, Palácio de Buckingham. O quê?

– O que o relatório diz sobre Jed? – sussurrei.

– "Jed", ele disse que era esse seu nome? – zombou Mark. – Na verdade, é Roger Dwight.

– Está bem, então, Hyde Park Corner. Mas quero diante da multidão. Lamento tudo isso – disse o DI Kirby, ao desligar o telefone, e assumindo um ar eficiente de superestima, que identifiquei totalmente com o de quando chego atrasada ao trabalho. – Roger Dwight – disse o detetive. – Aponta de certo modo para essa direção, não?

– Eu ficaria muito surpreso se foi ele sozinho que conseguiu alguma coisa – disse Mark. – Não da custódia árabe.

– Bem, há meios e modos.

Era absolutamente enfurecedora a maneira como Mark falava com o policial acima de minha cabeça. Quase como se eu fosse uma imbecil total ou meio retardada.

– Com licença – disse eu, eriçada. – Posso participar dessa conversa?

– Claro – disse Mark –, desde que não traga à baila qualquer roto ou esfarrapado.

Vi o detetive desviar os olhos de mim para Mark, desorientado, sem entender patavina.

– Imagino que ele possa ter arranjado outra pessoa para enviá-lo – disse Mark, voltando-se para o detetive –, mas parece meio improvável, até mesmo uma grande tolice, em vista...

– Bem, sim, em casos desse tipo. Com licença. – DI Kirby pegou o telefone. – Certo. Bem, diga a Harrow Road que eles já têm dois carros no percurso! – disse, petulante. – Não. Quero ver o caixão antes da cerimônia. Sim. Bem, diga ao DI Rimmington que se foda. Desculpe, senhor. – Pôs o telefone de novo no gancho e sorriu, professoral.

– Em casos desse tipo...? – perguntei.

– Sim, é improvável que uma pessoa com sérias intenções anunciasse sua...

– Quer dizer que eles simplesmente atirariam nela, certo? – perguntou Mark.

Ai, meu Deus.

Uma hora depois, o pacote já havia sido levado para colherem as impressões digitais e fazerem a análise do DNA, e eu continuava sendo interrogada.

– Alguma outra pessoa da conexão Tailândia tem alguma pinimba com você, senhorita? – perguntou DI Kirby. – Um ex-amante, um namorado rejeitado?

Fiquei encantada por ser chamada de "senhorita". Viram? Talvez eu não esteja no primeiro fogo da juventude, mas...

– Bridget – disse Mark. – Preste atenção! Alguém poderia querer lhe fazer mal?

– Montes de pessoas já me magoaram – disse eu, olhando para Mark e dando tratos à bola. – Richard Finch, Daniel, mas acho que nenhum dos dois faria algo assim – acrescentei, em dúvida.

Será que Daniel achou que eu ia andar espalhando por aí sobre aquela noite em que devíamos ter saído para jantar? Terá ficado tão chateado por ser rejeitado? Não seria isso uma reação extremamente exagerada? Mas também Sharon podia estar certa sobre os homens do fim do milênio perderem seus papéis.

– Bridget? – chamou Mark, com delicadeza. – Tudo em que estiver pensando deve dizer ao DI Kirby.

Foi muito constrangedor. Acabei contando toda a história da lingerie e da jaqueta com o Daniel, enquanto DI Kirby anotava os detalhes com uma expressão impassível. Mark não deu uma palavra durante o depoimento, mas parecia zangado mesmo. Reparei que o detetive não tirava os olhos severos dele.

– Já se envolveu algum dia com caras da pesada? – perguntou DI Kirby.

A única pessoa que me ocorreu foi o possível garoto de aluguel do tio Geoffrey, mas isso era ridículo, porque o garoto de aluguel do bar de Adams não me conhecia.

– Terá de se mudar do seu apartamento. Tem algum lugar onde possa ficar?

– Você pode ficar comigo – disse Mark, de repente – Meu coração saltou. – Num dos quartos de hóspedes – apressou-se a acrescentar.

– Podia me dar um momento a sós, senhor – disse o detetive inspetor. Mark pareceu sentir-se repreendido, dizendo em seguida. – Claro – e saiu da sala, bruscamente.

– Não sei se seria aconselhável hospedar-se com o Sr. Darcy, senhorita – disse o detetive, lançando um olhar à porta.

– Éééé, talvez o senhor tenha razão – disse eu, achando que ele assumia um interesse paternal e sugeria, como homem, que eu mantivesse o ar de mistério e inacessibilidade, deixando Mark ser o perseguidor, mas aí lembrei que eu não tinha mais o direito de pensar assim.

– Qual exatamente é seu relacionamento anterior com o Sr. Darcy?

– Bem! – disse eu, e comecei a contar a história.

DI Kirby tinha uma expressão esquisita de desconfiança em relação a todo o ocorrido. A porta mais uma vez se abriu no momento em que ele dizia:

– Então o Sr. Darcy apareceu por acaso no bar do café, não foi? Na manhã em que a senhorita recebeu a bala?

Mark aproximou-se e ficou diante de nós.

– Tudo bem – disse, cansado, olhando para mim como se dissesse: "Você é a origem de tudo que é oposto à serenidade." – Tire logo as minhas impressões digitais, analise meu DNA, vamos eliminar essa possibilidade.

– Oh, não estou dizendo que foi o senhor – apressou-se a dizer o detetive. – Só que temos de eliminar...

– Está bem. Está bem – disse Mark. – Vamos logo fazer o que tem de ser feito.

13. Aaargh!

Sexta-feira, 5 de setembro, ainda

55,8 quilos, não me interessa mais quantos segundos faz desde a última vez em que fiz sexo, 34.400 minutos que continuei viva desde a ameaça (mt. b.).

18 HORAS. APARTAMENTO DE SHAZZER. OLHANDO PELA JANELA. Não pode ser Mark Darcy. Isso é ridículo. Não pode ser. Deve ter alguma coisa a ver com Jed. Quer dizer, ele na certa deve ter todo um círculo de contatos aqui, desesperados por droga, a quem privei de seu modo de vida. Talvez seja apenas um maluco. Mas um maluco que sabe meu nome e endereço? Alguém quer me matar. Alguém se deu o trabalho de arranjar uma bala de verdade e gravar meu nome nela.

Preciso ficar calma. Calma, calma. Sim. Preciso manter a cabeça erguida quando tudo à minha volta... Preciso guardar o sangue-frio diante de quem fora de si me acusar. Será que na Kookai tem colete à prova de bala?

Tomara que Shaz volte logo. Estou inteiramente desorientada. O apartamento de Shazzer é mínimo e bagunçado na maior parte do tempo, como todo apartamento sem divisórias, mas com as duas aqui o chão e cada superfície parecem completamente cobertos de sutiãs Agent Provodateur, botas de tornozelo forrado com pele de leopardo, sacolas Gucci de plástico imitando couro, falsas bolsas de mão Prada, cardigãs curtos da Voyage e estranhos sapatos de fivela. Estou mt. confusa. Talvez encontre algum espaço vazio para me deitar.

Após levarem Mark, DI Kirby repetiu que eu não devia ficar em meu apartamento e me levou até lá de volta para pegar alguns pertences, mas o problema é que eu não tinha lugar algum aonde ir. Mamãe e papai continuavam na clínica de reabilitação. O apartamento de Tom seria ideal, mas não consegui achar o número do telefone dele em São Francisco. Tentei Jude e Shazzer no trabalho, mas as duas estavam no almoço.

Foi horrível mesmo. Fiquei deixando recados na casa de todo mundo, enquanto a polícia marchava pelo apartamento pegando objetos para colher impressões digitais e à procura de pistas.

– Que buraco é esse na parede, senhorita? – perguntou um dos policiais que inspecionava tudo.

– Oh, isso, hum, foi abandonado – disse eu, vagamente. Nesse momento, o telefone tocou. Era Shaz dizendo que eu podia ficar na casa dela e onde era o esconderijo da chave sobressalente.

Acho que vou dormir um pouco.

23H45. Gostaria de não acordar toda hora à noite, embora seja mt. reconfortante ter Jude e Shaz dormindo junto como dois bebês. Foi muito gostoso quando as duas chegaram em casa do trabalho. Comemos pizza e fui dormir muito cedo. Nenhuma palavra sobre Mark Darcy. Pelo menos tenho um botão para situação de pânico. É bonito. Trata-se de um controle remoto operado por uma simples maleta de mão. Acabo de imaginar: se eu o apertasse, o jovem policial esguio iria aparecer de uniforme para me salvar? Huumm. Pensamento delicioso... estou morrendo de sono.

Sábado, 6 de setembro

56,4 quilos, 10 cigarros, 3 unidades alcoólicas, 4.255 calorias (bem que eu poderia aproveitar a vida enquanto tenho a sorte de tê-la), 16.005.124 minutos desde que fiz sexo a última vez (portanto, preciso tomar uma providência).

18 HORAS. Eu, Jude e Shaz passamos todo o dia assistindo ao funeral da princesa Diana. Todas concordamos que era como o funeral de alguém que a gente conhece, só que em escala mais grandiosa, de forma que depois a gente se sente como se tivesse passado por um espremedor, mas também como se algo houvesse sido espremido da gente. Fiquei tão feliz por terem conseguido fazer tudo certo. Foi tudo perfeito. Lindo e excelente, como se o establishment tivesse afinal recebido a mensagem, e nosso país soubesse mais uma vez agir direito.

Tudo parece uma tragédia shakespeariana, ou uma lenda antiga, em especial, com a disputa entre as duas casas nobres, Spencer e Windsor. Decididamente, me sinto envergonhada por trabalhar num programa diurno idiota de TV em que muitas vezes dedicamos tardes inteiras aos cabelos de Diana. Vou mudar de vida. Se o establishment pode mudar, eu também posso.

Contudo, bateu-me um pouco de solidão agora. Jude e Shaz queriam sair, pois disseram que estavam com claustrofobia. Tentamos fazer contato com a delegacia, pois não tenho permissão de sair sem ser acompanhada por um policial, mas acabamos, depois de 45 minutos, falando apenas com uma mulher na mesa telefônica central, que disse que todo mundo estava ocupado. Falei a Jude e a Shazzer que não tinha o menor problema se saíssem sem mim, contanto que trouxessem uma pizza quando voltassem. Ah. O telefone.

– Oh, alô, querida, é a mamãe.

– Mamãe! – Todo mundo pensaria que eu ia fazer cocô na mão dela. – Onde está você, mãe? – perguntei.

– Ah, eu me assumi, querida.

Por um segundo, achei que ia me dizer que era lésbica e ia montar casa com tio Geoffrey num casamento de conveniência gay, sem sexo.

– Já estamos de volta, em casa. Tudo foi resolvido e papai vai ficar ótimo. Não sei, não! Bebendo todo esse tempo no refúgio dele, e eu achando que eram os tomates. Ouça só, Gordon Gomersall fazia exatamente o mesmo, você sabe, e Joy não teve a mínima desconfiança. Isso é uma doença, dizem agora. Que achou do funeral, querida?

– Muito bonito – disse eu. – E agora, o que vai acontecer?

– Bem, querida... – ela começou, em seguida fez uma interrupção repentina, e papai veio ao telefone.

– Está tudo bem, amor. Eu só tenho de ficar longe da bebedeira – disse ele. – E eles ficaram tentando pôr a Pam para fora de lá desde o primeiro dia.

– Por quê? – perguntei, com uma visão horrível de minha mãe seduzindo uma procissão de viciados de 18 anos assomando diante de mim.

Ele riu sozinho.

– Eles disseram que Pam era normal demais. Deixe-me passar de novo para ela.

– Francamente, querida. Não passa de uma completa e absurda tolice de surdo-mudo cobrar daquelas pessoas célebres fortunas exorbitantes só para dizer-lhes coisas que todo mundo sabe!

– Que tipo de coisas?

– Iiiih. Aguente aí. Vou só virar o frango de cabeça para baixo.

Afastei o telefone do ouvido, para não pensar em que tipo de prato extravagante envolvia ter de virar um frango de cabeça para baixo.

– Ufa. Pronto, vamos continuar.

– Que tipo de coisas eles lhe disseram?

– Bem, todas as manhãs tínhamos de nos sentar em círculo e dizer todas aquelas coisas tolas.

– Como o quê...?

– Oh! Você sabe. Meu nome é Pam e eu sou uma, sei lá...

O quê? Me perguntei. Já viu situação igual? Pesadelo de enlouquecimento por excesso de autoconfiança? Obsessiva por molho de carne sem grumo? Torturadora de filha?

– As frases que saíam! "Hoje vou ter confiança em mim mesma, não vou me preocupar com as opiniões das outras pessoas sobre mim." Sem parar. Quer dizer, francamente, querida. Se as pessoas não tiverem confiança em si mesmas não vão a lugar algum, não é? – disse ela, às gargalhadas. – Ora! Não ter confiança em si mesma! Não sei não! Por que as pessoas andariam por aí preocupando-se com o que as outras pensam delas?

Olhei preocupada de um lado para o outro.

– Então, que dizia você nas suas afirmações?

– Ah, não me deixaram dizer nada. Bem, acabaram deixando.

– Como? Que foi que deixaram você dizer?

Ouvi a gargalhada de papai ao fundo. Ele parecia em boa forma.

– Diga a ela, Pam.

– Ufa. Bem, eu precisava dizer: "Não vou deixar que o excesso de autoconfiança me cegue para a realidade" e "Hoje vou reconhecer meus defeitos, assim como minhas qualidades". Quer dizer, era totalmente ridículo, querida. Em todo caso, preciso voar, é a campainha. Vejo-a então na segunda-feira.

– O quê? – perguntei.

– Querida, não diga "o quê", diga "desculpe". Marquei uma hora para você pintar os cabelos no Debenhams. Eu lhe falei! Às quatro horas.

– Mas... – Quer dizer, ela não me falou. Quando foi que me falou? Em janeiro?

– Preciso ir, querida. Os Enderbury estão na porta.

Domingo, 7 de setembro

56,7 quilos, 0 centímetro quadrado de espaço no piso não coberto por sutiãs, sapatos, comida, garrafas ou batons.

10 HORAS. Viva! Passou-se mais um dia, e continuo viva. Noite terrível, contudo. Me senti cansadíssima depois que falei com mamãe, portanto verifiquei se todas as portas estavam trancadas, escalei a confusão de calcinhas, camisolas e sapatos com pele de leopardo atirados pelo chão e fui dormir. Não ouvi quando elas entraram, acordei à meia-noite e encontrei-as ferradas no sono. Está começando mesmo a feder aqui. O problema também é que, se acordo no meio da noite, tudo que me resta a fazer é ficar olhando, sem me mexer, o teto, para não acordá-las batendo nas coisas ou derrubando-as pelo chão.

Oba. O telefone. Melhor atendê-lo, para não acordá-las.

– Bem, acabaram compreendendo que eu não sou um ex-namorado homicida.

Viva! Mark Darcy.

– Como é que você está? – perguntou, muito atencioso, em vista de, pelo que acabei sabendo, ter ficado, por culpa minha, na delegacia policial durante sete horas. – Eu teria ligado antes, mas não me disseram onde você estava até me inocentarem.

Tentei me mostrar animada, mas acabei dizendo-lhe num sussurro que me sentia meio espremida na casa de Shazzer.

– Bem, a oferta de se hospedar comigo continua de pé – disse ele, de imediato. – A casa tem um monte de quartos.

Eu gostaria que Mark não ficasse esfregando na minha cara que não quer dormir comigo, sempre se referindo aos montes de quartos. Parece estar virando um caso típico de "fiquismo", e, pelo que vejo em Shaz e Simon, sei como é impossível cair fora disso depois que se entra, porque à menor insinuação de sexo todo mundo começa a entrar em pânico, com medo de "estragar a amizade".

Nesse momento, Jude bocejou e virou-se, derrubando com o pé uma pilha de caixas de sapato, que se esparramaram abertas no chão, cuspindo contas, brincos, maquiagem e uma xícara de café bem dentro da minha bolsa de mão. Respirei fundo.

– Obrigada – sussurrei. – Eu adoraria ir.

23H45. CASA DE MARK DARCY. Ai, meu Deus. As coisas não vão muito bem. Estou sozinha num quarto branco, estranho, sem nada além de uma cama branca, uma persiana branca e uma preocupante cadeira branca duas vezes mais alta que o tamanho normal. É assustador aqui: um enorme palácio vazio, sem nem sequer comida na casa. Parece que não consigo achar nem fazer nada sem um esforço mental colossal, pois tudo, interruptor de luz, descarga do banheiro etc., está disfarçado. Também faz um frio enregelante, tipo geladeira.

Estranho, em plena penumbra, flutuo entre o sono e a vigília. Sou levada pela corrente, parecendo tudo normal, e em seguida mergulho numa bolsa de sono, quase como quando os aviões precipitam-se 15 metros abaixo do nada. Não consigo decidir se ainda é devido ao *jet-lag* ou se apenas tento fugir de tudo. Mark teve de trabalhar hoje, embora seja domingo, porque desapareceu o dia todo na sexta-feira. Shaz e Jude apareceram aqui às quatro horas, com o vídeo *Orgulho e preconceito*, mas eu não podia enfrentar a visão da cena do lago após a *débâcle* Colin Firth, portanto só conversamos e lemos revistas. Depois Jude e Shaz puseram-se a visitar a casa toda, dando risadinhas. Adormeci, e quando acordei elas já tinham ido embora.

Mark Darcy chegou às nove da noite, com uma comida comprada num restaurante para nós. Tive altas esperanças de reconciliação romântica, mas fiquei tão concentrada em não dar a impressão de que eu desejava dormir com ele, nem de achar que minha hospedagem em sua casa fosse mais que um simples arranjo tipo policial/jurídico, que terminamos sendo bastante formais um com o outro, como médico e paciente, moradores de uma casa de trânsito, ou algo semelhante.

Mas... Oh, meu Deus, talvez tenha sido Mark Darcy. Talvez ele entre no quarto e simplesmente, digamos, atire em mim, e aí o sangue se espalhará por todo o quarto branco virginal, como sangue de virgem, só que não sou virgem. Apenas uma porra de uma celibatária.

Não devo pensar assim. Claro que não foi ele. Pelo menos, tenho o botão de alarme. É tão horrível não conseguir pegar no sono, com Mark no andar debaixo, na certa nu. Huumm. Hum. Gostaria de ir lá embaixo e, como eu diria, violentá-lo. Já não faço sexo há... mt. difícil a conta.

Talvez ele suba até aqui! Ouvirei passos na escada, a porta se abrirá suavemente, ele entrará e se sentará na cama... nu! e... oh, meu Deus, estou tão frustrada.

Se ao menos pudesse ser como a mamãe, simplesmente ter confiança em mim e não me preocupar com o que os outros pensam da gente, mas isso é muito difícil, quando a gente sabe o que os outros pensam da gente. Pensam em como nos matar.

Segunda-feira, 8 de setembro

56,8 quilos (já é uma crise séria), 0 ameaçador de morte capturado pela polícia (não mt. b.), 15.033.600 segundos desde que fiz sexo (crise cataclísmica).

13H30. NA COZINHA DE MARK DARCY. Acabo de comer um enorme pedaço de queijo sem motivo algum. Vou conferir as calorias.

Ai, porra. Cada 30 gramas equivalem a 100 calorias. Portanto, se a embalagem é de 240 gramas e já comi um pedação – talvez 60 gramas – e sobrou um pedaço pequeno, já comi 500 calorias em trinta segundos. É inacreditável. Talvez deva provocar vômito, como um sinal de respeito pela princesa Diana. Aargh! Por que me dou o trabalho de pensar em ideias de tamanho mau gosto? Oh, pensando bem, também poderia comer o resto dele, como para traçar uma linha debaixo de todo o episódio lamentável.

Acho que talvez seja obrigada a aceitar a verdade dos médicos que dizem que as dietas não funcionam porque o corpo simplesmente acha que está com muita fome e, assim que vê qualquer comida de novo, se empanturra como um porco. Acordo todas as manhãs agora e descubro gordura surgindo em novos lugares esquisitos e horrorosos. Não ficaria nem um pouco surpresa se encontrasse uma faixa de gordura tipo massa de pizza suspensa entre o ouvido e o ombro, ou pendendo curvada sobre o lado de um joelho, ondulando ligeiramente ao vento como uma orelha de elefante.

Continua tudo esquisito e não resolvido com Mark. Quando desci esta manhã, ele já tinha saído para o trabalho (nada surpreendente, pois já era hora do almoço), mas deixou um bilhete dizendo que eu "me sentisse em casa" e chamasse quem quisesse para me visitar. Quem, por exemplo? Todo mundo está no trabalho a essa hora. Faz tanto silêncio aqui. Estou apavorada.

13H45. Vejam, está tudo ótimo. Definitivamente. Compreendo que não tenho emprego, dinheiro, namorado, tenho um apartamento com um buraco para onde não posso ir, e moro com o homem a quem amo em estilo platônico de dona de casa, numa geladeira gigantesca, e um assassino misterioso quer me matar, mas isso, sem dúvida, é um estado temporário.

14 HORAS. Quero minha mãe, muito mesmo.

14H15. Telefonei para a delegacia e pedi a eles que me levassem ao Debenhams.

MAIS TARDE. Mamãe foi fantástica. Bem, mais ou menos. No fim, acabou sendo mesmo.

– Você não vai acreditar, querida, no que vou lhe contar – dizia ela, ao se sentar, consternando as outras clientes com as sacolas de supermercado espalhadas.

– O que foi que houve? – perguntei, tremendo, e agarrei a xícara de café com as duas mãos.

– Imagine que Geoffrey disse a Una que ele é um desses "homos" enrustidos, embora na verdade não seja, querida, ele é "bi", do contrário não teriam tido Guy e Alison, não acha? Seja lá o que for, Una disse que não está ligando a mínima agora que ele revelou isso. Gillian Robertson, que mora em Saffron Waldhurst, foi casada com um cara durante anos, e era um casamento excelente. Imagine você, no fim os dois tiveram de se separar porque ele tinha instalado uma dessas vans que vendem hambúrgueres em estradas secundárias e a mulher de Norman Middleton morreu... você sabe, o que era o diretor principal da escola dos meninos. Então, no fim, Gillian... Oh, Bridget, Bridget. O que há com você?

Assim que percebeu como eu estava transtornada, ficou anormalmente carinhosa, me levou para fora do café, deixando as sacolas com a garçonete, tirou um bolo de lenços de papel da bolsa, fomos até a escada dos fundos, nos sentamos ali, e ela me pediu que lhe contasse a história toda.

Para variar, uma vez na vida realmente me escutou. Quando terminei, passou o braço em volta dos meus ombros e deu-me um enorme abraço, engolfando-me numa nuvem estranhamente reconfortante de Givenchy III.

– Você tem sido muito corajosa, querida – sussurrou. – Estou muito orgulhosa de você.

Foi tão gostoso. Por fim, acabou empertigando-se e esfregou rápido uma mão na outra.

– Agora venha comigo. Precisamos pensar no que vamos fazer agora. Vou falar com esse detetive e resolver o problema. É ridículo esse cara estar solto desde sexta-feira. O que os policiais andam fazendo? Perdendo tanto tempo! Oh, não se preocupe. Tenho muito jeito com a polícia. Pode ficar conosco, se quiser. Mas acho que devia ficar com o Mark.

– Mas sou um caso perdido com os homens.

– Só se arranja namorado se fingir o tempo todo ser uma garota prodígio superbacana, que não precisa de ninguém, a menos que seja o James Bond, e não ficar sentada em casa falando baboseiras tipo não ter jeito com homens. Iiiih, olhe só a hora. Venha, estamos atrasadas para a tintura!

Dez minutos depois, vi-me de bata branca, num quarto branco no estilo do da casa de Mark, com uma toalha branca enrolada na cabeça, cercada por mamãe, uma faixa cheia de amostras de tintura e uma mulher chamada Mary.

– Não sei, não – tutelou mamãe. – Andando por aí sozinha, enrolada, e se preocupando com todas essas teorias. Experimente a Cereja Esmagada, Mary.

– Não sou eu, mãe, é uma tendência social – disse, indignada. – As mulheres estão ficando solteiras porque podem se sustentar e querem fazer carreira, e quando ficam mais velhas todos os homens acham que elas são reprises desesperadas com namoros de última chance e simplesmente querem alguém mais jovem.

– Francamente, querida. Namoros de última chance! Sem essa! Alguém por acaso diria que você é um pote de queijo cottage em liquidação? Além disso, toda essa masturbação mental absurda e idiota só existe no cinema, querida.

– Não, não é verdade.

– Ora! Namoros de última chance. Eles podem fingir que preferem uma dessas franguinhas, mas de fato não querem.

Querem uma amiga agradável. E quanto ao Roger, como é mesmo o nome dele?, que largou a Audrey pela secretária? Claro que ela era burra. Seis meses depois, lá estava ele implo rando a Audrey para voltar, e ela não o aceitou!

– Mas...

– Samantha, era o nome dela. Burra que nem uma porta. E Jean Dawson, que era casada com Bill... você conhece os açougueiros Dawson?... depois que Bill morreu, Jean se casou com um rapaz que tinha a metade da idade dela, e ele é superdedicado, absolutamente dedicado, e Bill não deixou nenhuma grande fortuna, você sabe, porque carne não dá muito dinheiro.

– Mas se a gente é feminista, não deve necessitar de um...

– É essa a tolice do feminismo, querida. Qualquer pessoa com um pouco de bom-senso sabe que somos a raça superior, e o único negro a ser torrado é...

– Mãe!

– ...quando acham que ao se aposentar elas podem ficar sentadas sem ter de fazer trabalhos domésticos. Agora olhe esse, Mary.

– Eu preferia o coral – disse Mary, zangada.

– Bem, exatamente – eu disse para um grande quadrado de plástico azul-turquesa. – A gente não gosta de trabalhar fora e depois fazer todas as compras, se eles também não fazem.

– Não sei não! Todas vocês parecem ter alguma ideia idiota de ter Indiana Jones em casa pondo a louça para lavar na máquina. A gente precisa treiná-los. Quando me casei, papai ia ao Clube de Bridge todas as noites! Todas as noite! E fumava.

Incrível. Pobre papai, pensei, quando Mary ergueu uma amostra de tintura rosa-claro contra meu rosto no espelho e mamãe atirou uma roxa na frente dela.

– Os homens não gostam de ser mandados – eu disse. – Querem que a gente não esteja disponível, para que possam nos perseguir.

Mamãe exalou um longo suspiro.

– De que adiantou papai e eu a levarmos semana após semana à Escola Dominical, se você não sabe o que pensar sobre as coisas da vida. Simplesmente se agarre ao que considera certo, volte para o Mark e...

– Não vai funcionar, Pam. Ela é Inverno.

– Ela é uma Primavera ou então eu sou uma lata de peras. Ouça o que lhe digo. Volte agora para a casa do Mark...

– Mas é horrível. A gente fica todo polido e formal um com o outro, e eu parecendo um trapo de enxugar prato.

– Bem, já estamos resolvendo isso, querida, não? Com sua tintura. Mas na verdade sua aparência não faz a menor diferença, não é, Mary? Você precisa apenas ser autêntica.

– É isso mesmo – sorriu, radiante, Mary, que era do tamanho de uma azinheira.

– Verdadeira? – perguntei.

– Ah, você sabe, querida, como o Coelho de Pelo de Veludo. Você se lembra! Era seu livro preferido e Una o lia para você quando papai e eu estávamos tendo problemas com o tanque séptico. Agora, olhe só.

– Sabe de uma coisa, Pam? Acho que você tem razão – disse Mary, recuando maravilhada. – Ela é Primavera.

– Não disse a você?

– Bem, disse, lá estava eu achando que ela era Inverno. Mostra bem você, não é?

Terça-feira, 9 de setembro

2 HORAS. NA CAMA, SOZINHA, AINDA NA CASA DE MARK DARCY. Parece que agora vou passar toda a vida em quartos inteiramente brancos. Perdi-me do policial ao voltar do Debenhams. Foi ridículo. Como disse a ele, sempre me ensi-

naram, desde criança, que, quando me perdesse, falasse com um policial, mas de algum modo ele não entendeu o humor da situação. Quando voltei, mergulhei em outra Bolsa de Sono, e acordei à meia-noite só para encontrar a casa às escuras e o quarto de Mark fechado.

Talvez eu desça, prepare uma xícara de chá para mim e vá ver televisão na cozinha. Mas e se Mark ainda não voltou, saiu com alguém e vai trazê-la para casa, e eu ficar parecendo a tia louca ou a Sra. Rochester tomando chá?

Não paro de pensar no que mamãe disse sobre ser autêntica, e no livro do Coelho de Pelo de Veludo (embora, francamente, tivesse bastante problemas com coelhos nesta casa em particular). Meu livro preferido – diz ela – do qual não tenho a mínima lembrança – era sobre o fato de que as crianças pequenas têm um brinquedo que amam mais que os outros, e mesmo quando ele fica com o pelo gasto e mole, com pedaços de estofo faltando em vários pontos, a criança continua achando que é o brinquedo mais lindo do mundo e não suporta a ideia de se separar dele.

– É assim que as coisas funcionam, quando as pessoas amam de verdade uma à outra – sussurrou mamãe ao sairmos do elevador do Debenhams, como se confessasse um segredo medonho e embaraçoso. – Mas o negócio, querida, é que isso não acontece com aqueles que têm arestas duras, ou se quebram quando caem, ou são feitos de estofo sintético inferior que não dura. Você tem de ser destemida e dizer à outra pessoa quem você é e o que sente. – O elevador agora chegava à sessão de Apliques e Enfeites para Banheiro. – Ufa! Bem, foi muito divertido, não foi? – ela se entusiasmou com uma abrupta mudança de tom, quando três senhoras de blazers de cores vivas se espremeram com suas 92 sacolas de compras entre nós. – Está vendo? Eu sabia que você era Primavera.

Para ela, é muito fácil dizer isso. Mas se eu disser a um homem o que sinto de verdade, ele vai fugir correndo. Isto – só para pegar um exemplo ao acaso – é como me sinto neste momento preciso:

1. Solitária, cansada, assustada, triste, confusa e extremamente frustrada em termos de sexo.
2. Horrorosa, pois tenho os cabelos espetados para cima em criativos picos e formas, e a cara toda inchada de cansaço.
3. Confusa e triste, por não ter a mínima ideia se Mark ainda me ama ou não, e morrendo de medo de perguntar.
4. Mt. cheia de amor por Mark.
5. Cansada de ir para a cama sozinha e tentar resolver tudo sozinha.
6. Assustada com a ideia aterrorizante de que não faço sexo há 15.120.000 segundos.

Bem. Recapitulando o que na verdade sou: solitária, horrorosa, um triste caso de súplica por sexo. Huumm: atraente, convidativa. Ah, eu não sei bem, porra, o que fazer. Realmente só sei que desejo uma taça de vinho. Acho que vou lá embaixo. Não tomarei vinho, mas na certa chá. A não ser que tenha algum aberto. Quer dizer, talvez me ajude mesmo a dormir.

8 HORAS. Desci furtivamente até a cozinha. Não pude acender as luzes, pois é impossível encontrar os interruptores dos designers. Em parte, esperava que Mark acordasse quando eu passasse pela porta de seu quarto, mas não acordou. Continuei me arrastando escada abaixo, e parei imobilizada. Vi uma sombra enorme, parecendo um vulto de homem, à frente. A sombra moveu-se em minha direção. Percebi que era mesmo um homem – um homem enorme – e pus-me a berrar. Quando me dei conta de que o homem era Mark – nu! – vi que ele também gritava. Só que gritava muito mais que eu. Gritava de terror completo, abandonado. Gritava – de um jeito semiacordado – como se acabasse de deparar com o cenário mais horripilante que já vira em toda a sua vida.

Esplêndido, pensei: "Autêntica." Então é isso o que acontece quando ele me vê com cabelos assanhados e sem maquiagem.

– Sou eu – disse. – A Bridget.

Por um segundo, pensei que ele ia se pôr a gritar ainda mais, mas em seguida afundou nos degraus, tremendo, descontrolado.

– Oh – disse ele, tentando respirar fundo. – Oh, oh.

Parecia tão vulnerável e pedindo aconchego, ali sentado, que não resisti e sentei-me a seu lado, abraçando-o e puxando-o para junto de mim.

– Oh, Deus – disse ele, aninhando-se no meu pijama. – Me sinto um tremendo babaca.

De repente, aquilo me tocou como uma situação muito engraçada mesmo... quer dizer, era realmente engraçado alguém se apavorar com a própria namorada. Ele também começou a rir.

– Ai, minha nossa. Não é muito viril, não é? Ficar apavorado desse jeito à noite. Achei que você era o homem da bala.

Afaguei-lhe os cabelos, beijei-lhe o buraco careca onde os pelos haviam sido eliminados pelo amor. Depois disse-lhe o que eu sentia, o que eu sentia no fundo do coração. E o milagre, quando terminei, foi que ele me disse que sentia exatamente o mesmo.

De mãos dadas, descemos a escada, entramos na cozinha e, com extrema dificuldade, encontramos biscoitos e leite atrás das desconcertantes paredes revestidas de aço inoxidável inteiriço.

– Sabe – disse Mark, enquanto nos aconchegávamos junto ao fogão, segurando as canecas e tentando nos manter aquecidos –, o que aconteceu foi que, quando você não respondeu ao meu bilhete, achei que tinha acabado, por isso não quis que você sentisse que eu a estava pressionando. Eu...

– Espere, espere. Que bilhete?

– O bilhete que lhe dei na leitura de poesia, logo antes de ir embora.

– Mas era só o poema do seu pai, "Se".

Era inacreditável. Fiquei sabendo que Mark, quando derrubou o golfinho azul, não estava escrevendo um testamento, mas um bilhete para mim.

– Foi minha mãe que me disse que a única coisa a fazer era ser honesto com meus sentimentos – explicou.

Os mais velhos tribais – viva! O bilhete dizia que ele ainda me amava, não estava com Rebecca, e que eu telefonasse para ele naquela noite se sentisse o mesmo, caso contrário nunca mais voltaria a me incomodar com aquilo, e continuaria sendo apenas meu amigo.

– Então por que me abandonou e passou a sair com ela? – perguntei.

– Eu não fiz isso! Foi você quem me abandonou! E nem sequer percebi, porra, que estava saindo com Rebecca até ir à festa na casa de verão dela e me ver no mesmo quarto que ela.

– Mas... então nunca dormiu com ela?

Fiquei muito, muito aliviada mesmo, por ele não ter sido tão insensível a ponto de usar meu presente, a cueca do Newcastle United, para uma trepada combinada de antemão com Rebecca.

– Bem – ele baixou a cabeça e sorriu. – Só naquela noite.

– O quê? – explodi.

– Poxa, a gente é simplesmente humano. Eu era um convidado. Pareceu-me apenas educado. – Comecei a tentar atingi-lo com socos na cabeça. – Como diz a Shazzer, os homens têm no íntimo esses desejos de devorar o tempo todo – continuou ele, desviando-se dos golpes. – Ela vivia me convidando para eventos: festas com jantar, festas infantis com animais de celeiro, feriados...

– Vocêêêêê ééééé... está bem. E não gostava dela, nem um tiquinho?

– Bem, ela é uma garota muito atraente, teria sido estranho se... – interrompeu a risada, prendeu-me as mãos com as dele e puxou-me para si. – Todas as vezes – sussurrou com urgência –, todas as vezes eu desejava que você estivesse lá. E naquela noite em Gloucestershire, sabendo que você estava a menos de 5 metros...

– Duzentos metros, nos aposentos dos criados.

– Exatamente onde é seu lugar, e onde pretendo mantê-la até o fim dos seus dias.

Felizmente, tinha minhas mãos bem presas nas dele só por isso não bati mais nele.

Depois disse que a casa era grande, fria e solitária sem mim. E que realmente gostava mais de ficar no meu apartamento, porque era mais aconchegante. E disse ainda que me amava, não sabia ao certo por quê, mas nada era divertido sem mim. E então... Deus do céu, aquele chão de pedras era muito frio.

Quando subimos para o quarto dele, notei uma pequena pilha de livros ao lado da cama.

– Que livros são esses? – perguntei, não acreditando em meus olhos. – *Como amar e perder, mas manter a autoestima*? *Como reconquistar a mulher que ama*? *O que querem as mulheres*? *Homens são de Marte, mulheres são de Vênus*?

– Ah – disse ele, com cara de babaca.

– Seu safado! Eu joguei todos os meus fora.

O primeiro soco mais uma vez não o acertou, aí uma coisa levou à outra e simplesmente transamos, assim, a noite toda!!!

8H30. Huumm. Adoro ficar vendo-o adormecido.

8H45. Mas tomara que acorde já.

9 HORAS. Na verdade, não vou acordá-lo. Mas talvez ele acorde sozinho só com vibrações mentais.

10 HORAS. De supetão, Mark Darcy sentou-se ereto na cama e olhou para mim. Pensei que fosse me mandar dar o fora, ou começar mais uma vez a berrar. Mas ele sorriu, sonolento, tornou a desabar deitado e puxou-me com força para junto de si.

– Desculpe – eu disse depois.

– É, deve mesmo se desculpar, sua cadelinha safada – murmurou. – Mas pelo quê?

– Por acordá-lo olhando fixo.

– Sabe de uma coisa? Senti até um pouco de saudade disso.

Acabamos ficando na cama ainda por muito tempo, o que foi ótimo, porque Mark não tinha nenhum compromisso que não pudesse esperar, e eu não tinha nenhum nunca mais pelo resto da vida. Nesse momento crucial, contudo, o telefone tocou.

– Deixe tocar – arquejou Mark, continuando a bolinagem.

– Bridget, Richard Finch. Vamos fazer uma matéria sobre o Novo Celibato. Estávamos tentando encontrar uma mulher jovem que não faz sexo há seis meses. Não tivemos nenhum sucesso. Portanto pensei em aceitar qualquer velha que não consegue dar e sondar você. Bridget? Atenda o telefone. Sei que está aí, sua excêntrica amiga Shazzer me disse. Bridgeteeeeeeeeeca. BRIDGETEEEEEEEEECA!

Mark interrompeu as atividades, ergueu uma sobrancelha à maneira de Roger Moore, atendeu o telefone e murmurou:

– Ela já vem, Sir – e jogou o telefone num copo d'água.

Sexta-feira, 12 de setembro

0 minuto desde que fiz sexo (viva!).

Um dia de sonho, cujo ponto alto foi a ida ao supermercado Tesco Metro com Mark Darcy. Nada o detinha na ânsia de pôr coisas no carrinho: framboesas, pacotes de Pralines, sorvete Häagen-Daaz e uma galinha com o rótulo: "Coxas extragordas".

Quando chegamos ao balcão do caixa, a conta foi 98,70 libras.

– É incrível – disse ele, tirando o cartão de crédito e balançando a cabeça, incrédulo.

– Eu sei. Quer que eu contribua com alguma coisa?

– Deus, não. É espantoso. Quanto tempo vai durar essa comida?

Olhei, em dúvida.

– Uma semana, mais ou menos?

– Mas é incrível. Extraordinário.

– O quê?

– Bem, custa menos de 100 libras. Mais barato que um jantar em Le Pont de la Tour!

Cozinhei a galinha com Mark, e ele ficou mesmo muito entusiasmado, andando de um lado para o outro da sala, expansivo, entre as mordidas.

– Quer dizer, tem sido uma semana simplesmente tão maravilhosa. Deve ser o que as pessoas fazem o tempo todo! Vão trabalhar e quando chegam em casa encontram a outra pessoa, e aí apenas conversam, veem televisão e cozinham. É espantoso.

– Éééé – disse eu, acompanhando o vaivém dele com o olhar, e na verdade me perguntando se poderia ter enlouquecido de vez.

– Quer dizer, não corri disparado sequer uma vez até a secretária eletrônica para ver se alguém no mundo sabia da minha existência! Não tenho de ir a um restaurante e ficar sentado com um livro, pensar que posso acabar morrendo sozinho e...

– ...ser encontrado três semanas depois comido pela metade por um pastor alemão? – concluí por ele.

– Isso mesmo! Isso mesmo! – disse ele, olhando-me como se tivéssemos acabado de descobrir a eletricidade simultaneamente.

– Me dê licença por um instante? – pedi.

– Claro. Hum. Por quê?

– Volto num minuto.

Mal começara a subir correndo a escada para telefonar para Shazzer com a notícia revolucionária de que eles talvez não sejam afinal os estranhos adversários estratégicos inatingíveis, mas simplesmente iguais a nós, quando o telefone tocou.

Ouvi Mark falando. Pareceu demorar séculos, e portanto não pude ligar para Shazzer. Acabei pensando "puta desconsideração", e desci para a cozinha.

– É para você – disse ele estendendo o telefone. – Eles o pegaram.

Senti-me como se fosse atingida na boca do estômago. Mark pegou minha mão quando atendi o telefone, tremendo.

– Alô, Bridget, é o DI Kirby. Detivemos um suspeito da bala. Obtivemos um DNA que corresponde ao do selo e das xícaras.

– Quem é?

– O nome Gary Wilshaw lhe diz alguma coisa?

– Gary! Oh, meu Deus. É o meu empreiteiro.

Revelou-se que Gary era procurado por vários roubos menores de casas onde tinha trabalhado, e acabou preso e fichado no início daquela tarde.

– Nós o manteremos aqui detido – disse DI Kirby. – Ainda não obtivemos uma confissão, mas agora podemos avançar na conexão. Estou muito confiante. Nós a informaremos, e assim você ficará segura para voltar para o seu apartamento.

Meia-noite. No meu apartamento. Oh, diabos! DI Kirby tornou a telefonar meia hora depois para dizer que Gary fez uma confissão lacrimosa, e que podíamos voltar para o apartamento, não nos preocuparmos com nada e lembrar que há um botão de alarme na cama.

Terminamos de comer a galinha e fomos em seguida para o meu apartamento, ligamos o aquecedor e assistimos a *Friends*, depois Mark decidiu tomar um banho. A campainha da portaria tocou.

– Alô?

– Bridget, aqui é o Daniel.

– Hum.

– Pode me deixar subir? É importante.

– Espere aí, que eu vou descer – disse eu, lançando um olhar ao banheiro.

Achei melhor resolver a situação com Daniel, mas não quis enfurecer Mark. Assim que abri a porta da frente, vi que tomara a decisão errada. Daniel estava bêbado.

– Então foi você que pôs a polícia na minha cola, hein? – disse ele com a voz enrolada.

Comecei a recuar uns centímetros para trás, mantendo ao mesmo tempo o olhar fixo nele, como uma cascavel.

– Você estava nua debaixo daquele casaco. Você...

De repente, ouviu-se um enorme barulho de passos e pulos na escada, Daniel ergueu os olhos, e – pooou – Mark Darcy acertou-lhe um soco na boca. Ele caiu estatelado de costas na porta da frente, sangue saindo do nariz.

Mark parecia meio sobressaltado.

– Lamento – disse ele. Daniel começou a tentar levantar-se e Mark Darcy acudiu-o às pressas e ajudou-o. – Lamento – disse mais uma vez, educadamente. – Está tudo bem, posso lhe dar uma...?

– Depois dessa, vou-me embora – resmungou Daniel, ressentido.

– Sim – disse Mark. – Acho que é o melhor a fazer. Só faça o favor de deixá-la em paz. Ou, hum terei de, você sabe, fazer isso de novo.

– Falou. Tudo bem – disse Daniel, obediente.

Assim que voltamos ao apartamento, foi uma loucura no front do quarto. Não dava para acreditar que a porra da campainha tinha começado a tocar de novo.

– Deixe comigo – disse Mark, com um circunspecto ar de responsabilidade masculina, enrolando uma toalha na cintura. – Deve ser o Cleaver de novo. Você fica aqui.

Três minutos depois, ouviu-se um estrondo de passos subindo e a porta do quarto abriu-se de supetão. Quase gritei quando DI Kirby enfiou a cabeça e entrou. Puxei correndo os lençóis até o queixo e acompanhei o olhar dele, roxa de vergonha, seguindo a trilha de roupas, calcinha e cueca que levava à cama. Ele fechou a porta atrás de si.

– Está tudo bem com você agora – disse DI Kirby, com uma voz calma, tranquilizadora, como se eu estivesse prestes a saltar de um prédio alto. – Pode me contar tudo, você está a salvo, meu pessoal o agarrou aí fora.

– Quem... Daniel?

– Não. Mark Darcy.

– Por quê? – perguntei, confusa.

Ele virou-se e deu uma olhada na porta.

– Srta. Jones, você apertou o botão de alarme.

– Quando?

– Há uns cinco minutos. Recebemos um sinal de alarme contínuo, cada vez mais frenético.

Ergui os olhos para onde eu pendurara o botão de alarme no balaústre da cama. Não estava lá. Remexi, com cara de tacho, nas roupas embaixo, e cheguei ao dispositivo cor-de-laranja.

DI Kirby olhou para o botão, desviou o olhar para mim, para as roupas no chão, e abriu um sorriso.

– Tudo bem, tudo bem. Já entendi. – Abriu a porta. – Pode voltar, Sr. Mark Darcy, se é que ainda tem, hum, energia.

Ouvi muitos risinhos dissimulados entre os policiais, enquanto a situação era explicada com termos eufemísticos.

– Tudo certo. Já vamos. Divirtam-se – disse DI Kirby, quando os policiais desceram ruidosamente a escada. – Ah, só uma coisinha. O suspeito original, o Sr. Cleaver.

– Não sabia que Daniel era o suspeito original – disse eu.

– Bem, tentamos interrogá-lo em duas ocasiões, e ele pareceu de fato resistir, furioso. Talvez valha a pena um telefonema para esclarecer a situação.

– Ah, obrigado – disse Mark, com sarcasmo, tentando parecer digno, apesar do fato de a toalha estar escorregando. – Obrigado por só agora nos avisar.

Ele acompanhou DI Kirby até a porta e eu o ouvi explicando a história do soco. DI Kirby disse-lhe para mantê-lo informado sobre quaisquer problemas e toda aquela lenga-lenga sobre a incriminação oficial de Gary.

Quando Mark entrou, eu soluçava. De repente, irrompi em prantos, e assim que começo, por algum motivo, não posso parar.

– Está tudo bem – disse Mark, abraçando-me forte e afagando meus cabelos. – Terminou. Está tudo bem. Tudo vai ficar bem.

14. Para melhor ou pior?

Sábado, 6 de dezembro

11H15. HOTEL CLARIDGE. Aaargh! Aaargh! AAAAARGH! Faltam 45 minutos para o casamento e acabei de derramar esmalte de unha vermelho, que se esparramou na parte da frente do vestido.

O que estou fazendo? Os casamentos são um conceito insano da tortura. Convidados, vítimas da tortura (embora não, é óbvio, na mesma escala que os clientes da Anistia Internacional), vestindo com o maior esmero trajes esquisitos que jamais usariam em situações normais, p. ex., fatiotas brancas justas, tendo que se levantar da cama quase no meio da noite de sábado, correr em volta da casa gritando "Porra! Porra! Porra!", procurar velhos pedaços de papel de presente, embrulhar estranhos presentes desnecessários com enfeites prateados em forma de sorvete ou balas (destinados à reciclagem infindável entre as Casadas Convencidas, pois quem quer chegar cambaleando em casa no fim da noite e passar uma hora peneirando ingredientes dentro de uma imensa máquina de plástico, para quando acordar de manhã consumir uma forma gigantesca de chocolate a caminho do trabalho, em vez de comprar um croissant de chocolate para acompanhar o cappuccino?), depois dirigir quase 650 quilômetros, mascar chicletes cor-de-rosa de posto de gasolina, vomitar no carro e não conseguir encontrar a igreja? Olhem para mim! Por que comigo, Deus? Por quê? Parece que minha menstruação começou como uma aberração, de frente para trás, no vestido.

11H20. Obrigada, meu Deus. Shazzer acabou de voltar para o quarto e decidimos que o melhor a fazer é cortar fora o pedaço do vestido borrado de esmalte, pois o tecido é muito encorpado, brilhante, e o esmalte grudento não atravessou até o forro, que é da mesma cor do vestido, e também posso levar o buquê tampando o rombo.

Bem, claro que vai ficar ótimo. Ninguém vai notar. Podem até pensar que faz parte do modelo. Pois todo o vestido é parte de uma peça de renda extremamente larga.

Bom. Estou calma e equilibrada. Equilíbrio interior. A presença ou não de um buraco no vestido não é de modo algum o motivo da ocasião. Graças a Deus. Sem dúvida ficarei tranquila e excelente. Shaz exagerou ontem enchendo a cara e ficando acordada até bem tarde. Espero que aguente chegar até o fim do longo dia de hoje.

MAIS TARDE. Maravilha! Cheguei à igreja só vinte minutos atrasada e logo olhei para Mark. Dava para ver que estava tenso apenas pela nuca. Em seguida o órgão pôs-se a tocar, ele deu meia-volta, me viu e, lamentavelmente, pareceu que ia desatar a rir. Mas também não posso culpá-lo, pois não estou vestida como um sofá, mas como um cogumelo do gênero licoperdo.

Partimos em majestosa procissão pela nave. Deus, Shazzer parecia tão rude. Tinha aquele ar de extrema concentração, para impedir que alguém notasse a ressaca. A caminhada pareceu durar uma eternidade, sintonizada com a melodia de:

Lá vem a noiva, toda de branco
Parece mais um cogumelo gordo
Só de largura, metro e meio ao todo
Vejam só que grande rebolado
Requebra de um para outro lado

Quer dizer, por que, oh, por quê?.

– Bridget. Seu pé – sibilou Shaz.

Baixei os olhos. O sutiã Agent Provocateur lilás com plumas de Shazzer estava preso ao salto do meu sapato de cetim. Pensei em chutá-lo, mas aí o sutiã ficaria estendido, denunciador durante toda a cerimônia. Em vez disso, tentei sem sucesso fazê-lo escorregar para debaixo do vestido, provocando um breve interlúdio de andar pulado desajeitado com pouco resultado. Senti um abençoado alívio quando cheguei diante do altar e pude pegar o sutiã e enfiá-lo dentro do buquê, durante o hino. Richard o Vil estava esplêndido, realmente confiante. Usava apenas um terno comum, mas bonito (não estava todo enfatiotado num traje insano), estilo terno matinal, como se fosse um dos extras no filme *Oliver* cantando "Who Will Buy This Wonderful Morning"? E jogando as pernas para o ar numa espécie de dança.

Infelizmente, Jude tinha cometido o – já se começava a ver – erro crucial de não excluir crianças pequenas das bodas. No momento em que começou a verdadeira cerimônia de casamento, um bebê abriu o berreiro no fundo da igreja. Era um choro alto nível, daqueles, que, após a eclosão, fazem uma pausa, enquanto o bebê recupera o fôlego, como à espera do trovão depois do relâmpago, e então se segue um enorme grito primal. Não dá para entender essas mães de classe média. Virei-me e vi que a mãe balançava o bebê para cima e para baixo, revirando os olhos presunçosa para todo mundo. Parece que não entrava na cabeça dela que talvez fosse mais simpático tirar o bebê da igreja, para os convidados poderem ouvir Jude e Richard o Vil jurando juntar suas almas por toda uma existência como uma única pessoa. Um açoite de longos cabelos louros no fundo da igreja atraiu meu olhar: Rebecca. Com um traje duas-peças cinza claro e esticando o pescoço na direção de Mark. Ao lado dela, Giles Benwick, expressão sorumbática, segurava um presente com um laço em cima.

– Richard Wilfred Albert Paul... – disse o vigário, num tom ressonante. Eu não fazia a menor ideia de que Richard o Vil tinha tantos nomes vis. Em que estavam pensando os pais dele?

– ...Aceita amá-la, valorizá-la...

Huumm. Adoro a cerimônia de casamento. Muito comovente mesmo.

– ...Confortá-la e mantê-la...

Ih. Uma bola de futebol atravessou a nave quicando e bateu bem nas costas do vestido de Jude.

– Na saúde e na doença...

Dois garotinhos com, juro, sapatos de sapateado, saíram correndo de trás do banco e lançaram-se atrás da bola.

– ...Até que a morte os separe?

Ouviram-se sons abafados, e os dois meninos iniciaram uma conversa ininteligível sussurrada, cada vez mais alta enquanto o bebê abria mais uma vez o berreiro.

Acima da barulheira, mal ouvi Richard o Vil dizer "Sim", embora é possível que tenha sido "Não", à parte o fato de ele e Jude sorrirem derretidos um para o outro.

– Judith Caroline Jonquil...

Por que só tenho dois nomes? Será que todo mundo menos eu tem enormes listas de baboseiras depois do nome?

...Aceita Richard Wilfred Albert Paul...

Pelo canto do olho esquerdo, tive a vaga sensação de que o missal de Sharon começava a oscilar.

...Amá-lo...

Agora o missal de Shazzer decididamente oscilava. Olhei em volta alarmada, na hora em que Simon, em traje matinal completo, avançava correndo. As pernas de Shazzer começaram a dobrar-se, numa cortesia em câmara lenta, e ela desabou em cheio, direto nos braços dele.

...Amá-lo, valorizá-lo...

Simon agora puxava meio desajeitado Shazzer inerte para a sacristia, os pés dela arrastando-se pelo chão fora do vestido/cogumelo do gênero licoperdo lilás, como um cadáver.

– ...Honrar e obedecer...

Obedecer a Richard o Vil? Por um instante, pensei até em ir ver se Shazzer estava bem, mas que pensaria Jude se agora se virasse, em seu pior momento de necessidade, e descobrisse que Shazzer e eu havíamos caído fora?

– ...Até que a morte os separe?

Ouviu-se uma série de barulhos de objetos caindo, se chocando, quando Simon moveu à força Shazzer para dentro da sacristia.

– Sim.

A porta da sacristia bateu com força atrás deles.

– Eu agora vos declaro...

Os dois garotos surgiram da área batismal e partiram correndo mais uma vez pela nave em sentido contrário. Deus do céu, o bebê agora berrava pra valer.

O vigário fez uma pausa e pigarreou. Virei-me para ver os garotos chutando a bola de futebol contra os bancos. Captei o olhar de Mark. De repente, ele largou o missal, avançou para fora do banco, pegou os meninos um debaixo de cada braço e saiu marchando para fora da igreja.

– Eu agora vos declaro marido e mulher.

Toda a igreja explodiu em aplausos e Jude e Richard sorriram radiantes.

Quando ressurgimos após a assinatura do registro, a atmosfera entre os pivetes com menos de 5 anos era decididamente festiva. Sem a menor dúvida, rolava uma festa infantil diante do altar, e voltamos pela nave atrás de Magda, furiosa, que saía da igreja com Constance pela mão gritando: "Mamãe vai me bater, ela vai me bater, ela vai me bater."

Ao sairmos na chuva enregelante e ventos fortes, ouvi sem querer a mãe dos garotos futebolistas dizendo com grosseria a Mark:

– Mas é maravilhoso que nossos filhos sejam simplesmente eles mesmos num casamento. Quer dizer, é em torno disso que gira um casamento, não é?

– Não saberia dizer – disse Mark, brincalhão. – Não deu para eu ouvir porra nenhuma.

De volta ao Claridge, constatamos que os pais de Jude haviam se excedido e o salão de baile tinha sido decorado com enfeites torrenciais bronzeados em torno de folhas e flores, e pirâmides acobreadas de frutas e querubins do tamanho de burros.

Ao entrar, só se ouviam em todos os cantos as pessoas dizerem:

– Duzentas e cinquenta libras.

– Imagine. Deve ter custado no mínimo 300 mil.

– Está brincando? No Claridge? Meio milhão.

Avistei Rebecca, olhando frenética em volta do salão, um sorriso fixo como um boneco com a cabeça espetada num pau. Giles seguia-a, nervoso, a mão pairando em volta da cintura dela.

O pai de Jude, Sir Ralph Russell, um gritante "todo mundo aí, não se preocupe, eu sou um empresário podre de rico e bem-sucedido", apertava a mão de Sharon na fila.

– Ah, Sarah – bramiu ele. – Está se sentindo melhor?

– Sharon – corrigiu Jude, radiante.

– Ah, sim, obrigada – disse Shaz, abanando delicadamente a mão próximo da garganta. – Foi só o calor...

Quase tive um ataque de riso, considerando-se que fazia tanto frio que todo mundo usava roupa térmica por baixo.

– Tem certeza de que não foi a dureza de seus combates com o Chardonnay, Shaz? – perguntou Mark, ao que ela lhe ergueu o dedo médio, rindo.

A mãe de Jude sorriu, gélida. Tinha emagrecido, espremida em algum tipo de pesadelo da balança com barbatanas inexplicáveis em volta dos quadris, na certa para dar a impressão de que os tinha. (Oh, bem-aventurado a decepção precisar disso!)

– Giles, não ponha a carteira no bolso da calça, querido, faz suas coxas parecerem grandes – disse, áspera, Rebecca.

– Agora você está sendo codependente, querida – disse Giles, pondo a mão em volta da cintura dela.

– Não estou! – disse Rebecca, empurrando a mão dele, com irritação. – Mark! – chamou. Olhou-o como se a multidão houvesse se separado, o tempo parado imóvel e a orquestra de Glen Miller fosse começar a tocar "It Had to be You".

– Ah, oi – disse Mark, informal. – Giles, meu garotão! Jamais imaginei que fosse te ver de colete!

– Olá, Bridget – disse Giles, me dando um beijo estalado. – Lindo vestido.

– Tirando o buraco – disse Rebecca.

Desviei o olhar, exasperada, e localizei Magda no canto do salão com um ar agonizante, tirando obsessiva do rosto uma mecha não existente.

– Ah, isso faz parte do modelo – dizia Mark, sorrindo orgulhoso. – É um símbolo da fertilidade entre os nômades mongóis.

– Com licença – disse eu. Estiquei-me e então sussurrei no ouvido de Mark: – Tem algum problema com Magda.

Encontrei Magda tão transtornada que mal podia falar.

– Pare, querida, pare – dizia vagamente Constance, tentando enfiar um pirulito de chocolate no bolso de seu conjunto pistache.

– Qual o problema?

– Aquela... aquela... bruxa que teve o caso com Jeremy no ano passado. Ela está aqui. Se ele sequer ousar falar com ela...

– Ei, Constance? Gostou do casamento? – Era Mark, estendendo uma taça de champanha para Magda.

– O quê? – disse Constance, erguendo os olhos redondos para ele.

– O casamento? Na igreja?

– A *feta*?

– Éééé – disse ele, sorrindo – a festa na igreja.

– Bem, mamãe me levou embora – disse ela, olhando-o como se ele fosse um imbecil.

– Puta miserável! – disse Magda.

– Eu achava que era uma feta – disse Constance, sombria.

– Dá para você levá-la daqui? – sussurrei a Mark.

– Vamos, Constance, vamos ver o futebol.

Para minha surpresa, Constance deu-lhe a mão e afastou-se, entretida com ele.

Acompanhei o olhar de Magda até onde uma jovem, com um vestido cor-de-rosa, achava-se em animada conversa com Jude. Era a mesma garota com quem eu tinha visto Jeremy no ano anterior, num restaurante de Portobello, e outra vez na porta de The Ivy, uma noite, entrando num táxi.

– O que Jude pretende ao convidá-la? – disse Magda, furiosa.

– Bem, como Jude ia saber que era ela? – perguntei, olhando para as duas. – Talvez trabalhe com ela.

– Casamentos! Fidelidade! Oh, meu Deus, Bridge. – Magda pôs-se a chorar, e logo a tatear dentro da bolsa à procura de um lenço de papel.

Vi Shaz localizar a crise e vir correndo em nossa direção.

– Venham, meninas, venham! – Jude, alheia, cercada por arrebatados amigos dos pais, ia jogar o buquê. Esforçou-se para abrir caminho ruidosamente até a gente, seguida pela comitiva. – Lá vamos nós. Prepare-se, Bridget, já!

Como em câmera lenta, vi o buquê voar pelo ar em minha direção, cheguei quase a pegá-lo, dei uma olhada no rosto manchado de lágrimas de Magda e joguei-o para Shazzer, que o deixou cair no chão.

– Senhoras e senhores. – Um garçom ridículo, de culotes, batia um martelo em forma de querubim num atril de bronze enfeitado de flores. – Queiram por favor ficar quietos e de pé enquanto a festa do casamento passa para a mesa principal.

Porra! Mesa principal! Cadê meu buquê? Abaixei-me, tirei o de Jude dos pés de Shazzer e, com um sorriso alegre fixo, segurei-o na frente do buraco do vestido.

– Foi quando nos mudamos para Great Missenden que os notáveis dons de Judith no nado livre e borboleta...

Às cinco horas, Sir Ralph já discursava havia 25 minutos.

– ...se tornaram fortemente visíveis não apenas para nós, seus pais – ergueu os olhos para arrancar uma leve ondulação de riso falso – reconhecidamente tendenciosos, mas para toda a região de South Buckinghamshire. Foi um ano em que Judith não apenas conquistou o primeiro lugar no nado borboleta e livre em três torneios consecutivos da Liga Golfinho para Menores de 12 Anos de South Buckinghamshire, mas também obteve a Medalha de Ouro de Sobrevivência Pessoal só três semanas antes das provas de primeiro ano!...

– O que está rolando entre você e Simon?? – sibilei para Shaz.

– Nada – sibilou ela de volta, olhando fixo para a plateia em frente.

– ...No mesmo ano muito produtivo, Judith obteve uma distinção nas Provas do Conselho Associado do Segundo Grau no clarinete... a primeira indicação da completa "Famma Universale", que viria a se tornar...

– Mas ele devia estar observando você na igreja, do contrário não teria corrido a tempo de a segurar.

– Eu sei, mas eu vomitei na mão dele na sacristia.

– ...nadadora entusiástica, e segunda melhor... e isso, francamente, como admitiu em particular para mim a primeira melhor, foi um erro de julgamento, pois o desempenho de Karen Jenkins como a melhor foi... Bem, este é um dia de comemorações, não de lamentos, e sei que o, hum, pai de Karen está aqui conosco...

Captei o olhar de Mark e achei que ele ia explodir. Jude era um modelo de desprendimento, sorrindo radiante para todo mundo, acariciando o joelho de Richard o Vil e dando-lhe beijinhos para todo mundo ver, como se a cacofonia abominável não estivesse acontecendo e ela, em tantas ocasiões, não houvesse desabado embriagada no chão lá de casa, repetindo como um mantra: "Safado com fobia a compromisso. Vil pelo nome e Vil por natureza, aaa geeeeente ficooou sem vinho?"

– ...Segunda clarinetista da orquestra da escola, trapezista entusiástica, Judith é um prêmio mais valioso que rubis...

Vi aonde aquilo ia levar. Infelizmente, levou a mais um cortejo de 35 minutos de elogios a Jude, o triunfo de Cambridge, até sua ascensão meteórica pelos corredores do mundo financeiro.

– ...E finalmente, só me resta esperar que, hum...

Todo mundo prendeu a respiração quando Sir Ralph baixou os olhos para as anotações, acima de todo bom-senso, acima de toda razão, acima de todo decoro e boas maneiras inglesas, longas demais.

– Richard! – disse, por fim –, seja convenientemente grato por esse prêmio inestimável, essa joia, que hoje lhe foi tão graciosamente oferecida.

Richard, meio espirituoso, revirou os olhos e o salão irrompeu aliviado em aplausos. Sir Ralph parecia inclinado a continuar com mais quarenta páginas, mas misericordiosamente desistiu quando os aplausos não pararam.

Richard o Vil em seguida fez um discurso breve e muito carinhoso, e leu uma seleção de telegramas enfadonhos como tijolos, menos o de Tom em São Francisco, que dizia, lamentavelmente: "PARABÉNS: QUE ESTE SEJA O PRIMEIRO DE MUITOS."

Depois Jude levantou-se. Disse algumas palavras muito simpáticas de agradecimento e aí – viva! – começou a ler o texto que eu e Shaz havíamos escrito com ela na noite anterior. Foi isso o que ela disse. Como se segue. Viva!

– Hoje me despeço da condição de Solteira. Mas embora seja agora Casada, prometo não me tornar uma Casada Convencida. Prometo jamais atormentar qualquer Solteira no mundo, perguntando-lhe por que ainda não se casou, nem "Como vai sua vida amorosa?". Muito ao contrário, sempre respeitarei isso, pois se trata de um assunto particular, que só a elas diz respeito, assim como a mim se estou ou não fazendo sexo com meu marido.

– Eu prometo que ela continuará fazendo sexo com seu marido – disse Richard o Vil, e todo mundo riu.

– Prometo jamais sugerir que ser Solteiro é um erro, ou que só porque alguém é solteiro, há alguma coisa errada com ele. Porque, como todos sabemos, ser Solteiro é um estado normal no mundo moderno, todos nós somos solteiros em diferentes épocas de nossas vidas, e a condição em cada trecho é digna de respeito como o Sagrado Matrimônio.

Houve uma ondulação de admiração. (Pelo menos achei que fosse.)

– Prometo também manter contato constante com minhas melhores amigas, Bridget e Sharon, que são a prova viva de que uma Família de Solteiras Urbanas é tão forte, solidária e compreensiva, sempre ali com a gente, como qualquer família.

Sorri timidamente enquanto Shazzer encostava o dedo do pé no meu por baixo da mesa. Jude olhou em volta e ergueu seu copo.

– E agora gostaria de fazer um brinde à Bridget e à Shazzer: as melhores amigas que uma garota pode ter em todo o mundo.

(Eu escrevi esse trecho.)

– Senhoras e senhores, às damas de honra.

Ouviu-se um imenso estrondo de aplausos. Adoro Jude, adoro Shazzer, pensei quando todos se levantaram.

– Às damas de honra – disseram todos. Foi maravilhoso ter toda a atenção. Vi Simon sorrindo radiante para Shaz, e olhei Mark do outro lado e o vi também sorrindo radiante para mim.

Ficou tudo meio brumoso depois disso, mas lembro que vi Magda e Jeremy rindo juntos num canto, e eu perguntando-lhe em seguida.

– Que foi que houve?

Fiquei sabendo que a desavergonhada imoral trabalhava na empresa de Jude, e que disse à Magda que só sabia que a garota tinha tido um caso desesperado com um homem ainda apaixonado pela mulher. Ela quase morreu quando Magda lhe contou que o homem era Jeremy, mas todos concordamos que não devíamos ser tão horríveis com a garota porque na verdade era Jeremy quem tinha sido o sacana.

– Velho sacana de merda. De qualquer modo, ele agora aprendeu a lição. Ninguém é perfeito e eu amo o velho sacana mesmo assim.

– Bem, veja a Jackie Onassis – disse eu, incentivadora.

– Bem, é isso mesmo – disse Magda.

– Ou a Hilary Clinton.

Nós nos entreolhamos em dúvida e caímos na gargalhada.

O melhor foi quando fui ao banheiro. Simon bolinava Shazzer, com a mão subindo pelo vestido de dama de honra dela! Às vezes há certos relacionamentos que, tão logo a gente vê começar, simplesmente sabe, clique: vai dar certo, eles vão seguir uma longa trajetória – em geral aqueles relacionamentos que vemos começar entre nosso ex-imediato, com quem a gente está louca para voltar, e outra pessoa.

Voltei furtivamente para a área de recepção antes que Sharon e Simon me vissem, e sorri. Boa e velha amiga Shaz. Ela merece, pensei, e logo depois parei, atônita. Rebecca agarrava Mark pela lapela, falando-lhe apaixonada. Voei para trás de um pilar e escutei.

– Você não acha – dizia ela. – Você não acha inteiramente possível duas pessoas que deviam estar juntas, uma perfeita combinação em todos os aspectos, intelecto, físico, educação, posição social, ficarem separadas, por causa de um mal-entendido, defesa, orgulho, da... – Fez uma pausa, depois arrastou a fala, sombria – interferência de outros, e acabar com parceiros errados? Não acha?

– Bem, sim – murmurou Mark. – Embora não esteja certo sobre a sua lista de...

– Acha mesmo? Acha mesmo? – Ela parecia bêbada.

– Isso quase aconteceu comigo e Bridget.

– Eu sei! Eu sei! Ela é a pessoa errada para você, querido, como Giles é para mim... Oh, Mark. Só fiquei com Giles para fazer você compreender o que sente por mim. Talvez tenha sido errado, mas... eles não são nossos iguais!

– Hum... – fez Mark.

– Eu sei! Eu sei! Posso sentir como você se sente vítima de uma armadilha. Mas é a sua vida. Não pode vivê-la com alguém que acha que Rimbaud foi interpretado por Sylvester Stallone, você precisa de estímulo, precisa de...

– Rebecca – disse Mark, em voz baixa: – Eu preciso da Bridget.

Ao que Rebecca deixou escapar um ruído horroroso, algo entre um lancinante gemido embriagado e um berro raivoso.

Delicadamente resolvida a não mostrar nenhuma sensação de vitória, nem prazer maligno, nem júbilo não espiritual, pelo fato de aquela puta presunçosa de duas caras, pernas finas que nem cambitos de inseto de Bogoffland, ter recebido o castigo que merecia, deslizei sem ser notada, com um sorriso radiante em todo o rosto.

Acabei recostando-me num pilar perto da pista de dança, vendo Magda e Jeremy grudados num abraço, os corpos movendo-se juntos numa dança praticada por meninos de 10 anos, a cabeça de Magda no ombro de Jeremy, olhos fechados, em paz, a mão de Jeremy correndo ociosa pela bunda dela. Ele sussurrou-lhe alguma coisa e ela riu sem abrir os olhos.

Senti uma mão deslizar pela minha cintura. Era Mark, também olhando para Magda e Jeremy.

– Quer dançar? – perguntou.

15. Excesso de clima natalino

Segunda-feira, 15 de dezembro

58,5 quilos (parece, ai de mim, que o peso encontra seu próprio nível), 0 cartão de Natal mandado, 0 presente comprado, um único raminho sagrado: progresso no buraco na parede desde que originalmente aberto.

18H30. Tudo está delicioso. Em geral, uma semana antes do Natal, fico de ressaca e histérica, furiosa comigo mesma por não fugir para uma minúscula cabana de lenhador no meio da floresta e sentar-me tranquila junto à lareira; em vez de acordar numa cidade, palpitante, cada vez mais histérica, com a população roendo punhos inteiros à ideia de prazos finais de trabalho/cartões/presentes, amontoando-se como galinhas para sentar-se em ruas gradeadas, berrando como ursos para os motoristas de minitáxis recém-empregados por tentarem localizar a Soho Square com um mapa central de Addis Ababa, depois chegar a festas para ser saudada pelo mesmo grupo de pessoas que viu durante as três noites anteriores, só que três vezes mais bêbadas, e querer gritar: "RUA, VÃO TODOS SE FODER!" – e ir para casa.

Essa atitude é ao mesmo tempo negativa e errada. Pelo menos descobri um modo de viver uma vida tranquila, pura e saudável, quase não fumando mais e só me embriagando um pouco, uma vez, nas bodas de Jude. Nem mesmo o homem bêbado na festa de sexta-feira chegou a perturbar o meu equilíbrio interior quando chamou a mim e a Shaz de "prostitutas de mídia verbosa".

Também recebi uma brilhante correspondência hoje, incluindo um cartão-postal do Quênia, de mamãe e papai, dizendo que os dois estão se divertindo à beça no jet-ski de Wellington, que fez o *limbro* com uma jovem *masai* numa noite de bufê, e esperavam que Mark e eu não nos sentíssemos solitários sem eles no Natal. Depois um P.S. de papai dizendo: "Não estamos em camas de solteiro, tem muito mais de dois metros e é mais que satisfatória no front do molejo. *Hakuna Matata.*"

Viva! Todo mundo está feliz e em paz. Hoje à noite, por exemplo, vou escrever cartões de Natal, não com relutância, mas com alegria! – pois como está dito em *Budismo: o drama do monge endinheirado*, o segredo da felicidade espiritual não é mandar fazer a faxina, mas fazê-la. É exatamente a mesma lógica para os cartões de Natal.

18H40. Ideia meio chata, contudo, passar a noite sentada escrevendo cartões de Natal quando é Natal.

18H45. Talvez faça uma árvore com enfeites de chocolate.

18H46. Talvez – também – só tome um copo de vinho festivo para comemorar o Natal. Só um.

18H50. Huumm. O vinho está delicioso. Talvez também fume um cigarrinho. Só um.

18H51. Huumm. O cigarro está delicioso. Quer dizer, autodisciplina não é tudo na vida.

18H55. Vou começar a escrever os cartões daqui a um minuto, quando terminar o vinho. Talvez só leia mais uma vez a carta.

Produções Cinnamon

Sit Up Britain **Five Aline** **Blind Song**

Do Escritório de Grant D. Pike, Chefe-executivo

Cara Bridget,

Como deve ter sabido, iniciamos um programa de avaliação de desempenho de pessoal no último ano entre os responsáveis pela monitoração e o fluxo de ideias em toda a Produções Cinnamon.

Você ficará imensamente feliz em saber que 68% do divertido "E finalmente", parte final das matérias do programa Sit Up Britain, originaram-se com você. Parabéns!

Entendemos que sua demissão em setembro surgiu de desentendimentos com o Produtor Executivo do Sit Up Britain, Richard Finch. Com certeza, você deve ter sabido que ele foi suspenso de seu cargo em outubro, devido a "dificuldades pessoais".

No momento, estamos reorganizando a equipe do programa e gostaríamos de convidá-la para reingressar nela, promovida a produtora assistente ou na função de consultora, contribuindo com séries de ideias como free-lance. Vamos examinar a possibilidade de pagar-lhe o período desde sua demissão como licença com vencimentos.

Acreditamos que – injetado com nova energia positiva e disposição produtiva – o Sit Up Britain, como nau capitânia da Produções Cinnamon, tem um grande futuro no século XXI. Esperamos que você seja uma importante força criativa em nossa nova e reformada equipe. Se fizer o favor de ligar para a minha secretária, terei o maior prazer em conversar sobre os termos revistos e as condições com você.

Seu,

Grant D. Pike,

Chefe-executivo, Produções Cinnamon

Estão vendo? Estão vendo? Michael do *Independent* também disse que posso fazer outra entrevista com uma celebridade, pois receberam algumas cartas depois da entrevista com o Sr. Darcy. Segundo ele, tudo que recebe cartas é bom, não importa o quanto seja ruim. Portanto posso ser jornalista free-lance. Viva! E também não preciso nunca mais me atrasar. Acho que terei muitas realizações para comemorar. Oba, que bom, a campainha!

Que bom, que bom. Chegou a árvore de Natal! Realmente em cima do Natal. Mark vai aparecer amanhã e encontrar uma Casbá de Natal!

20 HORAS. Quando os homens da árvore começaram a subir cambaleando, resmungando e bufando, receei que talvez houvesse subestimado a largura da árvore, sobretudo quando encheu, de modo aterrador, o vão da porta todo, os galhos partindo-se e estalando como uma invasão de Macduff na floresta de Dunsinane. Um borrifo de terra e dois jovens continuaram:

– É grande pra caramba, hum, onde quer que coloque?

– Perto da lareira – eu disse.

Infelizmente, contudo, a árvore não coube de jeito nenhum, alguns galhos viraram chamas, outros foram empurrados para cima pelo sofá e o resto se abriu, desabrochando no meio da sala, a copa da árvore curvando-se num ângulo esquisito contra o teto.

– Não pode experimentar pôr ali? – perguntei. – Aliás, que cheiro é esse?

Dizendo que era alguma invenção finlandesa para impedir que as agulhas caíssem, em vez do fato óbvio de que a árvore se deteriora, os rapazes esforçaram-se para colocar a árvore entre as portas do quarto e do banheiro. Os galhos ficaram totalmente esparramados, bloqueando as duas.

– Tentem no meio da sala – disse eu, com tremenda dignidade. Os rapazes riram dissimulados entre si e carregaram a árvore monstro para o centro da sala. Nesse ponto, eu não via mais nenhum dos dois. – Está ótimo, obrigada – disse, com a voz estridente, estrangulada, e eles desceram rindo até o pé da escada.

20H05. Hum.

20H10. Bem, não tem problema. Vou simplesmente me desligar do problema da árvore e escrever os cartões.

20H20. Huumm. Adoro o vinho, delicioso. A questão é: que importância tem se a gente não envia cartões de Natal? Claro que há pessoas de quem nunca na vida recebi um cartão de Natal. Será grosseria? Sempre achei meio ridículo mandar, p. ex., um cartão de Natal para Jude e Shazzer, quando a gente se vê dia sim, dia não. E como não esperar cartões de resposta? Só que é óbvio que enviar cartões nunca rende frutos até o ano seguinte, a não ser que se mande na primeira semana de dezembro, mas isso seria um comportamento impensável, estilo Casada Entediada. Hum. Talvez seja melhor eu fazer uma lista de prós e contras de enviar cartões.

20H25. Acho que vou só dar uma olhada na *Vogue* de Natal, primeiro.

20H40. Senti-me atraída mas muitíssimo arrasada pelo mundo natalino da *Vogue*. Percebo que minha visão da moda e minhas ideias de presente estão sinistramente ultrapassadas e que eu devia fazer ciclismo, vestindo colete de matelassé recheado de plumas e estola fina de pele jogada nos ombros, posando em festas com filha modelo na pré-puberdade e planejando comprar para as amigas íntimas forros de pelo de cabra para garrafas térmicas, sachês perfumados para pôr nas roupas de cama e mesa, em vez do fedor habitual das lavanderias, lanternas prateadas da Asprey – com luzinhas de árvore de Natal faiscando nos dentes.

Não vou tomar conhecimento. É muito pouco espiritual. Imagine só se um vulcão estilo Pompeia entrasse em erupção no sul do Slough, e todo mundo fosse preservado em bicicletas usando estolas de pele, coletes de matelassé recheado de plumas e filhas, as gerações futuras chegariam e ririam do vazio espiritual de tudo isso. Também rejeito presentes de luxo insensatos, que mais revelam o exibicionismo de quem dá que o pensamento em quem recebe.

21 HORAS. Contudo, bem que eu gostaria de ter um forro de pelo de cabra para garrafa térmica.

21H15. Lista de presentes de Natal:

Mamãe: forro de pelo de cabra para garrafa térmica.
Papai: forro de pelo de cabra para garrafa térmica.

Ai, meu Deus. Não posso ignorar mais o fedor da árvore: é pungente e lembra repulsivamente palmilha de sapato, com o cheiro de pinho entranhando-se nas paredes e na porta de madeira sólida. Droga de árvore. O único meio agora de atravessar a sala seria fungando debaixo dela como um urso selvagem. Acho que vou ler de novo a carta de Gary. Foi fantástica. Tinha um cartão enrolado em forma de bala, onde lia-se "Perdoe-me!" Dentro dizia:

Cara Bridget,
Perdoe-me pela bala. Não sei o que deu em mim, mas as coisas não saíram bem para mim em relação ao dinheiro e ao incidente da pescaria. Bridget, foi especial entre nós.

Realmente teve um significado. Eu ia terminar a obra quando aparecesse o dinheiro. Mas quando chegou a carta do advogado foi aquela merda federal e eu perdi o controle.

Tinha também um exemplar de *Angler's Mail* aberta na página 10. Na página oposta, sob o título "Mundo da Carpa", uma matéria, "Campeão de Pesca Fraudulento", com seis fotos de pescadores, todos segurando peixes cinzentos lustrosos, incluindo uma de Gary com um selo falso dizendo "Desqualificado" e uma coluna embaixo, dizendo:

Doido varrido

O tricampeão Gary Wilshaw, de East Hendon, foi suspenso dos Alcoólatras Anônimos de East Hendon após um acidente de troca de peixe. Wilshaw, 37, de West Elm Drive, tirou o primeiro lugar com esta carpa comum de 13 quilos supostamente com um anzol tamanho 4 e chumbinho de 14 milímetros.

Mais tarde veio à tona, por uma informação sigilosa, que a carpa era um peixe do reservatório de East Sheen, provavelmente fisgado no anzol tamanho 4 da noite para o dia. Um porta-voz do AA de East Hendon disse: "Esse tipo de prática transtorna todo o esporte da pesca bruta de reservatório e não pode ser tolerada pelo AA de East Hendon."

21H25. Vejam, sinto-me impotente como Daniel. Pobre Gary com seu peixe. Humilhado. Ele adora peixes. Pobre Daniel. Homens em risco.

21H30. Huumm. Vinho delicioso. Festa natalina individual. Penso em todas as pessoas adoráveis que passaram pela minha vida neste ano, mesmo nas que fizeram coisas ruins. Sinto apenas amor e absolvição. Guardar ressentimento não faz nada bem à saúde.

21H45. Achuquevo ishcrevê uscartõões agora.

23H20. Acabei. Vôuuu na caixa do correio agora.

23H30. MEIA-VOLTA, voltei. Maldita árvore. Voupegá tesoura.

MEIA-NOITE. Yurs. Berrer. Ufa. Tôcunsono. Oops. Levei um tombo.

Terça-feira, 16 de dezembro

59,3 quilos, 6 unidades alcoólicas, 45 cigarros, 5.732 calorias, 132 enfeites de chocolate na árvore de Natal, cartões enviados – ai, meu Deus, diabo, belzebu e seus subdemônios.

8H30. Estou meio confusa. Acabei de levar uma hora e sete minutos para me vestir e continuo não vestida, após perceber que tem uma mancha na frente da saia.

8H45. Já tirei a saia. Vou pôr a cinzenta, mas onde está a porra da saia? Aaai. A cabeça dói. Certo, vou ficar sem beber durante... Oh, talvez a saia esteja na sala.

9 HORAS. Já na sala agora, mas tudo está tão bagunçado. Acho que vou fazer umas torradas. Cigarros são um veneno diabólico.

9H15. Eca! Acabei de ver a árvore.

9H30. Eca! Aargh! Acabei de encontrar o cartão que tinha desaparecido. Diz o seguinte:

Feliz Natal para o meu caríssimo, caríssimo Ken. Agradeço-lhe muito por toda a sua bondade este ano. Você é uma pessoa maravilhosa, maravilhosa, clarividente e boa com os números. Embora tivéssemos nossos altos e baixos, é muito importante não guardar ressentimento se quisermos crescer. Sinto-me muito próxima de você agora, ao mesmo tempo como profissional e como homem.
Com verdadeira estima,
Bridget

Quem é Ken? Aaargh! Ken é o contador. Só o vi uma vez e depois tivemos o maior pau porque ele enviou meu imposto de renda atrasado. Oh, meu Deus. Preciso encontrar a lista.

Aaaargh! Além de Jude, Shazzer, Magda, Tom etc., a lista inclui:

O assistente do consulado britânico, Bangcoc
O embaixador britânico na Tailândia
Rt Hon. Sir Hugo Boynton
Almirante Darcy
DI Kirby
Colin Firth
Richard Finch
O secretário de assuntos externos
Jed
Michael do *Independent*
Grant D. Pike
Tony Blair

Cartões a dar com o pau no mundo e não sei o que escrevi neles.

Quarta-feira, 17 de dezembro

Nenhum retorno dos cartões enviados. Talvez os outros tenham saído na verdade ótimos e o de Ken fosse uma aberração atávica.

Quinta-feira, 18 de dezembro

9H30. Já ia saindo, quando o telefone tocou.

– Bridget, é o Gary!

– Ah, oi! – Entusiasmei-me, histérica. – Onde é que você está?

– Na cadeia. Obrigado pelo cartão. Foi um amor. Um amor. Isso significa mesmo o mundo!

– Ah, rá-rá-rá-rá – ri, nervosa.

– Então, você vem me ver hoje?

– Heeeein? – disse eu, com uma voz estridente, embargada. – Não lembro bem o que escrevi. Podia...?

– Vou ler para você, está bem? – disse ele, tímido. E pôs-se a ler, tropeçando nas palavras.

> Caríssimo Gary,
> Sei que o trabalho de empreiteiro é muito diferente do meu. Mas respeito totalmente isso, porque é um verdadeiro ofício. Você faz coisas com as mãos e acorda muito cedo nas manhãs e juntos – apesar do prolongamento não ter sido concluído – construímos uma coisa grande e bela, como uma equipe. Duas pessoas muito diferentes, e embora o buraco ainda esteja lá – após quase oito meses! – vejo

o desenvolvimento do projeto por ele. O que é esplêndido. Sei que você está na prisão, cumprindo sua pena, mas logo o tempo dela chegará ao fim. Obrigada pelo seu cartão sobre a bala e a pesca da carpa. Com toda a sinceridade, realmente o perdoo. E se alguém no mundo merece alegria e uma verdadeira carga criativa no ano que vem – mesmo na prisão – é você..

Com amor,
Bridget

– Carga criativa – disse ele, a voz gutural. Consegui me livrar explicando que estava atrasada para o trabalho, mas... Ai, meu Deus. Para quem mandei os cartões?

19 HORAS. DE VOLTA AO APARTAMENTO. Fui à primeira reunião consultiva no trabalho, que na verdade transcorreu muito bem mesmo – sobretudo porque o Horrível Harold foi rebaixado a conferidor de fatos por ser chato –, até Patchouli gritar que tinha recebido um telefonema de Richard Finch no Priorato, e ia pô-lo no alto-falante do telefone, e todo mundo teve de ouvir.

– Alô, equipe! – disse ele. – Só liguei para transmitir um pouco de espírito festivo pois é o único que me permitem. Gostaria de ler uma coisa para vocês. – Pigarreou. – "Um feliz, feliz, Natal, caríssimo Richard." Não é simpático? – Todo mundo caiu na gargalhada. – "Sei que nossa relação teve seus altos e baixos. Mas agora é Natal e me dou conta de que é uma relação muito forte, desafiadora, vigorosa, honesta e verdadeira. Você é um homem fascinante, fascinante, cheio de vigor e contradição. Sinto-me muito próxima de você agora que é Natal, ao mesmo tempo como produtor e homem. Com amor, Bridget."

Oh, oh, foi só o vinho... Eeca! A campainha.

23 HORAS. Era Mark. Com uma expressão muito estranha no rosto. Entrou no apartamento e olhou em volta, consternado.

– Que cheiro estranho é esse?

Acompanhei o olhar dele. A árvore de Natal, para dizer a verdade, não parecia tão bem quanto eu lembrava. Eu cortara a parte de cima e tentara podar o resto na tradicional forma triangular, mas agora, no meio da sala, era uma coisa tosquiada alta e magra, de bordas bastante mal-acabadas, como uma árvore falsa muito, muito barata, de loja de desconto.

– Era meio... – comecei a explicar.

– Meio o quê? – disse ele, com um misto de divertimento e incredulidade.

– Grande – disse eu, claudicante.

– Grande, hein? Entendo. Bem, agora não importa mais. Posso ler uma coisa para você? – perguntou, tirando um cartão do bolso.

– Tudo bem – disse eu, resignada, afundando no sofá. Mark pigarreou.

– "Meu caro, caro Nigel" – começou ele. – Lembra o meu colega Nigel, lembra, Bridget? O sócio mais antigo da empresa. O gordo, que não é o Giles? – Pigarreou mais uma vez. – "Meu caro, caro Nigel. Sei que só nos encontramos uma vez na casa de Rebecca, quando você a puxou para fora do lago. Mas agora é Natal, e percebo que, por ser o colega mais íntimo de Mark, você esteve, de um modo estranho, próximo de mim também durante o ano inteiro. Sinto-me" – Mark fez uma pausa teatral e deu-me uma olhada – "muito íntima sua agora. Você é um homem maravilhoso: em boa forma, atraente"... – Bridget, quero lhe lembrar que estamos falando do Gordo Nigel... – "vigoroso" – ele fez uma pausa e ergueu as sobrancelhas – "criativamente brilhante, porque ser advogado é, na verdade, um trabalho muito criativo, sempre pensarei em você com carinho, resplandecendo" – agora Mark ria – resplandecendo bravamente à luz do sol e da água. "Feliz Natal ao meu caro, caro Nigel. Bridget."

Desabei no sofá.

– Ora, que bobagem – Mark abriu um enorme sorriso. – Todo mundo vai saber que você estava de pileque total. É muito divertido.

– Vou ter de ir embora – disse eu, pesarosa. – Vou ter de sair do país.

– Bem, na verdade – disse ele, ajoelhando-se diante de mim e pegando minhas mãos – é interessante você dizer isso. Fui convidado a ir para Los Angeles por cinco meses. Trabalhar no caso do mexicano Calabreras.

– O quê? – Tudo ficava cada vez pior.

– Não fique assim, traumatizada. Eu ia lhe perguntar... Quer ir comigo?

Pensei demoradamente. Pensei em Jude e Shazzer, na Agnès B em Westbourne Grove, nos cappuccinos no Coins e na Oxford Street.

– Bridget? – ele me chamou, carinhoso.

– Oh! – Eu dardejava os olhos, interessada, de um lado para o outro.

– Eu lavo a louça – prometeu.

Pensei em balas e peixe, traficantes de droga, Richard Finch, minha mãe, no buraco na parede e nos cartões de Natal.

– Você pode fumar em casa.

Olhei-o, tão sério, solene, meigo e pensei que, fosse como fosse, eu não queria ficar longe dele.

– Sim – eu disse, feliz. – Eu adoraria ir.

Sexta-feira, 19 de dezembro

11 HORAS. Viva! Vou para os Estados Unidos, recomeçar mais uma vez, como os primeiros pioneiros. A terra da liberdade. Foi uma ótima diversão ontem à noite. Mark e eu pegamos de novo tesouras e fizemos uma árvore festiva ao estilo topiaria, transformando-a numa bolacha de Natal. Também fizemos uma lista e amanhã vamos sair para fazer compras. Adoro o Natal. Comemoração de boa vida cheia de diversão, certamente, não de perfeição. Viva! Vai ser fantástico na Califórnia, com a luz do sol, milhões de livros de autoajuda – embora eu vá fugir de todos sobre namoro – e Zen, sushi e muito verde saudável... Oba, que bom, telefone!

– Hum, Bridget. É o Mark. – A voz não parecia boa. – Houve uma ligeira mudança de planos. O caso Calabreras foi adiado para junho. Mas há outro trabalho que eu gostaria muito de aceitar e, hum, imaginei...

– Sim? – perguntei, desconfiada.

– O que você acharia...

– Do quê?

– Da Tailândia?

Acho que vou tomar um copo de vinho e fumar um cigarrinho.

fim

EDIÇÕES
BestBolso

Este livro foi composto na tipologia Minion Pro, em corpo 10,5/15, e impresso em papel off-set 56g/m² no Sistema Cameron da Divisão Gráfica da Distribuidora Record.